Michael Frey Dodillet

Hartmann und der böse Wolf

W0171874

Über den Autor:

Michael Frey Dodillet, geb. 1961, ist für diverse Agenturen in Düsseldorf, Hamburg, München und in der Schweiz als Werbetexter tätig. Mit seiner Frau, drei Kindern und zwei Hunden lebt er in Erkrath bei Düsseldorf. 2011 erschien sein Bestseller HERRCHENJAHRE, dem mehrere erfolgreiche Sachbücher und Romane folgten.

Hartmann und der böse Wolf

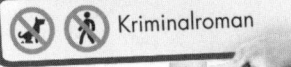 Kriminalroman

Michael Frey
Dodillet

BASTEI
LÜBBE
TASCHENBUCH

BASTEI LÜBBE TASCHENBUCH
Band 17 551

Dieser Titel ist auch als E-Book erschienen

MIX
Papier aus verantwor-
tungsvollen Quellen
FSC® C019821

Originalausgabe

Copyright © 2017 by Bastei Lübbe AG, Köln
Titelillustrationen: © shutterstock:
Konstantin Faraktinov ¦ Ecelop ¦ Vivienstock ¦ Marcin Perkowski
Evgeniia Litovchenko ¦ Stuart Jenner; © Sophie Strodtbeck
Umschlaggestaltung: Kirstin Osenau
Satz: Urban SatzKonzept, Düsseldorf
Gesetzt aus der Scala
Druck und Verarbeitung: C. H. Beck, Nördlingen
Printed in Germany
ISBN 978-3-404-17551-2

2   4   5   3   1

Sie finden uns im Internet unter
www.luebbe.de
Bitte beachten Sie auch www.lesejury.de

»There's a hole in my head, where the rain comes in.«
Jeff Lynne, »Evil Woman«

01
Ein Bruno namens Gitte   7

02
Erdanker im Veilchen.   60

03
Gundulalala   95

04
Das große Heulen   130

05
Büfükadü.   162

06
Kater und Kangals   193

07
Bissige Schickeria   230

08
Das miese Fischbrötchen von Cassis.   271

09
Silikontittenschabracken   309

10
Tollwut.   332

01
Ein Bruno namens Gitte

Die fette Elster schoss wie ein Torpedo in das Amselnest unter dem Giebel und schmiss die Jungvögel raus. Einer nach dem anderen klatschte acht Meter tief ins Blumenbeet. Darin wuchs nichts, was den Fall dämpfen konnte. Ein paar dürre Ginsterstängel, ein ausgemergelter Bodendecker. Wer ganz großes Pech hatte, landete in einem alten Rosenstock, der außer nadelspitzen Dornen nichts zu bieten hatte. Perfektes Massaker, dachte Hartmann und drückte mit dem Ende seiner Gabel den Korken in die Chardonnayflasche. Später am Abend würde Nachbars Katze kommen und die Opfer beseitigen. So rührend sorgte Mutter Natur für ihre Kinder.

Hartmann nahm einen Schluck Wein und musterte die mickrigen Spaghetti auf seinem Teller. Üppiger als das kalte Katzenbuffet in den Rabatten sah das auch nicht aus. Eine Handvoll Nudeln hatte er noch aufgetrieben, ein paar Oliven, einen Rest Tomatensauce. Es war Samstagabend. Der Supermarkt hatte noch geöffnet. Aber Hartmann hatte die Optionen genau abgewogen und sich gegen Einkaufen entschieden. Sich mühselig aus dem Liegestuhl hebeln und ins Auto schwingen kam auf gar keinen Fall in Frage. Dann schon lieber am Wochenende den Gürtel enger schnallen.

Das Telefon klingelte.

»Vergiss es!«, murmelte Hartmann. Er drehte die Gabel in seinen kümmerlichen Nudeln und schob sie in den Mund. Wenigstens waren sie heiß. Hartmann hasste lauwarme Nudeln. Lauwarme Nudeln waren genauso schlimm wie Körpertemperaturbadewasser, wenn man zu lange drin gelegen hatte, oder Zimmertemperaturbier, wenn man zu langsam trank.

Das Telefon verstummte.

Das letzte Amselküken schlug im Beet auf. Diese Elstern waren ein elendes Dreckspack! Hartmann musste unwillkürlich an die Halunken denken, die jeden Freitagnachmittag aus allen Himmelsrichtungen in Düsseldorf einfielen, um in den ruhigeren Wohnvierteln Häuser auszuräumen. Zu Hartmanns aktiven Kripozeiten hatten er und die Kollegen von der Autobahnpolizei das Gesocks mehr als einmal von der Straße gefischt. Man musste nur nach billigen Lieferwagen Ausschau halten, in denen drei oder vier kräftige, unrasierte Typen saßen. Es war wie Angeln im Forellenpuff. Man hatte kaum Zeit, die Brüder platt zu klopfen, so schnell hintereinander zog man sie raus.

Um sein eigenes Haus am Stadtrand machte sich Hartmann keine Sorgen. Er schloss nicht einmal die Haustür ab, wenn er unterwegs war. Das Haus war um 1850 erbaut worden. Es war nicht groß und wirkte verwahrlost. Die Fensterläden mussten dringend gestrichen werden. Vor lauter Moos sah man kaum noch Dachziegel. Der Garten war ein wild wucherndes Chaos. Neben der Terrassentür rankte sich ein Strauch blutroter Rosen. Hartmann kümmerte sich nicht darum. Er wusste weder, dass die Rose *Souvenir du Dr. Jamain* hieß, noch war ihm klar, warum sie so prächtig gedieh. Vielleicht war der Regen gut. Vielleicht lag's an der Sonne. Oder an einer erschlagenen Schwiegermutter aus dem letzten Jahrhundert, die im Beet verweste und ideale Nährstoffe abgab.

Schräg im Hof parkte Hartmanns dunkelblauer Citroën CX. Der Franzose ließ ebenfalls nicht auf unermessliche Reichtümer seines Besitzers schließen. Auf den matten Lack hatte über dreißig Jahre lang die Sonne gebrannt und der Regen getrommelt. Die Kotflügel wiesen eine Handvoll kleinerer Dellen auf. An der Kofferraumkante beleidigte ein respektabler Rostfleck die Augen frankophiler Oldtimerliebhaber. Dort hatte Hartmann noch auf dem Hof des Händlers mit einem Schraubenzieher das Typenschild weggestemmt. CITROËN CX 25 GTI TURBO 2 hatte darauf gestanden. Hartmann konnte Typenschilder, die länger als dreißig Zentimeter waren, nicht ausstehen. Technisch war der CX in Ordnung. Gelegentlich fielen zwei der vier Zylinder aus. In scharfen Kurven öffneten sich die elektrisch betriebenen Seitenfenster von selbst. Fuhr man hart gegen einen Bordstein, schlossen sie sich wieder. Hartmann war zu faul, um sich ein anderes Auto zu besorgen. Außerdem passte der Wagen perfekt zu ihm. An schlechten Tagen sprang er nicht an, an guten rannte er zweihundertzwanzig. Genau wie Hartmann.

Das Telefon klingelte erneut.

Ächzend schälte sich Hartmann aus der Liege und trug den leeren Teller und das Weinglas in die Küche.

Nach dem zehnten Klingeln warf er einen Blick auf das Display. Die Nummer kannte er nicht. Herrfrau Werauchimmer war ganz schön hartnäckig. Hartmann blieb neben dem Telefon stehen, bis es Ruhe gab. Auf dem Rückweg zur Liege holte er drei Eiswürfel aus dem Tiefkühlfach und warf sie in seinen Chardonnay. Für einen Abend im Mai war es viel zu warm. Nur nichts riskieren. Von schlecht gekühltem Weißwein bekam er einen Brummschädel. Und zwar nicht erst nach dem Aufstehen, sondern bereits vor dem Einschlafen.

Hartmann hatte schon bessere Zeiten gesehen. In seinem letzten Jahr bei der Kriminalpolizei hatte er im Alleingang den berüchtigten Karpfenkiller erwischt, einen Mädchenhändlerring gesprengt und einen Korruptionsskandal im Landtag aufgedeckt. Letzterer hatte ihn wegen seiner unkonventionellen Ermittlungsmethoden und einem Bündel diskret abgezweigter Tausender prompt den Job gekostet. Einer der geschmierten Staatssekretäre hatte nicht nur die besseren Beziehungen als Hartmann, sondern auch den felsenfesten Vorsatz gehabt, ihn mit über die Klinge springen zu lassen. Da nützten Hartmann auch seine Popularität und die dreizehn Artikel in der BILD nichts. Der Mann, der den Sumpf trockenlegte war umgehend suspendiert und nach einem langwierigen Disziplinarverfahren aus dem Beamtenverhältnis entfernt worden, wie es so schön hieß.

Seit seinem Rausschmiss hielt sich Hartmann als privater Ermittler mit mehr oder weniger einträglichen Fällen über Wasser. Er war Anfang fünfzig, saß nächtelang fremdgehenden Ehemännern im Nacken oder observierte im Advent Großmütter, die in den Kaufhäusern Karamellbonbons und Küchenschürzen klauten. Aus seiner Laufbahn war eine Rutschbahn geworden. Das beunruhigte Hartmann aber nicht sehr. Immerhin konnte er tun und lassen, was er wollte, und verfügte über ein originelles Auto. Seine Hütte hatte die Bank auch noch nicht gepfändet. Hätte er gewusst, wie erfüllend ein Leben ohne Dienstpläne und Vorgesetzte war, hätte er schon zehn Jahre früher Geld unterschlagen.

Hartmann trank sein Glas leer. Er seufzte behaglich und warf einen Blick auf das stumme Telefon im Wohnzimmer.

»Jetzt klingel schon!«, murmelte er.

Beim ersten Mal nahm Hartmann grundsätzlich nicht ab. Da waren meist Callcenterdeppen mit unschlagbaren Angeboten am Apparat. Beim zweiten Mal erboste Ex-Gefährtinnen, die dringend mit ihm reden mussten und das Gespräch nach zwei

Minuten mit dem Hinweis abbrachen, dass man mit ihm nicht reden könne. Beim dritten Mal war es Kundschaft. Wer in kurzen Abständen dreimal hintereinander anrief, hatte etwas auf dem Herzen.

Das Telefon klingelte zum dritten Mal.

Na also, geht doch, dachte Hartmann.

»Hartmann, n'Abend«, meldete er sich.

»Aaahh«, schnaufte es am anderen Ende der Leitung. »Doch jemand da. Ich dachte schon, Sie wären im Urlaub. Oder sonstwo. Das hätte gar nicht gepasst. Andererseits ist es jetzt auch nicht sonderlich eilig. Ich warte ja schon ewig auf die Kohle. Da kommt es auf die paar Tage auch nicht mehr ..., hören Sie, Sie müssen einen Hundetrainer für mich überwachen.«

»Einen was überwachen?« Hartmann machte sich im Geiste eine Notiz, dass es beim dritten Mal nicht zwangsläufig Kundschaft sein musste. Es konnte sich auch um Idioten handeln.

»Einen Hundetrainer, Herr Hartmann. Das sind so Typen, die den Hunden von anderen Leuten Benimm beibringen und ...«

»Ich weiß, was ein Hundetrainer ist. Hat der was mit Ihrer Frau?«

»Nein!«

»Er hat was mit Ihrem Hund.«

»Erlauben Sie mal!«

»Das war ein Scherz, Herr ... äh. Ich weiß im Moment nicht recht, ob ich überhaupt der Richtige für Ihr Anliegen bin. Hunde sind nicht gerade eine Leidenschaft von mir, wissen Sie.«

»Ich habe gar keinen Hund.«

»Sie haben keinen Hund und möchten, dass ich einen Hundetrainer für Sie unter die Lupe nehme?«

Langsam wurde es interessant.

»Nun ja«, räumte der Mann ein. »Es wäre allerdings nichts

Spektakuläres. Also nichts mit Beschatten oder Verprügeln oder so.«

»Beschatten und Verprügeln mach ich eh nur gegen Aufpreis.«

»Wieder ein Witz, was? Hehe, gut. Nein, eher so eine Wirtschaftsauskunft.«

»Mit wem habe ich eigentlich das Vergnügen?«

»Gerber am Apparat«, stellte der Mann sich vor. »Von Gerber Bau. Müssten Sie als Düsseldorfer eigentlich kennen.«

Hartmann nickte. Klar war ihm Gerber ein Begriff. An jedem zweiten Kran in Düsseldorf hingen diese riesigen Logos mit der weißen Schrift auf rotem Grund. Man gewann auf Stadtrundfahrten den Eindruck, der Mann baute und sanierte alles, was nicht bei drei auf dem Baum war. Angesichts seines besorgniserregend niedrigen Kontostandes konnte Hartmann an diesem lauen, vogelbezwitscherten Frühlingsabend nichts Besseres passieren als ein Multimillionär mit hoffentlich sündhaft teuren Problemen.

»Nein, Herr Hartmann, Sie verwechseln das mit Gerken. Gerber Bau ist nicht ganz so groß. Aber man hat sein Auskommen. Beim Stadttor haben wir ein bisschen mitgemischt und bei dem ein oder anderen Objekt im Medienhafen.«

Hartmann seufzte. Es wäre auch zu schön gewesen.

»Na gut«, sagte er. Er warf sich in den Sessel und legte die Füße auf den Tisch. »Dann schießen Sie mal los.«

Um den Hundetrainer Wolf handle es sich, erzählte Gerber. Um Bert Wolf. Wolf sei ein alter Freund von ihm. Gewesen, könne man jetzt sagen, gewesen! Wolf habe sich vor drei Jahren hunderttausend Euro von Gerber geliehen, um die Hundeschule *Alpha Wolf* zu eröffnen. Zehn Prozent Rendite habe er ihm, Gerber, versprochen. Am Ende des Jahres habe er hundertzehntausend zurückzahlen wollen. Keinen Cent habe Gerber bisher davon gesehen. Keinen einzigen! Angeblich gingen die Geschäfte schlecht. Jedes Mal, wenn er, Gerber, bei Wolf anrufe, hieß es, die Geschäfte gingen schlecht. Aber so schlecht könnten die gar nicht gehen, die Geschäfte. Bei dem Schlitten, den Wolf fahre! Ein ganz fetter Pick-up aus Amerika sei das. Und seine beiden Molosser seien auch nicht gerade auf dem Schnäppchenmarkt erhältlich. Ein paar Tausend koste das Stück mindestens, gar nicht zu reden von der jährlichen Steuer und der Haftpflichtversicherung. Und was die am Tag schluckten!

»Molosser?«, fragte Hartmann irritiert und dachte spontan an ein neues Motorradmodell. »Ducati Molosser? Kenn ich nicht, die Maschine. Warum braucht man zwei davon?«

»Ducati?«, schnappte Bauunternehmer Gerber. »Sie haben keine Ahnung von Viehzeugs, oder?«

»Herr Gerber, mein erstes, letztes und einziges Haustier war eine fünfpfündige Bisamratte im Keller. Wir lebten gerade mal zwei Tage zusammen. Und warum? Weil ich der keine Schnittchen hingestellt, sondern mit der Schaufel eins übergebraten habe. Ich bin nicht so der Tierverhätscheltyp.«

Molosser sei der Oberbegriff für ganz bestimmte Hunderassen, klärte ihn Gerber auf. Massig, muskulös, hundert Pfund schwer, mit bulligen Köpfen. Wolf besitze zwei Fila Brasileiros. Einen Fila müsse sich Hartmann wie einen aufgeblasenen Boxer vorstellen, in zartem Hellbraun. Ganz friedliche Riesen seien das. Wolfs Hunde hätten nie jemandem ein Härchen gekrümmt. Aber aus irgendeinem undurchsichtigen Grund stünden Filas auf der Kampfhundeliste. Wie der Rottweiler und der Pitbull. Das mache den Unterhalt so teuer. Die Stadt Düsseldorf verlange pro Jahr neunhundert Euro Steuer für jeden Hund. Damit könne man gemütlich die Motorradversicherung für drei Jahre begleichen. Das Modell, das Hartmann meine, heiße übrigens Ducati Monster.

»Ducati Molosser! *Molosser!*«, wieherte Gerber und konnte sich gar nicht mehr beruhigen. »Darauf muss man auch erst mal kommen. Sie haben heute Morgen einen Clown gefrühstückt, was?«

»Wieso braucht man überhaupt hunderttausend Euro für ein umzäuntes Stückchen Rasen und ein Dixi-Klo?«, fragte Hartmann.

»Stückchen?«, schnaufte Gerber. »Dann gucken Sie sich Wolfs Hundeplatz mal an. Mein lieber Herr Gesangverein! Fünftausend Quadratmeter bei Lörick. Direkt unten am Rhein. Und ein Dixi-Klo steht da auch nicht drauf. Der Laden ist schon eher ein Prosecco-Palast.«

»Wie muss ich mir einen Prosecco-Palast vorstellen?«, fragte Hartmann stirnrunzelnd und kritzelte *Prosecco-P* auf seinen Block, direkt unter die Stichworte *Idiot, Wolf* und *Molosser*.

Offensichtlich hatte Wolf sich von Anfang an vorgenommen, die Düsseldorfer Hundeschickeria zu akquirieren. Zumindest sei das damals der Businessplan gewesen, mit dem er Gerber beeindruckt und ihm das Geld aus dem Kreuz geleiert hatte. Statt dem auf deutschen Schäferhundplätzen üblichen Drahtverhau und einem Bretterverschlag, der optimistisch Vereinsheim genannt wurde, stünden auf Wolfs Gelände, so der erboste Gerber, akkurat geschnittene Buchsbaumhecken, eine tadellos restaurierte alte Scheune, ein Bungalow aus den Sechzigerjahren, zweihundertfünfzig Quadratmeter mindestens, riesig das Teil, einfach riesig, außerdem eine mit exklusivem Bangkirai beplankte Veranda voller sündhaft teurer Loungemöbel und eine Bar, die mit allem ausgestattet war, was die Vorstandsgattin benötigte, um sich ab fünfzehn Uhr das schwere Leben leichter zu saufen.

»Und davor ein mit Kies bestreuter Parkplatz«, schloss Gerber schwer atmend. »Marmorkies für vierhundert Euro die

Tonne! Damit die Ladys das gleiche vertraute Knirschen unter ihren fetten Range-Rover-Schlappen hören wie auf ihren Auffahrten zu Hause. Ob Wolfs Plan aufgegangen ist, weiß ich nicht. Ich weiß nur, dass Wolf seit drei Jahren da unten am Rhein sitzt, um sich herum die nobelsten Düsseldorfer Viertel, und den Laden nicht schließen muss. Das heißt, es fließen Einkünfte. Punkt! Ich hätte einfach gerne meine hunderttausend wieder, Herr Hartmann. Plus die versprochenen zehn Prozent. Das muss nicht heute sein und nicht morgen. Aber spätestens Ende August will ich das Geld vor mir auf dem Tisch liegen sehen. Welche Mittel Sie anwenden, ist mir gleichgültig. Machen Sie meinetwegen so viel Druck, wie Bert Wolf braucht, um die Knete rauszurücken. Mir reicht es jedenfalls.«

»Haben Sie sich Wolf denn ordentlich vorgeknöpft?«

»Das habe ich nicht«, sagte Gerber. »Bisher nicht.«

»Ich meine, hunderttausend Euro sind ein Haufen Geld. Da darf man schon mal ungemütlich werden, oder?«

»Ja«, gab Gerber zu. »Aber Vorknöpfen ist nicht so mein Ding, wissen Sie.«

Nur eine klassische Inkassonummer, dachte Hartmann und beschloss augenblicklich, dass er keine Lust dazu hatte. In seinen Anfangszeiten hatte er darüber nachgedacht, ob er diesen Geschäftszweig in sein Angebot aufnehmen sollte, hatte sich aber dagegen entschieden. Inkasso bedeutete nichts anderes, als für ein lächerlich geringes Honorar pausenlos hinter Schuldnern herzujagen, die sich ständig verleugnen ließen, einen mit frisch erlogenen Schicksalsschlägen am Telefon langweilten oder hämisch mit einer eidesstattlichen Versicherung winkten, nachdem sie jeden Cent der Frau überschrieben hatten und offiziell nichts Pfändbares mehr besaßen. Ein derart frustrierendes Alltagsgeschäft kam für Hartmann überhaupt nicht in Frage. Die Sonderformen des Inkasso – großzügig Brandbeschleuniger verteilen, mit dem Schraubenschlüssel Gelenke brechen oder beherzt Augäpfel eindrücken – standen ebenfalls nicht zur Debatte. Dafür war Hartmann nicht geschaffen. »Anwälte sind bessere Geldeintreiber als ich«, sagte Hartmann. Er warf Block und Blei auf den Wohnzimmertisch und ging mit dem Telefon in den Garten hinaus. Seine Stimmung war im Keller. Er sah gerade noch, wie Nachbars Katze mit der ersten Amselleiche im Maul um die Ecke verschwand. »Es gibt keine Belege und keinen Vertrag für meine Forderung«, sagte Gerber leise. »Daher gibt es auch keinen Anwalt, der mir helfen kann.«

»Also Schwarzgeld verliehen«, stellte Hartmann fest.

»Fällt halt im Baugewerbe manchmal so an.«

Hartmann schwieg.

»Ich habe Erkundigungen über Sie eingezogen«, sagte der andere nach einer Pause. »Sie sollen diesbezüglich nicht zimperlich sein.«

»Bezüglich was?«, fragte Hartmann misstrauisch.

»Bezüglich größerer Geldbeträge aus dubiosen Quellen.«

»Kommt darauf an.«

»Zwanzig Prozent wären für Sie.«

Hartmann rechnete im Kopf hundertzehn durch fünf, kam auf zweiundzwanzig und hatte auf der Stelle gute Laune.

»Stimmt«, sagte er. »Ich bin nicht zimperlich.«

Früher hatte es Hartmann zur Verzweiflung getrieben, wenn die Kollegen nicht auf der Stelle aktiv wurden, sondern für ihn völlig unverständliche Bemerkungen absonderten wie *Erst mal die Obduktion abwarten* oder *Mal schauen, was der Chef sagt*. Die Kollegen wiederum hatte es schier wahnsinnig gemacht, dass Hartmann immer sofort loslegte. Aber Hartmann war ein Mann der Tat. Lieber blinder Aktionismus, sagte er immer, als rumsitzen und in der Nase bohren. Wenn es Überraschungen gab, musste man nur eine geheimnisvolle Miene aufsetzen und behaupten, alles sei geplant gewesen.

Wie damals, als er die Tür zu einer Gartenlaube eingetreten hatte, ohne auf die Verstärkung zu warten – Gefahr sei im Verzug gewesen, hatte Hartmann später geschwindelt –, und nicht einem Karpfenkiller gegenüberstand, sondern gleich zweien: den Gebrüdern Lubischek! Der Karpfenkiller hatte seit Monaten einen Nachtangler nach dem anderen umgebracht. Immer in den späten Abendstunden, immer mit einem toten Karpfen als Grabbeigabe. Keinem aus der Sonderkommission war damals in den Sinn gekommen, dass es sich bei dem gesuchten Serienmörder um Zwillingsbrüder handeln könnte. Psychopathen traten nicht im Doppelpack auf. Das war eine ganz alte Profilerweisheit.

Am Arsch die Räuber!

Den einen der zwei fetten Lubischeks hatte die Polizei sogar kurz im Visier gehabt, ihn aber schnell wieder laufen lassen müssen. Der hatte nämlich für sämtliche Tatzeiten wasserdichte Alibis aufzuweisen. Dass abwechselnd der eine Bruder für das Alibi sorgte, während der andere die Angler massakrierte, wurde Hartmann erst klar, als er in der Laubentür stand und die Lubischeks mit gezücktem Spalthammer und rostigem Wagenheber auf ihn zuwalzten. Hartmann war saumäßig nervös gewesen, hatte aber vorschriftsmäßig einen Warnschuss abgegeben, wie er hinterher zu Protokoll gab. Genau genommen waren es zwei Warnschüsse. Einer traf Lubischek I direkt ins Auge, der andere zerschmetterte Lubischek II den Hüftknochen.

»Kann in der Aufregung passieren. Sollte in die Laubendecke gehen«, hatte Hartmann nur lakonisch gebrummt.

Der Kriminalrat war ausgeflippt, als ihm Hartmanns Allein-gang zu Ohren kam. Aber die *BILD* war begeistert. Hartmann fand sich recht gut getroffen. Vor allem das Foto auf der Titel-seite der Düsseldorfer Regionalausgabe war ganz nach seinem Geschmack. Das mit der Schramme auf dem Wangenknochen. Da wirkte er ein bisschen verwegen. So Sam-Spade-mäßig. Das lag auch daran, dass er damals zehn Pfund weniger auf den Hüf-ten und entschieden mehr Haare auf dem Kopf gehabt hatte. Sobald ein neuer Fall anlag, hatte Hartmann Hummeln im Hintern. Das war auch heute noch so. Deshalb wartete er gar nicht erst den Montag ab, sondern rief Bert Wolf gleich am Sonntagmorgen an. Noch während des Frühstücks, Rührei und Speck kauend. Der schien überhaupt nicht überrascht zu sein. Offensichtlich waren Hundetrainer auch am Tag des Herrn im Einsatz. Eigentlich logisch, dachte Hartmann, als er Wolf jovial ins Telefon röhren hörte. Unter der Woche hatte die arbeitende Kundschaft keine Zeit. Die Trainerstunden ballten sich am Wochenende.

»… gut besuchte Welpengruppen für große und kleine Rassen, ein Agility-Parcours, Seminarveranstaltungen mit der Crème de la Crème der Referentenszene, Baumann, Gans-losser, Bloch, Miklosi, kennen Sie sicher, geführte Spaziergänge und Einzelstunden bei mir persönlich, die mit achtzig Euro die Stunde natürlich nicht ganz billig sind, andererseits müssen Sie bedenken, dass Sie für diesen Preis natürlich Kompetenz vom Feinsten …«

»Das ist alles ganz wunderbar, Herr Wolf«, unterbrach Hart-mann die Werbeveranstaltung. »Wo muss ich denn da hin?«

»Wir sitzen in Düsseldorf-Lörick«, sagte Wolf. »Kurz nach dem Ortsausgang biegen Sie rechts ab und fahren runter an den Rhein. Ist gut ausgeschildert. *Alpha Wolf* heißen wir. Sie ahnen, warum.«

»Ja, selbstverständlich«, sagte Hartmann und ahnte gar nichts.

»*Führung statt Mimimi* ist unser Motto«, dröhnte Wolf. »Führung ist das A und O in der Hundeerziehung. Wer nicht führt, der verliert. Der Alpha ist der Chef! Sie brauchen dieses gewisse Etwas, Herr Hartmann, sonst wird das nichts. Sonst macht der Hund den Molli mit Ihnen. Egal wie klein er ist. Ich habe schon Chihuahuas erlebt, die den Vorstand eines Dax-Konzerns fest im Griff hatten. Der schmiss problemlos einen Laden mit hunderttausend Mitarbeitern und wurde zu Hause jedes Mal von seiner Fußhupe ins Bein gebissen, wenn er an den Kühlschrank wollte. Wenn Sie kein Charisma haben, bringe ich es Ihnen bei. Körpersprache, sage ich nur. Sie können Ihrem Hund natürlich auch eine Bratwurst vor die Nase halten. Für Bratwurst machen Hunde alles. Die sind relativ einfach gestrickt, die Viecher. Aber hat man immer, wenn es heikel wird, eine Bratwurst in der Tasche, fragt der Wolf. Nein, sagt der Wolf.«

O Gott, dachte Hartmann. Er redet in der dritten Person von sich. Narzissten mit Stammtischhumor, das sind die schlimmsten aller Nervensägen. Ich sollte Gerber anrufen und ihm den Auftrag um die Ohren hauen.

»Da hat der Wolf aber so was von recht, sagt der Hartmann«, krakeelte er stattdessen ins Telefon.

Am anderen Ende der Leitung schien sich Wolf vor Vergnügen auf die Schenkel zu klopfen.

»Ich sehe schon, wir verstehen uns!«, wieherte er. »Aber um den Gedanken zu Ende zu bringen. Was macht man, wenn man eine Bratwurst braucht und keine hat? Eben. Nichts! Zero! Niente! Da kackt man ab. Direkt neben dem Hund kackt man da ab. Genau darum gibt es beim Wolf keine Erziehung durch Bestechung, kein Konditionieren durch Leckerchen und ähnlichen Unfug. Kristallklare Führung ist angesagt. Trauen Sie sich das zu?«

»Wenn Sie so direkt fragen ...«, zögerte Hartmann.

»Komm! Butter bei die Fische«, forderte Wolf.

»Ja, ich meine ... ich denke ... also doch ... ja ... irgendwie schon ...«, sagte Hartmann und hoffte, dass er damit interessant genug für Wolf wirkte. Er konnte ihm ja schlecht sagen, dass ein Mann, der den doppelten Karpfenkiller im Alleingang ins Nirwana geschossen hatte, nun wirklich keine Lektion in kristallklarer Führung nötig hatte. In den seltenen Fällen, in denen seine Kollegen ihn mit Verdächtigen allein im Verhörraum gelassen hatten, hatten ihm die finsteren Jungs spätestens nach einer Stunde aus der Hand gefressen.

»Ich sehe, da ist noch eine Menge zu tun«, sagte Wolf. »Aber das wird schon.«

»Wenn Sie das sagen«, sagte Hartmann.

»Was für ein Problem haben Sie eigentlich?«, wollte Wolf wissen.

Hartmanns Problem war, dass er gar keinen Hund hatte.

»Ich, äh ...«, machte er und schwor sich, den nächsten Job besser vorzubereiten.

»Raus mit der Sprache!«, sagte Wolf munter. »Gibt nichts, wofür man sich schämen muss, wenn man keine Ahnung vom Hund hat.«

»Bruno beißt gelegentlich«, improvisierte Hartmann und dachte im Stillen: Wer zur Hölle ist Bruno?

»Er beißt andere Hunde?«, wollte Wolf wissen.

»Ja«, nickte Hartmann. »Hunde auch.«

»Sie kommen am nächsten Samstag um drei in unsere Raufergruppe!«, schnarrte Wolf. »Mit Bruno. Dann gewöhnen wir ihn an einen Maulkorb und machen Nägel mit Köpfen.«

»Damit helfen Sie mir sehr, Herr Wolf«, sagte Hartmann.

»Dafür bin ich da. Machen Sie 's gut bis dahin. Ich muss jetzt. Die Schnecken kommen um zehn.«

»Wer?«

»Die feinen Damen mit den Luxusproblemen«, lachte Wolf.

»Und nicht vergessen: Führung ist das A und O. In diesem Sinne, Herr Hartmann. Tschö mit ö!«

Weg war er, der Wolf.

Hartmann starrte kopfschüttelnd auf das stumme Telefon in seiner Hand und fragte sich, was er da eigentlich tat. Der Typ hatte offensichtlich einen Dachschaden. Aber geschäftstüchtig klang er, das musste man ihm lassen.

Er setzte sich auf die Terrasse und genoss die letzten Sonnenstrahlen des Tages. Ein kräftiger, warmer Maiwind wehte. Bei jeder Bö schwankte der Kran auf der anderen Seite der Straße leicht hin und her. Die Steinkreissäge, die gegen Diebstahl gesichert in fünf Metern Höhe am Seil baumelte, schwang sachte mit. Die Kabel knallten gegen den Ausleger, der drohend auf Hartmanns Haus zeigte. Wie oft hatte er dem Vollpfosten von Kranführer schon zugerufen, er solle am Wochenende den Ausleger nach Osten drehen. Wenn das Ding dann einknickte, schlug es wenigstens in die Wiese. Aber der machte das extra. Drecksack! Jedes Wochenende stand der Kran verkehrt herum da und sah aus wie ein riesiger Mittelfinger.

Den Rest des faulen Sonntags trank Hartmann Espresso, aß Erdbeeren und fragte sich, wo in drei Teufels Namen er einen Hund hernehmen sollte.

Die Wupper plätscherte gemächlich durch ihr schattiges Flussbett. Die Luft war voller Vogelgezwitscher. Irgendwo bellten Hunde. Die Sonne gab alles. Es war viel zu heiß für Mai. Hartmann ließ den Citroën leise über die Straße rollen. Er war auf der Suche nach einer scharfen Rechtskurve, um die Fenster öffnen zu können. Bisher hatte er nichts Passendes entdeckt. Die Straße schlängelte sich genauso sanft durch die Landschaft wie der Fluss. Als ein Wanderparkplatz in Sicht kam, packte Hartmann die Gelegenheit beim Schopf. Er fuhr auf den Parkplatz, riss das Lenkrad herum und raste mit voll eingeschlagenen Rädern einmal im Kreis herum. Bei zweihundertsiebzig Grad surrten die Fenster nach unten. Der Meister in der Citroën-Werkstatt hatte diese elektronische Macke als einen *zeitweilig auftretenden Fehler* bezeichnet und sich keinen Rat gewusst, außer für zweitausend Euro die Blackbox im Fußraum auszutauschen. Hartmann hatte das Angebot dankend abgelehnt. Für zweitausend Euro musste ein privater Ermittler lange stricken. Da fuhr er lieber ab und zu einen flotten Kreis.

Erleichtert ließ sich Hartmann den frischen Wind um die Nase wehen. Das Hundegebell wurde lauter. Er schien auf dem richtigen Weg zu sein. Hartmann bog nach links ab. Die Straße wurde schmaler und führte durch ein Waldstück. Nach ein paar Kilometern öffnete sich eine große Lichtung. Hartmann konnte hinter hohen Hecken die Dächer von drei Gebäuden sehen. Das musste es sein. Er fuhr auf den Parkplatz und suchte eine Lücke mit einem Bordstein. Schwungvoll setzte er den Citroën rückwärts hinein. Der linke Hinterreifen prallte gegen die Bordsteinkante. Prompt schlossen sich die Fenster.

Hartmann hatte die ganze Woche im Internet verbracht und in Hundeangelegenheiten recherchiert. An einen Hund zu kommen, war gar nicht so einfach. In seiner Ahnungslosigkeit hatte Hartmann geglaubt, er könnte sich beim Züchter mal eben auf die Schnelle einen Welpen besorgen, irgendetwas Übriggebliebenes, das schon älter war. Schließlich konnte er keinen aggressiven Beißer ankündigen und dann mit einem acht Wochen alten Schmusemops bei Wolf aufkreuzen. Aber heiliger Bimbam, die Dinger kosteten locker tausendfünfhundert Euro!

Selbst Ladenhüter, die schon ein halbes Jahr auf dem Tacho hatten, waren nicht unter neunhundert zu haben. Die Größe schien ebenfalls keine Rolle zu spielen. Für Hartmann war das völlig unverständlich. Ein Einser-BMW war doch auch billiger als ein dicker Siebener. Wieso kostete einer von diesen mexikanischen Minihunden mit dem unaussprechlichen Namen so viel wie ein Rottweiler, der zwanzigmal schwerer war? Eine seltsame Branche war das.

Brunos gab es auch keine. Im Laufe seiner Recherchen hatte Hartmann zwar begriffen, dass Hundewürfe alphabetisch durchnummeriert wurden. Er musste also nach B-Würfen suchen, wenn er einen Bruno wollte. Aber die hatten alle völlig unaussprechliche Namen. Blix vom Haufenstein oder Barnabas von der Spaltenlärche. Was für ein Schwachsinn, hatte Hartmann gedacht. Wie rief man so einen adeligen Hund, ohne sich lächerlich zu machen? Detlev vom Deppendödel, jetzt aber husch husch die Waldfee?

Eines Morgens schließlich war Google so freundlich gewesen und hatte in den Suchergebnissen einen Tierheimlink zwischen die Züchteranzeigen gepackt. BRUNO, EMMA UND CO SUCHEN EHRENAMTLICHE GASSIGÄNGER hatte da gestanden. Das Tierheim lag in Brunsbüttel. Zu weit weg. Diesen Bruno konnte sich Hartmann abschminken. Aber immerhin tat sich eine neue Möglichkeit auf, an einen Hund zu kommen. Kostenlos noch dazu. Ehrenamtliche Gassigänger wurden ja wohl nicht nur in Brunsbüttel gebraucht, sondern auch hier im Rheinland.

Hartmann stand vor dem Tierheim, die Hände in den Taschen, und studierte die Aushänge in dem staubigen Glaskasten neben der Tür. Futterspenden seien im Büro abzugeben, las er, die nächste Mitgliederversammlung finde in zwei Wochen statt, das Katzenhaus sei voll, man suche dringend Katzen- und Katerfreunde, die einen Freigänger aufnehmen könnten, bitte bei Frau Sowieso melden. Ein mächtiger Vogelschiss auf dem Glas verbarg den oberen Teil einer verblassten Urkunde, die schief an einem rostigen Reißnagel hing. Vor zehn Jahren war man als *NRW-Tierheim des Jahres* ausgezeichnet worden. Eine Personalliste mit Telefonnummern: Vorstand, Kassenwart, sonstige Vereinsmeier, Frau Willebrandt, zuständig für Hunde-Adoptionen. Na also, dachte Hartmann. Die Dame wird ja hoffentlich auch die Gassigänger managen.

Er öffnete die Tür. Ein scharfer Geruch stieg ihm in die Nase. Eine Melange aus Katzenpisse, Hundefutter und rohem Fleisch älteren Datums.

»Hallo?«, rief Hartmann in den gekachelten Flur.

Hinten öffnete sich eine Tür. Ein verstrubbelter Kopf tauchte zwischen Tür und Rahmen auf, ebenfalls älteren Datums. Er wurde forsch angehoben und abgesenkt, das internationale Zeichen für *Was gibt's?*

»Die Frau Willebrandt hätte ich gern gesprochen«, sagte Hartmann.

»Am Apparat«, sagte der Kopf, der Willebrandt hieß.

Hartmann machte große Augen.

»Quatsch, Apparat«, sagte Frau Willebrandt. »Ich meine, Willebrandt, das bin ich. Heute ist wirklich der Teufel los. Ich weiß bald nicht mehr, wo mir der Kopf steht.« Sie wischte die feuchten Hände an ihrem Rock ab und eilte auf Hartmann zu. »Hatten wir telefoniert?«

»Nein, gar nicht«, sagte Hartmann. »Ich habe mir gedacht, ich schau einfach mal spontan vorbei. Auf Ihrer Website habe ich gelesen, dass Sie Leute suchen, die gelegentlich Hunde ausführen oder sie sonstwie beschäftigen.«

»Ja klar. Was meinen Sie, wie die sich immer freuen! Den ganzen Tag im Zwinger, das ist ja nix. Haben Sie denn Erfahrung mit Hunden?«

»Wir haben immer Hunde gehabt«, schwindelte Hartmann.
»Nur in den letzten Jahren leider nicht. Unter der Woche bleibt
nicht genug Zeit übrig für so ein Tier. Beruflich, wissen Sie.
Aber am Wochenende würde es gehen. Mir fehlt einfach die
Bewegung und die frische Luft, Frau Willebrandt. Da kam mir
die Idee, bevor ich faul in der Stube hocke, kann ich doch mit
dem ein oder anderen Tierheimhund ein paar Runden drehen.«

»Das ist eine sehr vernünftige Einstellung, Herr ...«

»Hartmann.«

»... Hartmann. Die meisten Leute denken nicht für fünf
Pfennig nach, bevor sie sich ein Tier anschaffen. Die holen sich
den Hund ins Haus, und wenn sie merken, dass er Arbeit
macht, ist Holland in Not. Dann bringen sie ihn zu uns und
geben an, sie hätten von heute auf morgen eine Tierhaarallergie
bekommen. Glauben Sie mir, nach zwanzig Jahren Tierheim
kennen Sie alle faulen Ausreden.« Frau Willebrandt schüttelte
gottergeben den Kopf. »Haben Sie an etwas Bestimmtes gedacht?«

»Eigentlich nicht«, sagte Hartmann. »Was Sie so dahaben.
Ich bin immer gerne und lange auf den Rheinwiesen unterwegs.
Es kann ruhig was Anspruchsvolles sein. Einer, der viel Bewe-
gung braucht oder eine kleine Macke hat. Ein guter Freund von
mir ist Hundetrainer. Ist ja nicht das Schlechteste, wenn der
Hund noch ein bisschen was lernt, während er einsitzt.«

»Wir nennen das nicht einsitzen, Herr Hartmann.« Frau
Willebrandt wackelte mahnend mit dem Zeigefinger. »Wir sprechen von Pensionsgästen.«

Sie musterte ihn wohlwollend.

»Jetzt kommen Sie mal mit. Sie sehen ja aus, als wären Sie
ein gestandenes Mannsbild. Da können sie gut einen von unseren Prachtkerlen nehmen.«

Sie hielt ihm die Tür auf. Zusammen traten sie in den Garten hinaus, wo die großen Zwinger untergebracht waren.

»Es sind ja meist Mädchen im Teenie-Alter, die für uns die Hunde ausführen«, erklärte Frau Willebrandt. »Die nehmen lieber die kleinen Süßen. Aber unter uns, was Größeres könnten die auch gar nicht führen. Die sind alle so zart und dünn. Heutzutage sind überhaupt die meisten Mädchen dünn.«

»Es gibt aber auch mordsmäßig viele dicke«, wandte Hartmann ein, während er auf Frau Willebrandts ausladenden Hintern starrte, der vor ihm über die Gehwegplatten wogte.

»Dicke gibt's auch«, stimmte Frau Willebrandt ihm zu. »Die bekommen wir hier aber nicht zu sehen, Herr Hartmann. Die bewegen sich nämlich nicht gern. So, da wären wir«, sagte sie und zeigte auf einen Freilauf, in dem ein gutes Dutzend Hunde döste, schnüffelte, blinzelte und balgte. »Jetzt gucken wir mal, welcher von den schlimmen Fingern am besten zu Ihnen passt.«

Sie ließ den Blick schweifen.

»Ich darf mal bekanntmachen. Der Dicke da drüben ist ein Kangal. Ali heißt der. Der wäre was für Sie. Sie müssten nur aufpassen, wenn Ihnen Frauen mit Kinderwagen begegnen. Gegen die hat er was. Wir wissen auch nicht, warum. Wahrscheinlich hat er als Welpe schlechte Erfahrungen mit Babys gemacht. Das schlanke Ding da hinten ist unsere Esmeralda. Eine spanische Podenca. Die läuft sehr, sehr gern. Die dürfen Sie nicht ableinen, Herr Hartmann, sonst prescht sie den Rhein runter bis Amsterdam.«

»Rotterdam meinen Sie.«

»Rotterdam, natürlich.« Frau Willebrandt winkte ab. »Ich und Erdkunde, eine einzige Katastrophe, kann ich Ihnen sagen. Wo waren wir? Ah, ja, die zwei halbhohen Terriermischlinge, die sich gerade gegenseitig die Ohren langziehen, sind Laurel und Hardy. Der Besitzer ist unlängst verstorben. Die Erben haben keine Lust auf die Chaoten. Trennen sollte man die nicht mehr. Die leben seit acht Jahren beieinander. Könnten Sie sich vorstellen, auch zwei unter Ihre Fittiche zu nehmen? Wir geben sie nur zusammen ab.«

So weit kommt's noch, dachte Hartmann.

»Haben Sie zufällig auch einen Bruno im Sortiment?«, erkundigte er sich.

Frau Willebrandt musterte ihn irritiert.

»Merkwürdiger Wunsch. So was hat noch keiner verlangt.«

»So hießen unsere Rüden früher«, sagte Hartmann. »Vergessen Sie's, Frau Willebrandt. War ein sentimentaler Anfall.«

»Wir hätten auch keinen gehabt. Aber gucken Sie mal dort drüben neben der Birke. Wunderbar, nicht? Der wäre perfekt für Sie.«

Hartmann folgte ihrem Zeigefinger. Sein Blick landete auf einem braunweißen, merkwürdig gewachsenen Riesenetwas, das herzhaft gähnend auf dem einzigen Rasenfleck lag, der im Zwinger überlebt hatte. Das Tier hatte die kompakte Gestalt eines dieser Hunde, die für britische Adelsgesellschaften immer den Fuchs hetzten. Der Name fiel Hartmann nicht mehr ein. Neulich beim Friseur hatte er in der *Bunte* einen Artikel darüber gelesen. Allerdings waren die viel kleiner gewesen als Frau Willebrandts Schützling. Du liebe Zeit, dieser Hund trug den Kopf ja in Schritthöhe! Hartmann wollte gar nicht wissen, wo man landete, wenn der einen freundschaftlich anstupste. Wahrscheinlich hundert Meter weiter hinten in den Rabatten.

»Das ist unsere Gitte«, schwärmte Frau Willebrandt. »Niedlich, oder? Da hatte ein Beagle wahrscheinlich ein Techtelmechtel mit einer Schäferhündin. Vom Papa die Nase und die Figur, von der Mama die Kraft, die Größe und das Gewicht. Ganz seltenes Exemplar, Herr Hartmann, ganz selten.«

Hartmann starrte in den Zwinger.

»Tut die was?«, fragte er misstrauisch.

»Nein, überhaupt nicht«, beruhigte ihn Frau Willebrandt.

»Mit Menschen ist sie ganz wunderbar.«

Sie seufzte.

»Sie würden uns einen ganz großen Gefallen tun, wenn Sie sich um Gitte kümmern könnten, Herr Hartmann. Wirklich! Einen ganz großen. Sie zieht halt so wahnsinnig an der Leine. Keine von den Dürren kann richtig mit ihr spazieren gehen. Sobald ihre Beaglenase was Spannendes schnuppert, geht es mit Gitte durch. Da muss man schon standfest sein, Herr Hartmann. Aber ich meine, einer wie Sie ...«

»Warum ist sie denn hier?«, wollte Hartmann wissen.

»Sie ist ... na ja, wie soll ich sagen ... nicht so freundlich zu anderen Hunden«, druckste Frau Willebrandt herum.

»Aber da sind doch ganz viele andere.«

»Ja, wenn sie an ein Rudel gewöhnt ist und die anderen alle groß sind, ist alles bestens. Aber bei Unbekannten unterwegs, da knallt's schon mal. Vor allem, wenn die klein sind. Ich sage Ihnen, wie es ist, Herr Hartmann. Wir haben sie vor dem Einschläfern bewahrt. Sie hat in Oberkassel einen Dackel zu hart rangenommen und wurde als gemeingefährlich eingestuft.«

Gitte wurde Hartmann immer sympathischer.

»Wie hart denn?«

»Er hat es nicht überlebt, glaube ich.«

»War das der einzige Vorfall?«

»Es gab wohl noch einen weiteren.«

»Also zwei insgesamt.«

»Oder drei. Nageln Sie mich bitte nicht fest.«

Hartmann war begeistert. Ein Monsterweib, das wegen mehrfachen Dackelmordes im Tierheim einsaß! Das war genau die Herausforderung, die er für Wolf suchte. Mit Gitte konnte er

Samstag für Samstag in der Hundeschule verbringen, ohne sich verdächtig zu machen. Morgens abholen, abends zurückbringen, dazwischen unauffällig Wolf ausquetschen. Nach spätestens vier Terminen hätte Hartmann alles, was Gerber wissen wollte, aus Wolf herausgekitzelt, und Gitte würde von ihrer Dackelphobie geheilt sein. Oder auch nicht. Wen kratzte es? Frau Willebrandt legte Hartmanns Zögern als Feigheit vor dem Feind aus.

»Lassen wir's gut sein, Herr Hartmann«, lenkte sie ein. »Ich kann verstehen, dass Sie nicht begeistert sind. Die Idee ist vielleicht auch nicht so gut. Mal sehen, wen wir noch ...«

»Kann ich mal zu ihr rein?«, unterbrach Hartmann sie.

Eine Stunde später saß Hartmann in Frau Willebrandts Büro und füllte einen Stapel Formulare aus. Mit der Lesbarkeit seiner Angaben war es nicht weit her. Der Kugelschreiber, den ihm Frau Willebrandt zur Verfügung gestellt hatte, pfiff aus dem letzten Loch. Gitte-Bruno lag zu seinen Füßen. Seit sie auf dem Schreibtisch eine schmale Dose mit Hundekeksen entdeckt hatte, sabberte sie ununterbrochen auf Hartmanns Schuhe. Sie trug ein abgewetztes Halsband, eine Leihgabe des Tierheims. Die dazu passende Leine hatte sich Hartmann um den Hals gehängt. Verstohlen blickte er auf seine Armbanduhr. Schon nach halb zwei! Sie mussten hier zum Ende kommen. Um drei waren sie mit Wolf verabredet.

»Jetzt bräuchte ich noch Ihren Personalausweis«, sagte Frau Willebrandt.

»Wenn man ein fremdes Kind aus dem Kindergarten abholt, hat man weniger Papierkram«, stöhnte Hartmann.

»Was sein muss, muss sein«, sagte Frau Willebrandt energisch. »Wir wollen doch sicherstellen, dass unsere Gitte für die nächsten Stunden nicht in Verbrecherhänden ist.«

Wenig später drückte sie Hartmann die Keksdose in die Hand. »Bis heute Abend dann«, freute sich Frau Willebrandt und tätschelte Gittes Quadratschädel. »Ich wünsche euch beiden ganz viel Spaß.« Hartmann nahm die Hundeleine fest in die Hand und lief zum Parkplatz hinüber. Gitte trottete kreuzbrav neben ihm her. Hartmann sah verwundert nach unten. Der Hund lief am Knie, als hätten sie das jahrelang geübt. Wahrscheinlich bin ich ein Naturtalent, dachte Hartmann. Die geborene Führungspersönlichkeit. So etwas spüren Hunde.

»Guck, Hund!«, sagte er. »Da drüben steht unser Auto.« Gitte hob folgsam den Kopf. Allerdings schlug nicht Hartmanns alte Karre die Hündin in ihren Bann, sondern ein Eichhörnchen, das todesmutig über die Straße auf den Parkplatz schoss und zu den Bäumen hinüberwieselte. Gitte jaulte einmal kurz und nahm die Verfolgung auf. Es schien sie nicht im Geringsten zu stören, dass ein hundertachtzig Pfund schwerer Hartmann am anderen Ende der Leine hing. Der gewaltige Ruck kugelte Hartmann beinahe das Schultergelenk aus. Auf den glatten Sohlen seiner Halbschuhe rutschte er ungebremst über den Kies. Ihm blieb nicht einmal Zeit für herzhafte Flüche. Er hatte alle Hände voll zu tun, um die Leine in der Faust und sich selbst auf den Beinen zu halten. Hilflos stolperte er hinter Gitte her und hatte keine Sekunde lang den Eindruck, einen Hund an der Leine zu haben. Es fühlte sich eher an wie eine mit Fell überzogene Mischung aus Diesellok und Kampfpanzer.

Das Gespann kam erst zum Stillstand, als sich das Eichhörnchen mit einem Riesensatz auf den Ahorn rettete, Gitte mit ihrem Bumskopf den Stamm rammte und Hartmann zwischen den Außenspiegeln zweier eng geparkter Mercedes-Limousinen hängen blieb. Die Autos waren so alt, dass die Spiegel nicht wegklappten. Hartmanns Hüftknochen jaulte noch lauter als Gitte, die ihrem Mittagessen nachtrauerte, das hoch über ihnen vergnügt auf den Ästen turnte.

»Was sind denn das für alberne Schühchen?«, johlte Wolf über den Platz. »Hol dir mal ordentliche Wanderstiefel mit Profilsohlen. Am besten aus Yakleder. Hammerzeug das! Marke fällt mir gerade nicht ein. Kannst du aber über mich bestellen. Dreihundertvierzig das Paar. Lohnt sich jeder Cent. Deine Bruno, das ist ein richtiger Hund, den du da hast. Kein Paris-Hilton-Winselmeier, den man in Flipflops auf die Kackwiese trägt. Heiliges Kanonenrohr! Wenn da jetzt ein Eichhörnchen aus dem Busch rennt, gehst du ab wie ein Zäpfchen, Hartmann. Wie ein Zäpfchen!«

Was du nicht sagst, fluchte Hartmann im Stillen, während er sich bemühte, mit Gitte-Bruno wie befohlen ordentliche Kreise auf dem Hundeplatz zu laufen. Damit man erst mal sehen könne, wie es um die Bindung zum Hund bestellt sei, hatte Wolf zur Begrüßung gedröhnt. So ein Vollarsch! Wolf führte sich auf wie ein Rottweiler mit Straußeneiern. Ein zweiter Rüde im Revier?! Schnell in alle Ecken pissen, damit die anwesenden Damen sofort sahen, wer hier der Chef im Ring war. Von denen gab es jede Menge. Sie kauerten auf den Barhockern der Prosecco-Terrasse wie faltige Flamingos und goutierten jedes Wort von Wolf mit vergnügtem Kichern. Der stand mit dem Rücken zu ihnen und erteilte Hartmann Befehle. Ungeliftet und ungewaschen, der harte Wolf, das Alphatier, der erdig riechende Verführer.

So sieht also Wolfs Job aus, dachte Hartmann und lief ziellos hinter Gitte-Bruno her. Umringt und bewundert von maßgeschneidert gekleideter Weiblichkeit, die sich in den Wechseljahren befand und dementsprechend unausgeglichen wirkte, zähmte Wolf täglich das Biest und quatschte männliches Zeug. Nicht die schlechteste aller Tätigkeiten. Wolfs Konto mochte vielleicht die Luft ausgegangen sein, aber sein Ego war aufgepumpt wie ein Medizinball. »Führung, Hartmann! Führung!«, schnauzte Wolf über den Platz. »Der Hund soll dahin, wo du hinwillst. Nicht umgekehrt!«

Als Hartmann und Gitte-Bruno eine Stunde zuvor Wolfs Hundegelände am Rhein bei Düsseldorf-Lörick erreicht hatten, hatten im Hof unter dem Schild *Alpha Wolf – Führung statt Mimimi* bereits ein halbes Dutzend schicker Schlitten gestanden. Der Platz ähnelte einer Range-Rover-Niederlassung. Zwei Porsche Cayenne und ein Aston Martin hatten sich dazwischen verirrt. Wo in diesem Auto ein Hund Platz finden sollte, war Hartmann schleierhaft. Als er seinen Blick über die Anlage schweifen ließ, war ihm schnell klar geworden, wofür Wolf hunderttausend Euro gebraucht hatte. Wahrscheinlich war selbst diese Summe nur ein Tropfen auf den heißen Stein gewesen, denn Wolf unterrichtete bei Sonnenschein auf dreitausend Quadratmeter Golfrasen und verzog sich bei Regen in eine aufwendig renovierte alte Scheune. Die war so riesig, dass man darin hätte Pferde longieren können. Gegenüber befand sich unter schattigen Bäumen eine geräumige Zwingeranlage aus rostfreiem Edelstahl, daneben der von Gerber beschriebene Bungalow mit Bangkirai-Terrasse und Prosecco-Kühlschrank. Offensichtlich wohnte Wolf auch hier.

»Auf ein Wort!«, rief Wolf und winkte Hartmann zu sich. »Ich habe genug gesehen. Komm her! Machen wir Bestandsaufnahme.«

Wolf schwang sich von der Terrasse und betrat den Platz. Er stelzte breitbeinig auf Hartmann zu, die Hände tief in den zwei größten Taschen seiner olivgrünen Kampfhosen vergraben. Abrupt blieb er stehen, nahm das Kinn hoch und blinzelte in die Sonne. Die letzten zehn Meter ließ er Hartmann kommen. Gute Technik, dachte Hartmann. Der König bittet zur Audienz.

»Noch mal für Doofe«, sagte Wolf. »Ich habe das vorher nicht so ganz kapiert. Warum heißt deine Hündin Bruno?«

»Wir hatten immer Hunde, die Bruno hießen«, log Hartmann das Blaue vom Düsseldorfer Himmel herunter. »Schon die Schäferhunde meines Großvaters haben alle Bruno geheißen.«

»So eine Art Familientradition, was?«, forschte Wolf.

»Genau«, sagte Hartmann und deutete auf Gitte-Bruno. »Die habe ich mit einem halben Jahr von einem Freund übernommen, der keine Zeit und keinen Platz mehr für einen Hund hatte. Sie ist quasi ein Scheidungsopfer.«

»Und du hast sie einfach Bruno genannt«, sagte Wolf, überzeugt, es bei Hartmann mit einem kynologischen Volltrottel zu tun zu haben.

»Die Macht der Gewohnheit.« Hartmann zuckte mit den Achseln. »Es hat sie nie groß gestört, wie ein Mann gerufen zu werden. So testosterongestört, wie die sich aufführt, ist sie ja auch einer. Irgendwie.«

»Im Grunde ist es wurscht, auf welchen Namen dieser Hund nicht hört«, grinste Wolf und schlug Hartmann auf die Schulter. »Meinetwegen kannst du *Käsecracker* zu ihr sagen. Die reagiert überhaupt nicht auf dich.«

Wolf kniete sich vor Gitte-Bruno und knetete ihren Bumskopf zwischen seinen Händen. »Aber das bringen wir dir schon bei, was? Zehn Stunden bei Wolf auf dem Platz, und die Welt sieht ganz anders aus.«

Gitte-Bruno fuhr ihre rosa Zunge aus und leckte Wolf die salzigen Schweißtropfen vom Hals. Er ließ es eine Weile zu. Dann schob er sie weg und richtete sich auf. Jetzt kam zu dem erdigen Wolfaroma auch noch der fleischige Duft von Hundesabber, stellte Hartmann fest, als sich Wolf unangenehm dicht vor ihm aufbaute. Die Groupies würden ihm alle Klamotten vom Leib reißen, wenn er die Terrasse das nächste Mal betrat.

Wolf tippte Hartmann mit dem steifen Zeigefinger auf die Brust. »Zweiter Teil der Anamnese«, schnarrte er. »Jetzt wollen wir mal sehen, wie Bruno mit anderen Hunden klarkommt. Zuerst packen wir einen gestandenen Rüden dazu. SILVIA, BRINGST DU MAL DEINEN HARDY ZU UNS RÜBER!!!«

Wolf schrie so laut in Richtung Terrasse, dass Hartmann die Ohren klingelten. Dann senkte er verschwörerisch die Stimme. »Wahnsinnsrüde«, erklärte er. »Hardy vom Schnesenbesen. Ganz erlesene Weimaranerzucht. Die Moosleitners haben's dick, sage ich dir, ganz, ganz dick. Er ist Schönheitschirurg, sie gibt das Geld aus.«

Auf der Terrasse erhob sich eine zart gebaute Blondine und ging zu ihrem silbern schimmernden Geländewagen. Sie öffnete die Heckklappe. Ein großer, grauer Hund sprang in den Marmorkies und schüttelte das kurze Fell.

»Sie kommt aber auch aus einem feinen Stall«, grinste Wolf. »Hammerfahrgestell, oder? Ich meine, für fünfundvierzig. Alle Achtung! Wahrscheinlich werkelt der Gatte da immer dran herum. So abends im Hobbykeller.«

Wolf brüllte vor Lachen.

Der Typ ist ein echter Arsch, dachte Hartmann. Der schwatzt ohne Unterlass dummes Zeug. Ein Kneipenabend mit ihm wäre bestimmt ergiebig! So bullig, wie Wolf gebaut war, käme er zwar nach fünfzehn Alt immer noch nicht ins unkontrollierte Plaudern, aber den ein oder anderen Hinweis könnte man ihm mit

Sicherheit entlocken. Mal sehen, was sich in nächster Zeit so ergab.

»Frau Professor Moosleitner«, stellte sich die schlanke Silvia vor.

»Angenehm«, murmelte Hartmann und drückte ihre Hand.

»Mach mal den Hardy rein da!«, kommandierte Wolf.

Er öffnete das Tor zum Platz. Hardy stolzierte auf den Rasen und pinkelte an den Zaun. Als Gitte-Bruno den Rüden sah, trabte sie gemächlich zu den Zwingern hinüber, möglichst weit weg von Hardy. Hartmann kniff die Augen zusammen. Was soll das denn, dachte er, ich habe einen Killer gemietet, Frau Willebrandt. Seit wann gehen Killer stiften?

Hardy scharrte mit den Hinterpfoten über seine Pinkelstelle, dass die Grasfetzen flogen. Dann trottete er zu Gitte-Bruno hinüber. Als er sich näherte, fletschte die Hündin die Zähne. Das sah sehr beeindruckend aus, fand Hartmann. Es wird, freute er sich insgeheim, es wird!

»Mein Gott, Bert!«, entfuhr es der besorgten Frau Professor Moosleitner.

»Bert genügt«, lachte Wolf und legte ihr beruhigend den Arm um die Schultern. »Mach dir mal keine Sorgen um deinen Hardy. Was wir da sehen, ist noch im grünen Bereich.«

Dann ging alles ganz schnell. Hardy steckte Gitte-Bruno respektlos die Nase in den Hintern. Gitte-Bruno drehte sich fauchend um und warf ihre vierzig Kilo auf den schlanken Weimaraner. Der sprang quietschend beiseite. Gitte-Bruno setzte nach, rammte ihn mit ihrer breiten Brust zu Boden und blieb über ihm stehen. Hardy rührte sich nicht mehr. Er stellte das Atmen ein und wartete geduldig, bis dieser merkwürdig verformte Monsterbeagle von ihm abließ.

»Jetzt unternimm doch was, Bert!«, kreischte die Frau Professor.

»Reg dich nicht auf«, brummte Wolf und hielt den Torgriff fest, um sie am Betreten des Platzes zu hindern. »Das ist ganz normale Kommunikation.«

Er wandte sich an Hartmann: »Wie alt ist Bruno jetzt?«

»Wird im September fünf«, riet Hartmann beherzt.

»Hardyyyyyy!« Frau Moosleitner schickte sich an, über den Zaun zu klettern und ihrem Rüden fuchtelnd zu Hilfe zu eilen. Wolf hielt sie zurück.

»Sieh es mal so, Silvia«, sagte er. »Das da drüben ist eine gestandene Hündin im besten Alter, die sich die Butter nicht vom Brot nehmen lässt. Dein Hardy ist ein pubertierender, anderthalb Jahre alter Suppenkasper. Der kriegt gerade eine blitzsaubere Lektion, was höfliche Umgangsformen angeht. Mit Aggression hat das gar nichts zu tun.«

»Mit was denn dann?!«, empörte sich Frau Moosleitner. »Die Dicke da drüben ist total grob. Der arme Hardy, er darf gar nicht mehr aufstehen. Dabei wollte er ihr nur guten Tag sagen.«

»Zwei Dinge, Silvia.« Wolfs Stimme bekam einen ungeduldigen Unterton. »Erstens. Wenn dir ein Dreizehnjähriger beim Guten-Tag-Sagen plötzlich an deinen sagenhaften Arsch packt, dann ist das unhöflich. Sind wir uns einig? Gut. Zweitens. Wenn du ihm daraufhin eins in die Fresse haust, dass er Sternchen sieht, was willst du dann von den Umstehenden hören? Die ist total grob? Mit Sicherheit nicht! Geschieht ihm recht, willst du dann hören. Bravo! Gut gemacht! Nachschlag!«

Er zeigte zu den Hunden hinüber.

»Guck hin, ist schon vorbei. Dein Hardy lebt. Wetten, wenn er diese Hündin das nächste Mal sieht, macht er einen Diener und fragt, ob er frittierte Ochsenziemer servieren soll.«

Hardy rappelte sich auf und torkelte über den Golfrasen zu seinem Frauchen zurück. Die nahm ihn tröstend in Empfang und führte ihn mit säuselnden Sätzen, in denen mehrmals hintereinander die Worte *Hasi* und *schlimme Frauen* und *armes Pillermännchen* vorkamen, zum Auto zurück.

Hartmann war besorgt. Er hatte Wolf eine gewalttätige Bestie angekündigt. Stattdessen stand er mit einem Lämmchen auf dem Platz, das offensichtlich völlig normal und artgerecht auf Reize reagierte. Wenn bloß seine Tarnung nicht aufflog! Er stand gerade mal am Anfang seiner Ermittlungen. Das Beste wäre, eine der Prosecco-Tanten könnte einen Dackel zur Verfügung stellen. Dann würde Gitte-Bruno ordentlich Gas geben und zum Feierabend ein kleines Blutbad anrichten. Vorausgesetzt natürlich, Frau Willebrandt hatte nicht geschwindelt.

»Mit den großen Hunden kommt Bruno eigentlich zurecht«, sagte er zu Wolf. »Die Kleinen sind eher das Problem in unserem Alltag. Wenn du vielleicht einen Dackel im Angebot hättest?«

»Nein«, sagte Wolf bestimmt. »So was unterrichten wie hier nicht.«

Er blickte nachdenklich auf seine Schuhspitzen.

»Komm mal zu mir, Bruno!«, rief er plötzlich dröhnend über den Platz. »Bruno! He, Bruno! Bruuuunooooo!«

Gitte-Bruno, die gerade in der Scheune verschwand, weil es dort so interessant roch, zuckte nicht einmal mit dem Ohr.

»Eine seltsame Hündin«, wunderte sich Wolf. »Die guckt ja nicht mal. Als ob sie mit ihrem Namen nichts anzufangen wüsste. Aber sei's drum. Für heute genügt's. Ich würde beim nächsten Treffen gern sehen, wie sie auf Menschen reagiert. Hast du nächsten Samstag Zeit? Da hätte ich einen Helfer da. Den können wir auf Bruno loslassen. Mal die ein oder andere Überraschung gestalten, Hartmann, wenn du weißt, was ich meine.«

Hartmann wusste nicht, was er meinte, hatte aber auch keine Lust, seine Ahnungslosigkeit durch blödes Fragen offenzulegen.

»Bei der Interaktion mit Hunden fällt mir jedenfalls nichts Außergewöhnliches auf«, fuhr Wolf fort. »Ich guck mal in der Kartei, wer einen kleineren Hund hat und sich eventuell trauen würde, den zur Verfügung zu stellen. Dann schauen wir da auch noch mal genauer hin. Sollte es dazu kommen, müsste Bruno allerdings einen Maulkorb tragen.«

Wolf hieb Hartmann jovial auf die Schulter.

»Und jetzt gehen wir deinen Hund mal holen, Hartmann«, sagte er.

Gemeinsam marschierten sie zur Scheune hinüber.

»Für mich ist das ein ganz klarer Fall«, sagte Wolf. »Dein Hund dominiert dich in jeder Situation. Er sagt dir, wo es langgeht. Er kommt, wann es ihm passt. Du eierst hilflos durch die Gegend. Führung null. Deshalb gibt's erst mal Hausaufgaben in Personalführung. Nur eine einzige Übung bis Mittwoch. Aber die musst du konsequent durchziehen. Ganz subtile Sache. Wenn dein Bruno markiert, markierst du drüber. Mehr nicht.«

»Was mach' ich!?«, rief Hartmann entgeistert.

»Wenn Bruno irgendwo hinschifft, schiffst du drüber.«

»Pinkeln in aller Öffentlichkeit?«

»Ja«, sagte Wolf. »Ist gar nicht kompliziert.«

»Wie stellst du dir das vor?«, knurrte Hartmann. »Ich lebe in Düsseldorf, Mann! Ich kann nicht einfach auf den Rheinwiesen den Dödel rausholen und durch die Luft schwingen.«

»Willst du, dass dein Hund gehorcht, oder willst du rumlabern?«, schnauzte Wolf. »Führungspersönlichkeit wird einem nicht in die Wiege geworfen. Die muss man sich erarbeiten.«

»Aber doch nicht durch Exhibitionismus!«, fauchte Hartmann.

»Das liebe ich«, sagte Wolf. »Sich einen knallharten Hund

zulegen und dann nicht die Traute haben, ihm ordentliche Grenzen zu setzen.«

»Git –, ich meine, Bruno ist kein knallharter Hund«, beschwerte sich Hartmann. »Die hat vielleicht ein paar Problemchen, aber mehr auch nicht.«

»Du hast keine Ahnung«, sagte Wolf. »Was ich gesehen habe, hat genügt. Ein dickschädeliger Beagle im Körper eines hoch erregten, mental instabilen Schäferhundes. Und am anderen Ende der Leine ein Weichei. Prost Mahlzeit!«

»Du hältst jetzt mal schön deine vorlaute Schnauze, Hundeflüsterer!« Hartmann wurde sauer. »Ich zahle gutes Geld für vernünftige Ratschläge. Also gibst du mir gefälligst welche. Irgendwas Sinnvolles, womit ich arbeiten kann. Aber nicht so eine alberne Pissnummer. Meinetwegen können deine Groupies da drüben die Röcke heben und ihre Rüden anschiffen. Ich werde einen Teufel tun!«

Wolf strahlte Hartmann ins Gesicht und hob zwei Daumen.

»Hartmann, ich bin begeistert!«, sagte er. »Das war ein Superauftritt! Dem Wolf eine Grenze gesetzt. Straffe Körperhaltung. Wunderbar! Ganz große Klasse! Mit dir wird das noch was, da bin ich ganz sicher.«

Hartmann starrte verblüfft zurück.

»Klare Kante, mehr braucht dein Hund nicht«, sagte Wolf und schüttelte Hartmann die Hand. »Der will dich einfach lesen können, ohne Augenkrebs zu kriegen.«

Hartmann donnerte mit zweihundert Sachen über die Autobahn. Er war in Gedanken. Eigentlich waren hier nur hundertzwanzig erlaubt, aber Hartmann hatte das Schild übersehen. Außerdem hatte er seine Brille nicht auf der Nase. Deshalb entdeckte er auch erst im letzten Moment, dass auf der monumentalen blauen Hinweistafel quer über der Autobahn *Haan-West* stand. Er zog nach rechts über alle drei Fahrspuren und stieg in die Eisen. Hinter ihm hupte eine der lahmen Enten erbost. Auf dem Rücksitz des CX kam Gitte-Bruno ins Rutschen. Sie hatte während der ganzen Fahrt ihre Sabberschnauze fest gegen die Scheibe gedrückt, und dickschädelig, wie sie nun mal war, behielt sie diese Haltung konsequent bei. Als Hartmann mit Bremsen fertig war, wies das linke Heckfenster eine beachtlich lange Schleimspur auf. Er rauschte quietschend durch die Ausfahrt. Nach der Ausfahrt rechts und nach zweihundert Metern wieder rechts, hatte sie gesagt. Auf dem Parkplatz beim Griechen würden sie sich treffen. Um vier sei ihre Einzelstunde zu Ende. Danach hätte sie Zeit für ihn. Er solle nach einem grünen Land Rover Defender mit der Aufschrift *Marlenes Bunte Hunde Runde* Ausschau halten. Hartmann nickte zufrieden, als er das Auto entdeckte. Kein Deppenapostroph hinter *Marlene*. Das wollte in dieser Branche schon was heißen. Es wimmelte nur so von *Carola's Hundeservice* und *Thomas's Dogwalking*. Sogar *Hund's Tage* hatte er im Web entdeckt. Unfassbar! Das war noch schlimmer als *Rosi's Pomme's Schmiede* in der Innenstadt.

Bevor Hartmann gestern Abend Gitte-Bruno ins Tierheim zurückverfrachtet hatte, hatte er ihr noch sein Haus und seinen Garten gezeigt. Nach dem Essen – es gab Nudeln mit Ketchup und Spiegelei, gerecht geteilt auf zwei Tellern – hatte er versucht, Gitte ihren neuen Namen beizubringen. Es war nichts zu machen. Gitte reagierte nicht ein einziges Mal auf *Bruno*. Aber sobald er *Gitte* rief, drehte sie ihm blitzschnell den Kopf zu. Manchmal zuckte sie nur mit den Ohren, wedelte mit der Rute oder gab ein anderes Zeichen, das auf Verständnis schließen ließ. Sie verfügte scheinbar über ein großes Repertoire an Reaktionen. Nach einer Weile vergeblichen *Bruno*-Rufens und erfolgreichen *Gitte*-Sagens stellte Hartmann fest, dass es nicht der Name *Gitte* war, auf den die Hündin reagierte, sondern die Lautfolge. Sie reagierte genauso auf *Bitte*- und *Mitte*-Rufe. Nach dem zweiten Glas Chardonnay wurde Hartmann kreativ.

»Quitte!«, rief er in den Garten.

Prompt lugte Gitte hinter dem Gartenhäuschen hervor und suchte seinen Blick.

»Titte!!«, probierte Hartmann.

Gleiches Ergebnis.

»Bruno!«

Gitte guckte ihn nicht mit dem Arsch an. Hartmann seufzte. Bis zum nächsten Wolftermin in sieben Tagen musste er das hinkriegen. Der Mann war nicht blöd. Irgendwann würde er merken, dass der Hund nicht zu Hartmann gehörte.

Nachdem er Quitte-Titte Frau Willebrandt zurückgebracht hatte, hatte er sich mit dem Laptop in die Küche gesetzt und nach Hundetrainern gesucht. Irgendwann war er auf der Seite von Marlene Bunt gelandet. Die Frau machte einen sympathischen Eindruck. Jünger als er, Mitte dreißig vielleicht, ein bisschen mollig, raspelkurze Haare, freundliches Lachen, grübchenlos. Vielleicht eins siebzig groß, schloss Hartmann aus den Fotos auf ihrer Seite, die sie neben einem Urviech von Rottweiler zeigten. Der reichte ihr bis ans Knie. Eine freche Schnauze hatte sie obendrein. Das hatte er festgestellt, als er sie am Abend noch anrief und ihr sein Problem schilderte. Von Wolf erzählte er ihr nichts. Es gehe einfach nur um die schnelle Umbenennung von Gitte in Bruno, hatte er gesagt.

»Gitte ist wirklich ein selten dämlicher Name«, hatte sie gesagt und sich mit ihm für den Sonntagnachmittag verabredet. »Kommt gleich nach Marlene. Blöder Fankult. Ich kann froh sein, dass ich kein Junge geworden bin. Dann hätten mich meine Eltern wahrscheinlich Dietrich genannt. Mein Rottweiler heißt übrigens Taxi. Weil da immer so viele Zecken mitfahren.«

»Das ist ja ein Ding«, hatte Hartmann gebrummt und sich überlegt, was Frau Willebrandt wohl sagen würde, wenn er morgen schon wieder bei ihr aufschlug, um Gitte-Bruno auszuleihen. Andererseits passte das alles wunderbar in seinen prallvollen Terminkalender. An den Wochenenden der Fall Wolf, unter der Woche die anderen Jobs.

Hartmann parkte direkt neben dem Land Rover mit dem Heck zur Wiese. Er öffnete die hintere Tür und setzte sich zu Gitte-Bruno auf den Rücksitz. Wie üblich war er zehn Minuten zu früh. Das plante er immer so. Hartmann hasste es, gehetzt zu einem Termin zu erscheinen. Womöglich so spät, dass der andere schon wartete. In solchen Fällen fehlten Hartmann wertvolle Minuten, in denen er sich ein Bild machen konnte. Er musste den anderen ankommen sehen. Erst dann fühlte er sich optimal auf das bevorstehende Gespräch vorbereitet.

Er hörte Marlene Bunt, noch bevor er sie erblickte.

»Taxi! Lass den Scheiß und komm her!«

Ein riesiger Rottweilerschädel lugte in Hartmanns Auto, fiepte kurz und drehte wieder ab. Gitte-Bruno schickte ihm ein Donnergrollen hinterher. Mein Gott, dachte Hartmann, zwischen die beiden will man nicht geraten, wenn die etwas zu besprechen haben.

»Herr Hartmann?«

»Frau Bunt?«

Marlene tauchte auf. Den dicken Taxi hatte sie neben ihrem Auto ins *Platz* gelegt. Gitte-Bruno sprang auf und rammte Marlene die Schnauze in die Hüfte. Marlene ließ sie kurz an ihrer Hand schnuppern und reagierte danach nicht weiter auf sie. Als Gitte-Bruno feststellte, dass sie bei Marlene nicht punkten

konnte, legte sie sich wieder hin. Hartmann fand, sie sah einge-
schnappt aus.

»Ist sie jetzt beleidigt?«, wollte er wissen.

»Nein«, sagte Marlene. »Sie ist einfach nur zufrieden. Sie
weiß jetzt, wer ich bin. Mehr wollte sie ja nicht. Außerdem
sind Hunde nicht beleidigt. Sie sind auch nicht wütend oder
ungerecht oder hinterhältig. Wir verpassen ihnen gern mensch-
liche Attribute. Aber das trifft es nicht. Wollen wir ein Stück
gehen?«

»Lieber nicht«, sagte Hartmann freimütig. Der Gedanke,
unter messerscharfem Trainerblick eine erneute Kostprobe der
nicht vorhandenen Hartmann-Gitte-Bruno-Bindung zu geben,
war ihm aufs Äußerste zuwider. »Ich habe ja auch nicht so sehr
ein mobiles Problem, sondern eher ein stationäres. Vielleicht
können wir uns zum Griechen in den Garten setzen und einen
Kaffee trinken?«

»Einverstanden«, sagte Marlene. »Dann müssen wir die zwei
aber mitnehmen. Es ist zu heiß im Auto.«

Sie lachte schallend, als sie Hartmanns entsetztes Gesicht
sah.

»Keine Panik, die tun sich nichts. Taxi hat eine Engelsgeduld
mit zickigen Weibern. Außerdem suchen wir uns eine Ecke auf
der Terrasse, wo wir nichts im Rücken haben. Dann gibt's auch
keine Überraschungen.«

Hartmann zog die Augenbrauen hoch. Was für ein Zirkus,
dachte er. Hundehalter müssen sogar ihre Biergartenaufent-
halte strategisch planen. Da sind Katzenbesitzer besser dran.
Die lassen die Muschi einfach alleine und gehen ein Pils trinken.
Nicht einmal füttern muss man die regelmäßig. Es sind genug
Singvögel im Garten. Und Elstern im blauschwarzen Frack, die
sie servieren.

Marlene schien langjährige Übung zu haben. Ihre Augen

schweiften kurz über die Terrasse. Sie nickte mit dem Kopf in Richtung Oleander, nahm Taxi am Halsband und stampfte entschlossen durch die Gäste. Hartmann schwamm in ihrem Kielwasser und versuchte, genauso professionell zu wirken. Die ersten Meter ging das leidlich gut. Dann rannte Gitte-Bruno rechts um einen unbesetzten Stuhl herum, Hartmann links. Der Stuhl verheddterte sich in der Leine und wurde klappernd mitgezogen. Marlene löste das Knäuel, und Hartmann wünschte sich ganz weit weg. Auf eine einsame Insel, am besten eine, wo man sperrhölzerne Haustüren eintreten und Drogenküchen stürmen konnte, mit gezückter Waffe, sportlicher Hechtrolle und ohrenbetäubendem »Gesichert!«-Gebrüll. Das war seine Welt gewesen. Irgendwie war sie es immer noch.

»Was tut man nicht alles für Geld?«, murmelte er, als er schwer atmend in das bequeme Rattanmöbel sank und Gitte-Brunos Leine am Tischbein befestigte.

»Was sagten Sie?«, fragte Marlene.

»Nichts Wichtiges«, winkte Hartmann ab. »Ich war gerade in Gedanken woanders. Was nehmen Sie? Espresso und Wasser? Ich bestelle vor sechzehn Uhr immer Espresso und Wasser. Am besten gleich einen doppelten und eine große Flasche. Es dauert bestimmt länger.«

Eine Stunde später wusste Marlene ein bisschen etwas über Hartmanns Hundeproblem und Hartmann ohne Punkt und Komma alles über das Elend, Hundetrainerin im Hildener Stadtwald zu sein. Die kynologische Konkurrenz trat sich gegenseitig auf die Füße, machte sich die Kunden abspenstig und schlug sich mit der Stadtverwaltung herum. Die hatte eines Tages das gesamte Gebiet für Hundetraining gesperrt. Wenn hier einer im Wald Geld verdiene, dann seien das die Forstwirte der Stadt Hilden und des Landes Nordrhein-Westfalen, hatte sie unter der Hand verlauten lassen und sowohl die Nordic-

Walking-Kurse als auch die beitragspflichtigen Joggingtreffs der Sportvereine gleich mit ausgeschlossen. Seither waren alle Hundetrainer privat unterwegs. Wenn ihr Hundekurs vom Ordnungsamt aufgegabelt wurde, schwor die gesamte Gruppe Stein und Bein, nur gute Hundefreunde auf einem ausgedehnten, trainerlosen Spaziergang zu sein.

»Diejenigen von uns, die das Glück haben, einen festen Platz pachten zu können, sind fein raus«, seufzte Marlene. »Wir anderen versuchen unerkannt zu bleiben und, so oft es geht, das Terrain und die Routen zu wechseln. Dazu musst du dich untereinander noch gut stellen, damit dich keiner beim Amt anschmiert. Jeder ist spitz auf die Kunden des anderen.«

»Und wie gehen Sie damit um?«, fragte Hartmann.

»Ach, ich bin nur noch selten hier, seit ich nach Düsseldorf gezogen bin«, sagte Marlene. »Ein paar Stammkunden aus Haan und Hilden habe ich noch behalten. Der Rest ist aus der Stadt. Wir treffen uns am Rhein, im Grafenberger Wald oder oben in Knittkuhl. Außerdem gebe ich meist nur Einzelstunden. Das fällt überhaupt nicht auf. Die Kundschaft kriege ich über meinen Dogwalking-Service. Darunter ist immer der ein oder andere Problemfall, der ein bisschen Training brauchen kann. Sorgen muss ich mir nicht machen, Akquise ist mir immer leichtgefallen. Wissen Sie, in meiner Gassi-Gang läuft jeder Hund in der Spur, auch die stadtbekannten Pöbelheinis. Wenn ihre Besitzer das erleben, bleibt ihnen der Mund offen stehen. Wie machen Sie das bloß, fragen sie mich. Ich zeig's Ihnen, sage ich. Schon habe ich die nächste Zehnerkarte verkauft.«

Marlene schnippte mit dem Finger und lachte.

»Was Ihren Bruno angeht, das machen wir bei Ihnen zu Hause«, sagte sie. »Das geht ganz schnell.«

»Was geht schnell?«, fragte Hartmann. »Aus Gitte Bruno machen?«

»Ja, klar«, sagte Marlene und fischte einen Hundekeks aus der Jackentasche. »Schauen Sie gut hin!«

Sie hielt Gitte-Bruno den Keks vor die Nase und zog ihn leicht nach oben. Prompt ging Gitte-Brunos Nase nach oben. Der Hintern senkte sich automatisch.

»Bruno, *sitz!*«, sagte Marlene, kurz bevor Gitte-Bruno saß, und stopfte ihr den Keks in die Schnauze.

»Voilà!« Sie strahlte Hartmann an. »Soll ich noch mal?«

Hartmann nickte.

Marlene lockte Gitte-Bruno mit einem neuen Keks auf die andere Seite ihres Stuhls. »Bruno, *sitz!*«

Gitte-Bruno saß.

»Schlauer Hund«, lobte Marlene zufrieden. »Mehr braucht's nicht. *Sitz* hat sie schon begriffen. Wir haben es mit dem Namen verbunden.«

»Denkt sie jetzt nicht, sie heißt *Brunositz?*«, fragte Hartmann irritiert.

»Und wenn schon. Sie reagiert auf den neuen Namen. Das ist das Wichtigste. Das *Sitz* schleichen wir bei unserem nächsten Treffen wieder aus. Die ersten Silben reichen dem Hund meistens. Taxi sitzt schon, wenn er nur das *Ssss* von *Sitz* hört. Sie wird ab jetzt auf jeden Fall beim Namen *Bruno* aufhorchen und irgendetwas tun. Sitzen, gucken, brummen, hinlegen, was weiß ich. Das Wort *Gitte* ist für die nächste Zeit tabu, Herr Hartmann. Alles, was ähnlich klingt, am besten auch. Bitte, Mitte und was Ihnen sonst so einfällt.«

Als sie Hartmann grinsen sah, lachte sie schallend.

»Ich sehe schon, Sie haben's verstanden.« Sie trank durstig ihr Wasserglas aus. »Aber interessieren würde es mich schon, wieso diese Hündin Bruno heißen soll. Das ist ja jetzt nicht unbedingt ein typischer Frauenname, oder?«

Hartmann schüttelte den Kopf und dachte kurz nach. Die

Legende vom sentimentalen Hundefreund, dessen Hunde alle Bruno hießen, würde er sich verkneifen, beschloss er. Marlene war in Ordnung. Er würde ihr reinen Wein einschenken. Halbreinen Wein. Alles musste sie nicht wissen.

»Das ist ein bisschen kompliziert«, fing Hartmann an. »Sagt Ihnen der Name Wolf etwas?«

Marlenes Lächeln fror schlagartig ein.

»Bert Wolf?«, fragte sie misstrauisch.

»Ja.«

»Von *Alpha Wolf* der?«

»Genau.«

»Was haben Sie mit dem zu tun? Arbeiten Sie für den?«

»Aber nein, ich …«

»Sie sind vom Fach, oder?«

»Quatsch. Nein!«

»Lässt das Arschloch wieder seine Hilfswillis ausschwärmen, um die Konkurrenz auszuspionieren? Und ich blöde Kuh lasse mich auch noch verladen. Scheiße! Ober, zahlen!«

»Marlene, jetzt warten Sie doch mal.«

»Vergessen Sie's, Hartmann, oder wie immer Sie heißen!«

Hartmann griff nach Marlenes Arm und zog sie sanft, aber bestimmt wieder in den Stuhl zurück.

»Bleiben Sie vernünftig, Marlene«, sagte er ruhig.

»Pfoten weg!« Sie riss sich los.

»Herrgott! Denken Sie doch mal nach! Schauen Sie mich an!« Hartmann deutete auf seine Klamotten, seine Schuhe, seinen Hund. »Sehe ich wirklich aus, als wäre ich vom Fach? Bin ich Trainer? Rieche ich nach Trockenpansen? Sitze ich breitbeinig da und schaukle meine Eier? Mache ich den Eindruck, als hätte ich meinen Hund im Griff?«

Marlene hielt inne. Ihr Blick glitt von Hartmann zu Bruno und wieder zurück.

»Tarnung«, schnaubte sie.

»Kommen Sie!«, grinste er. »Das glauben Sie doch selbst nicht.«

»Na ja.« Ein Lächeln stahl sich auf ihr Gesicht. »Stimmt schon. Führung sieht anders aus.«

»Ich spioniere nicht für Wolf, Marlene. Es geht um etwas ganz anderes.«

Marlene setzte sich zögernd.

»Dann erzähl mal!«, forderte sie Hartmann auf. »Aber keinen Scheiß. Ich merke das sofort.«

Tust du garantiert nicht, dachte Hartmann. Wenn er wollte, konnte Hartmann, ohne mit der Wimper zu zucken, die reine Unwahrheit verkünden, nichts als die reine Unwahrheit. Im Bluffen war er schon immer Meister gewesen. Wenn er früher zwei eisern schweigende Verdächtige parallel verhört hatte, tischte er dem einen das Geständnis des anderen auf, obwohl der in Wirklichkeit keinen Ton von sich gegeben hatte. Einfach nur, um die Wut in den Augen des angeblich Verratenen aufglimmen zu sehen. Hartmann hatte eine diebische Freude daran. Anschließend brauchte es meist nur eine oder zwei kleine Sticheleien, damit sein Gegenüber explodierte und Hartmann kochend vor Zorn tatsächlich ein Geständnis lieferte.

Diesen Moment, wo er dem tatsächlichen Verräter reinen Wein einschenkte, wo er sich herzlich bei ihm bedankte und ihm mitteilte, dass der andere kein einziges Wort gesagt hatte, diesen Moment hatte Hartmann immer besonders genossen. Wenn den harten Kerlen die Kinnlade herunterfiel und sie so dämlich dreinschauten wie die toten Doraden bei Edeka auf dem Eisbett. Das war unbezahlbar.

In Marlenes Fall verzichtete Hartmann auf alle Tricks. Er erzählte ihr einfach die Wahrheit über den Fall. Warum er hinter Wolf her war und warum er seine Hundeschule ausspähte. Nur

Gerbers Namen und die Herkunft seines Geldes ließ er im Dunkeln. Das lief nicht unter Schwindeln. Das war Mandantenschutz.

»... und dann habe ich mich dummerweise bei *Alpha Wolf* spontan mit einem Hund namens Bruno angemeldet«, schloss er seinen Bericht. »Ich gebe zu, sonderlich klug war das nicht. Ich musste halt improvisieren, um einen Fuß in die Tür zu kriegen. Am Samstag habe ich den zweiten Termin bei Wolf. Wenn wir bis dahin eine halbwegs vernünftige Beziehung zwischen Bruno und mir hinkriegen, wäre mir sehr geholfen. Ein weiteres Mal will ich dort nicht so ahnungslos auflaufen. Der Wolf ist nicht blöd. Der riecht den Braten schnell.«

»Ich würde alles dafür geben, um Wolf endlich das Handwerk zu legen«, gestand Marlene.

»Musst du gar nicht«, sagte Hartmann. »Deine Stunden rechnest du ganz normal ab. Das geht alles auf Spesen.«

»Dieser Wolf ist so eine ausgekochte Sau.« Marlene beugte sich vor und senkte die Stimme. »Wenn nur die Hälfte von dem stimmt, was über ihn gemunkelt wird ... halleluja!«

»Ein paar Sachen sind mir schon zu Ohren gekommen«, sagte Hartmann. »Auf der anderen Seite ist er anscheinend sehr erfolgreich. Das bringt Neider auf den Plan. Da wird schnell schmutzige Wäsche gewaschen.«

»Ich weiß definitiv, dass er Tierärzte bestochen hat, damit sie ihm Hundehalter schicken, die ein Problem mit ihren Hunden haben. Außerdem schikaniert der alte Drecksack seine Angestellten und denunziert unliebsame Konkurrenten beim Kreisveterinäramt.«

»Wie macht er das?«

»Seit das neue Tierschutzgesetz raus ist, braucht man einen Sachkundenachweis, wenn man gewerblich mit Hunden zu tun hat. Steht in Paragraf elf. Das ist ein echter Hammertest, Theorie und Praxis. Den müssen alle absolvieren, egal ob sie seit zwei Monaten oder seit zwanzig Jahren eine Hundeschule betreiben. Wolf lässt von Gewährsleuten inkognito Trainerstunden bei der Konkurrenz buchen. Die horchen den Trainer aus, ob er den Elfer schon hat. Wenn nicht, zeigt Wolf ihn an. Dann macht das Gewerbeaufsichtsamt die Hundeschule erst mal zu. Deshalb habe ich gerade auch so sauer reagiert. Ich dachte, du wärst eine von Wolfs Sockenpuppen, die die Drecksarbeit für ihn erledigen.«

Interessant, dachte Hartmann. Es hatte den Anschein, als zöge Wolf derzeit alle Register, um seinen Laden am Brummen zu halten. Das konnte zweierlei bedeuten. Entweder stand Wolf kurz vor der Pleite und griff zu den allerletzten Mitteln, um Knete zu machen. Oder er schwamm im Geld, bekam den Hals nicht voll und zog seinen alten Freund Gerber einfach nur über den Tisch. Auf jeden Fall schien Wolf mit allen Wassern gewaschen zu sein. Ihm hundertzehntausend Euro aus dem Kreuz zu leiern, würde bestimmt nicht einfach werden.

Eine Weile sprach keiner von ihnen ein Wort. Hartmann war tief in seine Gedanken versunken. Taxi schlief den Schlaf des Gerechten. Marlene rührte planlos ihren lauwarmen Espresso um. Bis ihre Tasse auf einmal umkippte, die Untertasse wie ein UFO nach vorne schoss und mitsamt dem Bistrotischchen Hartmanns davondieselndem Hund folgte. Bruno schickte sich an, einen Zwergrauhaardackel umzubringen, der es gewagt hatte, aus heiterem Himmel den Biergarten des Griechen zu betreten. Offenbar stellte dieses zentimeterhohe Etwas in Brunos Augen eine Gefahr für die innere Sicherheit der Bundesrepublik Deutschland, wenn nicht gar eine Bedrohung für Europa und den Weltfrieden dar.

Hartmann sah aus dem Augenwinkel, wie sich Marlene mit einem olympiareifen Sprung aus dem Sessel katapultierte. In buchstäblich allerletzter Sekunde trat sie mit der flachen Sohle gegen Brunos muskulösen Schenkel. Brunos Hintern schleuderte nach links, ihr weit geöffnetes Maul mit den zweiundvierzig gebleckten Zähnen nach rechts. Der erschütterte Dackel, der eben noch einen zäpfchentiefen Einblick in Brunos blutrünstigen Rachen hatte genießen dürfen, flüchtete quietschend unter einen Tisch. Bruno sammelte alle Kräfte, um hinter ihm herzujagen, konnte aber nur hilflos mit den Tatzen über den Terrassenboden kratzen, denn Marlene hatte ihre linke Faust in der empfindlichen Flanke vergraben und den rechten Arm um den Hundehals geschlungen. Sie packte zu wie ein Schraubstock. Bruno kam keinen Millimeter vorwärts.

»Scheiße, Mann! Hartmann!«, keuchte Marlene, während sie mit dem fuchsteufelswilden Monsterbeagle rang. »Der beknackte Name ist wirklich das geringste Problem bei deinem Hund.«

Hartmanns Versuch, an jenem verregneten Montag im Juni auf die andere Rheinseite zu gelangen, scheiterte kläglich. Die Innenstadt war verstopft. Ein paar Dutzend Hohlbirnen liefen unter Polizeibegleitung die Graf-Adolf-Straße hinunter und hielten Schilder mit Rechtschreibfehlern in die Höhe. *Wiederstand ist Pflicht* war darauf zu lesen. *Lügenbresse* und *Linkes Kompunistenpack* waren weitere Highlights. An der Spitze trugen fünf Demonstranten ein Banner, das in deutlichen Worten Deutschland den Deutschen widmete und den anderen hundertdreiundneunzig Staaten dieser Welt die Pest an den Hals wünschte. Der mittlere der fünf Helden knödelte knorrige Parolen in ein Megafon, wurde aber nicht verstanden. Die Gegendemonstranten waren lauter. Sie skandierten *Kauft deutsche Bananen* und bewar-

fen die Schilderträger mit Eiern aus einem türkischen Groß-
markt.

Als das Fähnlein Ewiggestriger in die Berliner Allee bog, setzte
sich der Verkehr langsam in Bewegung. Hartmann fuhr im
Schritttempo Richtung Rheinkniebrücke. Er würde sich wohl
verspäten. Er und Bruno hatten bei Wolf eine Doppelstunde Fährtensuchen mit der Moosleitnerin und ihrem Hardy. Frau Willebrandt war begeistert gewesen, als er Gitte-Bruno ausnahmsweise an einem Wochentag ausgeliehen hatte. Jetzt mache Gitte
auch noch Nasenarbeit, hatte sie sich gefreut, das werde ja immer
besser.

Die Moosleitnerin war während der letzten Treffen immer
geschmeidiger geworden. Nachdem sie begriffen hatte, dass
Bruno ihren Hardy tatsächlich nicht zerlegen wollte, konnte sie
auf dem Platz wieder einigermaßen ruhig atmen. Zwischen den
Hunden herrschte Frieden. Bruno ließ, wie es sich für eine
Dame mittleren Alters gehörte, den pubertierenden Schnösel
abperlen, wann immer er Kontakt suchte. Hardy wiederum näherte sich ihr in angemessen respektvoller Haltung: Ohren
demütig nach hinten geklappt, Kopf unterhalb der Grasnarbe.
Einmal hatte Wolf noch seine beiden Molosser dazugeholt. Sie
hatten zu dritt den Platz verlassen und die Rheinwiesen aufgesucht, um kleinere Hunde zu treffen. Die beiden Molosser
waren groß wie Ochsen und fromm wie Lämmer. Ihre Ruhe und
die Freundlichkeit von Hardy wirkten sich positiv auf Bruno aus.
Sie wirkte zwar immer noch angespannt bei frontalen Dackel-
begegnungen, schien allerdings keine Tötungsabsichten mehr
zu hegen. Seine Hand hätte Hartmann dafür aber nicht ins
Feuer gelegt.

Hartmanns Tarnung war zu seiner großen Überraschung
nicht aufgeflogen. Bruno ignorierte ihn zwar weiterhin, als wäre
sein Körper Luft und seine Lippen stumm. Aber Wolf war nicht

misstrauisch geworden. Er betrachtete den Fall Hartmann als sportliche Herausforderung. Gelegentlich dachte sich Wolf anspruchsvolle Übungen aus, damit Hartmann schön doof dastand und er selbst in strahlendem Licht. Das machte Wolf Spaß. Eine ausgezeichnete Kundenbindungsmaßnahme war es obendrein. Die Fankurve auf der Prosecco-Terrasse war jedes Mal hingerissen und gratulierte sich zu ihrem begnadeten Hundeflüsterer.

Wenn Hartmann zwischendurch feststellte, dass Bruno ihre Nase gerade mal nicht in eine Duftspur steckte und ein bisschen Langeweile zu haben schien, winkte er mit einem Keks und warf ein lässiges *Brunositz* ein. Das funktionierte tadellos. Bruno hockte sich hin, und Wolf war begeistert.

»Da siehst du, was deine *Alpha-Wolf*-Stunden schon gebracht haben«, freute er sich. »Erinnere dich bloß, wie chaotisch das am Anfang ausgesehen hat. Gratulation, Mann!«

Hartmann hatte ihn in dem Glauben gelassen. Von Marlene hatte er ihm nichts erzählt. Die hatte in Hartmanns Garten mit Bruno und Hartmann gearbeitet und die beiden spontan zu ihrem Lieblingsproblemfall erkoren. Hartmann war nicht sicher, ob er das als Auszeichnung oder Beleidigung auffassen sollte. Er fragte aber auch nicht nach, sondern tat brav, was sie ihm auftrug. Überhaupt waren diese Hundetrainer alle saumäßig dominant. Normalerweise war Hartmann derjenige, der die Führung innehatte. Sein ganzes Berufsleben lang war das schon so gewesen. Aber die zwei hatten es erst gar nicht so weit kommen lassen. Wolf nicht und Marlene auch nicht. Vom ersten Moment an hatten sie eine Sicherheit ausgestrahlt, die sofort klarmachte, wer der Metzger war und wer die Wurst. Kein Wunder, dass alle Hunde bei Wolf und Marlene wie am Schnürchen liefen.

Als Hartmann den Rhein überquerte, rissen die Wolken auf.

Er bog von der verstopften Schnellstraße ab und fuhr auf dem Kaiser-Friedrich-Ring durch Oberkassel. Die Jugendstilfassaden der Stadtpalais schimmerten im Sonnenlicht. Dahinter verbargen sich Wohnungen und Büros, die locker sechstausend Euro pro Quadratmeter kosteten. Da keine weniger als zweihundertfünfzig Quadratmeter groß war, konnte man sich ausrechnen, wer dort residierte. Wolf zwar nicht, aber dem ging es auch nicht schlecht. Sein Laden brummte. Davon war Hartmann mittlerweile überzeugt. Wann immer er in der letzten Zeit auf Wolfs Platz gekommen war, war die Bude rappelvoll gewesen. Irgendwelche Kundinnen warteten immer auf ihre Einzelstunden, irgendwer schnatterte immer auf der Terrasse, irgendeine kippte immer einen Prosecco oder einen Aperol Sprizz für sechsfünfzig das Gläschen. Die Gruppenstunden waren ausgebucht, die geführten Spaziergänge auf den Rheinwiesen voll besetzt.

Nachdem Hartmann seinen Auftraggeber in den samstäglichen Rapports immer wieder vertrösten musste, hatte er beschlossen, heute endlich den Hebel anzusetzen und Wolf mit Gerbers Forderung zu konfrontieren. Hartmann würde ihn nach dem Termin einfach auf ein Bier einladen. Vielleicht unter dem Vorwand, unter vier Augen Frauengeschichten mit ihm erörtern zu wollen. Die Moosleitnerin sehe in letzter Zeit ein bisschen unzufrieden und geknickt aus, würde Hartmann andeuten. Vielleicht könne man bei der oder bei einer der anderen geilen Schnecken aus dem Kurs landen. Auf den Ton müsste Wolf eigentlich anspringen. Sobald Hartmann Bert Wolf am Tresen hatte, würde er mit ihm ein bisschen Tacheles reden.

Hartmanns alter Citroën und Silvia Moosleitners blitzender Cayenne Turbo S fuhren gleichzeitig auf den Parkplatz. Wolf war schon da. Sein monströser Cadillac-Pick-up parkte schräg und raumgreifend auf dem Marmorkies. Ein Mordsding war das. Sechs Liter V8, vierhundert PS, mit allem Schnickschnack. Hartmann kannte diese Sorte Auto nur aus dem Kino. Immer wenn einer etwas Böses angestellt hatte, kam das FBI in diesen Dingern angerauscht und machte eine Welle.

»Na, auch im Stau gestanden, Moosleitnerin?«, fragte Hartmann, als sie die Türen öffneten und die Hunde aus den Autos sprangen.

»Hör bloß auf, Hartmann«, stöhnte sie. »Montags ist kein Durchkommen mehr, seit die Wutpilger marschieren. Wo ist Bert denn?«

»Keine Ahnung«, sagte Hartmann. »Vielleicht im Haus. Auf mein Hupen hat er zwar nicht reagiert. Aber wo sollte er sonst sein?«

»Er wird schon kommen«, sagte Frau Moosleitner. Sie streifte die vierhundert Euro teuren Versace-Ballerinas von ihren zarten Füßen und angelte Trekkingboots aus dem Kofferraum. Diese Frau lebte Lichtjahre entfernt von Hartmanns Planet. Aber Hartmann mochte sie trotzdem. Sie hatte eine kindliche Freude an ihren schönen Sachen. Das wirkte so unschuldig und naiv. Hartmann bezweifelte, dass sie auch nur den Hauch einer Ahnung hatte, dass sie in einem hundertdreißigtausend Euro teuren Porsche saß.

»Bleibt's denn dabei, dass wir heute mit den beiden ins Wäldchen gehen und Fährten suchen?«, fragte sie.

»Ich gehe davon aus«, sagte Hartmann. »Ich habe von Wolf nichts Gegenteiliges gehört.«

Den beiden Jagdlümmels müsse man etwas Gutes tun, hatte Wolf am Ende der letzten Stunde verkündet. Das nächste Mal lege er im Wäldchen zwei Fährten aus, dann könne man *den* Hardy und *die* Bruno ordentlich mit Nasenarbeit auslasten. Wolf liebte es, *die* Bruno zu sagen. Er ließ keine Gelegenheit aus. Hartmann vermutete, Wolf genoss es deshalb so sehr, weil Hartmann dadurch absolut schrullig und testosteronlos wirkte. Wie schräg musste man drauf sein, um seiner Hündin einen Männernamen zu verpassen? War Hartmann womöglich schwul? Diese Fragen standen allen auf die Stirn geschrieben, die dabei waren, wenn Wolf mit *dem* Hartmann und *der* Bruno arbeitete.

»Vielleicht ist er schon vorgegangen und legt die Fährten aus«, mutmaßte Frau Moosleitner, als Wolf nach einer halben Stunde immer noch nicht aufgetaucht war.

»Dann lass uns zum Wäldchen laufen«, schlug Hartmann vor. »Wenn er dort nicht wartet oder ihm etwas dazwischengekommen ist, dann haben wir wenigstens eine schöne Hunderunde gedreht. Noch dazu kostenlos. Jedes Mal hundert Euro die Stunde machen einen ja fertig.«

»Na ja, geht so«, sagte sie. Sonderlich fertig sah sie nicht aus. Wahrscheinlich kostete ein Töpfchen ihres bevorzugten Makeups das Doppelte. »Man kriegt beim Bert halt wahnsinnig was geboten. Das muss man schon auch honorieren, Hartmann. Wir buchen alle die Eins-zu-eins-Betreuung bei ihm, weißt du. Da nimmt er sich immer anderthalb Stunden Zeit für einen und guckt ganz genau auf den Hund.«

»Alle?«, wollte Hartmann wissen und fragte sich im Stillen, ob Wolf nur bei den Hunden oder auch noch woanders ganz genau hinguckte.

»Ja, doch.« Sie dachte nach. »Lass mal überlegen. Also ich und die Gerda auf jeden Fall. Moni, Sandra, Gabi und Claudi stehen auch regelmäßig auf der Liste. Dann die vier Arztfrauen aus Meerbusch. Die Frau von dem japanischen Vorstandsvorsitzenden. Und die Witwe mit dem Namen, den ich mir nie merken kann. Das ist die mit dem Königspudel, den Bruno neulich plattgemacht hat.«

»Frau Tszukosinowicz«, nickte Hartmann.

»Du hast ja ein Gedächtnis«, staunte die Moosleitnerin.

»Die gnädige Frau hat mir ihren Namen und ihre Kontonummer ja groß genug auf ein Blatt Papier gemalt«, grinste Hartmann.

»Dabei hat ihr Pudel angefangen.«

»Das passt schon«, sagte Hartmann. »Bruno hat ordentlich hingelangt.«

Sie verließen das sandige Rheinufer und hielten auf das Wäldchen zu. Gerade hatte die Moosleitner ihm zwölf Frauen aufgezählt, die sich von Wolf alle vierzehn Tage einzeln verarzten ließen. Hartmann überschlug kurz die Honorare. Das waren jedes Mal achtzehnhundert Euro bar auf die Kralle. Es wurde wirklich Zeit für ein klärendes Gespräch über Wolfs Außenstände, dachte Hartmann.

Sie erreichten das Wäldchen. Der steinige Weg, der vom Fluss heraufführte, wurde weich und schattig. Vereinzelt blitzten Sonnenstrahlen durch das junge, lindgrüne Blätterdach. Sie hielten an und lauschten. Außer hellem Vogelgezwitscher und dem rhythmischen Tackern eines Spechts war nichts zu hören.

»Da wären wir«, sagte Hartmann.

»Leinen wir ab?«

»Sind kleine Hunde in Sicht?«

»Ich sehe keinen.«

»Dann lauf mal!« Hartmann klapste Bruno auf den Hintern.

»Wenn Wolf hier irgendwo Fährten legt, finden die Hunde ihn bestimmt«, sagte Frau Moosleitner. »Die mögen ihn ja so.«

Sie schlenderten tiefer in den Wald hinein. Die Hunde schnüffelten abseits des Wegs, blieben aber immer in Sichtweite. Zumindest einer von ihnen. Der hieß allerdings nicht Bruno, stellte Hartmann fest. Bruno war verschwunden.

»Und du?«, fragte Frau Moosleitner.»Was machst du so?«

»Ich bin Pilot im Vorruhestand«, flunkerte Hartmann.

»Vorruhestand? Du bist doch gerade mal fünfzig.«

»Bei der Lufthansa kann man schon mit fünfundvierzig aufhören.« Hartmann hatte keine Ahnung, was er da redete. Die Moosleitners hatten hoffentlich keinen Piloten im Bekanntenkreis.»Wenn man viel Langstrecke geflogen hat, empfiehlt sich das. Die ewigen Zeitumstellungen, die ganze Zeit vom Radar erfasst, das geht ganz schön an die Substanz.«

»Das kann ich mir vorstellen«, lachte sie und stupste ihm den Ellbogen in die Seite.»Dafür hast du dich aber gut gehalten.«

Sie kamen an eine Wegkreuzung.

»Wo sollen wir lang?«, fragte Frau Moosleitner.»Rechts? Links? Geradeaus? Oder lieber wieder umkehren?«

»Mir wurscht«, sagte Hartmann.»Kannst du Bruno entdecken?«

Er drehte sich im Kreis und spähte in die Bäume. Bruno war nirgends zu sehen.

»Ich glaube, die ist vorher zu den Stämmen da drüben gelaufen«, sagte Frau Moosleitner. Sie zeigte auf einen Stapel frisch geschlagenes Holz und stapfte zielstrebig darauf zu.

Hartmann folgte ihr. Sie näherten sich den meterhoch geschichteten Stämmen. Die Vögel zwitscherten immer noch. Aber da war noch etwas anderes. Ein anderes Geräusch. Hartmann kniff die Augen zusammen, um besser hören zu können.

»Na bitte«, rief Frau Moosleitner.»Dahinten ist sie.«

Ein Brummen und Summen, als ob ... Fliegen?

Myriaden von Fliegen.

Schon zog ein erster schwacher Hauch in Hartmanns Nase.

Ein Mensch, dem dieser Geruch nicht vertraut war, würde in diesem Augenblick nach einem Nest halbverfaulter Pilze Ausschau halten. Wahrscheinlich dachte die Moosleitnerin, die zehn Meter vor ihm lief, gerade sorglos an Stinkmorcheln. Aber Hartmann wusste ganz genau, dass es keine Stinkmorcheln waren. Er wusste, woher dieser Geruch kam. Er wusste auch, wie er sich weiterentwickeln würde. Bei jedem Schritt, den man näher kam, würde er schwerer werden, dampfiger und fauliger, bis er einem ekelerregend süß und metallisch am Gaumen klebte und den Magen umdrehte.

»Silvia!«, rief Hartmann, so laut er konnte. »Geh da nicht hin!«

Aber da schrie sie schon.

Und schrie. Und schrie.

02
Erdanker im Veilchen

Auf dem Rücken im Waldmoos liegen, die rauen Stämme hinaufschauen, das zarte Grün beim Wiegen im Wind beobachten, den stahlblauen Himmel durch die Baumkronen blitzen sehen, mit verträumtem Blick die von Ast zu Ast fliegenden Eichhörnchen verfolgen – das alles ist ein Naturgenuss, in den nur Menschen kommen, die wenigstens ein normal funktionierendes Auge besitzen.

Das war bei Wolf zurzeit nicht der Fall. Leicht angefressen streckte er im sonnigen Unterholz alle viere von sich. Offensichtlich lag er da schon länger. Mit eingeschlagenem Schädel und einem blauen Auge. Direkt durch das Veilchen hatte jemand einen grotesk geformten Zelthering getrieben und in den Waldboden gepflockt. Wo das andere Auge geblieben war, konnte Hartmann nur vermuten. In den Bäumen über Wolf hüpften verdächtig viele Krähen durch die Zweige. Die ließen sich überhaupt nicht von dem lärmenden Polizeiaufgebot stören, das nur zehn Minuten nach Hartmanns Anruf bei der 110 eingetroffen war.

Der Tatort war weiträumig mit Flatterband abgesperrt. Männer in weißen Anzügen packten winzige Fundstücke in durchsichtige Tüten. Unter einem weißen Pavillon beugten sich zwei

Gerichtsmediziner neugierig über Wolfs leblosen Körper. Etwas abseits im Schatten verpasste ein Notarzt der aufgelösten Silvia die notwendigen Beruhigungsmittel. Sie war weiß wie eine Wand, schrie aber nicht mehr.

Hartmann war heilfroh. Dass eine so zarte Person so laute Geräusche von sich geben konnte, hatte ihn einigermaßen überrascht. Er lehnte an den gestapelten Stämmen und sog an einer Zigarette, die er sich von Kriminalkommissar Moritz, genannt KK, geschnorrt hatte. Der kniete drüben bei den Gerichtsmedizinern und sammelte erste Eindrücke.

KK war zu Hartmanns Kripozeiten sein Partner gewesen. Er war eines Tages von der Sitte gekommen und mit spitzen Fingern zu Hartmann durchgereicht worden, nachdem er sich nicht ganz regelkonform verhalten hatte. Im Dezernat wurde von Vorteilsannahme gemunkelt. Hartmann fand schnell heraus, dass der fünfzehn Jahre jüngere KK Gratisnummern in Charlottes Puff erhielt. Er verstehe die ganze Aufregung nicht, hatte KK lakonisch erklärt, als sie das erste Mal zusammen unterwegs waren, um ein paar Dealern in Oberbilk die Ohren langzuziehen; er nehme diesen privaten Service nur außerdienstlich in Anspruch. Außerdem habe er sich das redlich verdient, er fische nämlich im Gegenzug ganz unbürokratisch und ohne Aufsehen zu erregen, renitente Freier aus den Zimmern von Charlottes Nutten. Ein Anruf genügte.

Hartmann hatte das gut gefallen. In den folgenden Monaten stand er ein paar Mal bereitwillig Schmiere, wenn KK im Hinterhof einem gewalttätigen Kunden so nachhaltig die Fresse polierte, dass diesem jegliche Lust auf einen erneuten Besuch verging. Gelegentlich übernahm Hartmann selbst den ein oder anderen Kandidaten, der KK zu massiv gebaut war. Charlottes Leckerchen lehnte er ab. Die konnte KK behalten. Zum Dank hatte KK jedes Mal ihre Einsatzberichte getippt, weil Hartmann mit dem ganzen Papierkram nichts anfangen konnte. Er war lieber draußen.

KK richtete sich auf und schlenderte zu Hartmann hinüber.

»Ist das jetzt dein neuer Partner?«, fragte Hartmann und zeigte auf einen Fettwanst, der am Auto stand und sich am Hintern kratzte, während er telefonierte.

»Goldberg«, seufzte KK. »Ein total dämlicher Kackfisch. Der macht immer alles richtig. Bestimmt informiert er gerade den Chef.«

»Das nervt«, sagte Hartmann.

»Aber so was von«, nickte KK.

Hartmann und KK mochten sich, seit sie ihren ersten gemeinsamen Einsatz versemmelt hatten. Hartmann hatte sich beim Auftreten einer Wohnungstür den Fuß verstaucht, und KK war vor lauter Lässigkeit die ungesicherte Pistole aus der Hand gerutscht. Ein Schuss hatte sich gelöst und einen Blumentopf im Parterre umgebracht. Während Hartmann und KK geflucht hatten, waren alle drei Dealer wie die Ratten aus den Wohnzimmerfenstern gespritzt und über die Hinterhöfe abgehauen.

»Wisst ihr denn schon was Näheres?«, fragte Hartmann. Er drückte die Zigarette sorgfältig an einem Buchenstamm aus und steckte die Kippe in die Tasche. Einen ganzen Tatort zu verbrennen, fehlte zwar noch in seiner Katastrophenliste, war aber nichts, worauf er besonders scharf war.

»Nichts, was dir nicht auch schon aufgefallen wäre«, sagte KK leise. »Da hat wohl einer eine ziemliche Wut gehabt und die Nerven verloren. Der Mann liegt seit ungefähr drei Tagen da. Irgendwann am Freitag hat ihm jemand den Schädel eingeschlagen. Der Doc meint, das könnte mit großer Wahrscheinlichkeit auch die Todesursache gewesen sein. Dann wäre ihm der dicke

Haken erst post mortem durchs Hirn getrieben worden. Alles unter Vorbehalt natürlich. Du kennst das.«

»Ja, danke. Darf ich dich anrufen, wenn es etwas Neues gibt?«

»Kannst du«, murmelte KK. »Achtung, Kackberg kommt. Ich mache jetzt mal auf amtlich.«

KK zückte sein Notizbuch und nahm Haltung an.

»Bert Wolf, sagtest du?«, fragte er laut und machte sich Notizen. »Woher kennst du den Mann?«

»Ich habe Bert Wolf als Hundetrainer engagiert«, gab Hartmann bereitwillig Auskunft. »Hundeschule *Alpha Wolf.* Geschäftsräume und Hundeplatz liegen nicht weit von hier. Wir waren zur Fährtensuche verabredet, die Zeugin Moosleitner, der Wolf und ich und mein Hund.«

Hartmann deutete auf Bruno, die sich der Länge nach auf dem Waldboden fläzte und die ganze Aufregung verschlief.

»Ist eine Neuanschaffung. Ich habe ja ein bisschen mehr Zeit, seit ich nicht mehr im Dienst bin.«

»Wie heißt der Hund?«

»Bruno.«

»Hat er die Leiche entdeckt?«

»Ja, das hat er.«

»Ist das bei Fährtensuche üblich, dass verstorbene Hundetrainer aufgefunden werden müssen?«, schnarrte KK und verbiss sich das Lachen.

»Haben Sie etwas angefasst?«, mischte sich Goldberg humorlos ein.

»Die Frau«, sagte Hartmann. »Damit sie nicht umkippt.«

»Nicht komisch«, sagte Goldberg. »Ich meine, am Tatort.«

»Nein«, sagte Hartmann. »Das Zugrunderichten eines Tatorts überlasse ich grundsätzlich den Profis von der Mordkommission.«

»Seit Kollegen wie Sie nicht mehr im Dezernat sind, passiert so etwas bei uns nicht mehr, Hartmann«, fertigte Goldberg ihn ab. »Halten Sie sich bitte weiterhin zur Verfügung. Ich habe noch Fragen an Sie und die Zeugin.«

Er schnappte sich KK und pflügte mit ihm durch die Absperrung. Hartmann beobachtete, wie sie den Leiter der Spurensicherung ins Gebet nahmen.

Silvia Moosleitner saß immer noch an der Stelle, wo der Notarzt ihr das Valium verpasst hatte. Sie streichelte mechanisch ihren Hardy und hob den Blick nicht, als Hartmann sich zu ihr setzte.

»Wie geht's dir?«, fragte er vorsichtig.

Sie schüttelte stumm den Kopf. Erneut schossen ihr Tränen in die Augen.

»Ich weiß, das war heute eine ganz harte Nummer«, sagte Hartmann. »Wir dürfen bald gehen. Sie nehmen nur noch unsere Personalien auf und haben vielleicht noch die ein oder andere Frage.«

»Der arme Bert ...«, schluchzte sie leise.

»Wenn du es wünschst, fahren sie dich und Hardy nach Hause. Du kannst mir deine Autoschlüssel hierlassen. Dann bringe ich dir deinen Wagen heute Abend vorbei.«

Hartmann sah sich in dem sonst so ruhigen, idyllischen Waldstückchen um. Das Menschengewimmel hatte zugenommen. Einige Spaziergänger reckten die Hälse. Goldberg war im lautstarken Clinch mit einem Jugendlichen, der vor dem Tatort ein Selfie machen wollte.

»Das dauert bestimmt noch Stunden, bis die hier alles abgeräumt haben«, sagte Hartmann, mehr zu sich selbst als zu Silvia. »Sie haben noch nicht einmal den Leichenwagen gerufen. Das bedeutet, sie sind mit Wolf noch lange nicht fertig. Man tütet in solchen Fällen jede Made einzeln ein und ...«

Die Moosleitnerin drehte sich fassungslos zu ihm.

»Du wirkst so unberührt«, sagte sie. »Bert ist umgebracht worden! Geht dir das denn gar nicht nahe?«

»Na ja.« Hartmann zuckte mit den Schultern. »Solche Sachen sehe ich nicht zum ersten Mal. Da stumpft man ein bisschen ab.«

»Wie – nicht zum ersten Mal?«, trompetete die Moosleitnerin in ihr Taschentuch. Sie wischte sich die Nase ab und sah Hartmann erstaunt an. »Was sieht man denn da so jeden Tag? Als Pilot?«

Scheiße, dachte Hartmann. Er hatte seine Legende vergessen.

»Nicht jeden Tag, Silvia.« Sein Hirn arbeitete fieberhaft. »Nur ab und zu. Es passiert ... dann wird ... also, es kommt halt vor, dass ich als Sachverständiger bei Abstürzen eingesetzt werde. Bei solch tragischen Vorkommnissen sind immer auch Piloten in der Kommission.« So langsam kam seine Fantasie in Fahrt. »Ich kann dir sagen, Silvia, im Vergleich dazu sieht Wolf wirklich ausgezeichnet aus. Vergammelt zwar, aber in relativ gutem Zustand. Im Flieger liegen immer nur Einzelteile. Das ist kein schöner Anblick. Wie neulich in Uruguay, als wir ...«

Hartmann wollte zu einer längeren, frei erfundenen Splatter-Anekdote ansetzen, um auch den letzten Zweifel an seiner angekratzten Tarnung zu beseitigen. KK kam gerade rechtzeitig, um ihn zu stoppen. Silvias Unterlippe bebte schon wieder.

»Ihr könnt euch auf die Socken machen«, sagte KK und nahm Hartmann beiseite. »Kommt morgen Nachmittag ins Präsidium. Dann zeichnen wir eure Zeugenaussagen auf. Und noch was ...« Er senkte die Stimme. »Vergiss am besten ganz schnell die Sache mit diesem Stahlnagel in Wolfs Auge. Der kommt nicht in die Zeitung. Den halten wir aus ermittlungstaktischen Gründen erst einmal geheim. Täterwissen, du verstehst schon.«

Hartmann nickte. Wahrscheinlich klingelten morgen im Präsidium die Telefone Sturm. KK würde sich den ganzen Tag lang mit Wahnsinnigen herumschlagen müssen, die leidenschaftlich und serienmäßig Hundetrainer umbrachten und sofort vorbeischauen wollten, um ein Geständnis abzulegen. Da war es gut, wenn Hinz und Kunz nicht sämtliche Details des Tathergangs aus der Zeitung erfuhren.

»Komm am besten gegen sechzehn Uhr vorbei«, sagte KK. »Und bring deinen Hund mit. Er muss eine DNA-Probe abliefern.«

»Wieso das denn?«

»Ganz einfach, Hartmann. Dem Wolf fehlen nicht nur zwei Augen, sondern auch ein Ohr. Wenn Hannibal Lecter dem Wolf das Ohr nicht abgebissen hat, dann muss es Bruno gewesen sein.«

»Oder die Krähen.«

»Ich sagte abgebissen, nicht ausgepickt. Den Unterschied kennt der Doc da drüben schon, das kannst du mir glauben.«

»Ich habe Bruno aber nicht kauen sehen.«

»Vielleicht hat er es ja am Stück verschluckt. Ich könnte wetten, der hat sich seinen Finderlohn selbst klargemacht.«

»Der ist eine Sie.«

»Wieso heißt sie dann Bruno?«

»Vergiss es, KK! Es ist kompliziert.«

Den Schimmelpilz haben sie immer noch nicht aus dem Keller gekriegt, dachte Hartmann, als er mit Bruno das Polizeipräsidium betrat. Das Erdgeschoss roch muffig wie eh und je. Der Duft lag irgendwo zwischen cumarinvergifteter Mäuseleiche und runzligem Champignon. Als er sich anmeldete und nach

KK verlangte, nickte der diensthabende Beamte ihm kauend zu und griff zum Telefon. Neben ihm lag dieselbe braun-beige Plastikdose wie in den Jahren zuvor. Wahrscheinlich sind immer noch zwei Stullen und eine Essiggurke drin, dachte Hartmann. Auf der einen Pfälzer Leberwurst mit Stückchen, auf der anderen Mortadella.

Bruno lief der Sabber aus dem Maul.

Im Polizeipräsidium kannten die meisten Hartmann noch von früher. Wer ihm nicht persönlich begegnet war, hatte von ihm gehört. Das Verhältnis war kühl. Seit Hartmanns Rausschmiss waren die ehemaligen Kollegen auf Distanz gegangen. Nur KK war ihm gewogen geblieben. Der hatte selbst genug Dreck am Stecken und ein Herz für alle, die gewollt oder ungewollt in die Katastrophe rutschten.

Hartmann nahm es den Kollegen nicht übel, dass sie angepisst waren. Sie wussten nicht, wie viel er vor drei Jahren wirklich beiseitegeschafft hatte, dachten sich aber ihren Teil. Damals hatte Hartmann auf die Schnelle keinen Durchsuchungsbeschluss für das Büro und die Wohnung des Staatssekretärs, der in den Korruptionsskandal verwickelt war, bekommen. Also hatte er gewartet, bis der schmierige Drecksack auf einer Dienstreise war, und war ohne amtliche Papiere in die privaten Räume eingedrungen. Der massive Tresor im Arbeitszimmer hatte beeindruckend ausgesehen. Dreiwandiger Korpus, Widerstandsgrad fünf, gesichert gegen Bohrer, Schneidbrenner und Sprengstoff. Das half aber alles nichts, weil der Doppelbartschlüssel in der Schreibtischschublade lag, die Zahlenkombination als Telefonnummer getarnt – *Schatzi 57 69 13 87* – an der Pinnwand hing und Hartmann nicht blöd war. Irgendwann in dieser Nacht stand der Safe sperrangelweit offen, und Hartmann hatte plötzlich hundertsiebzigtausend Euro in der Hand. Er überlegte keine Sekunde. Bis auf einen kleinen Rest stopfte er alles in seine Taschen. Ein Notizbuch, in dem der Staatssekretär penibel alle Zahlungen notiert hatte, steckte er ebenfalls ein. Ein paar Tage später behauptete Hartmann, er habe das Buch von einem seiner Informanten erhalten. Das reichte dem Richter, um eine Durchsuchung anzuordnen. Die Indizienlage habe sich verdichtet, hieß es, ein konkreter Tatvorwurf sei formulierbar. Als sie die Wohnung offiziell auseinandernahmen, ging Hartmann direkt zum Schreibtisch. Der Staatssekretär, der zeternd in seinem Arbeitszimmer auf und ab rannte und seinen Anwalt durchs Telefon anschrie, bemerkte aus dem Augenwinkel, wie Hartmanns Hand provozierend langsam in der Schreibtischschublade verschwand und genauso langsam wieder auftauchte – mit Tresorschlüssel und ausgestrecktem Mittelfinger. Der Staatssekretär ließ den Hörer sinken und starrte Hartmann an. Der grinste zurück. Die Stimme des Anwalts quäkte unverständlich durchs Telefon. Die Luft war zum Schneiden. Mit einem Schlag wurde dem feisten Politiker klar, wer sein Geld hatte.

Dafür lasse ich dich fertigmachen, hatte der Staatssekretär Hartmann zugezischt, als er abgeführt wurde. Fick dich, Grützwurst, flüsterte Hartmann zurück und nickte freundlich.

Der Staatssekretär hielt Wort. Ein halbes Jahr später war Hartmann seinen Job und wesentliche Teile seiner Pension los. Wie dieses intrigante Politikerschwein das fertiggebracht hatte und welche Beziehungen es dabei spielen ließ, war Hartmann noch heute ein Rätsel.

KK eilte zwei Stufen auf einmal die Treppe hinunter und lief mit ausgestreckter Hand auf Hartmann zu.

»Pünktlich wie die Uhr«, rief er. »So kennt man den Mann, der den Sumpf trockenlegte.«

Über den BILD-Artikel rissen die Kollegen heute noch Witze.

»Erinnere mich nicht daran«, winkte Hartmann ab und verzog das Gesicht. Die sollten ruhig weiterhin glauben, dass er unter seinem Rauswurf litt.

»Schwacher Moment«, sagte KK. »Kann jedem von uns passieren.«

Nicht ganz so schwach, dachte Hartmann. Hunderttausend besaß er immer noch. Die Scheine hatte er sorgfältig in seinem Keller versteckt.

»Wie geht's dir denn so?«, wollte KK wissen, als sie in seinem Büro saßen.

»Im Großen und Ganzen nicht schlecht.« Hartmann nippte am Kaffee. Die zähe Brühe brodelte bestimmt schon seit acht Uhr morgens in der Warmhaltekanne. »Solange reiche Männer auswärts vögeln und ihre betrogenen Frauen alles dafür geben, um sie an den Eiern aufhängen zu können, habe ich ein gutes Auskommen. Falls mal gar nichts reinkommt, habe ich mit der Securata einen Deal.«

»Ist das der Laden, der Kaufhausdetektive verleiht?«

»Genau.«

»Ich dachte, da arbeiten nur Pfeifen.«

»Kann man so sagen. Deshalb freuen die sich ja auch über jeden Profi, der sich anheuern lässt.«

»Wenn es dann noch einer ist, der seinen Polizeihund selbst mitbringt.«

KK deutete auf Bruno, die ihren Quadratschädel unbequem an die Tischbeinkante gelehnt hatte und schon wieder schlief.

»Bruno ist nur zum Privatvergnügen da«, erklärte Hartmann. »Aber du bringst mich auf eine Idee. Als Diensthund könnte ich das Futter von der Steuer absetzen. Dieser Hund frisst wie ein Dinosaurier.«

KK brauchte nicht zu wissen, dass Hartmann den Hund nur besaß, weil er gegen Wolf ermittelte.

»Das klingt, als ob du ganz zufrieden wärst«, sagte KK.

»Ja, es ist alles irgendwie stressfreier.« Hartmann reckte sich auf seinem unbequemen Stuhl. »Die Knarre fehlt mir auch nicht sonderlich. Es ist immer riskant, mit so etwas rumzulaufen. Wenn man sie dabei hat, zieht man sie auch. Hat man keine, agiert man von vornherein deeskalierend und bleibt am Leben. Ich bin zu alt für Einsätze, bei denen man jeden Moment damit rechnen muss, dass einem Kugeln um die Ohren fliegen. Aber ein bisschen vermisse ich sie schon, unsere gemeinsamen Toten ... Taten, meine ich.«

»Ich Idiot dachte damals, es sei eine Beförderung«, sagte KK und lachte. »In so jungen Jahren schon von der Sitte in die Mordkommission, was für ein steiler Aufstieg! Bis ich merkte, dass sie mich zur Strafe aufs Abstellgleis geschoben hatten. Dahin, wo sie die Eigenbrötler versauern lassen. Und auf dem Gleis standen dein verlauster Dienst-Passat und du.«

»Der Vorteil beim Abstellgleis ist, dass dir keiner mehr auf die Finger guckt«, brummte Hartmann. »Außerdem wirkten wir beide zusammen wie eine Diesellokomotive. Wenn wir mal in Fahrt waren, konnte uns keiner aufhalten.«

»Allerdings«, grinste KK. »Weißt du noch, wie wir ...?«

»Hör auf!«, winkte Hartmann nach einem Blick auf die Uhr ab. »Wenn wir damit anfangen, komme ich vor acht nicht hier raus. Lass uns meine Aussage aufnehmen.«

Eine Stunde später wusste KK alles, was es nach Hartmanns Ansicht zu wissen gab. Von Wolfs Schulden und Gerbers Auftrag hatte er kein Sterbenswörtchen verlauten lassen. KK fischte vier eng beschriebene Seiten aus dem Drucker, ließ Hartmann unterschreiben und schob die Papiere in die Akte.

»Die Moosleitner hat Glück gehabt, dass sie mit dir dort war«, sagte KK. »Mit einem Ex-Bullen an der Seite steht man so einen Albtraum leichter durch.«

»Sie denkt, ich bin bei der Lufthansa«, gestand Hartmann

freimütig. Er suchte händeringend nach einem Dreh, um KK den aktuellen Stand der Ermittlungen aus dem Kreuz zu leiern. Vielleicht half es, wenn er ihm als Zückerchen eine einigermaßen plausible Fährte hinwarf.

»Wieso das denn?«

»Das war nur so ein spontaner Einfall«, sagte Hartmann. »Bevor ich richtig nachdachte, war der Satz schon raus. Lag vermutlich an all den vermögenden Unternehmer- und Ärztegattinnen um mich herum. Ich wollte ein bisschen Eindruck schinden. Als gefeuerter Kriminalhauptkommissar hast du eher schlechte Karten bei diesen Frauen.«

»Das schon. Aber als Privatermittler, der sich auf untreue Ehemänner spezialisiert hat, hättest du in deinem Kurs jede Menge Neugeschäft generieren können.«

»Das ist mir später auch klar geworden«, log Hartmann, der keine Sekunde an diese lukrative Möglichkeit gedacht hatte. »Aber da war es schon zu spät. Jetzt fliege ich halt Airbus. Hoffentlich fragen die nie nach Details. Ich weiß ja nicht mal, wo sich bei diesen Flugzeugen die Kupplung befindet.«

»Airbusse haben Automatik«, sagte KK trocken.

»Die Hälfte von denen hat sich die Möpse auf der Königsallee richten lassen«, grinste Hartmann. »Ich weiß von einem Schönheitschirurgen, der packt grundsätzlich einen Puffer von dreißig Minuten zwischen die Termine. Damit die Hautevolee sich nicht im Fahrstuhl begegnet und weiß, wer noch alles neue Titten kriegt.«

»Da wäre bei der nächsten Opernpremiere an der Sektbar die Hölle los.«

»Die stechen sich mit Cocktailpiekern gegenseitig ihre Silikoneinlagen tot«, fantasierte KK. Er blies die Backen auf und machte mit den Lippen ein Geräusch, als ginge einem Ballon furzend die Luft aus.

»An eurer Stelle würde ich mir Wolfs Kundschaft mal genauer ansehen«, sagte Hartmann und wurde wieder ernst. »So wie diese Frauen den Wolf angegurrt haben, kann ich mir durchaus vorstellen, dass zu Hause der ein oder andere eifersüchtige Ehemann hockt und finstere Pläne schmiedet.«

»Hast du konkrete Hinweise?«

»Nein, das ist nur so ein Gefühl.«

KK machte sich eine Notiz.

»Einen Verdächtigen haben wir bereits in der Mangel«, sagte er beiläufig. »Den Freund einer der beiden Hundetrainerinnen, die Wolf unlängst rausgeschmissen hat. Er hat auf Wolfs Facebookseite ziemlich unschöne Kommentare hinterlassen. Außerdem ist Wolf vor seinem Tod ordentlich vermöbelt worden. Hämatome am ganzen Oberkörper, einige im Gesicht. Das Veilchen hast du ja selbst gesehen. Jedenfalls hat der Freund kein Alibi. Vorbestraft ist er auch. Da muss man nur noch eins und eins zusammenzählen. Den kriegen wir schon klein.«

Na also, dachte Hartmann zufrieden. Jetzt plaudert er ja doch.

»Die Tatwaffe war vermutlich der Buchenprügel, der auf dem Holzstapel lag, oder?«, fragte Hartmann. Das gute Stück war ihm sofort aufgefallen. Es war viel zu dünn gewesen, um zu den gekappten Baumstämmen zu gehören.

»Ja«, sagte KK. »Da klebte ein bisschen was von Wolfs Frisur dran. Der Schlag kam mit Wucht von hinten. Das hast du aber nicht von mir.«

Er holte ein DNA-Set aus seinem Schreibtisch, riss die Verpackung auf und reichte Hartmann das Wattestäbchen.

»Eh wir es vergessen«, sagte KK. »Mach mal einen Lefzenabstrich von deinem Brontosaurus.«

Das war schwerer, als die beiden Kriminalisten es sich vorgestellt hatten. Das erste Wattestäbchen fraß Bruno auf. Das zweite wollte sie nicht mehr hergeben. Ihre Kiefer schlossen sich wie Baggerschaufeln um das Plastik. Als Hartmann mit Gewalt an dem Stäbchen zerrte, blieb das Watteköpfchen samt Abstrich im Hundemaul und wurde gurgelnd verschluckt. Hartmann verdrehte die Augen und warf den nutzlosen Stängel in den Papierkorb.

»Hast du zufällig ein Leckerchen da?«, fragte er.

»Ein was?«

»So was Kleines zu fressen.«

KK kramte umständlich in seiner Schreibtischschublade und förderte ein verbeultes, walnussgroßes Gebilde zutage, das in Goldfolie gewickelt war.

»Ein altes Osterei«, sagte er. »Mit Eierlikör.«

»Egal. Gib her!«

Während Bruno zufrieden schmatzte, pulte Hartmann mit dem Wattestäbchen in ihrer Backentasche herum und reichte KK das Ergebnis. KK betrachtete skeptisch die nach Schnaps riechende, braun gefärbte Watte.

»Na super!«, sagte er missmutig.

»Besser geht's nicht«, sagte Hartmann und stand auf. »Im Labor werden die ja wohl Schokoladen-DNA von Hunde-DNA unterscheiden können.«

»Meinen Arsch würde ich nicht darauf verwetten«, sagte KK. »Hauptsache, sie extrahieren nicht die DNA aus dem Eierlikör und behaupten, ein Vorwerkhuhn hätte Wolf zerfleischt.«

Hartmann saß hungrig in seinem Garten und rauchte ausnahmsweise vor zwanzig Uhr eine Zigarette. Er beobachtete die Dachdecker auf der Baustelle gegenüber. Einer von ihnen saß oben auf dem First und platzierte die Ziegel auf den Sparren.

Die anderen standen unten am Dachziegellift und sahen ihm zu. Sie hatten den Ghettoblaster voll aufgedreht.

»›Skyfall‹ von Adele«, murmelte Hartmann und wunderte sich kein bisschen. So dilettantisch, wie die Truppe agierte, musste man täglich mit Abstürzen rechnen. Die Albaner, die den Rohbau hochgezogen hatten, hatten an einem schwarzen Sonntag gemeinsam mit ihrem frisch gegossenen Balkon einen Abflug gemacht, weil sie aus Kostengründen zu dünne Moniereisen eingezogen hatten. Der Betonlaster war noch nicht vom Hof, da brach die Betonplatte von der Fassade wie ein mürber Keks. Das Gerüst zeigte sich solidarisch und knickte ebenfalls ein. Die purzelnden Rohbauer hatten sich an den Stangen festgehalten und baumelten dort, bis der Arzt kam. Hartmann hatte sich schier eingenässt vor Lachen.

Mittlerweile fand Hartmann das alles gar nicht mehr witzig. Wenn diese latzbehosten Vollidioten mit ihren Baufahrzeugen nicht seine Zufahrt versperrten, wühlten sie mit ihrem schweren Gerät den unbefestigten Weg auf. In Regenzeiten generierten sie auf diese Weise Schlamm- und Matschmengen, um die sie jeder alpenländische Murenabgang beneidet hätte. Wenn es mehrere Stunden hintereinander ordentlich goss, lief die braune Brühe ungebremst in Hartmanns Remise und umspülte dort sein Brennholz und die sündhaft teuren Citroën-reifen. Die kosteten mittlerweile fünfhundert Euro pro Stück. Michelin produzierte diese TRX-Reifen nur noch in Kleinauflagen für den schnellsten Citroën und einen alten Alpina-Fünfer von BMW. Das trieb den Preis Jahr für Jahr in die Höhe, eine Information, die der Citroënhändler damals lieber für sich behalten hatte.

Hartmann drückte die Zigarette aus. Er sah, wie Vittorio vom Pizzaservice versuchte, seinen kleinen Fiat zwischen nachlässig geparkten Transportern und Kipplastern hindurchzumanövrieren. Schließlich scheiterte er an der protzig im Weg stehenden S-Klasse des Bauherrn, Dr. med. dent. Guntram Boltzhorn. Der Italiener hupte wütend und gestikulierte, als müsste er in Rom eine Schulklasse vom Zebrastreifen scheuchen. Boltzhorns Bautrupp hörte nichts. Der Zahnarzt auch nicht. Adele grölte lauter als jede italienische Autohupe.

Wenn meine Pizza wieder lauwarm geliefert wird, dann ist endgültig auf das Doktor-med-dent geschissen, fluchte Hartmann im Stillen. Er würde rübergehen und Boltzhorn die Fresse polieren. Sein zukünftiger Nachbar, ein laufender Metersechzig, der eine gut gehende Zahnarztpraxis besaß und zu viele Napoleonfilme gesehen hatte, war Hartmann vom ersten Augenblick an ein Dorn im Auge gewesen. Im letzten November hatte Boltzhorn die Baugrube ausheben lassen. Das ganze Viertel hatte ausgesehen wie ein Dreckloch nach einem Erdrutsch. Damals hatte Hartmann noch gut gelaunt das Gespräch gesucht. Ein Waschgutschein für seinen Citroën wäre aber das Mindeste zu Weihnachten, hatte er gescherzt. Worauf der giftige Doktor Boltzhorn nur gefaucht hatte, in so eine alte Karre werde er keinen Cent investieren. Im Übrigen könne Hartmann froh sein, dass seine Zufahrt immer frei befahrbar sei.

Einen Tag später war die Zufahrt das erste Mal verstopft gewesen. Hartmann hatte sich im Stillen eine Notiz gemacht: Sobald die große Terrassenschiebetür eingebaut ist – Backstein durchwerfen!

Vittorio hatte das Hupen aufgegeben und sich zu Fuß auf den Weg gemacht. Wie ein Storch stelzte er mit seinen geckigen Mailänder Schnabelschuhen durch den Baustellendreck. Hartmann kam ihm auf halbem Weg entgegen

»Hartemanne, guckse du meine italienise Suh!«, klagte er, als er Hartmann das Essen über den Gartenzaun reichte. Der Italiener deutete erbost auf seine staubigen Schuhspitzen und den schmutzigen Hosenaufschlag. »Isse Dreck hier. Grose Seisse alles. Un dauer au zu lang. Pizza musse heiß esse.«

Das sah Hartmann auch so. Bei den Pizzen von Vittorios Chef handelte es sich nicht um einfallslos belegte Teigfladen, sondern um kulinarische Gesamtkunstwerke. Die aß man nicht einfach. Man huldigte ihnen. Und zwar ofenheiß und duftend! Da gab es gar keine Diskussion. Die Pizzeria existierte noch nicht lange, aber Hartmann sagte ihr eine große Zukunft voraus. Vittorios Chef hatte das Restaurant übernommen, nachdem sein Vorgänger pleitegegangen war. Dessen letzte Großtat war ein Menüvorschlag für eine Hochzeit gewesen. Trotz vierzig Grad im Schatten hatte er darauf bestanden, die Gesellschaft mit einem frischen Tiramisu aus rohem Ei zu beglücken. Zur Freude aller anwesenden Salmonellen wies seine Kühlkette eine dramatische Lücke auf. Von diesem Schlag hatten sich die Hochzeitsgäste nach ein paar Wochen leidlich erholt. Der Gastronom nicht. Noch während des Schadenersatzprozesses vor dem Amtsgericht Düsseldorf hatte er seinen Laden dichtgemacht und war zur Mama nach Palermo zurückgegangen. Seither stand Vittorio am Ofen und buk zu Hartmanns Zufriedenheit die beste Pizza aller Zeiten.

Hartmann nahm seine Kartons in Empfang. Acht mit Käse und Schinken gefüllte Pizzabrötchen für Bruno, eine Pizza Funghi mit Knoblauch und extra Peperoni für sich. Er öffnete den Karton und steckte den Finger in die Pizza. Lauwarm! Hartmann drückte Vittorio ein üppiges Trinkgeld in die Hand, setzte über den Zaun und stürmte auf die Baustelle.

»Wo ist der Kauleistenklempner?«, herrschte er einen der Dachdecker an. Der zeigte stumm mit dem Finger ins Erdgeschoss. Dort stand Boltzhorn und stritt mit dem Architekten.

»Der Zimmermann hat doppelt so viel abgerechnet wie angeboten!«, schrie der Zahnarzt. »Für diese Sauerei stehen Sie mir gerade.«

»Die Zimmerleute mussten die maßgesägten Balken wieder mitnehmen und alle neu zuschneiden«, antwortete der Architekt. Seinen lukrativen Auftraggeber bei Laune zu halten, aber trotzdem das Gesicht nicht zu verlieren, war ein Spagat, der ihm sichtlich schwerfiel. »Hätten Sie sich nicht eingemischt, Doktor Boltzhorn, und die Rohbauer gezwungen, das oberste Stockwerk einen halben Meter höher zu mauern, hätten die Balken für den Dachstuhl gepasst.«

»Das ist mir egal, Sie Kretin!«, tobte Boltzhorn. »Ich zahle keinen Cent extra. Das sind doch alles Verbrecher, die ihr Handwerk nicht beherrschen. Sie eingeschlossen!« Er entdeckte Hartmann. »Was wollen Sie denn hier? Sie sehen doch, dass ich in einer Besprechung bin.«

»Das ist nicht zu überhören«, sagte Hartmann. »Wenn Sie mal kurz Ruhe geben, sind wir mit meinem Anliegen relativ schnell durch.«

Er wandte sich an den Architekten.

»Lassen Sie uns bitte alleine.«

Boltzhorn schnappte nach Luft.

»Wir haben jetzt zwei Möglichkeiten«, sagte Hartmann, als sie unter sich waren. Er rückte dem wütenden Zahnarzt gerade so dicht auf die Pelle, dass der sich nicht bedroht, aber doch ziemlich unbehaglich fühlte. Das war Hartmanns bevorzugte Verhördistanz aus den guten alten Zeiten. »Möglichkeit eins: Sie sorgen dafür, dass meine Gäste, meine Lieferanten, mein Hund und vor allem ich zu jeder Tages- und Nachtzeit freien Zugang zu meinem Haus haben. Und zwar mit allen mitgeführten Fahrzeugen! Dazu zählen auch der Sprinter von der Post und der Defender meiner Hundetrainerin. Keiner muss mehr aussteigen und sich zu Fuß durch Ihren Dreckhaufen von Baustelle quälen. Wenn Ihnen das bis zum Ende der Bauzeit gelingt, Boltzhorn, dann werden wir zwei als Nachbarn in Zukunft friedlich koexistieren. Nein, ich bin noch nicht fertig! Friedliche Koexistenz heißt in meinem Fall: Ich werde Sie weder grüßen noch Ihnen meinen Rasenmäher leihen oder am Zaun ein Bier mit Ihnen trinken. Ich werde die Feuerwehr nicht rufen, wenn es bei Ihnen brennt, und die Primeln in Ihrem Garten nicht bewundern. Ich werde Sie behandeln wie Luft, und Sie werden froh und dankbar sein. Denn den Leuten, die ich wie Luft behandle, tue ich gewöhnlich auch nichts.«

Durch das Loch, das später einmal eine Terrassentür werden sollte, sah Hartmann Marlene den Weg hinunterlaufen. Im Gegensatz zum Pizzamann pflügte sie mit ihren chronisch eingesauten Hundeschuhen völlig sorglos durch das Baustellenchaos. Sie sah vergnügt aus.

»Was erlauben Sie sich eigentlich, Sie ... Sie ...!« Boltzhorn wich einen Schritt zurück und pumpte sich zu voller Größe auf. »Ich lasse mir in meinen eigenen vier Wänden doch nicht drohen! Schon gar nicht von so einem dahergelaufenen Arbeitslosen wie Sie ... wie Ihnen! Was machen Sie eigentlich die ganze Zeit? Ich sehe Sie immer nur im Garten faulenzen und ...«

»Möglichkeit zwei«, fuhr Hartmann völlig unbeeindruckt fort. »Sie machen so weiter wie bisher und mir das Leben zur Hölle. In diesem Fall werde ich mich nach Ihrem Einzug revanchieren und Ihren Alltag unangenehm gestalten. Viele Talente habe ich nicht, aber ich komme in jeden Raum und handhabe ganz passabel Schraubenzieher und Zange. Das bedeutet: Ich werde gelegentlich nachts neben Ihrem Bett stehen und Sie anstarren wie ein entlaufener Irrer, Boltzhorn. Ihre Autos werden ab und zu ein Problem haben. Es werden Lebensmittel in Ihrem Kühlschrank liegen, die Ihnen den Appetit verschlagen. Sie werden die Hängemöpse Ihrer duschenden Gattin auf YouTube finden, und beim nächsten Grillabend wird mein Hund Bruno nach dem Rechten sehen. Überhaupt werden die Begegnungen mit meinem Hund Ihnen den Schweiß auf die Stirn treiben. Er ist krank. Psychisch krank. Wir nehmen derzeit die Hilfe einer Hundetrainerin in Anspruch. Da kommt sie übrigens gerade.«

Er winkte Marlene durch das Betonloch zu.

»Sie und ich arbeiten zurzeit verstärkt daran, dass er nicht mehr grundlos Dackel umbringt. Ich kann mir nicht vorstellen, dass es sonderlich kompliziert sein wird, sein Aggressionsverhalten von kleinen Hunden auf kleine Männer mit kleinen Eiern umzulenken.«

»Ich werde Sie anzeigen!«, schrie Boltzhorn.

»Ich sehe, wir haben uns verstanden«, sagte Hartmann freundlich. »Einen schönen Tag weiterhin! Ich habe noch eine Pizza aufzuwärmen.«

Er ließ den Zwerg stehen. Boltzhorns quengelndes Organ hallte durch den Rohbau. Hartmann hörte gar nicht mehr hin. Die Dachdecker hatten in der Zwischenzeit eine neue CD in ihr Abspielgerät gelegt. Während sich der Lehrling auf dem First abstrampelte, hörten der Meister und seine Gesellen »It's raining Men«.

Halleluja, sang Hartmann im Stillen mit. Irgendein verkorkstes Plattenlabel schien spezielle Dachdecker-Compilations zu produzieren, ausschließlich mit Songs, die vom Runterfallen handelten. Er kletterte über den Zaun in den Garten, schnappte sich sein kaltes Abendessen und lief zu Marlene, die geduldig auf der Gartenbank saß und Bruno kraulte.

»Die Eier abreißen?«, staunte Marlene eine halbe Stunde später, als Hartmann sie in sein Boltzhorn-Scharmützel eingeweiht hatte und sie sich die aufgewärmte Pizza teilten. »Muss das denn sein? Auch wenn dein neuer Nachbar eine soziopathische Arschgeige ist, muss euer Verhältnis doch nicht gleich mit seinem Tod enden.«

»Nicht beide Eier«, grinste Hartmann und schenkte Rotwein nach. »Nur eins.«

»Das macht's auch nicht besser, Hartmann«, tadelte Marlene.

»Mit einem Ei kann man leben«, sagte Hartmann. »Damit kann man's sogar relativ weit bringen. Hitler hatte auch nur eins.«

»Du wirkst angespannter als sonst«, stellte Marlene fest. »So macht das Training mit dem Hund wenig Sinn. Wir können nachher ja erst mal mit Atemübungen anfangen, damit wir die Starre aus dir rauskriegen.«

»Vergiss es!«, winkte Hartmann ab. »Dafür habe ich heute keine Nerven. Außerdem ist es mittlerweile völlig egal, auf welchen Namen der Hund hört. Der Fall hat sich erledigt.«

»Wieso das denn?«

»Weil Wolf sich erledigt hat.«

»Wie meinst du das?«

»Jemand hat ihm einen Buchenprügel über den Schädel gezogen.«

Marlene wurde blass.

»Du willst doch nicht etwa sagen, dass ...« Sie schluckte.

»Doch«, sagte Hartmann ernst. »Da hat einer keine halben Sachen gemacht.«

»Wolf ist ... tot?«

Hartmann nickte.

»Mein Gott!« Marlene lehnte sich zurück und schnappte nach Luft.

Hartmann sagte nichts. Stumm aßen sie weiter. Hartmann mit gesundem Appetit, Marlene eher verhalten. Sie schob gedankenverloren ein paar Pilze auf ihrem Teller hin und her.

»Das fühlt sich aber seltsam an«, sagte Marlene nach einer Weile und legte das Besteck aus den Händen. »So was kenne ich nur sonntags vom *Tatort*. Aber in echt ist das wirklich brutal. Weißt du denn, wer ihn getötet hat? Und warum? Kann ich gleich mal einen Schnaps haben, bitte?«

Mit wenigen Sätzen umriss Hartmann, was er wusste und welchem Verdacht die Polizei nachging.

»Das klingt mir alles zu simpel«, schloss er. »Aus Wut jemanden verprügeln, na gut, das ergibt schon irgendwie einen Sinn. Aber umbringen aus beruflichen Gründen? In eurer Branche? Das ist doch völliger Blödsinn. Wir sind nicht in der dünnen Vorstandsluft, wo es beim Postenschießen gleich um Millionen geht. Diese entlassenen Hundetrainerinnen finden im Handumdrehen wieder einen neuen Job oder machen sich selbstständig. Wieso sollte sich der Freund der einen seine komplette Zukunft mit so einer bescheuerten Aktion versauen?«

»Man denkt ja nicht an die Zukunft, wenn man jemanden im Affekt erschlägt«, gab Marlene zu bedenken. »Das passiert aus Zorn und Leidenschaft. Ich vermute, man denkt an gar nichts, wenn man rot sieht.«

»Dazu würde der Zelthering passen, den er im Auge hatte.« Hartmann dachte laut nach. »Den muss ihm einer mit unbändiger Wut durch den Schädel getrieben haben.«

»So wie du mir den beschrieben hast, ist das kein Hering, sondern ein Erdanker«, sagt Marlene. »Den benutzt man im Hundesport, um die Hunde auf der Wiese anzubinden. Beim Fährten im Gelände beispielsweise.«

»Aber Wolf war doch schon nach dem ersten Keulenschlag hinüber. Warum dann noch die Sauerei mit dem Erdanker?«

»Um die Sache den Hundeleuten in die Schuhe zu schieben?«

»Das könnte gut sein.« Hartmann überschlug im Geiste das Rudel der Verdächtigen. Es war beeindruckend groß. »Da hätten wir aber eine erlesene Auswahl von Gestörten, Mannomann!

Bei dem geben sich die oberen Zehntausend die Klinke in die Hand.«

»Allerdings sagen sie im *Tatort* immer, neunzig Prozent aller Morde seien Beziehungstaten innerhalb der Familie«, sagte Marlene.

»Und wenn man wie Wolf keine Familie hat?«

»Dann ist das doof«, gab Marlene zu. »Aber es bleiben auch so genug übrig. Mal abgesehen von irgendwelchen ominösen, finsteren Rächergestalten unter seinen Kunden sind da bestimmt noch jede Menge Tierschützer, die Wolf nicht leiden können. Die würden den am liebsten an einem seiner Stachelhalsbänder aufhängen und ihm mit einem Taser hunderttausend Volt in den Hintern brennen. Oder er hat der Welpenmafia ins Geschäft gepfuscht, weil er auf einem Aldi-Parkplatz dazwischengegangen ist, wo sie die Hunde direkt aus dem Kofferraum verkaufen.«

Hartmann sah Marlene fragend an. Welpenmafia?

»Nein, nein«, sagte sie. »Das war jetzt nur so gesponnen. Wolf war ein emotionsloser Betonkopf. Dem waren doch die Welpen egal. Der hätte die nie gerettet. Ich denke nur laut. Schau dir zum Beispiel mal an, wie die Hundeschulen im Internet miteinander umgehen. Je nachdem, wer gerade welchen Guru anbetet, hauen die sich gegenseitig bei ihren Kunden in die Pfanne. Denen traue ich ohne Weiteres zu, dass sie sich im echten Leben mit Schleppleinen erdrosseln oder sich die Hundepfeifen so tief in den Schlund rammen, dass sie daran ersticken.«

Hartmann staunte. Wenn schon die friedliche Marlene solche Gewaltfantasien hegte, wie mochte es dann erst bei den wirklich Kopfkranken der Hundeszene aussehen?

»Ein wütender Anwohner, der jeden Tag beim Brötchenholen mit seinen Sandalen in Hundescheiße latscht, entwickelt auch ein ordentliches Amokpotenzial.« So langsam kam Marlene in Fahrt.»Erinnerst du dich noch an *Falling Down*? Diesen Film mit Michael Douglas? Da bleibt ein unbescholtener Bürger im Stau stecken. Jahrelang war das in Ordnung. Aber eines Tages war es eben der eine Stau zu viel. Er holt seine Pumpgun raus und macht sich zu Fuß auf den Nachhauseweg. Unterwegs richtet er ziemlich viel Schaden an. Und dann wären da noch die Jäger aus der Gegend. Ich meine, Wolf war ja auch einer von denen, der in der Brut- und Setzzeit mit seiner Kundschaft in den Wald gefahren ist. Dort standen sie dann rauchend und schwatzend bei ihren SUVs, während die Köter unbeaufsichtigt durch den Wald rannten und Bambis umbrachten.«

»Danke, das genügt.«

»Die Hundeszene ist brutal, Hartmann. Mir fällt bestimmt noch mehr ein.«

»Daran zweifle ich keinen Moment, Frau Bunt«, grinste Hartmann.»Zu meinen aktiven Kripozeiten hätte ich dich wahrscheinlich als Hauptverdächtige einsperren lassen.«

»Warum bist du nicht mehr aktiv?«

»Ich war nie sonderlich beliebt.«

»Bist du deinen Chefs zu oft auf die Füße getreten?«

»So könnte man das nennen«, brummte Hartmann sperrig. Er mochte Marlene. Aber alles brauchte sie nun auch nicht zu wissen. Schon gar nicht, wenn es zu persönlich wurde. Vielleicht würde er ihr später mal die Wahrheit erzählen, wenn sie vertrauter miteinander waren. Andererseits, wann sollte das sein? Wolf war Geschichte. Um Brunos Erziehung brauchte er sich nicht mehr zu kümmern. Marlenes Job war im wahrsten Sinne des Wortes mit einem Schlag überflüssig geworden. Bruno im Grunde auch. Hartmann wusste nur noch nicht, wie er es Frau Willebrandt beibringen sollte.

»Also Jäger, Tierschützer, Konkurrenten, Kunden, Anwohner und die Welpenmafia«, fasste er zusammen. Marlene sah eindeutig zu viele schlechte Filme. »Und dann hätten wir da noch all die gehörnten Ehemänner.«

»Von denen weiß ich nichts«, sagte Marlene. »Man munkelte zwar immer, dass Wolf alles vögelte, was zwei schöne lange Beine hatte. Aber sicher war sich keiner. Wolf war diesbezüglich sehr verschwiegen.«

»Das stimmt«, sagte Hartmann. »Er hat jedenfalls nicht damit geprahlt.«

»Überhaupt nicht«, sagte Marlene. »Komisch, oder? Gerade bei so einem Typ wie Wolf nimmt man doch eigentlich an, dass er seine Trophäen raushängt. Oder zumindest Kerben in die Bettkante schnitzt.«

»Ich weiß das auch nur von Silvia Moosleitner«, sagte Hartmann. »Auf dem Platz ist mir nie aufgefallen, dass er den Hundefrauen schöne Augen gemacht hat. Da hat er alle immer nur zusammengefaltet, bis sie heulten. Aber irgendwie standen die drauf. Die Moosleitnerin sagte immer, der Wolf sei ein charmanter Arsch. Er hätte etwas so Animalisches, dass die Hautevolee-Schlampen reihenweise in die Knie gingen.«

»Hat sie wirklich Hautevolee-Schlampen gesagt?«

»Ja«, sagte Hartmann. »Sie gehörte ja nie richtig dazu. Ihr Mann verdient mit seinen Schönheitsoperationen zwar Knete bis zum Abwinken, aber sie kommt aus keinem guten Stall. Eine geborene Kopanski. Arbeiterfamilie aus Bottrop. Der Vater im Kohleschacht, die Mutter Putzfrau. Die Moosleitnerin hat ihren Chirurgen auf Ibiza klargemacht. In der Sommersaison vor acht Jahren sei sie dort Barfrau gewesen, hat sie erzählt. Es kann natürlich auch sein, dass sie an der Stange getanzt oder im Edelpuff gearbeitet hat. Keine Ahnung. Es interessiert mich auch nicht. Ich finde es einfach erstaunlich, worauf Frauen stehen, die eigentlich alles haben, was man sich nur wünschen kann. Er habe so gut gerochen, der Wolf, hat die Moosleitnerin gesagt. Sie habe nie etwas mit ihm gehabt, könne aber gut verstehen, dass einige Societyweibchen wegen so einem Typ ihre gute Erziehung vergessen.«

»Wie roch er denn?«, wollte Marlene wissen.

»Nach Moschus und rohem Fleisch«, sagte Hartmann. »Der stand immer zehn Zentimeter vor einem. Sein Atem war aber in Ordnung.«

»Klingt doch interessant«, sagte Marlene.

»Stehst du auch auf so was?«, fragte Hartmann verwundert.

»Ich fand immer, dass er stank.«

Er beugte sich über den Tisch zu Marlene.

»Und ich jetzt so?«, wollte er wissen. »Wie rieche ich? Ich habe doch auch einen animalischen Beruf. Immerhin bin ich lizenzierter Privatdetektiv und ermittle im Tiertrainermilieu.«

Marlene lachte und schnupperte an seinem Hals.

»Du riechst ... irgendwie so ... nach ... Pilzpizza«, sagte sie langsam und sog stoßweise die Luft durch die Nase, als erkundete sie einen Rotwein. »Und nach ... Knoblauch und ... Moment, ah ja ... Sangiovese. Im Abgang kommt noch etwas Grappa durch.«

Sie lehnte sich zurück.

»Alles in allem nichts, was mich vom Hocker haut.«

Hartmann verzog das Gesicht.

»Reib dich mit Leberwurst ein!«, sagte Marlene. »Dann springt wenigstens Bruno auf dich an.«

Sie plänkelten den ganzen Abend weiter. Hartmann mochte Frauen, die ihn nicht ernst nahmen. Irgendwann hatte Marlene ihr Pulver verschossen. Hartmann auch. Da schwiegen sie eben. Es war nicht peinlich. Außerdem schien ein Mond, zu dem man in den Gesprächspausen sinnend aufschauen konnte.

Alle Sternbilder, die Hartmann mochte, waren da. Der Kleine Bär, der Große Bär und der Orion.

»Willst du nicht wissen, was mit Wolf passiert ist?«, fragte Marlene schließlich in die Mitternachtsstille hinein.

»Nein«, schwindelte Hartmann.

»Ich würde das wissen wollen.«

»Und was würdest du an meiner Stelle tun?«

»Ich würde mich in seinem Haus umsehen.«

»Das wäre Einbruch.«

»Ja und? Was soll schon groß passieren? Wolf wird mit Sicherheit nicht einschreiten. Die Einzigen, die dir gefährlich werden könnten, sind seine dicken Molosser. Aber die sind weg. Wohin hat die Polizei sie gebracht?«

»Ins Tierheim nach Düsseldorf, hat KK gesagt.«

»Na also, Hartmann. Was hindert dich?«

Nachts sah der Rhein mies aus. Hartmann konnte ihn nicht leiden. Wo sich bei anderen Flüssen silbernes Mondlicht auf dem gekräuselten Wasser spiegelte, trieb der Rhein wie eine schimmerlose, zähe Masse durch die Nacht. Er riss alles mit, was sich ihm entgegenstellte. Im Umbringen war der Rhein zuverlässig. Wer sich von seinen Brücken hinunterschmiss, durfte mit dem Ableben rechnen. Alle drei Wochen dümpelte irgendeine arme Seele den Fluss hinunter und stand anderntags in der Zeitung. Lebensmüde, die es sich nach dem Sprung anders überlegten, oder Helden, die versehentlich in die Strömung gerieten, weil sie die geschützten Bassins zwischen den Buhnen verließen und leichtsinnig weit hinausschwammen, hatten kaum eine Chance. Der Rhein nahm sie mit. Wenn die Angehörigen Glück hatten, wurde man nach relativ kurzer Zeit in ganz passablem Zustand hinter Duisburg auf den Kies gespült. Normalerweise ließ der Rhein einen aber erst ein paar Wochen später in Holland wieder los. Oder gar nicht. Dann landete man als Fischfutter in der Nordsee.

Hartmann würdigte die trübe Brühe keines Blickes, als er den Citroën über die Theodor-Heuss-Brücke jagte. Am Seestern bog er rechts ab und fuhr an der linken Uferseite entlang nach Lörick. Es war halb zwei. Wolfs Platz lag schemenhaft im Dunkeln. Vom Wohnhaus, von der Scheune und den Hundezwingern waren nur schwache Umrisse zu erkennen. Hartmann parkte den Wagen auf einem abgelegenen Feldweg zwischen dichten Büschen. Es war unwahrscheinlich, dass um diese Zeit irgendwelche neugierigen Schwachköpfe vorbeikamen. Aber Hartmann hatte schon Pferde kotzen sehen.

Er stieg über den Zaun und rannte geduckt zu Wolfs Haus hinüber. Die Haustür war massiv, alles andere nicht. Hartmann hatte richtig vermutet. Wer zwei mächtige Molosser im Haus hielt, belastete sich nicht mit einbruchssicheren Fenstern. Er schnitt das violette Polizeisiegel durch, hebelte mit einem Schraubenzieher die Terrassentür auf und schlüpfte ins Innere des Hauses. Zielstrebig ging er durch das Wohnzimmer in Wolfs Büro. Dort hatte er unlängst mit Wolf zusammengesessen und den Trainingsvertrag für Bruno unterschrieben. Viel verändert hatte sich seither nicht. In der Ecke stand ein neuer Bisleyschrank aus Blech. Hartmann zog eine flache Schublade nach der anderen auf. Offensichtlich bewahrte Wolf in dem Ding die Belege fürs Finanzamt auf.

Hartmann ließ das Licht seiner Taschenlampe über die Aktenordner in den USM-Regalen gleiten. Für einen Hundetrainer hatte Wolf sein Büro sündhaft teuer ausgestattet. Es sah aus wie in einer Werbeagentur. Ledersessel, Mac, Designerschnickschnack. Er entdeckte mehrere Ordner mit Kundenverträgen,

Rechnungen, Grundbuchangelegenheiten. Das Anwesen gehörte Wolf, das war eindeutig. Interessant wäre die Höhe der monatlichen Belastungen. Aber Hartmann konnte keinen Ordner mit Bankunterlagen finden. Wo hatte Wolf seine Kontoauszüge verstaut? Hoffentlich besaß er überhaupt welche und erledigte nicht alles papierlos übers Onlinebanking. Im Passwortknacken war Hartmann ganz schlecht.

Im Papierkorb wurde er schließlich fündig. Es waren die Auszüge vom Mai. Zehn Seiten, zerknüllt zu einem Ball. Papierbällen sieht man gewöhnlich nicht an, ob sie gleichgültig oder wütend zusammengedrückt wurden, doch als Hartmann die Kontobewegungen sah, vermutete er Letzteres. Wolf steckte bis zur Halskrause in den Miesen. Selbst der Dispo war überzogen. Die beiden letzten Seiten listeten acht zurückgegangene Lastschriften auf, weil das Konto keine Deckung mehr aufwies.

Der Mann war wohl restlos pleite. Aber von irgendwas musste er doch gelebt haben? Und getankt vor allem! So ein Achtzylinder-Pick-up schluckte hektoliterweise Sprit. Außerdem passte das leere Konto überhaupt nicht zu Wolfs vollem Terminkalender. Wolf war nicht nur in den vier Wochen, die Hartmann dabei war, so gut gebucht gewesen. Der konnte das ganze Jahr nicht über mangelnde Auslastung klagen. Irgendetwas war da faul. Irgendwo musste es Barreserven geben. Anders war Wolfs Lebensstil nicht zu erklären.

Plötzlich klackte etwas in Hartmanns Rücken. Er zuckte zusammen und fuhr herum. Ein Summen ertönte. Wolfs Laserdrucker sprang an. Merkwürdig, dachte Hartmann. Der Computer war doch aus. Er beobachtete den Drucker. Der brummte und ratterte, zog aber kein Papier ein und spuckte keines aus. Hartmann schaute auf das Display. INITIALISIEREN . . ., las er. Diese Sorte Drucker kannte er. Wenn sie in Betrieb waren, reinigten und initialisierten sie sich nach einiger Zeit im Standby von selbst. Das hieß nichts anderes, als dass kürzlich jemand auf diesem Gerät gedruckt hatte. Wer zur Hölle war das gewesen? Wolf lag seit vier Tagen im Kühlschrank der Pathologie. Hartmann durchwühlte akribisch Wolfs Schreibtisch. In der Schublade fand er zwischen Kugelschreibern und Bleistiften einen Schlüssel mit zwei Bärten. Hartmann wog ihn in der Hand. Er hatte keine Ahnung, ob der Schlüssel zu einem Bankschließfach oder zu einem Tresor gehörte. Eines von beiden musste es sein, beides war ihm fremd. Einen Safe hatte er noch nie gebraucht. Für was auch? Hartmann war sein Leben lang chronisch knapp bei Kasse gewesen. Nachdem ihm die Knete des Staatssekretärs in den Schoß gefallen war, hatte er kurzzeitig mit der Anschaffung eines Tresors geliebäugelt, den Plan dann aber wieder fallen lassen. Auffälliger konnte man seine Reichtümer nicht aufbewahren. Außerdem war er trotz der vollmundigen Versprechen der Hersteller davon überzeugt, dass es keinen Safe gab, den böse Buben nicht aus der Wand stemmen oder sprengen konnten.

Er hatte die hundertsiebzigtausend Euro in braune Luftpolsterumschläge gestopft und in seinem Gerümpelkeller zwischen feuchten Umzugskartons, uralten Brettspielen und staubigem Leergut versteckt. Hier würde kein Mensch nach Wertsachen suchen. Falls doch, würden die langen Finger an den beiden Laptops kleben bleiben, die er für zwanzig Euro bei eBay geschossen und gut sichtbar bei den übriggebliebenen Toastern und den durchgebrannten Föhns platziert hatte.

Hartmann durchkämmte Wolfs Haus akribisch bis in den Keller. Ein Tresor war nirgendwo zu entdecken. Wolf musste sein Geld weiß der Geier wo deponiert haben. Hier im Haus jedenfalls nicht. Das roch nach langwierigen Nachforschungen, zu denen Hartmann ohne konkreten Auftrag keine große Lust hatte. Er setzte sich in Wolfs ledernen Bürosessel. So wie es aussah, war der Samstagsbericht an seinen Auftraggeber, den er regelmäßig lieferte, ausnahmsweise wohl heute schon fällig. Gerber war nach dem ersten Klingeln dran.

»Wolf ist tot, das Konto leer«, sagte Hartmann ohne Umschweife. »Der Job hat sich wohl erledigt.«

Er hörte Gerber schnaufen.

»Ich habe es schon im Internet gelesen«, seufzte der Bauunternehmer. »Die *Rheinische Post* nennt im Artikel zwar nicht den vollen Namen, aber der Hinweis auf einen angesehenen Hundetrainer namens W Punkt reicht ja wohl.«

»Er ist definitiv das Opfer«, sagte Hartmann. »Ich habe die Leiche gesehen.«

»Scheiße, Mann.«

»Hartmann. So viel Zeit muss sein.«

»Ja, ja, bleiben Sie mal kurz dran. Ich muss nachdenken.«

Eine Weile war es still in der Leitung. Hartmann blätterte in Wolfs Tischkalender. Auf Gerbers Seite wurde ein Deckel von einer Flasche geschraubt. Ein Gluckern war zu hören. Wenn das Kognak war, war es ein vierfacher. Ein kräftiges Schlucken drang an Hartmanns Ohr, noch eins, noch eins, dann knallte ein Glas auf den Tisch.

»So«, sagte Gerber. »Bin wieder da.«

»Was hat Ihre Denkpause ergeben?«, fragte Hartmann.

»Nichts«, sagte Gerber. »Was tun wir denn jetzt?«

»Das ist Ihre Entscheidung«, sagte Hartmann. »Wolf kann ich ja nun nicht mehr zum Zahlen überreden. Aber ich kann seine Kohle suchen. Sie hatten recht mit Ihrer Vermutung, Gerber. Wolf war von vorne bis hinten ausgebucht. Sein voller Terminkalender passt überhaupt nicht zu seinem leeren Konto. Sogar für einen üppigen Urlaub hat es gereicht. Im Frühjahr ist eine Frankreichreise eingetragen. Also am Hungertuch nagte der Typ wirklich nicht.«

»Der hat offiziell wahrscheinlich auf einen Offenbarungseid hingearbeitet und sich hintenrum den größten Teil der Stunden in bar bezahlen lassen«, sagte Gerber. »So eine blöde Sau. Und mir bleibt er hundert Riesen schuldig.«

»Irgendwo muss es einen Haufen Bargeld geben«, sagte Hartmann.

»Dann machen Sie weiter, Mann.«

Hartmann holte Luft.

»Hartmann, meine ich«, korrigierte Gerber gemütlich. »Ich lege noch fünf Prozent drauf. Ein Viertel von dem Geld ist für Sie.«

»Das ist eine Menge Arbeit«, sagte Hartmann. »Ich muss mich in Wolfs Kunden- und Geschäftsbeziehungen eingraben. Das ist Schnüffeln in Reinkultur. Dabei läuft man sich die Hacken wund. Wenn ich immer mal wieder Einsicht in seine Unterlagen hätte, wäre es einfacher. Aber ich kann das Zeug ja nicht hier rausschaffen. Die Polizei kommt sicher noch mal wieder.«

»Wieso rausschaffen?«, schnappte Gerber. »Wo sind Sie gerade? Doch nicht etwa in Wolfs ...?«

»Wo denn sonst?«, unterbrach ihn Hartmann. »Sie glauben doch nicht im Ernst, dass sich das alles in völlig legalem Rahmen aufklären lässt.«

»Doch. Ja. Irgendwie habe ich das wohl gedacht«, sagte Gerber. »Aber Sie können doch nicht einfach in ein von der Polizei versiegeltes Haus einbrechen?«

»Wie schon gesagt, es ist ein Haufen Stress, den ich da an der Backe habe«, sagte Hartmann. »Und wenn ich Wolfs Geld nicht finde, gehe ich leer aus. Ich bin also quasi voll im Risiko.«

»Ist ja gut«, sagte Gerber. »Dreißig Prozent. Passt das?«

»Das passt«, sagte Hartmann. Mittlerweile hatte er Wolfs Kalender bis zum letzten Eintrag durchgeblättert.

»Hat Wolf Ihnen gegenüber mal *Gundulalala* erwähnt?«, fragte er.

»Hä?«, machte Gerber. »Gundula?«

»Hier steht *Gundulalala*. Hat er davon mal gesprochen?«

»Nicht, dass ich wüsste«, sagte Gerber. Den Geräuschen nach beschäftigte er sich wieder mit Flasche und Glas. »Wieso?«

»Dieser Name – oder was immer das auch sein soll – taucht öfter in seinem Kalender auf.« Hartmann blätterte hin und her. »In der letzten Woche sogar mehrmals. *Gundulalala* am Montag, am Mittwoch und das dritte Mal am Freitag. Am Freitagnachmittag war Wolf tot.«

»Vielleicht die erste gute Spur«, sagte Gerber.

Hartmann, dessen Augen sich mittlerweile an die Dunkelheit im Haus gewöhnt hatten, nahm draußen eine Bewegung wahr. Er kniff die Augen zusammen und starrte auf den Hundeplatz, der in der mondlosen Finsternis lag. Hinten bei der Scheune huschte ein massiger Schatten über den Rasen.

»Ich lege jetzt auf«, flüsterte er. »Da draußen ist einer.«

Hartmann öffnete lautlos die Terrassentür und quetschte sich durch den schmalen Spalt. Auf leisen Sohlen schlich er an der Hauswand entlang. Er blieb im Schatten der Mauer und dankte Wolfs Molossern auf Knien, denn wegen ihrer mächtigen Schädel und stahlharten Kiefer hatte Wolf nicht nur auf einbruchssichere Fenster- und Türbeschläge verzichtet. Er hatte auch keine Flakscheinwerfer mit Bewegungsmelder installiert, die den Garten mit grellem Licht fluteten, wenn man von der Hausecke zur Buchsbaumhecke hinüberspurtete. Geduckt rannte Hartmann im Schutz der Hecke weiter, bis er den Zaun erreichte, der den Hundeplatz vom übrigen Gelände trennte. Drüben bei der Scheune regte sich nichts mehr. Hartmann kletterte über den Zaun und ging hinter der Sprungwand in Deckung.

Bruno hatte nie Bock auf dieses Ding gehabt. Sie hatte sich in jeder Übungsstunde kategorisch geweigert, die schräge Wand, die wie ein A aussah, auf der einen Seite hinauf- und auf der anderen Seite hinunterzulaufen. Die Blicke, die sie Hartmann und Wolf zugeworfen hatte, während sie verächtlich an die untere Ecke pisste, hatten Bände gesprochen: Springt doch selber drüber, ihr Spacken!

Hartmann zog eine stählerne Teleskoprute aus der Hosentasche und schlang sich die Schlaufe fest um das Handgelenk. Er hatte keine Ahnung, was ihn gleich erwartete. Aber sicherlich würde er nicht unvorbereitet in einen Hammer hineinlaufen. Regungslos beobachtete er das offene Scheunentor. Falls sich hier ein paar Irrlichter auf dem Gelände herumtrieben, dann doch nur, um zu klauen, was nicht niet- und nagelfest war. Wolfs Tod hatte sich herumgesprochen. Aber mit solchen Bürschchen wurde Hartmann fertig. Meist reichte es, wenn man einem der Helden ordentlich eins auf die Glocke gab. Dann machten sich die anderen von selbst aus dem Staub.

Nachdem sich in der Scheune zehn Minuten lang nichts geregt hatte, erhob sich Hartmann. Er richtete sich zu voller Größe auf und ging zum Scheuneneingang. Die sollten ruhig sehen, dass da kein Spargel angelaufen kam, sondern eine Kante von Mann. Mit für sein Alter noch relativ strammen hundertachtzig Pfund, verteilt auf einen Meter neunzig.

»So, ihr Vögel!«, rief er und wischte mit der rechten Hand über die Wand, um den Lichtschalter zu suchen. »Mal alle auf Normalpuls runterfahren. Ich werde jetzt die Deckenbeleuchtung einschalten. In fünf Sekunden will ich jeden von euch in der Mitte der Halle sehen. Danach studieren wir gemeinsam meinen Dienstausweis und warten auf die Kollegen von der Kripo. Die sind schon unterwegs.«

Er schlug auf den Lichtschalter.

»Wer muckt, frisst Sägespäne!«

Die Neonröhren an den Deckenbalken sprangen an und tauchten die Scheune in grelles Tageslicht. Hartmann hielt die Luft an und sah sich konzentriert um. Niemand zuckte schnell zurück in den Schatten, nirgendwo war ein verräterisches Scharren oder ein panischer Atemzug zu hören. Kein einziger Fußabdruck im frisch gerechten Sägemehl. Hartmann atmete aus und ließ den Totschläger sinken. In dieser Scheune war kein Mensch.

Von hinten legte sich ein muskulöser Arm um seinen Hals und drückte mit der Präzision eines Robotergreifers zu. Die Karotisarterie ließ keinen Tropfen Blut mehr in Hartmanns Kopf. Hartmann, der noch zehn Sekunden bis zur Ohnmacht hatte, drosch wild um sich. Er riss beide Ellbogen nach hinten und rammte sie in einen stahlharten Bauch.

Ein Mal.

Zwei Mal.

Der Druck ließ kein bisschen nach.

Verdammt noch mal, dachte Hartmann, was ist das für ein Riesentier hinter mir? Der lässt mich zappeln wie ein Frettchen. Er roch Bergamotte, Zeder, Leder, einen Hauch Moschus. Wenigstens hatte der Drecksack ein angenehmes Rasierwasser. Das war das Letzte, was Hartmann durch den Kopf schoss, bevor ihm schwarz vor Augen wurde. Er hasste Leute, die ihm zu nahe kamen und dabei stanken wie ein rolliger Puma.

Marlene hatte es eilig. Sie trat aufs Gas und fegte vom Parkplatz des Löricker Schwimmbads. Der Trainingsspaziergang mit der Junghundegruppe hatte viel zu lange gedauert. Vor allem die dämliche Fragerei am Schluss. Ist der Paul schon in der Pubertät? Tun Ochsenziemer der Emma wirklich gut, also rein hormonell gesehen? Ist das denn gesund, wenn Bernies Lullerchen immer raushängt? Bernies *was*? Marlene hatte keine Nerven für eine Unterhaltung mit erwachsenen Frauen, die das Wort Penis nicht aussprechen konnten, und hatte das Gespräch abgebrochen. Sie sollte schon längst bei Hartmann sein. Der war den ganzen Tag nicht ans Telefon gegangen. Irgendetwas stimmte da nicht.

In der Ausfahrt nahm sie die Kurve zu eng und rumpelte über die Begrenzung der Blumenrabatten. Der Defender machte einen Satz. Taxi, der es sich zwischen den Längsbänken hinter Marlene gemütlich gemacht hatte, hopste gottergeben auf und nieder. Sein Rottweilersabber schleuderte an die Seitenscheiben. Das Handschuhfach klappte auf und versperrte Marlene die Sicht nach rechts.

»Mist!«, fluchte Marlene, beugte sich in voller Fahrt hinüber und hämmerte mit der Faust auf den Deckel. Der klappte runter und wieder rauf. Er wollte nicht mit roher Gewalt geschlossen werden. Was für ein Witz, dachte sie. An diesem Auto war alles brutal. Das Fahrwerk ächzte, der Diesel röhrte, die Gänge knirschten. Der Widerstand seiner Pedale und Schalthebel war einer Fitnessmaschine würdig. Man konnte beim Einparken den Kühlergrill anderer Fahrzeuge so tief eindrücken, dass aus deren Motoren die Suppe tropfte, und die sturmtruppentauglichen Stoßfänger des Defender hatten noch nicht einmal einen Kratzer im Eisen. Nur der Handschuhfachdeckel, die alte Memme, wollte sanft geschlossen werden. Das konnte doch alles nicht wahr sein.

»Dann bleib halt offen!«, brummte Marlene nach drei weiteren vergeblichen Fausthieben.

Sie freute sich auf Hartmann. Die Treffen mit ihm und Bruno genoss sie mehr und mehr. Hartmann war unterhaltsam, konnte gut zuhören und verhielt sich ihr gegenüber respektvoll und zurückhaltend. Er hatte noch kein einziges Mal auf ihre Brüste gestarrt. Damit unterschied er sich deutlich von den anderen männlichen Kunden, die sie hatte. Es waren nicht viele, aber sie glotzten alle. Im Sommer trug Marlene karierte Männerhemden und öffnete grundsätzlich einen Knopf mehr, als diesen lächerlichen Testosteronhähnchen in der Hitze guttat. Das war ihr egal. Zugeknöpft konnte sie nicht arbeiten. Sie brauchte Luft. Außerdem vertrat sie die Ansicht, dass eine Frau in dieser Gesellschaft das Recht auf jegliche Form der freien Entfaltung hatte, ohne anzügliche Sprüche kassieren zu müssen. Wer in ihren Hundegruppen das sexistische Maul aufriss, bekam einen gepflegten Einlauf und flog raus.

Hartmann hatte nichts von diesem Machogehabe. Vermutlich, weil er es mit seinen einsneunzig nicht nötig hatte. Außerdem sah er ziemlich gut aus, fand Marlene. Sie stand zwar nicht auf Typen, die zehn Jahre älter waren als sie. Aber mit blauen

Augen und kantigen Gesichtern konnte sie schon etwas anfangen. Vorausgesetzt, in dem fünfzehnhundert Kubikzentimeter großen Hohlraum hinter den Augen befand sich kein Haufen Grütze, sondern ein Gehirn.

Am Hund war Hartmann allerdings eine einzige Katastrophe. Er verhedderte sich in der Leine, verlor pausenlos irgendwelche Leckerchen und hatte beim Loben das schlechteste Timing, das Marlene je erlebt hatte. Er konnte von Glück sagen, dass Bruno ein schlaues Mädchen war. Die Hündin hörte immer öfter auf ihren neuen Namen, beherrschte *Rolle, Pfötchen* und andere alberne Kunststücke. Außerdem schmuste sie gerne mit Marlene und spazierte ordentlich an der Leine. *Respektvolles Gehen* nannte Marlene das. Es funktionierte aber nur bei ihr. Dem Hartmann kugelte Bruno auf der Hunderunde jedes Mal beinahe die Schulter aus.

»Wie wär's mal mit Führung, Hartmann!«, hatte Marlene neulich hinter den beiden hergebrüllt. Sie waren auf der Knittkuhler Wiese mit Leinenführigkeitsübungen beschäftigt, als ihnen eine suizidgefährdete Katze gefährlich nahe kam. »Du schleifst hinter Bruno her wie ein Sack Mürbegebäck.«

»Sag das diesem verdammten Kampfpanzer von Hund!«, hatte Hartmann zurückgeschrien und seine Füße in die Böschung gestemmt, um einen festeren Stand zu erzielen und Bruno am Morden zu hindern. »Wir hätten die Töle Leo Zwei nennen sollen.«

Marlene lachte vergnügt in sich hinein, als sie hinter der Rheinbrücke die mittlere Spur Richtung Ludenberg nahm und an Hartmanns Ratlosigkeit dachte. Wie ein unerschütterlicher Felsbrocken stand Hartmann im Leben und ließ sich trotzdem von einer kniehohen Hündin durch die Gegend schnippen wie ein Kiesel.

Dabei war er so eine imposante Erscheinung. Auf dem Bürgersteig wichen die anderen aus, nicht er. Wenn er und Marlene nach dem Training im Café auf der Terrasse saßen, brauchte er nur kurz den Kopf zu heben, um die Bedienung auf sich aufmerksam zu machen. Einmal hatte Marlene erlebt, wie er einen renitenten Mountainbiker zur Schnecke gemacht hatte. Hartmann und Bruno waren nicht schnell genug zur Seite gesprungen. Der hoch ambitionierte Sportsmann musste bremsen und nannte Hartmann wütend einen lahmen alten Sack. Hartmann machte ihm freundlich Platz, doch als der Biker auf seiner Höhe war, hielt er ihn einfach am Sattel fest und flüsterte ihm etwas ins Ohr.

»Was hast du zu ihm gesagt?«, hatte Marlene hinterher wissen wollen.

»Ich habe ihm nur mitgeteilt, dass er in Zukunft etwas achtsamer fahren soll«, sagte Hartmann.

»Und wieso ist er dann kreidebleich geworden und losgeschossen, als wäre der Teufel hinter ihm her?«

»Die Ermahnung war mit dem höflichen Hinweis verbunden, dass ich ihm einen Holzprügel erst zwischen die Speichen und danach in den Arsch rammen werde, sollte ich ihn noch ein einziges Mal derart rücksichtslos auf meinem Waldweg erwischen.«

»Deinem Waldweg?!«

»Meinem Waldweg.«

»Das war nicht sehr höflich, Hartmann.«

»Nein, aber es war notwendig.«

»Es ist nie notwendig, anderen Menschen Angst zu machen.«

»Weißt du, Marlene, im Lauf der Jahre habe ich bei der Kripo wirklich genug Opfer gesehen. Tote, die irgendwo wie weggeworfen herumlagen, oder lebendige, die heulend vor mir saßen und nicht wussten, wie ihnen geschehen war. Bei vielen meiner

Kollegen war es der tägliche Umgang mit den Tätern, der sie fertiggemacht hat. Als sie zur Polizei gingen, hatten sie alle mal mit großen Idealen angefangen, aber über kurz oder lang waren die meisten von ihnen nur noch zynisch und verbittert. Ich auch. Aber bei mir war es wegen der Opfer. Sie und ihr Leid zu erleben, war für mich viel niederschmetternder, als jeden Tag dieselben Arschlöcher einzubuchten und wieder laufen zu lassen. Ich konnte nächtelang irgendwelche kriminellen Dreckschweine verhören und hätte ihnen mit wachsender Begeisterung die Fresse poliert. Das machte mir weniger aus, als nur fünf kurze Minuten lang in die Gesichter der Opfer zu schauen und ihre Aussagen zu Protokoll zu nehmen.«

»Ich verstehe nicht, was das mit dem Radler zu tun hat.«

»Mich macht keiner zum Opfer, Marlene. Nie und nirgendwo. Weder nachts in einer dunklen Bahnhofsunterführung noch tagsüber auf einem beschissenen Waldweg. Noch nicht einmal bei Edeka an der Käsetheke. Wer glaubt, mir einen dummen Spruch reindrücken zu müssen, weil ich irgend so einen bescheuerten französischen Käse falsch ausspreche, fängt eine.«

»Weißt du, was daran verkehrt ist, Hartmann?«

»Manchmal reagiere ich zu heftig, ich weiß.«

»Nein, das meine ich nicht. Vor lauter Angst, zum Opfer zu werden, produzierst du selbst welche. Das fühlt sich falsch an.«

Daraufhin hatte Hartmann lange nachdenklich geschwiegen.

»So habe ich das noch nie gesehen«, hatte er schließlich gesagt. Und nach einer Weile: »Spricht man das T in Camembert wirklich nicht?«

»Nein, Hartmann. Man sagt Bär.«

Marlene kurvte durch die Vierzigerzone von Ludenberg. Sie

drückte die Wahlwiederholung und ließ es klingeln und klingeln und klingeln. Hartmann ging nicht ans Telefon. Wieso
nicht, verdammt? Sie brannte darauf zu erfahren, was er gestern
Abend in Wolfs Haus herausgefunden hatte. Hoffentlich war
Hartmann nichts passiert. Vielleicht liefen Wolfs Hunde ja doch
noch auf dem Gelände herum. Oder jemand hatte ihn gesehen
und die Polizei gerufen.

Sie bog rechts in Hartmanns Viertel ab und nach einigen
Hundert Metern wieder rechts. Der unbefestigte Weg, der zu
Hartmanns Haus hinunterführte, stand wie üblich voller Bau-
stellenfahrzeuge. Die einzige Lücke, durch die der Defender
gepasst hätte, war mit fünf Ballen gelber Isolierwolle verstopft.
Wie ein Pfropf klemmten sie zwischen einem verbeulten Bulli
und einer Palette Ziegel. Daneben standen zwei Dachdecker
und rauchten. Einer gab ihr mit einem lässigen Handzeichen zu
verstehen, dass sie sich noch einen Moment gedulden müsse.

»Fick dich!«, formte Marlene mit den Lippen.

Sie trat aufs Gas und kegelte die Isolierwolle den Weg hinunter. Während der Defender links in Hartmanns Hof schoss und
dort knirschend zum Stehen kam, kullerten die Ballen geradeaus und landeten im Gartenteich des Nachbarn.

Marlene lief ums Haus und spähte durch die Terrassentür. Drin-
nen lag Hartmann auf der Couch und presste sich ein Wärme-
kissen in den Nacken. Wütend schlug sie mit der flachen Hand
an die Scheibe.

»Warum gehst du nicht ans Telefon?!«, rief sie. »Ich wähle
mir den halben Tag lang die Finger wund, und du liegst auf dem
Sofa. Ich habe gedacht, Wolfs Molosser hätten dich zerlegt. Oder
sonst was Schlimmes! Jetzt mach schon auf, du Arsch!«

Hartmann erhob sich ächzend und kam zur Tür.

»Dir auch einen schönen Tag«, sagte er und bat sie ins Wohnzimmer.

Taxi rannte an ihm vorbei und soff Brunos Wasserschüssel leer.

»Entschuldigung.« Marlene beruhigte sich wieder. »Wenn ich besorgt bin, verliere ich die Nerven. Die Dachdecker habe ich auch schon angepöbelt.«

»Die haben's verdient«, grinste Hartmann. »Die lassen immer ihre Dämmwolle auf dem Weg liegen. Ich muss jedes Mal hupen.«

»Momentan ist der Weg frei«, murmelte Marlene.

»Willst du einen Kaffee?« Hartmann deutete kopfnickend zur Küchenzeile und zuckte schmerzerfüllt zusammen. Fluchend massierte er sich den Nacken.

»Was ist passiert?«

»Mich hat einer in Wolfs Scheune in die Mangel genommen. Dabei ist mir wohl das Handy aus der Tasche gefallen. Ich muss da heute oder morgen Abend noch mal hin und es suchen.«

»In die Mangel? Dich?«

»Muss der Hulk gewesen sein«, grinste Hartmann. »Nein, im Ernst. Das war ein riesiger, durchtrainierter Typ. Der hat mir von hinten einen Arm um den Hals gelegt und wusste genau, auf welchen Punkt er drücken musste. Bevor ich das Bewusstsein verlor, hatte ich ungefähr zehn Sekunden Zeit, um ein bisschen herumzuzappeln. Dabei habe ich mir den Nacken gezerrt.«

»Wer war das?«, fragte Marlene besorgt.

»Er hat sich nicht vorgestellt.«

Hartmann ließ an der Espressomaschine zwei Becher mit Kaffee volllaufen und stellte Marlene eine Packung Vollmilch vor die Nase. Sie schnupperte an der Öffnung. Die Milch schien frisch zu sein. Normalerweise hatten Hartmanns Milchtüten ihr Verfallsdatum überschritten, und die Milch verwandelte sich in Bröckchen, sobald man sie in den Kaffee goss.

»Der Typ muss vor mir in Wolfs Büro gewesen sein«, erzählte Hartmann weiter. »Ich habe ihn ganz offensichtlich gestört. Keine Ahnung, was er dort gesucht hat. Ein gewöhnlicher Einbrecher war das jedenfalls nicht. Der teure Computer und das andere wertvolle Zeug in Wolfs Büro waren noch da.«

»Hast du denn was gefunden?«

»Ja und nein. Erst mal habe ich etwas *nicht* gefunden. Wolfs Knete! Er hat alle Konten überzogen und ist so gut wie pleite. Das wirft natürlich die Frage auf, warum er trotzdem auf so großem Fuß lebte. Irgendwo auf dieser Welt müssen fette Bargeldreserven existieren ...«

Er kramte in seiner Hosentasche und hielt Marlene den Schlüssel, den er in Wolfs Schreibtisch entdeckt hatte, vor die Nase.

»... und dieses Ding ist unser Zugang dazu.«

»Ein Schließfach oder ein Safe«, vermutete Marlene.

»Im ganzen Haus war kein Tresor zu finden.«

»Und jetzt?«

»Ich habe mit Gerber gesprochen. Er hat noch eine Extraschippe aufs Honorar gelegt und mich beauftragt, weiter nach dem Geld zu suchen.«

»Wer ist Gerber?«

»Mein Auftraggeber«, sagte Hartmann, der spontan beschloss, Marlene den Rest der Geschichte auch noch zu verraten. »Ein Bauunternehmer, dem Wolf viel Geld schuldet. Hunderttausend, um genau zu sein. Gerber kann es auf normalem Weg nicht eintreiben, weil es Schwarzgeld ist. Deshalb stecke ich da mit drin.«

Er sah sie prüfend an.

»Ich habe übrigens gerade meinen heiligsten Geschäftsgrundsatz über Bord geworfen: absolute Diskretion in Klientenangelegenheiten. Ich hoffe, du weißt das zu würdigen.«

»Warum erzählst du mir das alles?« Marlene musterte ihn irritiert.

»Weil ich dir vertraue und weil ich Hilfe brauchen werde.«

»Um Wolfs Geld zu finden?«

»Genau.«

»Du willst nicht wissen, wer ihn umgebracht hat?«

»Nein, das erledigt die Polizei. Wir ziehen nur unser Ding durch.«

»Das nehme ich dir nicht ab, Hartmann. So abgefuckt bist du nicht.«

»Na gut, sagen wir mal, es ist zweitrangig. In erster Linie brauche ich das Geld, Marlene. Ich werde einen Teufel tun und Mörder jagen. Die Zeiten sind vorbei. KK und seine Kollegen werden rausfinden, wer der Täter war, und ihn verhaften. Irgendein Richter wird sich den ganzen Scheiß anhören. Der oder die Betreffende wird lebenslänglich in den Knast wandern. Fertig.«

»Und wenn nicht?«

»Dann hat Wolfs Mörder Schwein gehabt und rennt frei herum. Das stört mich nicht sonderlich. Wolf war ein mieser Typ, der Frauen behandelt hat wie den letzten Dreck. Falls eine von ihnen dieses Eisendings gezückt und ihm durch den Schädel gerammt hat, wäre der gute alte Hartmann der Letzte, der deswegen schlaflose Nächte hätte.«

Marlene trank ihren Kaffee aus. Sie wusste nicht, was sie dazu sagen sollte. Auf dem Küchentisch sah sie eine kleine Lache verkleckerter Milch. Sie setzte ihren Zeigefinger in die Mitte und zog ein paar Milchstriche. Bald sah der Fleck aus wie eine Sonne. Hartmann beobachtete sie und sagte ebenfalls nichts. Marlene stellte fest, dass sie nicht verlegen war. Hartmann offenbar auch nicht. Das Schweigen fühlte sich nicht unangenehm an. Im Gegenteil, die Stille tat gut. Irgendwann zog Marlene ein Tempo aus der Tasche und wischte den Milchfleck weg.

»Hast du denn mal was von seinen Frauengeschichten mitbekommen?«, fragte sie. »Ich meine, wie er mit ihnen umgegangen ist. Abseits vom Hundeplatz.«

»Ja«, nickte Hartmann. »Ich bin mal zwei Stunden früher als verabredet beim Einzeltraining aufgetaucht, weil ich mich in der Zeit vertan hatte.«

Hartmann erinnerte sich noch gut an den Moment. Auf dem Parkplatz hatten nur Wolfs Cadillac Escalade und ein ihm unbekannter mahagonifarbener Porsche Cayenne gestanden. Der Platz war menschenleer gewesen. Hartmann war unterwegs zum Haupthaus, um Wolf herauszuklingeln, als aus der Ferne ein leises Stöhnen an sein Ohr drang. Es schien aus der Scheune zu kommen. Da hatte wohl jemand ein Problem. Entschlossen lief Hartmann über den Rasen. Das Stöhnen wurde lauter, begleitet von einem rhythmischen Schaben und Knistern. Als Hartmann das Scheunentor erreicht hatte, war ihm klar, dass hier keiner in Not war. Vorsichtig spähte er durch den Torspalt.

Hinten bei den Strohballen bumste Wolf eine seiner Kundinnen. Sie lag quer auf dem Stroh, er stand vor ihr. Wolfs Hose hing zwischen den Knöcheln. Hände mit rotlackierten Fingernägeln hatten sein Hemd hochgeschoben und kratzten über seinen Rücken. Wolfs muskulöser Arsch fuhr hin und her wie die Treibstange einer Dampflok. Rechts und links von ihm ragten Schenkel in die Luft, die ihre besten Zeiten hinter sich hatten, aber dank eines Personal Trainers noch relativ gut in Form zu sein schienen. Wolfs Hände kneteten ein Pärchen kugeliger Silikonbrüste.

»Ohhhhh, Bert!«, stöhnte die Frau.»Komm schon! Komm! Komm!«

Hartmann konnte nicht erkennen, wer sie war. Es sah jedenfalls nicht nach Gewalt aus. Eher nach gegenseitigem Einvernehmen und unbändiger Lust auf abgrundtiefe Befriedigung. Wolf wurde schneller. Der Frau entfuhr ein lautes Keuchen. Ihre Schenkel umklammerten Wolfs Rücken, ihre Fersen hackten auf seine Arschbacken ein. Wieder und wieder. Sie schrie, so laut sie konnte. Wolf schrie mit. Dann fiel das Gebilde aus halbnackten Leibern und gierig zupackenden Gliedmaßen kraftlos in sich zusammen. Beide stießen lange knurrende Seufzer ins Stroh.

Sex sieht scheiße aus, wenn man nicht selbst beteiligt ist, dachte Hartmann und studierte Wolfs braungebrannten Hintern. Gar nicht schlecht für sein Alter. Der Typ legte sich wahrscheinlich alle zwei Tage in den Tussitoaster.

Die Frau stand auf und schüttelte sich das Stroh aus den Haaren. Wolf zog seine Hose hoch. Sie kümmerte sich nicht um ihre Klamotten. Nackt, wie sie war, knöpfte sie Wolf das Hemd zu und stupste ihn neckisch ans Kinn.

»Wollen wir nicht mal was zusammen machen, Bert?«, gurrte sie.»Mal ins Kino gehen oder in die Sauna? Wir könnten so viel Spaß zusammen haben.«

»Nee, du«, sagte Wolf.»Du weißt doch, was ich alles um die Ohren habe.«

»Ach komm!«, sagte sie.»Abends ist hier doch nichts mehr los.«

»Es sind lange Tage im Moment. Da bin ich erledigt. Und dann sind da ja noch die Flutlichtgruppen.«

»Da kommt doch kaum noch jemand.«

»Was soll denn diese dämliche Bemerkung? Spionierst du mir etwa nach?«

»Nein, Schatz! Die Moosleitner hat's neulich erwähnt.«

»Die Moosleitner hat's neulich erwähnt«, äffte Wolf sie nach. »Einen Scheiß hat sie. Du bist richtiggehend besessen von mir. Da kriegt man ja keine Luft mehr.«

»Sag doch so was nicht, Bert!«

»Ich rede, wie es mir passt. Wir haben uns doch bisher prima verstanden. Was passt dir auf einmal nicht mehr an unseren Treffen?«

»Ab und zu eine schnelle Nummer reicht mir halt nicht, Bert. Ich will doch nur, dass wir mal ... ich mag dich doch.«

»Ja, ja. Ich mag dich auch.«

»Siehst du. Dann könnten wir ...«

»Jetzt nerv nicht! Was soll dieses Genörgel eigentlich? Sei einfach froh, dass es dir in diesem Alter überhaupt noch einer besorgt. Außerdem haben noch mehr Töchter schöne Mütter.«

»Bert!«, schluchzte sie und hielt ihn am Hemd fest. »Bitte! Was ist denn auf einmal los mit dir?«

»Ich hasse diese Klammerei! Das ist alles.«

Wolf stieß die Frau unwirsch von sich, und sie stolperte rückwärts ins Stroh. Wolf stürmte zum Scheunentor, unterwegs zog er fluchend den Reißverschluss seiner Hose hoch. Hartmann war gerade noch rechtzeitig hinter der Buchsbaumhecke in Deckung gegangen.

»Was für ein mieser Typ!« Marlene schüttelte fassungslos den Kopf. »Ich könnte für gar nichts garantieren, wenn mir einer so käme.«

»Mir hat's im ersten Moment auch die Sprache verschlagen«, sagte Hartmann. Er zuckte mit den Schultern. »Aber sie hat es mit sich machen lassen. Den Cayenne habe ich danach noch oft auf dem Parkplatz gesehen.«

»Und zu Hause hockt ein gehörnter Ehemann und schmiedet finstere Rachepläne.« Marlene sah Hartmann erwartungsvoll an. »Wäre das nicht eine erste heiße Spur für uns?«

»Das kannst du vergessen«, sagte Hartmann. »Ich hab's schon überprüft. Die Frau darf auswärts vögeln. Sie ist Witwe.«

»Überprüft?« Marlene zog die Augenbrauen hoch. »Eben hast du mir noch weisgemacht, dass du keinerlei Ambitionen hast, Wolfs Mörder zu finden. Und jetzt stellt sich so ganz nebenbei heraus, dass du schon Personen überprüfst?«

»Manchmal kommt halt der alte Hartmann in mir durch«, grinste er. »Ich geb's ja zu. Ein bisschen Jagdfieber ist schon da. Noch einen Kaffee, Frau Holmes?«

»Wie hast du das eigentlich überprüft?«, rief sie ihm hinterher, als er zur Kaffeemaschine ging. »War dein Kumpel bei der Kripo dir noch einen Gefallen schuldig? Oder hast du dich in den Computer der Zulassungsbehörde gehackt? Musstest du jemandem wehtun?«

»Du siehst zu viele schlechte Filme«, sagte Hartmann. »Ich habe einfach die Moosleitnerin gefragt. Eine Woche später hat Bruno den Königspudel der Witwe verprügelt. Da habe ich sie dann richtig kennengelernt.«

Bruno trottete ins Wohnzimmer. Sie entdeckte Taxi, der neben Marlene lag, und wedelte begeistert einen Stapel Zeitschriften vom Couchtisch. Auf dem Weg zu ihm rannte sie Hartmanns einzige Topfpflanze über den Haufen, einen erbärmlichen Ficus, der sich nach der Wüste Gobi sehnte oder einem anderen Fleckchen Erde, das besser gegossen wurde als Hartmanns Blumentöpfe.

Marlene strich den beiden Hunden über die Köpfe.

»Wäre es nicht an der Zeit, diese niedliche Hündin zu adoptieren?«

»Bist du verrückt?«, brummte Hartmann. »Die hole ich immer nur zu Wolf-Einsätzen aus dem Tierheim. Abends kriegt Frau Willebrandt sie wieder. Ich binde mir doch nicht so einen Chaoten ans Bein. Apropos Einsatz. Kennst du zufällig eine gewisse Gundula?«

»Ich glaube schon«, sagte Marlene. »Eine Trainerin aus Düsseldorf heißt so. Hast du auch einen Nachnamen?«

»Nein, nur Gundula. Der Name stand in Wolfs Kalender. Er hat sie in der letzten Woche öfter gesehen. Sogar an dem Freitag, als er starb. *Gundulalala* hat er jedes Mal eingetragen.«

»Ja, das ist sie«, grinste Marlene.

»Was hat es mit dem *Lala* auf sich?«

»Das ist ein Insiderwitz, Hartmann. Den erkläre ich dir später mal. Ich kenne Gundula von ein paar Hundeseminaren, die wir gemeinsam besucht haben. Sie betreibt unter dem etwas kindischen Namen *Samtpfötchen* eine gewaltfreie Hundeschule in Wolfs Nachbarschaft, nur ein paar Hundert Meter weiter rheinabwärts. Eigentlich ist sie ganz in Ordnung. Nicht so dogmatisch wie viele andere, die in dieser Erziehungsrichtung unterwegs sind. Soweit ich weiß, hat sie immer noch diese total auffällige Hündin. Eine schwarze Dogge mit hellblauen Huskyaugen. Die kommt wahrscheinlich direkt aus Baskerville. Wirklich gruselig!«

»Was heißt denn gewaltfrei?«, fragte Hartmann. »Das ist doch normal, dass man mit Hunden so umgeht.«

»Das kommt auf die Definition von Gewalt an«, sagte Marlene. »Für Frauen wie Gundula ist es bereits Gewalt, wenn man laut *Nein* zu seinem Hund sagt. Sie geben stattdessen lieber ein sanftes *Huhu* von sich und nennen das dann Umorientierungssignal.«

»*Huhuuu!*«, rief Hartmann ins Wohnzimmer.

Bruno und Taxi hoben gleichzeitig ihre Quadratschädel und blinzelten ihn an.

»Siehst du«, sagte Marlene. »Es klappt.«

»Vielleicht sollte ich die Trainerin wechseln«, frotzelte Hartmann.

»Das wird dir nicht gelingen«, sagte Marlene.

»Das wollen wir doch mal sehen.«

»Du bist mir verfallen. Ich praktiziere schwarze Magie.«

»Das Monster gestern Abend in der Scheune warst du?«

»Ja. Und Bruno ist in Wahrheit ein verzauberter Presslufthammer.«

»Ich dachte, Hexen fliegen auf Besen und tragen schwarze Umhänge.«

»Nicht im einundzwanzigsten Jahrhundert. Holzfällerhemden sind leichter zu reinigen und vor allem unauffälliger.«

»Unauffällig? Ich weiß nicht«, sagte Hartmann und sah unverhohlen in Marlenes Ausschnitt.

Ich fasse es nicht, dachte Marlene. Ich flirte. Und er flirtet tatsächlich zurück. Und geguckt hat er auch gerade. Zum ersten Mal. Ich glaube, wir zwei müssen dringend an die frische Luft.

»Sollen wir denn das Training überhaupt weiterführen, jetzt, wo Wolf tot ist?«, fragte Marlene kurze Zeit später, als sie im Garten standen und mit den beiden Hunden *Platz auf Entfernung* übten. Taxi hatte den Kopf auf die Pfoten gelegt, die Augen geschlossen und seinen Verstand ausgeknipst. Bruno robbte zentimeterweise nach vorn, um an ein Mauseloch zu gelangen.

»Warum nicht«, sagte Hartmann. »Momentan sieht es so aus, als ob ich noch eine Zeit lang im Trainermilieu ermitteln müsste, um mehr über Wolfs Leben in Erfahrung zu bringen. Unter Umständen finde ich ja nicht nur erbitterte Konkurrenten, sondern auch Freunde, die ein bisschen mehr über seine privaten Verhältnisse wissen. In den nächsten Tagen werde ich mal bei Gundula vorbeischauen. Da ist Bruno die beste Tarnung.«

»Okay«, sagte Marlene. »Dann machen wir weiter. Wir dürfen nur nicht alle Macken raustrainieren. Die anderen sollen auch noch was zu tun haben. Übrigens: Wenn du zu Gundula gehst, braucht dein Hund ein Geschirr.«

»Wieso?«

»Die schmeißt dich sonst raus. Ein Halsband ist Gewalt. Sanfte Hundeführung ist nur mit Geschirr möglich.«

»Wo kriege ich das?«

»Das kannst du im Internet bestellen. Die kosten zwischen zwanzig und dreißig Euro. Wir messen gleich mal den Brustumfang von dem Brocken. Der übrigens gerade eigenmächtig aufgestanden ist.«

Sie zeigte auf Bruno, die Hartmanns Unaufmerksamkeit ausgenutzt hatte und schnuppernd über die Wiese lief, anstatt kreuzbrav auf ihr zu liegen.

»*Platz!*«, rief Hartmann.

Bruno rammte ihre Nase in einen Maulwurfshaufen und schnaufte hinein.

»*Platz*, verdammt!«

»Das Kommando *Platzverdammt* kennt sie nicht«, tadelte Marlene.

»*Platz!* Zum Kuckuck!«

Marlene verdrehte die Augen. Dem Mann war nicht zu helfen.

Bruno fing an, den Maulwurfshaufen aufzugraben. Ihre Pfoten wirbelten durch die lose Erde, Dreckbrocken flogen nach allen Seiten. Das Loch wurde immer größer. Hartmann rannte fluchend zu seinem Leihhund und versuchte ihn an der Ausgrabung zu hindern. Er schubste Bruno. Die drehte ihren Hintern einfach um dreißig Grad weiter. Nase und Pfoten blieben, wo sie waren: kurz vor dem Erdmittelpunkt. Hartmann mühte sich ab und schob Brunos Hinterteil gegen den Uhrzeigersinn einmal um das Loch herum.

»Mach was, Marlene!«, rief er. »Das wird ein Riesenloch! Es liegt genau auf meiner Rennstrecke, wenn Vittorio Pizza an den Zaun liefert.«

»Das ist ein Jammer!«, rief sie. »Du wirst dir ein Bein brechen und hilflos auf der Wiese verhungern.«

Hartmann griff unter Bruno und wuchtete sie hoch. Mit vierzig strampelnden Kilo auf dem Arm kam er zu Marlene zurück.

»Bleibst du zum Essen?«, fragte er.

»Was gibt's denn?«

»Beagle Schäferin Art.«

»Nein, im Ernst jetzt«, sagte Marlene misstrauisch. Bevor sie Hartmanns lieblos in Ketchup ertränkte Billigspaghetti zu sich nahm, würde sie lieber einen Maulwurf überbacken.

»Es sind noch zwei Ribeye-Steaks im Kühlschrank. Ich würde einen Salat dazu machen und ein frisches Ofenbrot.«

Was mache ich denn jetzt, dachte Marlene. Alle Männer, die mich bisher bekocht haben, waren in mich verknallt.

»Warum eigentlich nicht?«, sagte sie betont locker und freute sich insgeheim, dabei kein bisschen zu erröten. »Ich habe heute nichts mehr vor.«

Hartmann fuhr aus dem Parkhaus in die Kasernenstraße und reihte sich in den Verkehr ein. Zügig kurvte er um den Block und schoss in Richtung Oberkasseler Brücke. Bruno saß beleidigt auf dem Rücksitz. Sie waren auf dem Weg zu Gundulas Hundeplatz am Rhein.

Aus Brunos Komfortgeschirr war nichts geworden. Hartmann hatte zwar vor drei Tagen, direkt nach dem Abendessen mit Marlene, eines im Internet bestellt, aber es war bis heute nicht eingetroffen. Stattdessen hatte eine Nachricht des Versenders in seiner Mailbox gelegen.

Sehr Hartmann, hatte ein geschäftstüchtiger Herr Prasong geschrieben, *ich habe Ihren Artikel versenden aus Thailand, dauert es normalerweise 7–18 Arbeitstage zu durch Versand ankommen. Bitte haben Sie Geduld, es zu bekommen. Ich hoffe, dass Sie Ihre Einzelteile bald zu erhalten. Wenn Sie irgendein Problem haben, bitte kontaktieren Sie mich zuerst. Wir sind auf die Zufriedenheit der Kunden tun unser Bestes. Hoffnung, die Sie freundlich verstehen würde uns. Hinweis: Diese Nachricht wurde von Google Translator übersetzt worden. Mit freundlichen Grüße Siri dogshop*

Daraufhin war Hartmann auf dem Weg zu Gundula kurzerhand in die Düsseldorfer Altstadt abgebogen und hatte bei *Hundestolz* in der Hohen Straße ein Geschirr gekauft. Leider war in Brunos Godzillagröße nur noch eines auf Lager gewesen: das fellschonende Modell *Fesch samma,* eine bajuwarische Kostbarkeit aus hundert Prozent karbonisiertem Wollfilz mit gebuggten Nappalederkanten. Es waren vor allem die liebevoll gearbeiteten Trachtenapplikationen, die für Brunos schlechte Laune verantwortlich waren. Die mürrische Hündin zierten ein Edelweiß, ein Hase aus Messing, mehrere Hirschhornknöpfe und drei rote Filzherzen. Bruno sah aus, als würde sie Hartmann bei nächstbester Gelegenheit am Genick packen und schütteln, bis er tot war.

Kurz vor der Hofgartenrampe stockte der Verkehr. Hartmann trat auf die Bremse. Rund dreißig Mitglieder der Protestbewegung Büfükadü marschierten über die Heinrich-Heine-Allee. Voraus lief ein mit Megafon und Dosenbier bewaffneter Hering und skandierte im Falsett: »Hun-de! Steu-er!«

Seine Mitstreiter ergänzten grölend: »A-ben! Teu-er!«

Die Bürger für ein kackfreies Düsseldorf, kurz Büfükadü, liefen normalerweise immer auf dem Burgplatz vor dem Rheinturm im Kreis. Heute wechselten sie in den Hofgarten, um dort gegen die Hundehaltung in der Stadt zu protestieren. In diesem Park reihte sich ein Hundehaufen an den anderen. Die Büfükadü-Kämpfer warfen sich quasi mitten ins Auge des Orkans.

Ihre mitgeführten Transparente informierten die staunenden Passanten über bislang unbekannte medizinische Sachverhalte wie *Volkstod droht! Flöhe übertragen Ebola!* oder enthielten charmante Anregungen für die Obrigkeit: *Friss Scheiße, Bürgermeister!* Dazwischen wackelte auf knallroter Pappe der Hinweis *Keine arabischen Zahlen für deutsche Kinder!* Hartmann hatte in der Zeitung gelesen, Düsseldorfs Islamophobiker hätten mangels Masse ihre Montagsspaziergänge eingestellt und mit der Büfükadü fusioniert. Offensichtlich fand die geballte Empörung über die drohende Islamisierung Nordrhein-Westfalens derzeit nur noch in fünf Köpfen statt.

Kein zweites Mokka am Rhein, las Hartmann.

Dann hatte es auch der allerletzte Vollhorst über die vierspurige Straße geschafft. Hartmann drückte aufs Gas und fuhr über die Rheinbrücke nach Oberkassel. Mokka? Diese Blödheit war nicht zu fassen. Marlene hätte sich totgelacht, dachte er und grinste in sich hinein.

Hartmann mochte Marlene immer mehr, je öfter er sie sah. Sie hatte denselben Humor wie er, quatschte kein überflüssiges Zeug und konnte richtig bissig werden, wenn es darauf ankam. Wurde sie gefragt, ob ihr Rottweiler beiße, antwortete sie grundsätzlich, nein, das würde sie untersagen, das sei viel zu gefährlich, man wisse ja heutzutage nicht, ob das Opfer geimpft sei.

Als sie neulich am Unterbacher See einer Yorkshire-Besitzerin begegnet waren, die beim Anblick des friedlich dahintrottenden Pärchens Taxi und Bruno entsetzt ihren Hund hochgerissen hatte, hatte Marlene ebenfalls *Huuuch* gekreischt und Taxi auf den Arm genommen. Sie war unter seinem Gewicht fast zusammengebrochen, hatte aber solange tadellose Haltung bewahrt, bis die Frau kopfschüttelnd um die Ecke verschwunden war.

Am liebsten hatte es Hartmann allerdings, wenn Marlene ihre Arme in die Hüften stemmte, sich eine Locke aus der Stirn blies und von Hartmann wissen wollte, ob er eigentlich noch alle Latten im Zaun habe. Dann sah sie zum Anbeißen aus. Für diese Frage hatte es bisher in jedem Training berechtigten Anlass gegeben. Hartmann war noch nie ein guter Schüler gewesen.

Er fuhr langsam durch Lörick. Ein Schild wies auf Wolfs Hundeplatz hin. Hartmann ließ ihn rechts liegen. Irgendwo auf dem nächsten Kilometer musste die Abzweigung zu Gundulas Hundeschule kommen. Als er Marlene neulich nach dem Essen zum Auto begleitet hatte, hatte sie gesagt, sie glaube nicht, dass Gundula mit dem Mord etwas zu tun habe. Zum einen sei Gundula tatsächlich bis in die letzte Faser ein gewaltfreier Mensch, zum anderen besitze sie mit Sicherheit keinen Erdanker. Erdanker seien Utensilien für den Fährtensport. Das sei eine klassische Gebrauchshundedisziplin, Kram also, den Schäferhundvereine seit anno Adolf praktizierten. Gundula finde prinzipiell alles brutal, was auf Hundeplätzen passierte. Die würde sich im Leben keine Ausrüstung dafür besorgen. Und erst recht nicht einem Kollegen einen Erdanker ins Hirn rammen.

»Dann wollen wir uns Frau Gewaltfrei mal angucken«, sagte Hartmann. »Festhalten, Bruno!«

Er riss das Lenkrad herum. Der Citroën schaukelte wie eine

Sänfte den holprigen Weg zur *Hundeschule Samtpfötchen Inh. Gundula Krause* hinunter.

Hartmann starrte in die eisblauen Augen der Dogge und hatte schlagartig keine Lust mehr auf diesen Fall. Soll sich Gerber das Geld doch selbst besorgen, dachte er. Oder im Keller von einem Esel kacken lassen. Warum bloß suchte er keinen untreuen Ehemann oder etwas ähnlich Harmloses? Einen teiggesichtigen Pimmelschwinger im Stadtpark oder den Doughnut-Ripper von Hubbelrath? Jeder Auftrag wäre Hartmann recht gewesen, Hauptsache, Vierbeiner spielten darin keine Rolle. Dieser ganze Hundezirkus ging ihm langsam auf die Nerven. Egal, wo er hinkam, traf er auf komische Köter. Marlenes ununterbrochen mit Sabber um sich werfender Rottweiler. Bruno, die reihenweise Kleintiere umbringen wollte und die Hartmann vorsichtshalber im Auto gelassen hatte. Und jetzt dieses Riesenvieh, das ihn an Gundulas Gartentür abgefangen hatte.

Die Dogge hatte sich am Gitter hochgezogen und kommunizierte mit ihm auf Augenhöhe. Wieso hatte dieses pechschwarze Drecksvieh überhaupt hellblaue Augen? War das ein Genmutant? Irgendwo tief unten in dem riesigen Leib wurde ein grollender Donner produziert. Wahrscheinlich von schwitzenden, angeketteten, im Takt gepeitschten Sklavenzwergen, die das Untier vor zweihundert Jahren bei Vollmond verschlungen hatte. Das Donnergrollen rollte die acht Meter lange Luftröhre hinauf und trat zwischen schneeweißen Hauern und blutrotem Zahnfleisch ins Freie. Zusammen mit einem Pesthauch von Atem und schmierigem Geifer, der dem Drachen aus dem Maul tropfte.

»Velvetschatz!«, ertönte eine sanfte Stimme.

Bei Velvetschatz regte sich keine Muskelfaser. Hartmann linste an dem betonierten Hundeschädel vorbei zur Haustür. Dort stand eine schlanke Frau in Hartmanns Alter und kramte einen Futterbrocken aus ihrer Cargohose.

»*Juhu!*«, flötete sie.

In derselben Sekunde drehte die Dogge den Kopf nach hinten, sprang vom Zaun weg und trabte auf Gundula zu.

»*La, la, la, la, la, la, la!*«, kommentierte diese das Herannahen ihres Monsters. Als die Dogge sich erwartungsvoll vor sie setzte, sagte sie: »*Klick!*«, und schob den rot gefärbten Industriekringel in das feuchte Hundemaul. Sie wischte sich die Hände an ihrer Hose trocken.

»Kann ich helfen?«, fragte sie freundlich.

»Vielleicht«, rief Hartmann zu ihr hinüber. »Ich möchte mein Anliegen nur nicht über eine Distanz von zwanzig Metern schreien.«

»Kommen Sie einfach rein.«

»Ich weiß nicht so recht.«

»Trauen Sie sich. Velvet mag Sie.«

Hartmann wollte gar nicht wissen, wie Velvet Menschen gegenübertrat, die sie nicht mochte. Vermutlich pflügte sie in solchen Fällen wie eine Planierraupe durch den Zaun, biss ein monumentales Loch in den Asphalt und beerdigte den Gegner an Ort und Stelle.

Vorsichtig öffnete Hartmann die Gartenpforte. Die Dogge blieb anstandslos neben Frauchen sitzen. Ihr Schwanz wedelte den Boden blank.

»Ich habe einen Hund, der Bruno heißt und manchmal Dackel beißt und manchmal nicht«, erzählte Hartmann, als er kurze Zeit später unversehrt in Gundulas Garten bei einer Tasse Kaffee saß und sie wissen wollte, wo der Schuh drückte. »Damit war ich bis jetzt bei Bert Wolf im Training. Der ist mir nur leider abhandengekommen. Sie haben bestimmt von dem furchtbaren Vorfall gehört. Unfassbar, oder? Eben noch staucht er einen auf seinem Platz zusammen, und plötzlich liegt er tot im Wald. Das ist doch allerhand. Jedenfalls suche ich einen neuen Trainer für Bruno und mich und dachte, wo ich schon mal in der Gegend bin ...«

»Ja, ich habe davon gehört«, sagte Gundula und verzog mitfühlend den Mund. »Eine schreckliche Sache. Es ist ganz schlimm, wenn ein Mensch auf diese Weise ums Leben kommt. Auch wenn wir nicht immer einer Meinung waren, so einen Tod hat selbst er nicht verdient.«

»Selbst er?« Hartmann hob die Augenbrauen.

»Na ja, er war schon ein ziemlich gewalttätiger Mensch. Im Umgang mit Hunden zumindest. Diesbezüglich hatten wir mehr als einmal eine Auseinandersetzung. Fachlich, wohlgemerkt. Nicht, dass Sie jetzt was Falsches denken.«

»Er hat Ihren Namen gelegentlich erwähnt«, log Hartmann. »Gundulalala hat er immer gesagt. Ich ahne jetzt auch, warum.«

Gundula lachte aus vollem Hals.

»Ja, über mein Ankersignal und die anderen Techniken, die aus dem Markertraining kommen, hat er sich immer totgelacht.«

»Es ist ja auch, wie soll ich sagen ... etwas gewöhnungsbedürftig?«

Gundula beugte sich zu Hartmann. »Schauen Sie, diese Ankersignale ... also die sagen dem Hund doch nur, dass er das, was er gerade macht, gut macht und weiterhin so gut machen soll, bis das Ankersignal verstummt. Es ist eine Hilfe für ihn, nichts anderes. Im Übrigen arbeitet jeder von uns mit Ankersignalen, ohne dass er es weiß. Sie auch.«

»Im Leben nicht«, winkte Hartmann ab.

»Doch«, lachte Gundula. »Ich wette, Sie haben Ihren Bruno schon mal mit einem Anker gerufen.«

»Ich rufe immer nur *Hier*«, sagte Hartmann.

»So sehen Sie aus«, sagte Gundula.

Sie holte tief Luft und orgelte los: »*Bruno hier Bruno hierher aber sofort hierher jetzt kommst du wohl her aber sofort kommst du her ja da rennt er ja da läuft er ja so isser fein der Bruno ja so isser brav gleich isser da ja da isser ja der feine Bruno hat er aber fein gehört und sitz sitz sitz sitz!*« Gundula deutete mit dem Zeigefinger in Hartmanns Richtung. »Habe ich recht?«

Hartmann grinste. Sie hatte recht.

»Dachte ich mir's doch!«, sagte sie zufrieden. »Wir Markertrainer finden halt, wenn man im Alltag sowieso schon ankert, dann kann man das auch ein bisschen ordentlicher, strukturierter und vor allem freundlicher tun. Das macht es einfacher für den Hund. Der hat es eh schwer genug in unserer zivilisierten Umgebung. Wissen Sie was? Ich bringe Velvet ins Haus, und Sie holen Ihren Bruno her und probieren es mal aus.«

»Ich und *lalala*? Bitte!« Hartmann wand sich wie ein Aal. »Das passt doch nicht. Ich mache mich ja zum Affen da draußen.«

»Für seinen besten Kumpel kann man sich ruhig zum Affen machen«, befand Gundula. »Mal ehrlich, haben Wolfs Tipps denn geholfen? Frisst Bruno keine Dackel mehr? Wolf kuriert doch alles nur mit Unterordnung.«

»Das stimmt«, gab Hartmann zu. »Wolf hat gesagt, wir müssten am Gehorsam arbeiten, dann würde sich das Problem von selbst erledigen.«

»Hat es das?«

»Nein«, sagte Hartmann und dachte an die Tierarztrechnung von letzter Woche, als Bruno den Schatzischatz einer gewissen Frau Lemke quer über die Knittkuhlwiese gekegelt hatte. Seither besaß Hartmann Anteile an einem Chihuahua-Ohr und einem puscheligen Schwanz.

»Wenn Ihnen *Lalala* zu peinlich ist, dann nehmen Sie einfach etwas anderes«, sagte Gundula. »Es gibt ja durchaus auch männlichere Varianten. Da sind Ihrer Fantasie keine Grenzen gesetzt.«

»Männlicher? Wie muss ich mir das vorstellen?«, fragte Hartmann. »*Bourbonbourbonbourbon?*«

»Beinahe«, nickte Gundula. »Wichtig ist, dass der Anker nur einen der fünf Vokale enthält. *Ramboramborambo* ginge also eher nicht, wohingegen *Chuckchuckchuck* ...«

»Chuck Norris hat nie mit Hunden gespielt.«

»Ich weiß. Seine Stöckchen sind beim Werfen immer in der Erdatmosphäre verglüht.«

Hartmann hob anerkennend die Augenbrauen. Sogar mit Chuck-Norris-Witzen kennt sie sich aus, die sanfte, gewaltfreie Gundula, dachte er. Eine sympathische Frau. Marlene lag mit ihrer Einschätzung vermutlich goldrichtig. Eine Gewalttat war Gundula kaum zuzutrauen. Vermutlich hätte eher Wolf Grund gehabt, Gundula etwas anzutun, als umgekehrt. Hartmann konnte sich gut vorstellen, dass Wolf auch an dieser Frau herumgebaggert hatte und ausnahmsweise mal nicht zum Stich gekommen war. So etwas kratzte gewaltig am Ego.

Hartmann beschloss, sich auf Gundulas Vorschlag einzulassen. Mit Sicherheit würde sie noch einiges mehr ausplaudern, wenn er guten Willen zeigte und Bruno eine Zeitlang mit Ankersignalen zutextete.

»*Laphroaig!!!*«, rief Hartmann eine halbe Stunde später über Gundulas Hundeplatz, um Brunos Aufmerksamkeit zu erregen. Die bekam er auch sofort. Als Bruno quer durch den Garten auf ihn zutrottete, ankerte Hartmann aus voller Kehle: »*Whiskywhiskywhiskywhisky!*«

Gundula reckte den Daumen in die Höhe und strahlte ihn an. Sie hatte zu Anfang der Übung gerade mal fünf Minuten gebraucht, um das Kommando *Laphroaig* mit Leckerchen zu verknüpfen, schon war aus einer der berühmtesten schottischen Single-Malt-Destillerien ein Umorientierungssignal geworden.

»Es funktioniert!«, freute sich Hartmann.

»Wieso auch nicht?«, lachte Gundula. »Bruno hat Spaß dabei, wird zu nix gezwungen, und Ihnen scheint es leichtzufallen. Was will man als Trainerin mehr.«

»Außerdem ist es cool«, sagte Hartmann. »Da werden die bei mir auf der Hundewiese staunen. *Glendronach* oder *Lagavulin* wären auch noch gute Umorientierungssignale gewesen.«

»Meinetwegen auch *Eckes Edelkirsch*«, sagte Gundula. »Man kann alles nehmen. Es muss für den Hund nur mit einer Aktion verknüpft sein, die einmal richtig konditioniert wurde. Diese Form der Kommunikation gibt einem doch ein besseres Gefühl, als wenn man wie Wolf pausenlos hinter seinem Hund herbrüllt. Oder was meinen Sie?«

»Sie sind sehr gut in dem, was Sie tun«, sagte Hartmann anerkennend. »Bei Wolf hatte ich diesen Eindruck nicht immer.«

»Dazu sage ich jetzt mal nichts.« Gundula war geschmeichelt.

»Ich weiß. Über die Toten redet man nichts Schlechtes. Ich will ja auch nicht über Wolf herziehen. Aber ich habe ihn als Trainer erlebt und jetzt gerade Sie. Das ist schon ein himmelweiter Unterschied. Selbst für mich als Anfänger.«

»Danke.«

Hartmann spürte, wie es in ihr arbeitete. Gleich würde sie aus dem Nähkästchen plaudern. Alles andere hätte ihn auch gewundert. Er hatte bei seinen Verhören noch immer die richtigen Knöpfchen gefunden und gedrückt. Es war so einfach, die Leute zu melken, nachdem sie einmal Zutrauen gefasst hatten.

»Ich kenne mich in Ihrer Branche natürlich nicht aus«, sagte er. »Es ist nur so ein erster Eindruck. Sie beide, also Wolf und Sie, liegen ja wirklich an den entgegengesetzten Enden des Spektrums.«

»Wissen Sie, als Wolf damals seinen Laden groß aufgezogen hat, da stand er schon am zweiten Tag bei mir auf dem Platz«, erzählte Gundula. »Er faselte etwas von Synergien und Zusammenarbeit. Ich fand das am Anfang gar nicht so schlecht. Da kannte ich ihn ja noch nicht. Er hat damals voll auf seinen Charme gebaut. Ich geb's zu, der verfängt ja auch. Irgendwie war Bert Wolf schon ein attraktiver Typ. Gutaussehend, selbstbewusst, unglaublich sicher im Auftreten. Er hatte so etwas Animalisches an sich. Ob man nun will oder nicht, ein bisschen bewundert man ja immer Menschen, die von sich überzeugt sind. Aber am Hund war Wolf der absolute Nichtskönner. In den folgenden Jahren bin ich dann langsam dahintergestiegen, was das für ein Mistkerl war. Und was man so in der Szene munkelt.«

Sie fischte zwei eiskalte Fläschchen Wasser aus der Kühlbox und drückte Hartmann eines in die Hand.

»Was munkelt man denn?«, fragte Hartmann. »Wenn wir nach dem Training mal ein Bier zusammen getrunken haben, hat Wolf nie so richtig mit der Sprache rausgerückt. Er hat nur gesagt, aufgrund seiner Prominenz und seiner Kompetenz würde er ziemlich angefeindet.«

»Haha, von wegen!«, hustete Gundula. Sie wischte sich nach einem langen Schluck die Wassertropfen mit dem Hemdsärmel vom Mund. »Die richtig fiesen Nummern gingen alle von ihm aus.«

Ihr sei Wolf schon seit Langem ein Dorn im Auge gewesen,

weil er gewalttätig mit den Hunden umgehe. Diese viel zu lauten Platzkommandos zum Beispiel, das Rumgeschubse und Rumgebrülle, das alles sei völlig indiskutabel. Heutzutage erziehe man einen Hund nach modernen wissenschaftlichen Methoden. Dabei hätten körperliche Einwirkungen nichts verloren. Sie wisse zudem aus ganz sicherer Quelle, dass Wolf Stromreizgeräte angewendet habe. Das sei gesetzlich verboten. Sie habe Wolf deswegen mehrfach zur Rede gestellt, aber auf Granit gebissen. Im Übrigen sei Wolf ein Unmensch, der nicht davor zurückschreckte, Trainerkollegen beim Kreisveterinäramt anzuschwärzen. Vor allem jene, die den notwendigen Sachkundenachweis nach Paragraf elf des neuen Tierschutzgesetzes noch nicht erbracht hatten und trotzdem praktizierten. Es würde sie, Gundula, schon interessieren, wer denn dem Wolf damals den Elfer bescheinigt habe. Viel Ahnung von Kynologie habe Wolf nämlich nicht gehabt, sich aber aufgeführt, als wäre er Konrad Lorenz und Eberhard Trumler in Personalunion. Mit dem Tierheim sei Wolf ebenfalls über Kreuz gewesen. Wegen einer ganz alten Sache. Um was es damals genau gegangen sei, wisse sie auch nicht mehr. Es habe aber ein langer Artikel in der Zeitung gestanden.

»In der *Rheinischen Post*?«, forschte Hartmann.

»Kann sein«, sagte Gundula. »Oder in der *Westdeutschen*. Keine Ahnung. Irgendwann hat es mich einfach nicht mehr interessiert, was der Typ macht. Ich konnte ja eh nichts gegen ihn ausrichten. Der war nicht zu packen. Wolf hatte seine Finger überall drin. Lange Zeit hatten wir dann überhaupt nichts mehr miteinander zu tun. Wir haben uns nicht gegrüßt, wenn wir uns zufällig gesehen haben. Haben die Trainingsspaziergänge mit unseren Gruppen an unterschiedlichen Orten organisiert. Was Nachbarn halt so machen, wenn sie sich nicht leiden können. Aus irgendeinem unerfindlichen Grund hat er mir gegenüber keine Feindseligkeit mehr gezeigt, und ich habe es gut sein lassen. Bis zur letzten Woche. Da ist mir dann mal wieder der Kragen geplatzt.«

»Kein idealer Zeitpunkt«, sagte Hartmann.

»Da sagen Sie was, Herr Hartmann. Der arme Wolf. Ich werde bestimmt demnächst verhaftet.« Gundula verzog das Gesicht. »Aber im Ernst. In letzter Zeit haben sich ziemlich viele Leute nach meinen Kursen erkundigt. Das Geschäft läuft ganz gut. Ein paar – nicht alle – kamen von Wolf, weil sie dort nicht zufrieden waren. Auffallend war, dass die eingehend nach meinen Qualifikationen gefragt haben. Ob ich denn den Elfer habe und überhaupt noch unterrichten dürfe, wollten sie wissen. Auf Nachfrage hat sich dann herausgestellt, dass Wolf überall herumerzählt hat, ich hätte immer noch keine Zulassung, und meine Schule würde bald vom Veterinäramt geschlossen. Das war ein echter Hammer. So eine Rufschädigung kann in unserer Branche ganz schnell das Aus bedeuten.«

»Wie kommt er auf so was?«, fragte Hartmann. »Das sind ja keine Facebook-Kindereien, sondern ganz ernste Tatbestände. Verleumdung oder üble Nachrede können strafrechtlich verfolgt werden.«

»Ich weiß nicht, was er sich dabei gedacht hat«, seufzte Gundula. »Ich habe mich jedenfalls am Montag mit ihm verabredet, um ihn zur Rede zu stellen. Dann konnte ich aber nicht wegen eines Notfalls. Ich habe eine 24-Stunden-Hotline und biete auch Hausbetreuung an, in diesem Fall bei einem ziemlich bissigen Kandidaten. Da musste ich ganz dringend hin. Die ganze Familie stand schon zitternd auf dem Tisch, wenn Sie wissen, was ich meine. Deshalb habe ich das Treffen mit Wolf kurzfristig auf den Mittwoch verlegt. Aber am Mittwoch kam in letzter Minute auch wieder etwas dazwischen. Irgendwie war in dieser Woche der Wurm drin. Wir haben uns dann lose für Freitagmittag verabredet. Das hat wieder nicht geklappt. Beim Antijagdtraining haben wir im Wald zwei Hunde verloren und mussten sie erst suchen. Und am Montag habe ich dann in der Zeitung gelesen, dass man einen Hundetrainer tot im Wald gefunden hat. In Lörick! Da musste ich nur eins und eins zusammenzählen, um zu wissen, wer das war. Und jetzt? Wolf lebt nicht mehr, aber die Gerüchte über mich und meine Hundeschule drehen quicklebendig ihre Runden. Keine Ahnung, was ich machen soll.«

»Aussitzen«, empfahl Hartmann. »Das versendet sich mit der Zeit. Ich werde jedenfalls nur Gutes über Sie erzählen, wenn ich unterwegs bin.«

»Das ist nett von Ihnen.«

Das klingt alles plausibel, dachte Hartmann. Die Frau hatte ganz offensichtlich Alibis für jeden Tag, an dem ihr Name in Wolfs Kalender stand. Irgendwer musste die überprüfen. Er selbst konnte das schlecht machen. Wenn er sich jetzt eingehend nach der Hotline-Familie oder der Antijagdgruppe erkundigte, würde Gundula sofort merken, dass er gar nicht wegen Brunos Dackelproblem zu ihr gekommen war. Nein, er würde es dabei belassen und heute Abend KK anrufen. Diese Geschichte konnte er genauso gut in die Kripo-Pipeline geben. Mal sehen, ob etwas Verdächtiges dabei herauskam.

Gundula begleitete Hartmann zum Parkplatz. Sie öffnete die hintere Tür des Citroën und rief: »*Laphroaig!*« Bruno hob den Kopf aus dem Gebüsch, das sie gerade akribisch nach Mäusen durchsuchte, und lief zu Gundula.

»*Whiskywhiskywhisky*«, trällerte Gundula. »Hopp!«

Bruno sprang auf den Rücksitz.

»Überlegen Sie sich das mit dem Markertraining«, sagte sie. »Die Zehnerkarte kostet nur hundertfünfundneunzig Euro.«

»Ein Schnäppchen«, murmelte Hartmann.

»Sie müssen wissen, wie viel Ihnen Ihr Hund wert ist«, entgegnete Gundula. »Bruno ist jedenfalls klasse. Witziger Name übrigens. Und Sie sind ein echtes Talent.«

»Ich? Ein Talent?!«, lachte Hartmann. »Sie machen Witze.«

»Apropos. Da fällt mir noch einer ein«, sagte Gundula. »Was macht Chuck Norris, wenn er puzzeln will?«

»Keine Ahnung«, sagte Hartmann. Er ließ den Motor an. »Er kauft sich eine Tüte Paniermehl und setzt die Brötchen wieder zusammen.«

Hartmann grinste.

»Soll ich Ihnen was verraten?«, sagte er.

»Was denn?«

»Chuck Norris lebt seit zehn Jahren nicht mehr. Der Tod hat nur Angst, es ihm zu sagen.«

Gundula konnte es kaum gewesen sein, dachte Hartmann, als er grübelnd nach Hause fuhr. Die Frau war ja beinahe schon ein Engel. Er würde KK die Alibis überprüfen lassen und Gundula erst mal zu den Akten legen. Das Training bei ihr konnte er sich schenken. Marlenes Training eigentlich auch. Im Grunde brauchte er in diesem Fall auch keine Bruno mehr. In Wolfs Umfeld gab es weit und breit keinen Trainer, bei dem sich Hartmann jetzt noch unter falschen Voraussetzungen einschleichen müsste.

Womöglich war der von Gundula angedeutete Tierheimskandal eine Spur, die zu Wolfs Geld führte, dachte er. Gleich nach seiner Ankunft zu Hause würde er die Online-Ausgaben der regionalen Zeitungen durchforsten. Weiß der Geier, vielleicht kam ja der ein oder andere linke Deal zum Vorschein. Wenn er Frau Willebrandt das nächste Mal traf, würde er ihr reinen Wein einschenken. Er würde ihr gestehen, dass er Bruno nur wegen der Wolf-Geschichte ausgeliehen hatte, und sie bei der Gelegenheit ein bisschen über ihren Verein aushorchen.

Hartmann schmiss eine Handvoll Leckerchen auf den Rücksitz.

»Danke dir, Kumpel!«, rief er in Brunos Schmatzen hinein. »Du warst ein ausgezeichneter Hilfssheriff. Aber nächste Woche trennen sich unsere Wege. Hartmann zieht weiter. Und du kommst wegen vorsätzlicher schwerer Körperverletzung wieder in den Knast. Wir können froh sein, dass Schatzischatzi deine Wrestlingeinlage überlebt hat ... Zum Teufel, was ist das denn für ein Scheiß?!«

Quer vor Hartmanns Zufahrt stand ein orangefarbenes Ungetüm von einem Laster mit der Aufschrift *Puschen & Zwiebel Kanalreinigung und Kanal-TV*. Hartmann hupte ausgiebig und beugte sich aus dem Fenster.

»Herr Doktor-med-dent, wäre es möglich, dass ich ein Mal, nur ein einziges Mal, zu meinem Haus fahren könnte, ohne von einem Ihrer Vollpfosten behindert zu werden?«, fauchte er zu Boltzhorns Baustelle hinüber. »Ich kenne Toastbrote, die parken intelligenter!«

Boltzhorn, der mit dem Fahrer des Zwanzigtonners ein Katasterblatt studierte, das sie auf dem Zementmischer ausgebreitet hatten, winkte ungeduldig ab, ohne Hartmann eines Blickes zu würdigen. Hartmann parkte seinen Citroën hinter dem Laster und atmete tief durch. Dann stieg er aus. Bruno steckte ihre eindrucksvolle Schnauze aus dem Fenster und knurrte.

»Ist ja gut«, sagte Boltzhorn und kam Hartmann ein paar Schritte entgegen. »Nur die Ruhe! Er braucht nur zwei Stunden. Was sein muss, muss halt sein.«

»Was muss halt sein?«, fragte Hartmann.

»Die Kanalbefahrung«, sagte Boltzhorn.

»Wieso muss der Kanal befahren werden?«, fragte Hartmann erstaunt. »Schließen Sie Ihr Kackrohr an und gut ist.«

»So einfach geht das nicht. Der Kanal ist über vierzig Jahre alt. Es hängen nur unsere beiden Häuser dran. Außerdem läuft er zweihundert Meter über Ihr Gelände, bevor er an den städtischen Mischwasserkanal anschließt. Der gehört quasi Ihnen. Wenn das Ding marode ist, ist das Ihre Baustelle, Hartmann. Ich schließe erst an, wenn alles in Ordnung ist.«

»Verstehe ich das richtig? Sie befahren meinen Kanal, obwohl keine Sau danach gefragt hat oder die Stadt es verlangt?«

»Sicher ist sicher.«

»Und die Sanierungskosten für unseren Kanal drücken Sie mir aufs Auge?«

»Wem denn sonst? Ich bin ja noch nicht angeschlossen.«

Boltzhorn musterte misstrauisch Bruno, deren Knurren in ein heiseres Bellen übergegangen war. Mittlerweile lief ihr der Speichel aus dem Maul und tropfte auf den Lack.

Hartmann riss kommentarlos die Tür auf und machte sich zu Fuß auf den Weg zu seinem Haus. Den Citroën ließ er stehen, wo er war. Aus dem Augenwinkel bekam er noch mit, wie Bruno auf Boltzhorn zuschoss. Der floh panisch hinter seine neue Haustür. Dort zeterte er mit hochrotem Kopf. Hartmann verstand ihn nicht. Die Tür war so gut wie schalldicht.

Vielleicht sollte ich Bruno doch behalten, dachte er, als die Hündin nach getaner Arbeit in den Garten trottete und ihren Kopf auf Hartmanns Schenkel legte. Einmal pro Woche den arroganten Doktor über die Baustelle zu jagen, wäre ein unbezahlbares Vergnügen. Wie ein Häschen war der gerade gesprungen. Bruno wiederum wäre ideal ausgelastet. Sie war in ihren besten Jahren und sollte jeden Tag viel bewegt werden, hatte Marlene geraten. Quasi eine Win-win-Situation.

Gegen Abend griff Hartmann zum Telefon und rief KK an.

Er erzählte ihm von Gundula und von ihren drei angeblich fehlgeschlagenen Treffen mit Wolf.

»Halt! Stopp! Stopp!«, unterbrach ihn KK mitten im Satz. »Du ermittelst doch nicht etwa, oder?«

»Quatsch! Ich bin auf der Suche nach einem neuen Hundetrainer zufällig auf diese Frau gestoßen. Das ist alles.«

»Schwöre, dass du nicht ermittelst.«

»KK, das ist doch albern.«

»Schwöre!«

Hartmann leistete den Meineid, ohne rot zu werden.

»Mörder fangen ist nämlich mein Job, Hartmann«, sagte KK.

»Nicht deiner! Ich will nicht, dass du mir reinpfuschst. Dein unbedachtes Vorgehen hat uns in der Vergangenheit schon genug Ärger eingebracht.«

»Ich weiß nicht, wovon du sprichst.«

»Na gut«, lenkte KK müde ein. »Lassen wir das. Danke jedenfalls für deine Hinweise. Wir haben bei der Hausdurchsuchung den Namen Gundula in Wolfs Kalender gefunden. Jetzt weiß ich wenigstens, wo der hingehört. Ich lasse die Frau mal kommen und spreche mit ihr.«

Oben in der Auffahrt spektakelte der Kanalreiniger, weil er Feierabend hatte und mit seinem dicken Brummi nicht an Hartmanns Auto vorbeikam. Hartmann ließ ihn hupen.

»Was ist das für ein Lärm bei dir?«, fragte KK.

»Halb so wild!«, sagte Hartmann. »Der Nachbar dreht ein bisschen am Rad. Gibt's sonst noch was Neues bei euch?«

»Die Obduktion ist mittlerweile abgeschlossen.«

»Irgendwelche Überraschungen?«

»Kann man wohl sagen.«

»Darfst du darüber sprechen?«

»Nein. Aber hat uns das jemals gestört?«

Hartmann grinste.

»Der Doc ist sich zu hundert Prozent sicher«, sagte KK. »Die Todesursache war definitiv nicht der Schlag mit dem Holzprügel.«

»Aua!«

»Das kannst du laut sagen, Hartmann. Wolf hat noch gelebt, als ihm einer den Erdanker in den Kopf gerammt hat.«

04
Das große Heulen

Hartmann saß am Küchentisch. Er hatte sich ein Bier aufgemacht. Vor ihm lag ein karierter Block. Er kritzelte mit Bleistift die Namen seiner Verdächtigen auf das Papier. Block und Blei waren schon immer seine liebsten Werkzeuge gewesen, mit Flipcharts und Magnetwänden konnte er nichts anfangen. Diese Besprechungen im Präsidium, wo irgendein Wichtigtuer große Flächen mit Halbsätzen, Namen und Pfeilen vollgeschmiert hatte, hatte er damals so dringend gebraucht wie ein Loch im Kopf. Die Sitzungen hatten selten zu etwas Vernünftigem geführt. Ganz zu schweigen davon, dass keine Sau das Gekrakel lesen konnte. KK und er hatten bei diesen Gelegenheiten immer die Augen hinter ihren Sonnenbrillen zugemacht.

Hartmann trank einen Schluck Bier. Er blickte aus dem Fenster. Auf der Baustelle herrschte paradiesische Stille. Seit vorgestern schon. Hartmann hatte nach dem Kanalscharmützel mit dem bockigen Boltzhorn kurzerhand das Tiefbauamt angerufen, sich in korrektem Behördendeutsch über die schlaglochbedingte Unbefahrbarkeit der Zuwegung beklagt und eine spontane Inaugenscheinnahme angeraten. Diese hatte umgehend stattgefunden und aus Hartmanns Sicht zu einem höchst befriedigenden Ergebnis geführt. Nachdem Boltzhorn dem städtischen Beamten klargemacht hatte, wohin die Stadtverwaltung sich ihre unversehrte Zuwegung stecken könne, schließlich könne er, Boltzhorn, Doktor-med-dent, auf seinem Grund und Boden machen, was er wolle, hatte dieser nur widerspruchslos genickt und kurz telefoniert. Eine halbe Stunde später hatte ein Trupp vom Bauhof an der Kreuzung eine Handvoll Schilder latziert und den Weg zu Boltzhorn und Hartmanns Haus für alle Fahrzeuge gesperrt, die mehr als sieben Komma fünf Tonnen wogen. Der Weg müsse zuerst befestigt werden, hatte der Engel vom Tiefbauamt zum Abschied freundlich erklärt, er sei in seinem gegenwärtigen Zustand den Belastungen nicht gewachsen, und da der Herr Doktor-med-dent offensichtlich nicht kooperieren wolle, könne der Herr Doktor-med-dent zukünftig seinen Beton im Bollerwagen auf die Baustelle schaffen.

Seither war bei Boltzhorn tote Hose.

Gundula stand ganz oben auf Hartmanns Liste. Mit einem dicken Fragezeichen dahinter. Darunter hatte Hartmann *Tierheim* geschrieben. Um den Skandal wollte er sich kümmern, wenn er Bruno morgen zurückgab. Wahrscheinlich würde ihm Frau Willebrandt die Ohren langziehen, wenn er ihr bei der Gelegenheit mitteilte, dass er für Brunowochenenden keine Zeit mehr hatte. Hartmann würde es verkraften. Bruno sowieso.

Der Würger war der nächste heiße Kandidat auf Hartmanns Zettel. Der ganz große Unbekannte. Wie er dem auf die Spur kommen sollte, war Hartmann schleierhaft. Das würde wirklich knifflig werden. Aber es musste sein. Weil der Typ eine Rolle spielte. Sogar eine ziemlich große. Wer bereit war, anderen derart kompromisslos den Saft abzudrehen, war entweder ein brutaler Soziopath, oder er hatte etwas zu verbergen.

Ganz unten hatte Hartmann *Moosleitner* notiert. Weniger, weil er Silvia verdächtigte, sondern weil er sie unbedingt zu den anderen Kundinnen des schürzenjagenden Wolf befragen wollte. Die Moosleitnerin war derzeit sein einziger Kontakt zur Schickeria. Sie wusste mit Sicherheit, welche Ehemänner wegen Wolf schon mal ausgeflippt waren und welche nicht. Er würde sie anrufen. Hoffentlich wollte sie sich nicht zu einem gemeinsamen Hundespaziergang mit ihm verabreden. Wenn sie mitkriegte, dass Bruno nicht mehr bei ihm war, würde sie wissen wollen, warum. Dann flog seine Deckung auf. Hartmann ließ sich von ihren Versace-Ballerinas und luftigen Prosecco-Plaudereien nicht täuschen. Diese Frau war schlau. Wenn sie rauskriegte, dass er sich ihr Vertrauen unter Vorspiegelung falscher Tatsachen erschlichen hatte, würde sie kein Wort mehr mit ihm reden.

Marlene kam in die Küche. Sie öffnete Hartmanns Kühlschrank und stöberte nach etwas Essbarem. Es war nur Joghurt drin. Sie riss den Deckel auf und sah verdutzt in den Becher.

»Herrje«, sagte sie.

»Stimmt was nicht mit dem Essen?«, fragte er.

»Was sind das für Bröckchen, Hartmann?«

»Keine Ahnung. Was steht auf dem Deckel?«

»Schokolierte Waffelwürfel«, las Marlene.

Sie probierte vorsichtig.

»Schmeckt so mies, wie es klingt«, stellte sie fest. »Ich esse es trotzdem auf. Bei dem anderen muss ich Knusperkissen unterrühren, und zwei weitere heißen Samoa. Das ist noch viel schlimmer. Wie kann man bloß so ein denaturiertes Industriezeugs futtern, Hartmann?«

»Samoa geht«, sagte Hartmann. »Da ist Ananas drin.«

»In homöopathischen Dosen«, sagte Marlene und schob mutig einen Löffel in den Mund. »Und Plutonium-Crispies wahrscheinlich. Haben die Franzosen da unten nicht Atomtests gemacht?«

Sie setzte sich zu Hartmann an den Tisch und griff nach dem Zettel.

»Gundula, Tierheim, Würger, Moosleitner«, las sie. »Die hast du also alle auf dem Kieker.«

»Es ist ein Anfang.«

»Wie findest du Gundula?«

»Engelhaft, irgendwie.«

»Ja, oder? Sie hat so was Sanftes. Die Hunde fahren voll auf sie ab.«

»Ich habe sie auch nur noch pro forma auf der Liste. Ich müsste mich schon sehr täuschen, wenn diese Frau einem bewusstlosen Menschen einen Stahlspieß durchs Auge treibt.«

»Dazu gehört eine unbändige Wut.«

»Oder eine Überdosis Crystal«, brummte Hartmann. »Aber Gundula ist alles andere als ein Speedfreak. Die pfeift sich höchstens mal ein Ingwerstäbchen rein. Oder raucht einen Yogitee auf Lunge.«

»Wer weiß«, lachte Marlene. »Stille Wasser und so weiter.«

Sie ging zu den Hunden hinüber und hielt ihnen den Joghurtrest unter die Nasen. Abwechselnd schleckten Bruno und Taxi den Becher blank. Bruno wedelte begeistert mit dem Schwanz. Schokolierte Waffelwürfel – ein Traum. Ihre Welt war in Ordnung.

»Mururoa«, sagte Hartmann plötzlich.

»Was?« Marlene drehte sich irritiert um.

»Die Atomtests haben auf Mururoa stattgefunden. Ich grüble darüber nach, seit du Samoa gesagt hast.«

»Samoa, Muroa, Schnick, Schnack!«, sagte Marlene. »Zerbrich dir den Kopf über wirklich wichtige Sachen. Über Mord und Totschlag und so was alles. Leute wie du müssen die Welt retten. Dazu braucht's keine Erdkunde.«

»Mir fällt das Denken zunehmend schwer.«

»So alt bist du auch wieder nicht.«

»Das liegt nicht am Alter. Es liegt am Knopf.«

Hartmanns Blick glitt Marlenes Hals hinab. Ihr Hemd stand wieder viel zu weit offen. Er hatte schon lange keine Brüste mehr gestreichelt.

»Mit der Trainerin wird nicht geflirtet.«

Marlene linste von oben in ihren Ausschnitt und schloss einen Knopf. Das machte es nicht viel besser. Hartmann sah immer noch zu viel Haut, um einigermaßen bei Verstand zu bleiben.

»Ich darf das«, sagte Hartmann. »Ich habe dir neulich Abend Salat und Brot gekocht. Wir haben quasi eine Beziehung.«

»Dass ich nicht lache. Nach dem Essen hast du mich wie ein Konfirmand zum Auto begleitet und mir die Hand gedrückt.«

»Alte Schule«, brummte Hartmann.

»Vierte Klasse.« Marlene lächelte. »Höchstens.«

Sie kam zum Tisch zurück und sah Hartmann in die Augen.

»Gibt es eigentlich eine Frau Hartmann?«, wollte sie wissen.

Hartmann hielt ihrem Blick stand. Sie hatte goldene Sprenkel in ihren braunen Augen. Die stammten von der Kerze auf dem Küchentisch, die sich in Marlenes Iris spiegelte.

»Nein«, sagte Hartmann. »Oder vielmehr: Ja, es gab eine Frau Hartmann. Also, es gibt sie noch. Aber es ist jetzt eine ehemalige Frau Hartmann.«

»Du bist geschieden«, stellte Marlene fest.

»Nein. Wir haben uns zwar immer als verheiratet betrachtet, waren es aber nie.«

»Was ist passiert?«

»Sie ist nach zwanzig Jahren gegangen. Ich kann es ihr bis heute nicht übel nehmen. Für sie war Sicherheit im Leben immer ganz wichtig. Für mich nicht so sehr. Als ich meine erste Abmahnung bekam, wurde sie unruhig. Sie hatte Angst, dass ich mit meiner Unbeherrschtheit meinen Beamtenstatus gefährde und wir beide irgendwann mit leeren Händen dastehen. Letztlich ist ja dann auch genau das passiert. Meine Entlassung hat sie gar nicht erst abgewartet. Sie war schon vorher weg. Seit drei Jahren ist sie mit einem netten, unkomplizierten Typen zusammen. Einem Oberstudienrat. Die zwei sind viel auf Reisen. Er unternimmt mit ihr all das, was sie sich immer gewünscht hat und ich ihr nie geben konnte. Weil ich keine Zeit hatte oder keine Nerven oder einfach keinen Bock. Mit dem Fotoapparat zwischen Pyramiden herumlatschen und so Sachen. Ab und zu telefonieren wir mal. Es ist in Ordnung so. Mit meinem jetzigen Leben käme sie überhaupt nicht mehr klar. Heute nicht zu wissen, was morgen auf dem Konto oder im Kühlschrank ist, ist ja auch nicht jedermanns Ding.«

»Aber dir macht das nichts aus?«, fragte Marlene.

»Nein.«

»Ich frage nur, weil ich ziemliche Existenzängste habe, wenn meine Hundeschule mal nicht so gut läuft. So mit nachts um drei aufwachen und nicht mehr einschlafen können und all dem Quatsch.«

»Ja, so geht es mir manchmal auch. Aber ich empfinde das nicht so dramatisch, dass ich von Existenzangst sprechen würde. Es gehört einfach zu den Impulsen, die mich vorwärtstreiben. Wenn alles rundläuft, werde ich schläfrig. Und eines darfst du nicht vergessen: Ich arbeite in einer komplett idioten- und arschlochfreien Umgebung. Das ist mehr wert als alles Gehalt der Welt.«

»Was hat es mit diesen Abmahnungen auf sich?«

»Ist das ein Verhör?«

»Empfindest du das so?«

»Antwortest du immer mit einer Gegenfrage?«

»Ich will einfach mehr über dich wissen.«

»Und wohin führt das?«

Marlene verdrehte genervt die Augen.

»Was weiß ich, wohin das führt, Hartmann. Ich will dich kennenlernen. Stell dir vor, so etwas ist normal, wenn zwei Menschen sich treffen und einigermaßen gut miteinander können. Da hat man Interesse aneinander. Außerdem bist du ein relativ gutaussehender Mann im gerade noch tragbaren Alter, der Brot und Salat kochen kann. Im Idealfall führt es wieder zu einem Konfirmandenhandschlag auf dem Parkplatz. Reicht das?«

Hartmann lachte. Er nahm sich vor, Marlene öfter zu piesacken. Ihre respektlose Schandschnauze war eine Wonne. Er konnte ihr stundenlang zuhören. Auf dem Hundeplatz hatte sie ihm gelegentlich derart eindringliche Standpauken gehalten, dass es ihm die Sprache verschlagen hatte. Das passierte ihm sonst nie.

»Also gut«, gab er sich geschlagen. »Die Abmahnungen. Es ist so: Je nachdem, wie karrieregeil dein Chef ist, lässt er sich seine Laufbahn ungern von unangepassten Typen versauen. Wenn man so einen wie mich in der Abteilung hat, dem der ganze Apparat schon lange stinkt, wird es schwierig. Da gibt es nur zwei Möglichkeiten: Man lässt Hartmann machen und deckt ihn, so gut es geht. Ein frisiertes Protokoll hier, ein bisschen zurückgehaltene Informationen da. Das hat mein erster Chef gemacht. Der hatte nur noch drei Jahre bis zu seiner Pensionierung und keine Lust mehr auf Stress. Sein Nachfolger praktizierte die andere Methode. Das hieß: nur nichts durchgehen lassen und selber immer im besten Licht stehen. Dienstrecht rausholen und hundertzehnprozentig anwenden. Damit erwischst du solche wie mich immer. Meine erste Abmahnung erhielt ich wegen Unzuverlässigkeit im Dienst. Das ist ein ganz schwammiger Begriff. Ich konnte während meiner Ermittlungen nie sagen, wo ich wann genau sein würde, und hatte keinen

Bock, mich bei der Kompaniemutter an- und abzumelden. Nur Wochen später verpasste er mir eine Abmahnung, weil ich mich angeblich eigenmächtig von der Arbeit entfernt hätte. In dieser Tour ging es jedenfalls weiter. Unerlaubtes Fernbleiben vom Dienst. Nichtbefolgen einer dienstlichen Weisung. Alkohol im Dienst kam auch ein paar Mal dazu.«

»Du hast gesoffen?«

»Nein, überhaupt nicht. Wenn es sein musste, habe ich im Einsatz halt einen Schnaps bestellt. Warum auch nicht? Einmal haben wir zu dritt einen Unternehmensberater beschattet, der in den Clubs sein Unwesen getrieben hat. Ein richtig ekliges Arschloch. Fette Karre, fette Brieftasche, fette Wampe. Das war ein mutmaßlicher Vergewaltiger. Er hat immer mit Liquid Ecstasy gearbeitet. Also mit GHB, Gamma-Hydroxybuttersäure, das sind diese K.-o-Tropfen. Wir konnten ihm nichts nachweisen. Gar nichts. Vor allem nicht den Tod eines seiner Vergewaltigungsopfer. Er hatte der angetrunkenen Frau eine zu hohe Dosis verpasst, und sie ist an Atemlähmung gestorben. Deshalb bin ich an ihm drangeblieben. Ein Zug durch die Clubszene bis vier Uhr morgens. Bei so einer Aktion setze ich mich doch nicht an die Bar und bestelle ein Wasser!« Hartmann tippte sich an die Stirn. »Da kann ich mir ja gleich den Dienstausweis an den Kragen tackern. Also mussten zwei Fingerbreit Wodka her. Aber so ist das eben. Alkohol ist ein schuldhaftes Dienstvergehen. Meine Personalakte wurde immer dicker. Eins kam zum andern. Ach ja, eine Abmahnung wegen eines Zugriffsdelikts war auch noch dabei. Ich habe einen Schraubenzieher aus dem Büro mitgehen lassen.«

»Du bist ein Monster, Hartmann«, grinste Marlene.

»Ja, das bin ich«, nickte er und runzelte die Stirn. »Wegen der wirklich bösen Sachen haben sie mich allerdings nie drangekriegt. Da habe ich immer achtgegeben, dass keiner einen Bezug zu mir herstellen konnte.«

»Was kommt denn jetzt?«

»Willst du das wirklich hören?«

»Ich weiß nicht recht.«

»Du willst mich doch kennenlernen.«

»Womöglich war das eine blöde Idee, Hartmann.«

»Du hast die Büchse aufgemacht«, sagte Hartmann. Er lehnte sich zurück und verschränkte die Hände im Nacken. »Jetzt musst du auch reingucken.«

»Nur wenn schokolierte Waffelwürfel drin sind.«

»Nein, damit kann ich nicht dienen. Aber der Liquid-Ecstasy-Mann ist da drin. Unter anderem. Den habe ich mehrfach festgenommen. Jedes Mal musste ich ihn wieder laufen lassen. Ich hatte nie genügend Beweise und er immer einen guten Anwalt. Ich wusste genau, dass er es getan hatte. Aber ich konnte ihm weder die Vergewaltigung noch die fahrlässige Tötung nachweisen. Nicht mal für Untersuchungshaft hat es gereicht. Der hat mir nur dreckig ins Gesicht gelacht, ist aus dem Präsidium marschiert und hat eine Woche später genauso weitergemacht wie vorher. Eines Nachts, als er wieder in der *Nachtresidenz* auf der Pirsch war, habe ich ihn mir geholt. Ich habe GHB in seinen Drink geschüttet und ihm wie einem besoffenen Kumpel aus dem Club geholfen. Das fiel überhaupt nicht auf. Auf dem Beifahrersitz wurde er dann endgültig bewusstlos. In diesem Zustand habe ich ihn morgens um vier aus der Stadt rausgefahren und zwischen Haan-Ost und Sonnborn auf dem Standstreifen der A 46 abgelegt.«

»Ich ahne, worauf das hinausläuft«, sagte Marlene.

»Gottesurteil«, sagte Hartmann trocken. »Ich hatte gehofft, dass er beim Aufwachen benommen in den Berufsverkehr torkelt.«

»Und?«

»Nein. Sie haben ihn rechtzeitig aufgegriffen. Er klammerte

sich heulend an die Leitplanke. Das kam auch in den Verkehrsnachrichten. Hilflose Person auf der A 46. Das Arschloch hatte keine Ahnung, wie es überhaupt dahin gekommen war.«

Hartmann beugte sich nach vorne und blickte Marlene eindringlich an.

»Schockiert dich das?«, fragte er.

»Nein.« Marlene schüttelte langsam den Kopf. »Ich hätte dem Typen von Taxi die Eier rausreißen lassen.«

Hartmann hob überrascht die Augenbrauen.

»Echt?«

»Natürlich nicht!«, winkte Marlene ab. Sie sah über die Schulter zu ihrem Hund, der in Brunos Koje auf dem Rücken lag und schnarchte. »Was glaubst du denn, Hartmann? Der Kerl wäre verblutet. Nach so einem massiven Beißvorfall wird ein Rottweiler sofort von den Behörden euthanasiert. Das hat Taxi nicht verdient. Nein, ich hätte dem Typen eigenhändig sein Ding weggeschossen.«

»Ich sehe, wir haben gemeinsame Interessen«, grinste Hartmann.

Marlene legte ihre Hand auf seine.

»Das glaube ich auch«, sagte sie.

Hartmann ließ seine Hand, wo sie war. Es fühlte sich alles so leicht an. Er erzählte einfach weiter. Von Fahrzeugkontrollen, die aus dem Ruder gelaufen waren, und von dem Zuhälter, dessen Schädel er auf das Lenkrad seines Lamborghini gedroschen hatte. Ein Mal, zwei Mal, drei Mal, bis Blut, Zähne, Spucke und Tränen auf den Ledersitz tropften. Nur um dem Kerl sein siegessicheres Grinsen aus dem Gesicht zu schlagen. Hinterher hatte Hartmann zu Protokoll gegeben, er habe den Verdächtigen auf der Völklinger Straße etwas zu sportlich gestoppt und die Ratte sei wohl nicht angeschnallt gewesen. Den Teil mit der Ratte hatte er anschließend noch einmal überarbeiten müssen.

Es fielen ihm die beiden Russen ein, die eines Tages in seinem Garten aufgetaucht waren und auf Geheiß eines gewissen Dimitri Geld für interne Informationen boten. Er hatte beide im Krankenwagen zu Dimitri zurückgeschickt – den einen mit gebrochenen Armen, den anderen mit einer Schädelfraktur – und ausrichten lassen, dass er, Hartmann, prinzipiell nichts gegen Ausländer habe, aber von organisierten Kriminellen grundsätzlich kein Geld annehme; er, Dimitri, könne sich seine Hunderter in den madigen Arsch schieben. Schließlich legte Hartmann auch die letzte Zurückhaltung ab und erzählte Marlene von den beiden Schüssen auf die fetten Lubischek-Zwillinge und den hundertsiebzigtausend Euro, die er aus der Schwarzgeldkasse des korrupten Staatssekretärs hatte mitgehen lassen.

Irgendwann konnte Marlene nicht mehr. Sie wollte kein weiteres Wort mehr hören. Mitten im Satz legte sie ihre Hand in seinen Nacken, zog ihn zu sich und küsste ihn sanft auf den Mund.

Bevor Hartmann den Kuss erwidern konnte, knallte Brunos Quadratschädel zwischen ihre Köpfe. Sie hatte schon eine Ewigkeit auf den Samoa-Joghurt geschielt, der angebrochen neben Hartmann stand. Bruno packte den Becher mit ihren Zähnen. Der Joghurt spritzte über den Tisch. Die Kerze fiel um. Der Zettel mit den Verdächtigen fing Feuer. Noch bevor Marlene und Hartmann auseinanderfuhren, brannte die Tischdecke.

Am Gallberg entdeckte Hartmann auf der anderen Fahrbahnseite eine vermummte Gestalt in Parka und Turnschuhen. Ganz offensichtlich wartete der Typ auf den Bus, der ihn wie jeden Montag zu seinen Büfükadü-Kumpels in die Innenstadt brachte. Der aufrechte Bürger für ein kackfreies Düsseldorf hatte sein Plakat – *Afghanen raus!* – an die Glaswand gelehnt und drehte sich eine Zigarette. Hartmann, der gerade auf dem Weg zur Autobahn war, sah prüfend in den Rückspiegel. Hinter ihm war kein Auto. Er wendete mit quietschenden Reifen. Die Fenster surrten herunter. Hartmann fuhr das kurze Stück zurück. Zwanzig Meter vor dem Wartehäuschen beschleunigte er abrupt. Der Motor des CX heulte auf. Hartmann zog nach rechts. Die breiten Reifen schnitten durch die tiefe Pfütze, die sich im Rinnstein angesammelt hatte. Im Seitenspiegel sah er, wie der Afghanenhasser frontal von der dreckigen Welle erfasst wurde und erschrocken nach hinten sprang. Der Mann stolperte über die Sitzbank und schlug der Länge nach aufs Pflaster.

Hartmann grinste und wendete erneut. Er bremste auf Höhe des Aktivisten, der mit schmerzverzerrtem Gesicht auf dem Gehsteig saß, und rief fröhlich:»Entschuldigung! Das war keine Absicht.« Dann gab er Gas und brauste Richtung Autobahn. Den Weg zum Tierheim kannte er mittlerweile im Schlaf.

Eine halbe Stunde später erreichte er den Parkplatz. Er stellte den Motor aus. Nachdenklich blieb er im Auto sitzen und lauschte dem Hundegebell, das aus den Zwingern drang. Der gestrige Abend ging ihm durch den Kopf. Der hatte nicht mit einem Kuss geendet, sondern mit einem handfesten Streit. Hartmann hatte eine Decke über den brennenden Tisch geworfen und geflucht, er sei schon saumäßig froh, dass der Drops mit Bruno ab morgen endgültig gelutscht sei.

Marlene war aus allen Wolken gefallen.

Was das denn solle, hatte sie ihn ungläubig gefragt, er und diese Hündin würden so gut zusammenpassen, bis auf die Dackelgeschichte sei Bruno doch völlig problemlos, sie höre wie eine Eins auf ihren neuen Namen, man könne sie überallhin mitnehmen, sie fahre gerne Auto und kotze nicht rein, besser könne es doch gar nicht laufen. Hartmanns Gründe konnte Marlene nicht nachvollziehen. Er setzte ihr geduldig auseinander, dass er nicht an einen Mord im Hundetrainermilieu glaube und deshalb auch keine Verwendung mehr für einen Alibihund habe; er sei sicher, die Lösung des Falles liege ganz woanders, er müsse jetzt tiefer in Wolfs Angelegenheiten graben. Vielleicht habe der ja ausländische Kontakte gehabt, in diesem Fall würde er, Hartmann, unter Umständen verreisen müssen, dabei könne er einfach keinen Hund gebrauchen. Während er redete, wurde Marlenes Blick immer finsterer. Dann sei das heute wohl ihre letzte Trainingsstunde gewesen, stellte sie fest. Ja, sagte Hartmann, aber das heiße ja nun nicht, dass man sich nicht mehr sehen würde.

Marlene hatte nur traurig den Kopf geschüttelt. Sie hätte nie gedacht, dass er so ein gefühlloser Arsch sein könne, hatte sie gefaucht und war mit Taxi in den Garten gegangen. Hartmann hatte darauf gewartet, dass sie wiederkam. Stattdessen heulte nach einer Weile der Motor ihres Defender auf, und Marlene war mit durchdrehenden Rädern vom Hof gebraust.

Hartmann zog den Zündschlüssel ab und stieg aus.

»Da ist sie ja wieder, die liebe Gitte«, strahlte Frau Willebrandt, als sie Bruno und Hartmann auf dem Hof des Tierheims entdeckte. »Wie war denn das gemeinsame Wochenende so? Spaziergang, Schnaps und schnelle Schnitzel?«

»Frau Willebrandt, ich muss Ihnen etwas gestehen.«

»Jetzt machen Sie es aber spannend, Herr Hartmann.«

»Ich kann Bru... Gitte nicht mehr zum Gassigehen abholen.«

»Ach, das ist doch nicht so schlimm, wenn Ihnen mal was dazwischenkommt. Einfach rechtzeitig Bescheid sagen.«

»Nein, ich meine, ich werde meine Tätigkeit als ehrenamtlicher Gassigeher einstellen müssen.«

»Das ist aber schade. Verreisen Sie für länger? Das könnten wir bestimmt überbrücken.«

»Auch nicht.« Hartmann drückte sein Kreuz durch und richtete sich auf. Die Herumdruckserei hatte ja doch keinen Sinn. »Wenn ich ehrlich sein soll, habe ich mir Gitte nur ausgeliehen. Ich bin Privatdetektiv und habe zurzeit einen Fall im Hundetrainermilieu. Da brauchte ich auf die Schnelle einen Hund. Es tut mir leid.«

Frau Willebrandt runzelte ungehalten die Stirn.

»Das ist nicht redlich von Ihnen gewesen, Herr Hartmann.« Sie nahm ihm die Leine aus der Hand und kraulte Gitte, die nichts von ihrem Schicksal ahnte, am Hals. »Schauen Sie, die Gitte ist doch jetzt schon so lange mit Ihnen unterwegs gewesen. Einmal haben Sie sogar drei Spaziergangstermine pro Woche gehabt. Und noch Trainingsstunden, die Sie netterweise bezahlt haben. Sogar ein ganzes Wochenende hat sie jetzt bei Ihnen verbracht. Da entsteht doch Nähe. Das ist doch ein Lebewesen. Wollen Sie es sich nicht noch mal überlegen? Insgeheim habe ich nämlich gehofft, dass Sie sie endgültig zu sich nehmen. Das passte doch so gut. So ein gestandener Mann wie Sie und dieses freundliche Kalb von einem ...«

Sie brach ab, als sie Hartmann resolut den Kopf schütteln sah.

»Na gut«, sagte Frau Willebrandt enttäuscht. »Das muss ich wohl hinnehmen. Aber fair ist es nicht. Das wissen Sie schon, oder?«

»Ja«, sagte Hartmann. »Das weiß ich. Ich hoffe, Sie sehen mir das nach, Frau Willebrandt. Aber es geht beim besten Willen nicht mehr. Der Auftrag wird immer verzwickter. Es ist damit zu rechnen, dass ich ab jetzt viel unterwegs bin. Es bliebe kaum Zeit für einen Hund.«

»Sie müssen's wissen«, sagte Frau Willebrandt. »Worum geht's eigentlich? Um den verstorbenen Wolf?«

Der verstorbene Wolf! Verstorben! Hartmann konnte dieses Wort nicht ausstehen. Kein normaler Mensch verstirbt, sagte er immer. Versterben war Todesanzeigendeutsch.

»Ja, eine traurige Sache«, sagte er. »Was wissen Sie darüber?«

»Ach, nur, was alle Welt so erzählt.«

»Geht es etwas präziser?«

»Ich will nicht schlecht reden über die Toten, Herr Hartmann.«

»Das müssen Sie auch nicht, Frau Willebrandt. Die Wahrheit ist, wie sie ist. Mal gut, mal schlecht.«

»Na ja, Wolf war, wie soll ich sagen, nicht so ganz einfach.«

»Es heißt, er hätte etwas mit dem Tierheim zu tun gehabt.«

»Das war vor meiner Zeit.«

»Und was munkelt man so über die Zeit vor Ihrer Zeit?«

»Bert Wolf war einige Monate im Vorstand des Tierheims aktiv. Er kümmerte sich um Kooperationen mit anderen Tierheimen, vor allem solchen aus dem Ausland. Es soll damals eine Menge Ungereimtheiten gegeben haben.«

»Wieso Hunde aus dem Ausland?«, wollte Hartmann wissen. »Sie haben doch genug eigene.«

»Damals hatten wir ziemlich viele Hunde aus osteuropäischen Tötungsstationen hier. Vor allem aus Bulgarien, Rumänien und Ungarn. Die armen Seelchen kann man dort hinten ja nicht einfach herzlos verrotten lassen. Also haben wir, wie viele andere Tierheime auch, die Hunde nach Deutschland importiert. Bert Wolf hat das organisiert. Der hatte viele Kontakte und war immer gut im Strippenziehen. Aber es stellte sich heraus, dass irgendwas mit den Transporten nicht in Ordnung war. Und dann stimmte hinterher auch noch die Kasse nicht. Da fehlte ein Riesenbatzen Geld. Wolf wurde vorgeworfen, er hätte es unterschlagen. Daraufhin hat er beleidigt alles hingeworfen und ist von jetzt auf gleich aus dem Verein ausgetreten.«

»Hatte er da sein Hundezentrum am Rhein schon?«

»Ich glaube, ja. Aber wie gesagt, viel weiß ich über die ganze Sache nicht. Am besten fragen Sie mal unseren Kassenwart. Der ist nur heute nicht da, sehe ich gerade. Sonst würde sein rotes Auto im Hof parken. Aber donnerstags erreichen Sie ihn auf jeden Fall. Da sitzt er ab achtzehn Uhr immer über unseren Büchern. Aber ich würde den unbedingt vorher abpassen. Hinterher hat er immer so schlechte Laune.«

Frau Willebrandt lachte.

»Na ja, die darf er ja auch haben. Der Verein hat sich von dem Schlamassel finanziell bis heute nicht erholt. Unser Schatzmeister ist immer noch schlecht auf Wolf zu sprechen. Er würde Wolf am liebsten den Hals umdrehen, hat er bei der letzten Sitzung gesagt. Den Hals umdrehen! Ist das nicht unglaublich, dass jetzt einer genau das getan hat?«

»Wissen Sie, wie viel Geld gefehlt hat?«

»Das kann ich Ihnen nicht sagen. In der Zeitung hat auch nichts gestanden. Das sind interne Vorstandsangelegenheiten, damit rückt der Verein nicht heraus. Außerdem geht es mich nichts an, Herr Hartmann. Ich bin für die Hunde hier zuständig und sehe zu, dass es ihnen an nichts fehlt. Wenn ich dann noch eine gute Vermittlung hinbekomme, bin ich glücklich. Diese ganze Organisiererei ist nicht so meins. Das sollen andere machen.«

»Trotzdem danke, Frau Willebrandt.« Hartmann drückte ihre Hand. »Vielleicht sieht man sich ja mal wieder.«

»Überlegen Sie sich das Ganze noch einmal«, mahnte Frau Willebrandt. »Ein Hund ist etwas Schönes. Ich rufe Sie auf jeden Fall an, bevor wir Gitte zu jemand anderem vermitteln.«

»Bis dahin wird sich an meiner Situation nicht viel geändert haben.«

Hartmann machte sich auf den Weg zum Parkplatz.

»Ach, Herr Hartmann!«, rief Frau Willebrandt ihm nach. »Wer weiß denn heute schon, wen er morgen vermisst.«

Gitte sah Hartmann schwanzwedelnd hinterher.

»Offensichtlich hat der Kassenwart des Vereins ziemlich massive Drohungen gegen Wolf ausgestoßen. Ich an eurer Stelle würde da mal nachhaken. Es kann ja nicht schaden, wenn man in alle Richtungen ... Herrgott, KK! Natürlich ermittle ich nicht. Das habe ich zufällig erfahren ... Ja, von der Willebrandt ... Nein, ich war nicht ... Jetzt hör doch mal zu! ... Es hat mit einer ganz linken Geschichte zu tun, die sich um Hundeimporte aus dem Ausland dreht. Ich werde das recherchieren und dir Bescheid geben ... Ich hoffe, heute noch, ja ... Jetzt mach mal einen Punkt, KK! Ich bin nicht hinter dem Mörder von Wolf her, ehrlich. Aber wenn mir so ein Rätsel in den Schoß fällt, hocke ich nicht nur da und drehe Däumchen ... Mensch, KK, du bist ein misstrauischer alter Sack. Deshalb konnte ich auch immer so gut mit dir zusammenarbeiten. Wenn du dich mal in was verbissen hast, dann hast du erst abgelassen, wenn ... Nein! ... Sicherlich nicht, KK! ... Eben! ... Ja! ... Habt ihr eigentlich schon die Alibis dieser Gundula überprüft? ... Betrachte es einfach mal von meiner Seite. Mein alter Hundetrainer wurde umgebracht. Ich suche einen neuen und habe selbstverständlich keine große Lust, als Nachfolger eine Frau zu engagieren, die Männern in den besten Jahren Alteisen ins Hirn rammt! ... Gut. Ich rufe dich gleich noch mal wegen der Tierheimgeschichte an. Vielleicht weißt du dann ja mehr ...«

Hartmann beendete das Gespräch und klappte seinen Laptop auf. Während er mit dem rechten Zeigefinger die Begriffe *Wolf*, *Tierheim* und *Skandal* in die Suchleiste hackte, glitt seine linke

Hand wie gewohnt nach unten, um Bruno zu kraulen. Hartmann griff eine Weile ins Leere, bis er registrierte, dass der Hund gar nicht da war. Jetzt werde ich auch noch sentimental, dachte er und schüttelte unwirsch den Kopf.

Im digitalen Archiv der *Rheinischen Post* wurde Hartmann schnell fündig. Bei dem Tierheimskandal waren seinerzeit nicht unerhebliche Geldsummen im Zusammenhang mit Hundetransporten von Rumänien nach Deutschland verschwunden. Wolf wurde damit in Verbindung gebracht. Allerdings konnte ihm nichts nachgewiesen werden. Auf allgemeinen Druck war er aus dem Vorstand ausgeschieden. Das Bild zeigte ihn grinsend im Kreis seiner ernst blickenden Vorstandskollegen. *Mutmaßlich der osteuropäischen Hundemafia aufgesessen: Bert W. aus Düsseldorf* stand als Bildlegende darunter.

Hartmann zog das Bild auf seinen Desktop und lud es anschließend in die reversive Bildersuche. Google lieferte eine Flut von Websites, auf denen das Bild ebenfalls enthalten war. Wolfs Grinsen hatte es sogar in die überregionale Tagespresse gebracht. Selbst *Spiegel* und *Stern* widmeten dem Fall eine Seite. Die Journalisten der *Süddeutschen* hatten einen Insider interviewt, der unter geändertem Namen Zahlen verriet, die den Umfang dieses Geschäftes einigermaßen deutlich machten. Die Hunde wurden von der Straße weggefangen, in Lieferwagen gesteckt und in den Westen transportiert. Für interessierte Importeure waren die Kosten überschaubar. Ein Sprinter voller Hunde kostete siebenhundert Euro Transportgebühren. Hinzu kamen zwei Tausender für die Bestechungsgelder an der Grenze und einer für den Urkundenfälscher, der die Impfausweise und die Zuchtpapiere produzierte.

Im Schnitt wurden siebzig Tiere in die Käfige gepfercht. Mit denen wurde in Deutschland die Mitleidsnummer gefahren. Alle hatten dieselbe Legende. Die Tiere seien unglücklich und halbverhungert auf der Straße dahinvegetiert, von brutalen Hundefängern aufgegriffen und in die Tötungsstation gesteckt worden. Dort seien sie im letzten Moment, also quasi eine Minute vor ihrer Hinrichtung, von Tierschützern befreit worden und suchten jetzt ein warmes, freundliches Plätzchen, wo sie ihre Traumata verarbeiten konnten. Mit solchen Märchen zog man hilfsbereiten Tierfreunden locker dreihundertfünfzig Euro Schutzgebühr pro Tier aus der Tasche.

Hartmann tippte die Zahlen in den Taschenrechner. Unter dem Strich kam pro Transport ein Reingewinn von über zwanzigtausend Euro heraus. Das Einzige, was man dafür brauchte, waren Tierschutzorganisationen, die auf den Zug aufsprangen und eine halbwegs seriöse Vermittlung garantierten. An dieser Stelle war wohl Wolf ins Spiel gekommen.

Zeitweise ging das Gerücht, Wolf habe sich nur aus einem einzigen Grund in den Vorstand wählen lassen: Er brauchte einen seriösen Deckmantel für seine Auslandsgeschäfte. Aber er war ein viel zu cleverer Geschäftsmann gewesen, um sich erwischen zu lassen. Als Presse, Staatsanwaltschaft und Kreisveterinäramt die Angelegenheit abgeschlossen hatten, stand Wolf als unschuldiges Opfer der Hundemafia da. Nach außen gab er sich tief zerknirscht und schwafelte in die Mikrofone, dass er sich ohrfeigen könne; einem Profi wie ihm hätte sofort auffallen müssen, dass er von organisierten Kriminellen aufs Glatteis geführt worden war. Innerlich hatte er sich ins Fäustchen gelacht und war seiner Wege gegangen. Der Ruf des Tierheims war für lange Zeit im Eimer gewesen.

Vermutlich hatte Wolf gleich doppelt profitiert, überlegte Hartmann. Klammheimlich einen Teil der Vermittlungsgelder abgezweigt und pro Transport siebzig potenzielle Neukunden generiert, denen er seine Zehnerkarten andrehen konnte. Unter einem Opfer stellte sich Hartmann etwas anderes vor.

Er griff zum Telefon und wählte KKs Nummer.

»Ein saumäßig lukratives Geschäft«, sagte Hartmann und erzählte KK, was er über den Skandal wusste.

»Das hat alles unter Wolfs Ägide stattgefunden?«, fragte KK.

»Ja«, nickte Hartmann. »Diese linken Dinger gab es vor Wolfs Zeit nicht und danach auch nicht mehr.«

»Sag mal«, druckste KK herum. »Bist du in nächster Zeit zufällig noch mal bei denen in der Nähe?«

»Ich gebe meinen Hund da ab und zu in Pension«, schwindelte Hartmann. »Warum?«

»Dann tu mir doch den Gefallen und sprich mal unverbindlich mit dem Kassenwart. Du hast doch einen guten Riecher. Wenn was an der Sache dran ist, sag mir Bescheid. Dann haken wir nach.«

»Ich soll für dich ermitteln?«, spottete Hartmann. »Wie kommt's?«

»Du sollst nicht ermitteln, Hartmann!« KK betonte jede Silbe. »Du sollst nur ein bisschen neugierig sein, wenn du eh dort bist. Wir wissen hier im Moment nicht, wo uns der Kopf steht. Außerdem kriege ich gerade Druck von ganz oben, weil wir nicht weiterkommen.«

»Ich kann mir schon denken, woher das kommt«, sagte Hartmann. »Eine von Wolfs trauernden Cayenne-Schnepfen ist die Frau von Doktor X, der zusammen mit Richter Y und Staatsanwalt Z kegelt.«

»So könnte man es ausdrücken. Nur dass sie nicht kegeln, sondern golfen.«

»Früher wollten wir den oberen Zehntausend immer in die Fresse hauen.«

»Wer ist wir, Hartmann? Du vielleicht. Ich nicht.«

»Das war in den Achtzigern. Da lagst du noch als Quark im Schaufenster.«

»Und du bist heute viel zu alt für den schwarzen Block. Alte Säcke wie du holen sich einen Hexenschuss beim Backsteinwerfen.«

»Schnauze, Grünschnabel!«, sagte Hartmann.

»Danke verbindlichst. Dann wären wir jetzt quitt und können auflegen.«

»Halt, warte! Wisst ihr schon mehr über Gundula?«

»Ja«, sagte KK. »Ich habe gerade den Bericht von Müllerzwo bekommen. Ihre Alibis sind bestätigt. Montags war sie bei der Familie mit dem bissigen Hund. Nennen wir es mal Sofortmaßnahmen am Unfallort. Der Köter stand plötzlich zähnefletschend neben dem Grill und ließ den Hausherrn nicht mehr ran. Als er die Steaks retten wollte, hat der Hund ihm volles Rohr in die Wade gehackt. Mittwoch war Gundula zur fraglichen Zeit ein weiteres Mal bei denen. Die Leute hatten verständlicherweise immer noch Angst vor ihrem Hund. Gundula hat zu Hause alles stehen und liegen lassen, um mit den beiden zu trainieren, wie man mit futteraggressiven Hunden umgeht, ohne gleich niedergemetzelt zu werden. Das hat ziemlich lange gedauert.«

»Und die Jagdgeschichte am Freitag?«

»Die stimmt ebenfalls. Zwei Hunde sind durchgebrannt und mussten gesucht werden. Wir haben mit dem Förster gesprochen, zu dessen Revier das Osterholz gehört. Der war in den Vorfall involviert und hat Gundula abgemahnt. Nach seiner Aussage waren er und sie bis kurz nach drei im Gespräch.«

»Wo liegt dieses Osterholz?«

»Das ist ein Waldstück zwischen Gruiten und Wuppertal«, sagte KK.

»Damit ist sie aus dem Schneider, oder?«

»Das sehe ich auch so, Hartmann«, sagte KK. »Wolf ist am Freitag gegen fünfzehn Uhr erschlagen worden. Der Doc sagt, plus/minus dreißig Minuten, da ist er völlig sicher.«

»Also spätestens um halb vier. In einer halben Stunde vom Osterholz nach Düsseldorf auf die andere Rheinseite ist am Freitagnachmittag unmöglich. Die A 46 ist komplett verstopft.«

»Ja, da ist nichts zu machen.«

»Auf der Landstraße dauert es noch länger.« Hartmann dachte laut nach. »Die B 7 zieht sich endlos.«

»Außerdem brauchst du allein vom Rheinparkplatz bis zu dem Wäldchen, in dem wir Wolf gefunden haben, eine Viertelstunde zu Fuß.«

»Stimmt«, nickte Hartmann. »Sie kann es nicht gewesen sein.«

»Und selbst wenn sie von Scotty hingebeamt worden wäre ...«, überlegte KK. »So richtig trauen wir dieser Hundetrainerin einen derart brutalen Mord doch gar nicht zu, oder?«

»Nein, irgendwie nicht«, sagte Hartmann. »Aber denk mal an die Frau von dem Apotheker damals. Zart wie ein Pflänzchen, sang im Kirchenchor, buk Donauwellen für den Basar ...«

»... und zersägte ihren vergifteten Alten eine Woche lang jeden Abend im Hobbykeller«, ergänzte KK. »Ich erinnere mich.«

»Stille Wasser sind fies.«

»Du sagst es.«

»Damals haben wir uns geschworen, uns nie wieder von einem Bauchgefühl leiten zu lassen.«

»Ich weiß, Hartmann. Aber das hier ist kein Bauchgefühl, sondern Physik. Es ist physikalisch unmöglich, diese Strecke in dreißig Minuten zu bewältigen.«

»Mit einem Hubschrauber?«

»Ich lege jetzt auf.«

»Mach's gut!«

»Du auch, KK.«

KK musste enorm unter Druck stehen, wenn er ihn um einen

Gefallen in Kripoangelegenheiten bat, dachte Hartmann. Die Arschlöcher in den oberen Etagen konnten mächtig Dampf machen, wenn sie wollten. Hartmann war froh, dass er nicht mehr in diesem Hamsterrad steckte und diese billigen Büros mit den Resopalmöbeln hinter sich gelassen hatte. Die machten einen noch fertiger, als man eh schon war.

Nach einer Weile fiel ihm auf, dass es im ganzen Haus totenstill war. Kein Tapsen im ersten Stock. Kein Schnaufen neben dem Sofa. Kein träumender Hund, der mit seinen Pfoten über die Fliesen scharrte. Hartmann tigerte vom Wohnzimmer in die Küche und wieder zurück. Er ging in den Garten und rauchte eine Zigarette. Irgendwann ließ er einen Espresso aus der Maschine, nur um ein Geräusch zu hören. Hartmanns Laune wurde immer schlechter. Wäre Marlene hier, hätte sie bestimmt gesagt, das liege daran, dass Bruno ihm fehle. Aber Marlene war ebenso wenig da wie Bruno. Keiner war da.

Kurz vor Sonnenuntergang legte sich Hartmann in den Liegestuhl. Der Weißwein kullerte in seinem Kopf. Seine Laune war immer noch im Keller. Der Garten war leer. Keine behaglich brummende Bruno in der Abendsonne. Stattdessen nur die nervigen Arschloch-Elstern und ein paar träge herumschwirrende Blutsaugerinsekten, die sich ohne großen Aufwand totschlagen ließen.

Eine Fledermaus flatterte unermüdlich um Hartmanns Haus. Erst ging es im Zickzack durch die Bäume, dann am Giebel entlang, übers Dach nach hinten und dann wieder zwischen den Fichten hindurch. Hartmann hatte nie ganz verstanden, wie diese Tiere es mit ihrem eingebauten Sonar bewerkstelligten, nicht gegen Hindernisse zu knallen. Schallwellen aussenden und anschließend das Echo aufnehmen, schön und gut. Wenn ein Besoffener grölend durch die Altstadt wankte und auf diese Weise den Laternen auswich, war das vielleicht nachzuvollziehen. Aber doch nicht bei dem Tempo, mit dem eine Fledermaus durch die Nacht schoss.

Irgendwann kam die Fledermaus nicht mehr.

Womöglich ist dem Tier etwas passiert, dachte Hartmann. Müde rieb er sich die Schläfen. Jetzt machte er sich schon Sorgen wegen einer dämlichen Fledermaus, dachte er. So viel Gefühlskitsch war doch nicht normal. Und alles nur, weil ihm dieser Hund fehlte? Unfassbar!

Hartmanns Telefon klingelte.

»Was?«, knurrte Hartmann in den Hörer.

»Krause«, sagte eine Frauenstimme. »'n Abend.«

»Wer?«

»Gundula Krause. *Samtpfötchen.* Sie erinnern sich?«

»Klar! Chuck Norris.« Hartmann schaltete auf höflich um. »Entschuldigung. Heute ist in meiner Leitung die Hölle los.«

Gundula lachte. Etwas zu exaltiert, wie Hartmann fand. Wahrscheinlich hatte sie ein Gläschen zu viel. Warum auch nicht? Er hatte seinen Pegel auch erreicht.

»Ich habe mich gewundert, wo Sie geblieben sind«, sagte sie.

»Ich habe es leider nicht geschafft«, sagte Hartmann. »Es war eine Menge zu tun in letzter Zeit.«

»Ich dachte mir schon, dass Sie viel um die Ohren haben. Sie machen bestimmt irgendetwas Therapeutisches.«

»So könnte man das sagen, ja«, nickte Hartmann.

»Wissen Sie, ich habe mich im Nachhinein sehr gewundert, dass ich mich neulich bei Ihnen so öffnen konnte. Bei unserem ersten Treffen. Das passiert mir sonst nie.« Sie trank einen

Schluck und lachte wieder. »Eigentlich nur bei Menschen, die das gewisse Etwas haben.«

Hartmann sagte nichts. Er war gespannt, worauf sie hinauswollte.

»Stellen Sie sich mal vor, Herr Hartmann, die Polizei war neulich bei mir. Die wollten ziemlich viel über meine Beziehung zu Wolf wissen. Beziehung?! So ein Quatsch! Nachbarn waren wir. Wenn das eine Beziehung war, dann ist meine Velvet ein Frettchen. Das habe ich denen auch gesagt. Offensichtlich hatte Wolf in der Woche, als er starb, mehrmals meinen Namen in seinen Kalender geschrieben. Deshalb sind sie auf mich aufmerksam geworden. Ich konnte denen nicht viel mehr erzählen als Ihnen.«

Gundula kicherte.

»Aber aufregend war das schon. Die haben tatsächlich *Aufmachenpolizei* gerufen. Hatten Sie auch schon mal mit der Polizei zu tun?«

»Ich jetzt weniger«, log Hartmann.

»Ist ja auch egal.« Gundula seufzte.

Eine Weile war es still in der Leitung.

»Wie geht's denn Bruno?«

»Gut«, sagte Hartmann.

»Gut«, wiederholte Gundula.

»Womit kann ich Ihnen denn helfen?«, fragte Hartmann.

»Ich wollte eigentlich nur wissen, wann Sie zum Training kommen. Ich würde mich freuen. Sie können toll mit Hunden umgehen. Ein bisschen grob vielleicht. Aber das kriegen wir schon hin.«

»Das wird wohl nichts werden«, sagte Hartmann.

»Oh!«, machte Gundula.

»Verstehen Sie mich nicht falsch. Ich habe im Moment einfach kein Zeitfenster offen für so etwas.«

»Vielleicht ja im Herbst?«

»Da sieht es ganz schlecht aus.«

»Wir könnten uns auch erst mal so treffen, ohne Hunde.« Ihre Stimme zitterte etwas. Sie räusperte sich. »Dann erzähle ich Ihnen ein bisschen mehr über mein Konzept. Ganz unverbindlich natürlich.«

Daher wehte also der Wind, dachte Hartmann. Die wollte nicht Bruno ans Geschirr, sondern ihm an die Wäsche. Das hatte ihm gerade noch gefehlt. Am besten, er würgte den Angriff gleich im Ansatz ab.

»Sie machen mir Avancen?«, sagte er.

»Und wenn es so wäre?«

»Dann müssen Sie jetzt ganz tapfer sein«, sagte er. »Für so einen Kram bin ich nicht in Stimmung. Ich lebe in Scheidung.«

Gundula atmete tief durch. Ihre Stimme wurde noch sanfter. Offensichtlich ließ sie sich nicht so leicht aus dem Konzept bringen.

»Was für eine unglaubliche Arroganz«, gurrte sie. »Nur weil eine Frau geschäftstüchtig ist, heißt das noch lange nicht, dass sie in Sie verschossen ist.«

»Dann ist's ja gut«, sagte Hartmann. »Flirten Sie immer bei der Akquise?«

»Nur wenn sich's lohnt.«

»Sie tun's schon wieder.«

»Vergessen Sie's!«, sagte Gundula und lachte bitter. »Ein bisschen zu viel Grauburgunder heute Abend. Das kommt am Ende eines anstrengenden Tages gelegentlich vor.«

Ein Flaschenhals schlug gegen den Rand eines Glases. Wein gluckerte aus der Flasche. Dann ein deutliches Schlucken. Und noch eins. Die gibt sich ganz schön die Kante, dachte Hartmann.

»Es sieht tatsächlich so aus, als hätten wir nicht mehr gemeinsam als ein paar lahme Chuck-Norris-Witze«, sagte Gundula mit schwerer Zunge. »Das ist sehr schade. Aber machen Sie sich nichts draus. Ich bin's gewohnt. Komisch, dass die Kerle so wenig mit mir anfangen können. Ich beiße doch gar nicht. Eine Freundin sagte mal, ich sei zu dominant. Und die Männer hätten alle Schiss vor mir, weil Velvet so groß ist. Also weil ich große Hunde so gut im Griff hätte. Sie meinte, denen würde angst und bange werden, wenn sie sehen, wie diese Dogge zum Lamm mutiert, sobald ich in ihrer Nähe bin. Ist das nicht totaler Quatsch, Herr Hartmann? Warum soll man deswegen Angst haben? Haben Sie etwa Angst vor meiner Dominanz?«

Hartmann hörte, wie sie trank. Er schwieg.

»Ich verrate Ihnen jetzt mal was«, fuhr sie fort. »Die gibt es gar nicht, diese böse Dominanz. Das ist nur blöder, veralteter, verhaltensbiologischer Unsinn. Aber was rede ich hier auf Sie ein? Sie haben es natürlich schon längst gemerkt. Mit Abfuhren kenne ich mich bestens aus. Körbe wie den Ihren fresse ich zum Frühstück, mein Lieber. In dieser Beziehung habe ich Nehmerqualitäten, davon können Männer wie Sie und Wolf nur träumen. Apropos ... wie viele Liegestütze kann Chuck Norris?«

»Alle«, sagte Hartmann wie aus der Pistole geschossen.

»Richtige Antwort«, nuschelte Gundula. »Dann machen Sie's mal gut, Herr Therapeut. Danke fürs Zuhören.«

Sie legte auf. Hartmann schüttelte den Kopf und lachte leise vor sich hin. Was war bloß in diese Frau gefahren? Offensichtlich hatten alle Hundeleute eine Meise. Bert Wolf, dessen Porschefrauen, Gundula, die Moosleitnerin – eine solche Ansammlung merkwürdiger Gestalten war ihm noch selten begegnet.

Sein Handy erwachte aus der Totenstarre und klingelte.

»Herrgott, das geht heute zu wie im Taubenschlag«, brummte Hartmann. »Hallo?«

»Willebrandt hier«, schallte es ihm entgegen. »Warum stellen Sie eigentlich Ihr Telefon aus, Herr Hartmann? Ich versuche schon seit heute Morgen, Sie zu erreichen, und komme nicht durch. Aber jetzt ist sowieso der bessere Zeitpunkt für das, was ich Ihnen sagen will. Bleiben Sie dran, Sie hartherziger Mensch. Ich halte mal eben das Telefon aus dem Fenster. Hören Sie das?«

Aus der Ferne drang ein heiseres Heulen an Hartmanns Ohr.

»Sie wissen schon, wer das ist, oder? Gitte leidet wie ein Hund, seit Sie heute Morgen weggefahren sind. Den ganzen Tag schon heult sie im Zwinger. Wie Beagle halt so heulen, nur viel lauter, weil sie ja auch viel größer ist. Und jetzt ist es Nacht, Herr Hartmann! Vollmond! Es ist herzzerreißend. Ich wollte, dass Sie das wissen. Hoffentlich können Sie gut schlafen. Gitte kann es nicht. Ich im Übrigen auch nicht. Leute wie Sie schlagen mir auf den Magen. Wünsche noch eine gepflegte Nachtruhe! Wiederhören!«

Im Tierheim war viel los. Der Parkplatz war rappelvoll. Hartmann fand eine schmale Lücke und manövrierte den CX seitlich hinein. Er steckte seinen Kopf aus dem Fenster, um die Situation besser einschätzen zu können. In dem Moment knallte der linke Hinterreifen gegen den Bordstein. Zuverlässig und gnadenlos fuhr die Seitenscheibe nach oben. Offensichtlich hatte das französische Fahrzeug beschlossen, Hartmanns linkes deutsches Ohr abzureißen. Es verfügte zwar über einen automatischen Sicherheitsstopp. Der reagierte allerdings nur auf harte Widerstände. Eine weiche, labbrige Ohrmuschel gehörte nicht zu den Dingen, von denen er sich bei seiner Arbeit irritieren ließ.

Hartmann rammte in letzter Sekunden seinen Arm in den Spalt und hielt so lange dagegen, bis die Scheibe stoppte. Mit der freien Hand tastete er nach dem Knopf für den elektrischen Fensterheber. Die Scheibe fuhr herunter und verschwand in der Tür, als wäre nichts gewesen. Hartmann zog den Kopf ins Auto und rieb sich fluchend das Ohr. Auf der anderen Seite des Parkplatzes stand ein staunender Sechsjähriger und bohrte in der Nase. Er hatte jede Sekunde des Mordanschlags registriert. Heute Abend würde er alles brühwarm seinen Eltern erzählen. Hartmann hasste es, wenn bei peinlichen Aktionen Zeugen anwesend waren.

»Luigi wird dich beseitigen, Nasenmann!«, knurrte er den Jungen an, als er ausstieg. »Du hast dir deinen Betonschuh redlich verdient.«

Hartmann setzte sich auf die Bank neben dem Hauptgebäude. Er musste keine fünf Minuten warten. Punkt achtzehn Uhr bog ein roter Touran auf den Hof des Tierheims. Ein kräftiger Mittvierziger mit Glatze saß am Steuer. Er stieg nicht aus, sondern hantierte mit seinem Smartphone. Hartmann sah eine Weile zu und klopfte dann ungeduldig an die Scheibe. Das Fenster fuhr herunter. Der Mann sah ihn fragend an.

»Ja?«

»Mein Name ist Hartmann. Es hieß, Sie könnten ...«

Die Gesichtsfarbe des Kahlköpfigen wechselte von sommerbraun zu buschbrandrot. Er nickte genervt.

»Die Willebrandt hat mir erzählt, dass Sie mich sprechen wollten.« Er redete viel zu laut. »Sie möchten was über Wolfs Auslandsgeschäfte wissen. Ehrlich, ich schlage drei Kreuze, wenn der ganze Scheiß endlich abgehakt ist. So viel Herztropfen kann ich gar nicht saufen ...«

So sehen Choleriker vor dem letzten, letalen Herzanfall aus, dachte Hartmann. So wie der glühte, brachte der wahrscheinlich im Affekt eine ganze Kompanie um. Das könnte eine heiße Spur werden.

»Diese Scheißtransporte«, fauchte der Kassenwart. »Wir hätten die Finger davon lassen sollen. Bei Typen wie dem Wolf könnte ich im Strahl kotzen. Als würde das ganze Tierelend um einen herum nicht schon genügen. Du willst einfach nur helfen und gerätst dann an solche Arschlöcher, die deine Hilfsbereitschaft gnadenlos ausnutzen. Vermittlungsgebühr zum Beispiel. Wir nehmen zweihundert Euro. Das ist kostendeckend. Wolf hat hinter unserem Rücken dreihundertfünfzig kassiert. Außerdem hat er viel mehr Hunde hergeholt, als er ursprünglich versprochen hatte. Zwanzig in einem Sprinter sind ja okay. Die kann man artgerecht transportieren und hinterher auch seriös vermitteln. Die von Wolf organisierten Dreckschweine haben die Lieferwagen dreifach überbelegt. Von Bukarest nach Düsseldorf sind es zweitausend Kilometer. Fünfundzwanzig Stunden ohne Wasser und Futter, stellen Sie sich das vor! Die Verhältnisse waren unbeschreiblich. Alles kam ans Licht, als der Zoll einen von Wolfs Sprintern angehalten hatte. Dass unser Verein damit in Verbindung gebracht wurde und Schlagzeilen gemacht hat, war das Allerschlimmste für mich. Das können Sie sich sicher denken.«

»Mein lieber Mann!«, staunte Hartmann. »Was war das für eine linke Sau, dieser Wolf.«

»Mich wundert's nicht, dass den einer um die Ecke gebracht hat«, sagte der Kassenwart leise. »Manchmal war ich selbst schon fast so weit. Aber was kann so einer wie ich schon ausrichten?«

Hartmann hatte Blut geleckt. Wenn er dem Affen noch ein bisschen Zucker gab, würde der Mann die Nerven vollends verlieren. Der schien ja knietief in der Sache zu stecken. KK würde sich die Hände reiben.

Der Mann öffnete die Tür seines Touran. »Wo Sie schon mal hier sind, Herr Hartmann«, sagte er und hob mit beiden Händen sein linkes Bein aus dem Auto. »Könnten Sie mir den Gefallen tun und meinen Rollstuhl aufklappen? Der steckt hinter dem Fahrersitz.«

Er zog sich ächzend am Türrahmen hoch und wartete geduldig, bis Hartmann mit dem Rollstuhl fertig war. Er stand auf dünnen, wackligen Beinen, in denen sich kein einziges Gramm Muskelmasse zu befinden schien.

»Normalerweise schaffe ich das noch selbst«, sagte er resigniert. »Aber so ist's bequemer.«

Verdammte Axt, dachte Hartmann, dieser Mann war schwer gehbehindert. Der rollerte garantiert nicht durch den Wald und schlug so stabilen Mannsbildern wie Wolf den Schädel ein.

»Kommen Sie mit rein! Ich zeige Ihnen mal die Bücher. Sofern sie vorhanden sind. Wolf hat das alles schwarz am Finanzamt vorbeijongliert. Ich habe den ganzen Schaden in meinen Berechnungen rekonstruiert.«

»Nicht nötig«, sagte Hartmann. »Ich weiß alles, was ich wissen muss.«

»Kennen Sie eigentlich die Hundegegner, die jeden Montag am Burgplatz rumstehen?«, fragte der Mann zum Abschied.

»Bifi-dingsbums?«

Der Kassenwart nickte. »Gehen Sie da mal hin und erkundigen Sie sich nach V2-Ralle. Der saß wegen Wolf im Knast.«

»V2? Wie die Rakete?«

»V2 wie doppelvegan.«

»Sie haben was gegen Veganer?«

»Nein. Ich habe was gegen Irre.«

Der Kassenwart rollte über den Hof zur Eingangstür. Als sie von innen geöffnet wurde, schoss ein riesiger Hund aus dem Haus. Bruno! Sie rannte auf Hartmann zu und rammte ihm vor

Begeisterung ihren breiten Schädel in den Schoß. Hartmann knickte zusammen. Bruno leckte ihm über das Gesicht und fiepte. Ihr Hinterteil schwang fröhlich hin und her. Man hatte den Eindruck, der Schwanz wedelte mit dem ganzen Hund. Als sie sich beruhigt hatte, brummte sie behaglich und schob ihre Nase unter Hartmanns Achsel. Hartmann kraulte sie hinter den Ohren. Die brutalen Rempler in den Unterleib hatte er nicht vermisst, alles andere schon.

»Na bitte, da haben Sie's!«, dröhnte Frau Willebrandt, die Bruno hinterhergelaufen war. »Jetzt geben Sie sich endlich einen Ruck, Herr Hartmann, und nehmen dieses arme Geschöpf zu sich. So ein bisschen Schutzgebühr ist nun wirklich nicht dramatisch.«

»Zweihundert Euro, Frau Willebrandt?« Hartmann richtete sich zu voller Größe auf und sah auf die gute Seele des Tierheims hinab. »Zweihundert Euro für einen starrköpfigen, Dackel tötenden Vielfraß?«

Frau Willebrandt hielt seinem scharfen Blick problemlos stand.

»Na gut«, sagte sie. »Dann halt hundertfünfzig, und ich lege noch einen Sack Trockenfutter dazu.«

Hartmanns Citroën verfügte nicht nur über Fenster, die einem die Ohren abrissen, sondern auch über ein beeindruckendes Turboloch. Wenn man während der Fahrt das Pedal durchtrat, tat sich eine halbe Sekunde gar nichts. Dann machte der Wagen plötzlich einen Satz nach vorne. Das war auf Landstraßen oder Überholspuren kein Problem. Wenn man hingegen eine unbefestigte Zufahrt hinaufschoss, in der Kurve Vollgas gab und mitten im Turboflug plötzlich ein Neandertaler mit einem dieselbetriebenen Vibrationsstampfer vor der Haube auftauchte, sah das schon anders aus. Hartmann trat fluchend in die Eisen und kam zehn Zentimeter vor der merkwürdigen Gestalt zum Stehen.

Bei Boltzhorns wurde der Weg geschottert. In den frühen Morgenstunden hatte ein Lastwagen großzügig Kies über die Schlaglöcher gegossen. Seither versuchte ein Männchen, das nur unwesentlich größer war als der winzige Boltzhorn, den Kies zu verdichten. Es ratterte mit dem Vibrationsstampfer über die Kiesfelder und drückte die groben Kiesel in den Schlamm. Seine Pudelfrisur, ein üppiges Minipli-Relikt aus den Siebzigern, vibrierte im Takt der Maschine. Zwischen den auf und ab schwabbelnden Backen klaffte ein verkniffener Lippenschlitz mit einer qualmenden Kippe. Die kurzen Ärmchen standen vom Körper ab und kämpften mit dem schweren Gerät. Hochkonzentriert schepperte und klepperte der Bauarbeiter über den Weg. Er arbeitete mit dem Rücken zur Motorhaube des Citroën und hatte den Wagen noch nicht bemerkt. Der Gehörschutz und sein lärmendes Werkzeug bewahrten ihn davor, Hartmanns Hupen zur Kenntnis nehmen zu müssen. Gerade als der aussteigen wollte, um handgreiflich zu werden, klingelte das Telefon.

»Was?!«, fauchte Hartmann.

»Heiliges Kanonenrohr, was ist denn bei dir los?«, staunte KK.

»Was soll's schon sein«, sagte Hartmann. »Ich habe heute Morgen meinen Nachbarn erschossen und planiere gerade sein Grab.«

»Ich dachte immer, du steckst Nachbarn in Fässer und löst sie in Säure auf«, sagte KK.

»So was bringen nur an Lungenkrebs leidende Chemielehrer im Fernsehen«, klärte Hartmann ihn auf.

»Man lernt nie aus.«

»Moment, ich mach mal die Tür zu«, grinste Hartmann »So besser?«

»Was?!«

»Ob es so besser ist?«

»Nein, nicht wirklich?«

»Warte mal.«

Hartmann öffnete die Tür wieder, rammte seine Faust auf die Hupe, behielt sie dort und schrie in den Dieselkrach. Schwabbelbacke sah auf. Er versuchte Hartmann mit einem beschwichtigenden Handzeichen klarzumachen, dass er gleich fertig sei. Dazu musste er eine Hand von seinem Werkzeug nehmen. Prompt verkantete er das zentnerschwere Gerät. Seine rechte Hand klammerte sich verzweifelt an den trudelnden Vibrationsstampfer. Der hüpfte zielstrebig mit ihm die Böschung hinunter und malträtierte im Straßengraben seinen Fuß.

»Na bitte, geht doch!«, sagte Hartmann. Grüßend fuhr er an dem Pudel vorbei, der fluchend auf einem Bein hüpfte. »So, jetzt bin ich wieder da, KK. Im Übrigen sagt heute kein Mensch mehr *Heiliges Kanonenrohr*. Das ist so Siebziger. Nur *Mein lieber Herr Gesangverein* ist noch schlimmer.«

»Mich hat's noch nie interessiert, was *man* sagt«, sagte KK gleichmütig. »Deshalb habe ich ja auch einen gewissen Arschlochhartmann volle drei Jahre als Partner ertragen, während sich das halbe Präsidium das Maul über seine Eskapaden zerriss.«

»Touché!«, murmelte Hartmann.

»In unserer gemeinsamen Zeit hast du kein einziges Mittagessen beim Italiener bezahlt. Du hast das ganze Zeug gratis abgegriffen. Mir war das echt peinlich, Mann. Seit du nicht mehr dabei bist, läuft das alles wieder redlich ab.«

»Redlich?«, schnappte Hartmann. »Ich habe mir nur diese kleinschwänzigen Westentaschenmafiosi zur Brust genommen und ihnen gesagt, wenn sie noch einmal die Konkurrenz in der Nebenstraße bedrohten, würde ich ihren Drecksladen schließen lassen.«

»Du hast eine Maus mitgebracht, bei denen in der Küche ausgesetzt und gedroht, die Gewerbeaufsicht anzurufen. Das war keine Pizzeriamaus, sondern eine Ludenberger Hartmannmaus aus deinem Scheißgarten.«

»Es hat die Richtigen erwischt, KK, und das weißt du auch.«

»Ja, das weiß ich. Trotzdem kannst du als Kommissar nicht Leuten, die anderen Leuten die Finger brechen, ebenfalls die Finger brechen.«

»Habe ich nie gemacht.«

»Ich meine das im übertragenen Sinne. Wenn wir Gesetzeshüter nicht die Moral hochhalten, wer dann?«

»Du hast gerade Gesetzeshüter gesagt.«

»Und wenn schon, Arschloch. Ist wahrscheinlich genauso
Siebziger wie *Heiliges Kanonenrohr*.«

»Nee«, grinste Hartmann. »Gesetzeshüter ist Sechziger.«

»Leck mich«, sagte KK und kam endlich zur Sache. »Du wolltest mir Bescheid sagen, was mit dem Tierheimheini los ist.«

»Dem Kassenwart? Den kannst du vergessen. Der fährt Rollstuhl.«

Während Hartmann von dem Gespräch mit dem Kassenwart
erzählte, sah er in den Seitenspiegel und fädelte auf die Autobahn ein. Der Citroën machte seinen typischen Satz.

»Mist!«, sagte KK. »Schon wieder ein Verdächtiger weniger.«

»Wer ist euch denn noch abhandengekommen?«

»Der Freund der gefeuerten Hundetrainerin«, sagte KK.
»Den mussten wir gestern wieder auf freien Fuß setzen. Wir
konnten nicht beweisen, dass er Wolf etwas Schlimmeres ange-
tan hat, als ihn ein bisschen herumzuschubsen. Das hat er zwar
vor Zeugen getan, aber mehr als eine kleine Rangelei ist da wohl
nicht passiert. Das erklärt die Hämatome, die Wolf im Brust-
bereich hatte. Nicht alle natürlich, aber zumindest ein paar.«

»Meine Güte, der Wolf hatte aber auch eine miese Woche
hinter sich, oder? Blaue Flecken auf der Brust, Veilchen, Holzprügel auf dem Schädel, Erdanker im Auge.«

»Auf den Tatwaffen waren übrigens keine Fingerabdrücke«,
sagte KK.

»Tatwaffen?«

»Na ja, der Prügel ist ja genau genommen keine. Egal! Auf
dem Ast, mit dem er bewusstlos geschlagen worden ist, wurden
jedenfalls keine Abdrücke gefunden. An einigen Stellen war die

Rinde weggebrochen. Die Stücke liegen noch im Wald. Vielleicht sind da Abdrücke drauf. Aber finde die mal! Wir können nicht der KTU den halben Wald ins Labor kippen. Die bringen uns um. Auf dem Erdanker waren auch keine Fingerabdrücke. Dafür haben die Kollegen Gummiabrieb entdeckt.«

»Von was?«

»Es waren mikroskopische Partikel von grünem Latex und und ein paar braune Baumwollfasern. Vermutlich von einem handelsüblichen Gartenhandschuh mit Gumminoppen.«

»Der Mörder war wieder der Gärtner, und der plant schon den nächsten Cou-houp«, sang Hartmann.

»In diesem Fall nicht, du Knödeltenor.«

»Alter Reinhard-Mey-Hit, KK. Wahrscheinlich vor deiner Zeit.«

Hartmann war zu faul, um einen alten Mercedes, der mit neunzig über den Mittelstreifen schlich, ordentlich zu überholen. Er blieb, wo er war, und fuhr mit hundertfünfzig rechts vorbei. Das war weniger riskant, als telefonierend über drei Fahrspuren zu ziehen.

»Wir werden noch mal in Wolfs Büro nach Kontakten kramen müssen«, sagte KK lustlos. »Merkwürdig, dass wir kein Adressbuch bei ihm gefunden haben.«

»Wieso merkwürdig?«, fragte Hartmann, der genau wusste, wo sich das Buch befand. »Heute macht doch jeder alles elektronisch. Kalender, Kontakte, das ganze Zeugs.«

»Stimmt auch wieder. Sein Handy ist allerdings auch noch nicht aufgetaucht.«

»Habt ihr seinen PC denn nicht mitgenommen?«, fragte Hartmann scheinheilig. Als er in Wolfs Büro eingebrochen war, hatte der Computer noch unter dem Schreibtisch gestanden.

»Machen wir morgen«, sagte KK. »Jedenfalls danke für deine Hilfe in der Tierheimangelegenheit. Viel gebracht hat es ja nicht.

Aber wenn ich dir mal einen Gefallen tun kann, sag Bescheid.«

»Mach ich, KK.«

»Und was treibst du so zurzeit?«

»Das Übliche«, schwindelte Hartmann. »Fremdvögelnden Ehemännern hinterherfotografieren, Rezeptionisten bestechen, Hotelrechnungen kopieren. Ich habe deine Anregung von neulich umgesetzt und die Moosleitnerin diskret angehauen, ob sie nicht die ein oder andere Ehe in ihrer noblen Umgebung kennen würde, bei der es im Gebälk knirscht.«

»Aber die denkt doch, du bist Pilot?«

»Ich habe ihr reinen Wein eingeschenkt und gestanden, dass ich auf dem Platz schon im Undercover-Einsatz war.« Kein Wort davon stimmte. »Jetzt findet sie mich noch toller. Zumindest in dieser Hinsicht hat sich Wolfs Bekanntschaft gelohnt. Die Männer seiner reichen Kundinnen lassen nichts anbrennen, und die Damen zahlen gut. Ich bin gerade auf dem Weg nach Oberkassel.«

»Warum glaube ich dir nicht, Pinocchio?«

»Hau rein, KK! Ciao, ciao!«

Hartmann beschloss, seinen Tagesplan über den Haufen zu werfen. Anstatt auf den Burgplatz zu fahren und V2-Ralle aus der Büfükadü-Demo zu fischen, um ihn nach allen Regeln der Kunst in die Zange zu nehmen, würde er zuerst Wolfs Ex-Trainerinnen einen Besuch abstatten. Deren Adresse musste in Wolfs Adressbuch zu finden sein. Während Hartmann den Blick auf die Autobahn gerichtet hielt, kramte er mit der rechten Hand in dem Wust aus Magazinen, zerknitterten Akten, leeren Kaffeebechern und Burgertüten, der sich auf seinem Beifahrersitz angesammelt hatte. Nach einer Weile hatte er das schmale Buch gefunden.

»Das fällt eindeutig unter Behinderung der Ermittlungsarbeiten«, murmelte Hartmann, während er durch die Seiten blätterte und die Namen der Trainerinnen suchte. KK würde ihn umbringen, wenn jemals herauskam, dass Hartmann das Ding aus Wolfs Büro geklaut hatte.

Nach der Bekanntschaft mit Gundulas Dogge Velvet war Hartmann durch nichts mehr zu erschüttern. In aller Seelenruhe wartete er ab, bis sich das mehrstimmige Heulen und Grollen hinter der Wohnungstür gelegt hatte. Vermutlich wurden die Urheber der Kakophonie gerade auf die einzelnen Zimmer der Flingerer Altbauwohnung verteilt. Hundertvierzig Quadratmeter, schätzte Hartmann, während er ungeduldig von einem Bein auf das andere trat. Fünf Zimmer, vier Meter hohe Decken, Stuck. Endlich ging die Tür auf.

Hartmann sah sich einer durchtrainierten Frau Ende zwanzig gegenüber. Sie steckte in Jeans-Shorts und Kampfstiefeln. Den muskulösen Oberkörper hatte sie in ein T-Shirt gezwängt, das Wile E. Coyote zeigte. Als er ihre Hand schüttelte, glaubte Hartmann, einen Hauch getrockneten Pansens wahrzunehmen. Der musste aber nicht zwingend ihrem Dekolleté entstammen. Er konnte auch aus der Abstellkammer im Flur kommen. Dort wurde von den Tierpflegern vermutlich die Schonkost für die Raubtiere gelagert.

»Hartmann«, sagte Hartmann. »Wir hatten telefoniert.«

»Ich bin Lissy«, sagte die Frau. Sie stellte ihm ihren Zwilling samt Anhang in der Küche vor. »Und das sind Sonja und Klara.«

Sonja sah wie Lissy aus. Der einzige Unterschied war, dass auf ihrem Looney-Tunes-T-Shirt Roadrunner abgebildet war, der vor Wile E. Coyote floh und *Meep-Meep* rief. Bei Klara handelte es sich um einen Rottweiler, der Hartmann zwei sehr gepflegte, schneeweiße Zahnreihen zeigte.

»Klara tut nur so«, erklärte Sonja. »Sie ist die Einzige von der Truppe, die man problemlos mit Fremden alleine lassen kann. Außer uns beiden natürlich.«

Sie wedelte mit der Hand zwischen sich und ihrer Schwester hin und her.

»Die anderen sind nicht so entspannt.«

Lissy sah aus, als würde sie sich gleich wegschmeißen vor Lachen. Hartmann musterte die kurz vor der Explosion stehende Klara und wollte gar nicht wissen, welche Probleme die anderen Hunde der beiden Frauen hatten. Als das Knurren bedrohliche Ausmaße annahm, zeigte Lissy mit dem Zeigefinger auf Klaras Nase und sog leise die Luft zwischen den Zähnen ein. Bei dem Geräusch hörte die Rottweilerin sofort mit Knurren auf. Die Anspannung wich aus ihren Muskelsträngen. Ihre rosa Zunge schleckte zweimal über das quadratische Maul, in das ohne große Mühe drei Big Macs nebeneinander gepasst hätten.

»Sie können Klara jetzt streicheln«, sagte Lissy. »Sie mag das.«

»Ach, wissen Sie ...«, winkte Hartmann ab. »Ich und Hunde.«

»Worum geht's denn eigentlich genau?«, fragte Sonja. »Sie hatten vorher am Telefon nur gesagt, dass Sie ein paar Fragen zu unserem ehemaligen Arbeitgeber bei *Alpha Wolf* haben.«

»Ich kann Ihnen leider nicht sagen, warum ich in diesem Fall ermittle«, sagte Hartmann und hatte alle Mühe, ernst zu bleiben. »Gegenüber meinen Mandanten bin ich zum Schweigen verpflichtet.«

Bei diesem Satz platzte Hartmann immer innerlich. Er klang so seriös. Dabei passte er überhaupt nicht zu der Klientel, mit der er es gewöhnlich zu tun hatte: notgeile, splitternackte Ehemänner, deren alberne milchweiße Ärsche über irgendwelchen botoxgespritzten Sekretärinnen auf und ab hüpften. Wenn es nach ihm ginge, könnte man diese Verlierer auch filmen und auf YouTube einer interessierten Öffentlichkeit präsentieren.

»Ich hätte mir nur gerne ein Bild von Wolfs Hundeplatz gemacht«, fuhr er fort. »Vor allem interessiert mich, ob es Unstimmigkeiten gab. Mit wem und warum, solche Dinge halt. Wenn Sie sich an die eine oder andere Begebenheit erinnern könnten, würde mir das sehr helfen. Wenn Ihnen nichts einfällt, ist es auch nicht schlimm. Die Erfahrung hat gezeigt, dass das, was wir vergessen, meist nicht der Rede wert ist.«

»Unstimmigkeiten«, wiederholte Sonja und lachte schallend. »Wo anfangen? Bei Wolf gab es immer Unstimmigkeiten.«

»Uns hat er wegen Führungsschwäche am Hund gefeuert«, sagte Lissy. »Führungsschwäche! Wir! Das muss man sich mal vorstellen.«

»Wir sind halt nur nicht so grob wie er.«

»Bei uns reicht schon ein Blick.«

»Oder eine Geste.«

»Bei ihm sah alles immer so ungelenk aus.«

»Seine ganze Körpersprache.«

»Unwuchtig, das war das Wort, das ich suchte.«

»Unwuchtig gibt's doch gar nicht.«

»Du weißt, was ich meine.«

»Ja. Wolf zuckte wie ein Rumpelstilzchen über den Platz.«

»Bei dem hätten nicht mal Beruhigungszäpfchen geholfen.«

»Alles zu laut, zu heftig, zu körperbetont.«

»Sie haben ihn ja erlebt.«

»Na ja«, sagte Hartmann. »Ich dachte, das muss so sein.«

»Ich sag Ihnen jetzt mal was, Herr Hartmann!« Lissy zeigte

auf den Rottweiler, der gemütlich auf der Seite lag und schlief.
»Hunde sind ganz feine Beobachter. Da reichen kleinste Signale. Bei Ihnen genügt doch auch eine rote Ampel, damit Sie an der Kreuzung stehen bleiben. Da braucht es doch nicht zusätzlich noch einen Panzer, der auf Sie zubrettert, fünf Zentimeter vor Ihrem Kühler anhält und einen Warnschuss abgibt.«

»Direkt durch die Windschutzscheibe.«

»Genau das war Wolf: ein unwuchtiger Panzer.«

»Ich will mich überhaupt nicht mehr über den aufregen. Manni haben sie seinetwegen drei Tage lang im Präsidium durch die Mangel gedreht.«

»Manni?«, fragte Hartmann, der sich in der Rolle als sparsamer Stichwortgeber äußerst wohl fühlte.

»Sonjas Freund.«

»Manni ist ausgerastet, als er von meiner Entlassung gehört hat.«

»Du liebe Zeit! Und wie der ausgetickt ist!«

»Das hätte er nicht tun sollen.«

»Stimmt. Aber viel passiert ist ja nicht.«

»Er hat Wolf ein bisschen auf der Wiese herumgeschubst.«

»Vor allen anwesenden Frauen.«

»Das hat dem Wolf vielleicht gestunken.«

»Dummerweise hat Manni dem Wolf auch noch sehr laut mitgeteilt, was er mit ihm machen würde, wenn er weiter so miese Sachen über uns verbreitet.«

»Also, dass wir nichts draufhätten am Hund und so.«

»Das haben alle mitgekriegt.«

»Die Polizei hat gedacht, Manni hätte seine Drohungen wahrgemacht und Wolf eins übergebraten.«

»Lächerlich.«

»Schon. Aber das musst du halt erst mal beweisen.«

Hartmann machte sich Notizen. Die zwei erinnerten ihn an

ein Rockalbum aus den Siebzigerjahren, das er mal besessen hatte. Der Name der Band fiel ihm nicht mehr ein. Auf der B-Seite befand sich ein langes Schlagzeugsolo in Ping-Pong-Stereo. Das klang so ähnlich wie die Schwestern. Die kriegten nach zwanzig Minuten endlich die Kurve und verrieten Hartmann ein paar saftige Details aus Wolfs Intimleben. Offensichtlich war Hartmann nicht der Einzige, der den Meister beim strohgestützten Beischlaf hatte erleben dürfen. Auf der einen Seite sei Wolf total bärbeißig und übergriffig gewesen, sagte Lissy. Die Frauen aus Düsseldorfs Hautevolee hätten dutzendweise auf der Hundewiese gestanden und geheult, wenn er mit ihnen fertig war. Andererseits ließen sie ihn an ihre Wäsche, sobald sie sie ein bisschen animalisch anbrummte.

»Es ist mir ein Rätsel, warum die Edelweiber so auf den abgefahren sind.«

»Vor allem die Witwe mit dem Porsche.«

»Und die Blonde mit der Zahnklinik.«

»Die gehört ihrem Mann.«

»Die Klinik, meint Sonja. Nicht die Frau.«

»Die Frau auch. In diesen Kreisen halten die Typen ihre Frauen doch wie Spielzeughäschen.«

»Die Mollige aus Stockum fällt mir noch ein.«

»Wer war das noch mal? Die Tierarztfrau?«

»Nein. Ihr Mann ist Unternehmensberater.«

»Jetzt fällt der Groschen.«

»Ein ganz heißer Feger. Aber etwas fett.«

»Ein bisschen Übergewicht steht jeder.«

»Die Moosleitner wäre auch noch eine Kandidatin.«

»Bei der waren wir aber nie ganz sicher.«

»Zu achtzig Prozent vielleicht.«

»Wenn ich an die ganzen gehörnten Ehemänner denke.«

»Irgendeiner wird da schon geknüppelt haben.«

»Wundern würde es mich jedenfalls nicht.«

»Und außerhalb seiner Weibergeschichten?«, warf Hartmann vorsichtig ein. So langsam wurde auf seinem Zettel der Platz knapp. »Gab es da Vorfälle, wo Sie heute sagen würden, dass man da mal genauer hinschauen sollte?«

Beide verstummten. Der Rottweiler namens Klara hob irritiert den Kopf. Vermutlich konnte er mit paradiesischer Ruhe in der Küche genausowenig anfangen wie mit Privatdetektiven.

»Schwer zu sagen«, meinte Sonja nach einer Weile. »Es gab ja immer Stunk wegen irgendwas. Wolf hat den Ärger angezogen wie der Mist die Fliegen. Der hat das zum Leben gebraucht, da bin ich sicher.«

»Den Gärtner hat er manchmal zu spät bezahlt«, erinnerte sich Lissy. »Aber der hat nie protestiert. Das war ein ganz sanfter Naturbursche.«

»Und mit einem Türken gab's mal Beef.«

»Hab ich nicht mitgekriegt.«

»Da hattest du Urlaub.«

»Das kann sein. Um was ging's denn da?«

»Keine Ahnung. Um einen Wesenstest, glaube ich.«

»Ach, war das der mit dem Pitbull?«

»Nein, der andere. Der mit den Kangals. Ich war damals in den Fall nicht involviert. Der Wolf hat auch Gutachten geschrieben, wissen Sie.«

Sonja stand auf und reckte sich.

»Ich mache uns mal ein paar Häppchen, Herr Hartmann. Klara muss was essen.«

»Sie auch was, Herr Hartmann?«, wollte ihre Schwester wissen.

Hartmann dachte unwillkürlich an knochentrockene Graubrotscheiben, fingerdick belegt mit grünem Pansen, triefender Remoulade und sauren Gürkchen.

173

Er wurde blass.

»Machen Sie sich keine Umstände«, winkte er ab. »Ich muss eh los.«

Hartmann schlich im Schritttempo den Kaiser-Wilhelm-Ring in Oberkassel entlang und suchte einen Parkplatz unter den Platanen. Ab und zu linste er in den Rückspiegel.

»Ich kann dir sagen, Mädchen, ich hab gedacht, ich komme da gar nicht mehr raus«, stöhnte er. »Wie kann man so viel reden? Und auch noch im Doppelpack. Wenigstens brauchen die zwei weder einen Fernseher noch ein Radio. Das erledigen die alles in Heimarbeit. Als die Schnittchen kamen, wäre ich fast zusammengebrochen. Dir hätten sie mit Sicherheit geschmeckt. Auf den einen war Camembert mit Salat. Der war so reif, der lief schon von Flingern nach Grafenberg. Den Käse meine ich, nicht den Salat. Die anderen Brote waren mit Schlimme-Augen-Wurst belegt. Kennst du Schlimme-Augen-Wurst? Weiße Bröckchen auf rotem Grund. Diese Brote gucken immer so, als wollten sie dich umbringen. Die reden sogar mit einem. *Hartmann, Hartmann, wir töten dich mit Cholesterin,* wispern sie von den Aufschnittplatten. Da reißen es die Tomaten und der blöde Rucola auch nicht mehr raus. Ich habe die ganze Zeit gebetet, dass dir währenddessen nicht zu heiß im Auto wird. Immerhin haben die Zwillingsfrauen mir anderthalb Stunden das Ohr abgekaut. Da kann so ein Hirn in der Hitze schon mal grillen. Moment, da vorne ist eine Lücke. Da kommen wir noch vor dem dämlichen Passat rein. Ach, guck mal! Ein Dackel.«

Hartmann riss das Lenkrad herum und raste in die Parklücke. Wie üblich fuhr das Seitenfenster herunter. Vom Rücksitz schoss Brunos Kopf nach vorne wie eine fuchsteufelswilde Muräne. Ihre feuchte Schnauze rempelte an Hartmanns Schädel vorbei und stieß ins Freie, um die Dackel-Lage zu sondieren. Der Rest des Hundes wollte hinterher. Hartmann hielt seinen zappelnden Schäferhundbeagle mit der rechten Hand am Halsband fest, während er mit der linken den Zündschlüssel drehte und den Motor ausschaltete.

»Es sei doch so schön, wenn man immer jemanden um sich habe, hat Frau Willebrandt gesagt, bevor sie mir die hundertfünfzig Euro aus dem Kreuz geleiert hat. Die hat keine Ahnung, diese Frau Willebrandt. Kein Mensch will beim Einparken jemanden um sich herum haben. Oder beim Zähneputzen. Oder wenn man tot im Wald liegt. Da ist man lieber für sich. Aber ich Idiot lass mich auch noch darauf ein. Ja, guck du nur! Ich weiß ganz genau, dass du nicht so beschämt bist, wie du tust. Der Dackel bleibt unversehrt. Das ist ein Befehl. Wir gehen jetzt ein Stündchen an den Rhein runter, ohne Tote zu produzieren. OHNE TOTE ZU PRODUZIEREN! Und danach fahren wir rüber in die Altstadt und schnappen uns V2-Ralle.«

Keine fünf Minuten später wurde Bruno im Ufersand in eine aufsehenerregende Schlägerei verwickelt. Ein aufdringlicher Jack-Russell-Terrier wollte ihr an die Wäsche. Bruno ging ihm ein paar Mal aus dem Weg. Der Terrier setzte hinterher. Er gab keine Ruhe. Seine Besitzerin versicherte Hartmann treuherzig, Wastl sei einfach sehr gesellig, er, Hartmann, müsse sich keine Sorgen machen, sie kenne das. Hartmann erwiderte, er würde sich ja auch keine Sorgen machen, zumindest nicht um Bruno. Nach der fünften Attacke knurrte Bruno warnend. In den Augen des Jack Russell war dies kein Akt der Selbstverteidigung, sondern eine bodenlose Unverschämtheit. Er betrachtete es als Aufforderung, die Zähne auszufahren und wie ein Specht auf Bruno einzuhacken.

»Ups«, machte die Besitzerin, als Brunos Brust sich plötzlich blutrot färbte.

Danach kreischte sie eine Weile hysterisch, während Hartmann interessiert zusah, wie Bruno die krakeelende Fußhupe im Genick packte, in den Rhein trug und unter Wasser tunkte.

»Sieht so aus, als würde mein Hund Ihren Hund ertränken«, sagte Hartmann. »Was macht man denn da? Sie sind der Profi.«

»Da...! Da...! Da...! *Waaaahhhh!*«, zeterte die Frau.

Hartmann stiefelte in den Rhein. Er packte Brunos Schwanz und zog energisch daran. Brunos Kopf tauchte aus den Fluten auf. Sie wollte wissen, wer da an ihrem hinteren Ende zugange war. In derselben Sekunde schoss der zappelnde Wastl an die Wasseroberfläche und holte tief Luft. Hartmann packte ihn am Geschirr und schwenkte ihn aus der Gefahrenzone. Bruno war das völlig gleichgültig. Der Zwerg hatte seine Lektion erhalten. Bruno schüttelte ihr kurzes Fell aus und trottete ans Ufer. Dort leckte sie sich das Blut von der Brust, das aus einem langen Riss in den Kies tropfte.

»Das ist ein Mörder!«, entfuhr es der Frau, als Hartmann ihr den unversehrten Hund überreichte.

»Das will ich meinen«, sagte Hartmann. »Der hat ordentlich zugebissen.«

»Ich meinte Ihren Hund! Das ist ein Mörder. Der Wastl hat nur gespielt!«

»Einen Scheiß hat er!«, sagte Hartmann. »Mein Hund blutet wie eine Sau.«

»Daran sind Sie selbst schuld. So etwas Brutales nimmt man an die Leine. Das ist ein Skandal!«

Hartmann suchte krampfhaft nach einer zivilisierten Regel, die besagte, dass man Frauen nicht schlug. Ihm fiel keine ein.

»Am besten wird sein, ich werfe die kleine Kackwurst wieder

ins Wasser«, sagte er und machte einen langen Schritt auf die beiden zu.

Die Frau raffte ihren Hund vom Boden und rannte schreiend weg.

»Junge, Junge!«, murmelte der Tierarzt eine halbe Stunde später, während er sorgfältig Brunos Brust rasierte. »Mit Jackys ist nicht zu spaßen. Bei denen kommt im Konflikt immer das alte Rattenfänger-Gen durch.«

»Tapfer war der schon«, stimmte Hartmann zu. »Da gibt's nix.«

»Dass große Hunde kleine Hunde ertränken wollen, kenne ich eigentlich nur von Neufundländern«, sagte der Doc. »Die sind gern im Wasser.«

Er tupfte die klaffende Wunde ab.

»Seien Sie mal froh, dass Sie nichts abbekommen haben. So ein aufgeregter Hund beißt blind um sich. Da erwischt er schon mal den falschen Arm oder tackert die falsche Wade.«

Behutsam säuberte er die Wundränder.

»Bei Hundekloppereien geht man nie alleine dazwischen, Herr Hartmann. Man zieht immer beide Schläger gleichzeitig an den Hinterläufen aus dem Schlamassel. Dazu braucht es zwei besonnene Personen. Ich gebe aber zu, das ist unrealistisch. Meist sind die Halter noch aufgeregter als die Hunde.«

»Schläger trennen war in meiner Hundeschule noch nicht dran«, grinste Hartmann. »Bevor es dazu kam, war der Trainer tot.«

»Oh«, machte der Tierarzt. »Sie waren bei Wolf.«

»Den kennt hier wohl jeder.«

»Das haben Vollpfosten nun mal so an sich. Man kennt sie.«

Er ließ sich Nadel und Faden reichen.

»Wolf war einer von der ganz ausgebufften Sorte, Herr Hartmann. Der hat allen Veterinären hier im Kreis Provisionen versprochen, wenn sie ihm Kunden schickten. Ich habe das nie getan, weil ich Wolf in höchstem Maße für inkompetent hielt. Andere Kollegen haben gelegentlich Hunde an ihn verwiesen. Die wenigsten haben die Provision gesehen. Ganz abgesehen davon hatte dieser Herr eine sehr merkwürdige Vorstellung von Hausbesuchen.«

In der nächsten halben Stunde erhielt Bruno acht Klammern und Hartmann neue schmackhafte Details aus dem Leben eines skrupellosen Stechers gelangweilter Vorstandsgattinnen.

Das Fähnlein aufrechter Bürger für ein kackfreies Düsseldorf war an diesem Montag knapp zwanzig Mann stark. Sie marschierten auf dem Burgplatz im Kreis. Stolz hielten sie ihre Pappen in den Abendwind, der von Oberkassel über den Rhein blies. Hartmann entdeckte den mittlerweile vertrauten Aufschrei: *Kein zweites Mokka am Rhein.* Der Anti-Afghanen-Typ, den Hartmann neulich mit Pfützenwasser getauft hatte, war auch wieder dabei. Neben ihm forderte ein engagierter Kollege *Hundesteuer hoch*, während zwei weitere feierlich ein Transparent mit der Aufschrift *Billigfleisch-Diktatur abschaffen* trugen.

»Es wird noch schlimmer werden«, plärrte ein ausgemergelter Aktivist, der anstrengende Heroinzeiten hinter sich zu haben schien, in ein Megafon. »Uns wird nach und nach alles genommen. Unsere Meinungsfreiheit, unsere Freiheit überhaupt! Unser Wohlstand verschwindet immer mehr. Wir werden versklavt, wir werden bestohlen und belogen, unsere Sicherheit geht den Bach runter, irgendwann können wir uns nicht mehr auf die Straßen wagen. Seid wachsam! Mit billigem Fleisch halten sie das Volk ruhig. Die Hundescheiße auf euren Wegen ist nur der Anfang! Ich rate allen, die noch jung genug sind, packt eure Sachen und verlasst das sinkende Schi..., äh, Moment...« Er blätterte fahrig in seinen Papieren. »Verlasst es nicht, meine ich! Wir müssen alle zusammenhalten ... alle in einem Boot und so ... und etwas dagegen unternehmen, solange das noch möglich ist.«

»Redeverbot weg! Redeverbot weg!«, skandierten die Büfükadüs.

»Aber er spricht doch«, sagte Hartmann zu dem Afghanenhasser.

»Was?«, fragte der.

»Er spricht doch«, wiederholte Hartmann und deutete auf den Krakeeler am Megafon. »Es ist zwar Murks, was er sagt, aber er sagt, was er denkt, und keiner bringt ihn zum Schweigen. Das nennt man Redefreiheit.«

»Kennen wir uns?«, fragte der andere misstrauisch.

»Nur so vom Vorbeifahren«, sagte Hartmann. »Ich suche V2-Ralle.«

Der Mann zeigte auf den ausgemergelten Redner.

»Na toll«, murmelte Hartmann. »Der Schreihals.«

»Was?«, fragte der andere wieder.

»Was? Was?«, äffte Hartmann ihn nach. »Hast du was an den Ohren, du Brot? Pack dein Schild ein und troll dich nach Hause, sonst reißt dir mein Hund den Arsch auf. Sein Schwiegervater ist Afghane.«

Der andere, der zwei Köpfe kleiner war als Hartmann, fuhr erschrocken zurück. Hartmann ließ ihn stehen und ging zu V2-Ralle hinüber.

»Hast du Zeit auf ein Bier im *Bären*, wenn ihr hier fertig seid?«, fragte er ohne Umschweife. Er kannte Typen wie Ralle. Denen brauchte man mit Höflichkeit gar nicht zu kommen. Die fühlten sich schon provoziert, wenn man ihnen einen guten Morgen wünschte. Die harsche Reaktion kam prompt.

»Wer will das wissen?«

»Mein Name ist Hartmann«, stellte sich Hartmann vor und wedelte mit seiner Detektivlizenz. »Ich brauche Auskünfte über ein paar linke Chaoten, die in Oberkassel Stress machen. Der Besitzer eines abgefackelten Porsche hat mich beauftragt. Sein Wagen ist vorigen Monat zusammen mit einem Maserati und einem Benz hochgegangen. Ihr seht so aus, als wüsstet ihr in der Szene Bescheid.«

»Was springt für mich raus?«, fragte Ralle.

»Ich zahle die komplette Rechnung im *Bären* und lege noch einen Fünfziger drauf«, sagte Hartmann.

»Hundert«, verhandelte Ralle.

»Leck mich am Arsch, mein Junge! Bei den Punks kriege ich die Info für einen Zwanziger«, sagte Hartmann und ging einfach weg.

»Ist ja gut«, rief Ralle ihm hinterher. »Wir sind um acht hier fertig.«

»Ich warte im *Bären* auf dich«, grinste Hartmann.

Der *Weiße Bär* war ein langer Kneipenschlauch in der Düsseldorfer Altstadt. Vorne und hinten schwebten ein paar gewaltige Boxen über dem Publikum. Dazwischen gab es Altbier und heiße Ohren. Als Hartmann eintrat, lief »Dazed and Confused« von Led Zeppelin in der dreißigminütigen Live-Version.

Die Musik im *Bären* war genau Hartmanns Kragenweite. Er entstammte zwar einer Generation, die mit den musikalischen Katastrophen der Achtzigerjahre erwachsen werden musste, hatte aber einen zehn Jahre älteren Bruder gehabt, der ihn vor dem Schlimmsten bewahrt hatte. Als Hartmann mit dreizehn endlich genug Taschengeld für eigene Alben besessen hatte, war er vollständig immun gegen Pillepallepop gewesen. Hartmann

hatte nicht nur die orangefarbenen Schlaghosen seines Prog-
rockbruders auftragen müssen, sondern auch dessen alte Plat-
ten ausleihen dürfen. Wer musikalisch in den Siebzigern soziali-
lisiert wurde, versah alle Kompositionen, die keine endlosen
Gitarren-, Orgel- oder Schlagzeugsoli enthielten, mit dem Label
Kommerzkacke und kaufte stattdessen Alben von wunderlichen
Bands wie Van der Graaf Generator oder Captain Beefheart. Die
Stirn wichtig gerunzelt, der Fuß im Takt wippend versenkte
man sich in kryptischen Titeln wie »Neon Meate Dream of a
Octafish« und zerbrach sich tagelang den Kopf, was ein Künstler
Tiefgründiges ausdrücken will, wenn er eine LP *Forellenmasken-
Nachbildung* nennt. Hartmanns Bruder hatte ihn dermaßen auf
den Rock der Siebziger konditioniert, dass Hartmann heute
noch Brechreiz verspürte, wenn die deprimierenden Heulbojen
von Depeche Mode, Alphaville oder Soft Cell im Radio den Welt-
untergang besangen.

Im *Weißen Bären* hatten Led Zeppelin mittlerweile ihre
Schuldigkeit getan. Der DJ legte Black Sabbath auf. Hartmann
nahm sein Bier und setzte sich in eine Ecke am Tresen, wo man
sein eigenes Wort noch halbwegs verstehen konnte. Normalerweise schrien sich *Bären*besucher ihre Geschichten immer gegenseitig in die Ohren. Dabei war die optimale Entfernung ent-
scheidend. War der Mund zu weit weg, verstand das Gegenüber
nichts. War er zu nahe dran, schmerzte das Ohr.

»Paranoid« war zu Ende. Die ersten Takte von Motörheads
»Ace of Spades« erklangen. Im selben Moment erschien V2-
Ralle in der Tür und sah sich suchend um.

»Da ist ein Hund unterm Hocker«, regte er sich auf, als er
Bruno sah. »Hunde gehören nicht in Kneipen und auch nicht in
Wohnungen, sondern in die Freiheit.«

Hartmann musterte sein mageres Gegenüber. Die verwa-
schenen, schmutzigen Hosen. Die abgewetzte Lederjacke, aus

deren Ärmeln dünne Handgelenke mit Spinnenfingern ragten. Mit dreißig noch Pickel in der Fresse wie ein Fünfzehnjähriger, dachte Hartmann. Das war die Sorte Bahnhofskrakeeler, der man innerhalb von Sekunden den Schneid abkaufen musste. Säßen sie hier nicht auf dem Präsentierteller, würde Hartmann V2-Ralle einfach kommentarlos zwei Fingerknöchel in den Solarplexus rammen. Nach einem derart herzlichen Willkommensgruß brauchten solche Kameraden zwar zehn Minuten, um wieder halbwegs Luft zu bekommen, waren aber zahm wie Leierkastenäffchen.

»Pass mal auf, du Tofuwurst«, sagte Hartmann. »Wir haben hier zwei Möglichkeiten. Wir trinken in Frieden ein paar Alt zusammen, und du sagst mir für den Fünfziger, was ich wissen muss. Oder du kommst mir blöd. Dann knalle ich deine bescheuerte Rübe einmal auf den Holztisch und lasse dich mit der Rechnung in der Ecke liegen. Beide Varianten sind zu hundert Prozent vegan.«

V2-Ralle zuckte zusammen.

»Den Fuffi krieg ich vorher«, krächzte er.

»Nein«, sagte Hartmann nur.

Ralle kniff die Augen zusammen und gab sich allergrößte Mühe, verwegen auszusehen. Hartmann sah ihn neugierig an.

»Hast du was an den Augen?«, fragte er.

»Was?«

»Vergiss es! Haben wir jetzt eine Vereinbarung, oder haben wir keine?«

»Schon gut«, maulte Ralle und trank sein Alt in einem Zug leer.

Hartmann blätterte in seinem Notizbuch. Google hatte ordentlich was über Ralle ausgespuckt. Die Bürger für ein kackfreies Düsseldorf marschierten seit fast einem Jahr. Sie zählten zur internationalen Bewegung der Radikalstveganer und sprachen dem Menschen jegliche Berechtigung zur Tierhaltung ab – zu Luxuszwecken nicht und zu Ausbeutungszwecken erst recht nicht. Ihre politischen Ziele waren weit gesteckt. Von drastischen Hundesteuererhöhungen über ein gesetzliches Verbot der Vorwerkhuhnhaltung bis hin zur Pflichtveröffentlichung der Privatadressen von Geschäftsführern deutscher Tierlabore und Massentierzuchtbetriebe war alles dabei, was das Herz eines jeden durchgeknallten Tierschützers höherschlagen ließ. Ihr Vorsitzender Ralf-Victor Verhuven, genannt V2-Ralle, war mehrfach vorbestraft wegen Hausfriedensbruch, Körperverletzung, Sachbeschädigung, Erpressung und Exhibitionismus. Unter anderem hatte er sich auf der Kö nackig an ein Pelzgeschäft gekettet und in Düsseldorfer Hundetagesstätten reihenweise die Scheiben eingeworfen, um gegen die Luxushundehaltung zu protestieren. Wolfs Hundeplatz und seinen Bungalow hatte er auch im Visier gehabt. Als er eines Nachts mit zwei Benzinkanistern dort aufgekreuzt war, hatte Wolf ihn gefilmt, ihm eine ordentliche Tracht Prügel verabreicht und ihn anschließend vor Gericht gezerrt. Ralle hatte Glück gehabt und war mit einer Bewährungsstrafe davongekommen. Die Milde des Urteils hatte ihn allerdings nicht geläutert. Im Gegenteil. Er war jetzt ganz sicher, dass die amerikanische Rinderzuchtlobby die bundesdeutsche Justiz steuerte und er, Ralle, auf der Abschussliste der CIA und des Mossad stand. Entsprechende Gedanken dazu veröffentlichte er in regelmäßigen Abständen unter Missachtung sämtlicher grammatikalischer und orthografischer Regeln auf dem Büfükadü-Blog.

»Und? Was macht das vegane Protestbusiness so?«, fragte Hartmann und schob Ralle noch ein Alt hin, um den ambitionierten Hundekotbekämpfer ein bisschen aufzutauen.

»Alles im Lack«, brummte Ralle.

»Läuft gut?«

»Ziemlich«, nickte Ralle. »Am Anfang haben wir uns ein bisschen schwergetan. Aber unserer Bewegung einen Aufhänger wie kackfreies Düsseldorf zu geben war ein echter Durchbruch.«

»Wieso das?«

»Wenn du dem Bürger heute mit vegan kommst, flippt der aus. Da denkt der gleich an Sekte.«

»Ich denke an Mineralöl und Glutamat im Lupinenschnitzel.«

»Wie auch immer«, sagte Ralle. »Auf jeden Fall musst du erst mal eine echte Bedrohung inszenieren, wenn du willst, dass alle wach werden.«

»Eine Bedrohung durch Hundescheiße?«, staunte Hartmann.

»Aber ja!«, sagte Ralle. »Das war ein genialer Schachzug letztes Jahr. Wir waren sofort in der Zeitung. Überleg mal, Mann! Düsseldorf leidet unter fünf Tonnen Hundekacke pro Tag. Das sind einundzwanzigtausend Haufen! Wo soll die Scheiße hin? Wer verdient damit Geld? Und wie sieht's mit der Volksgesundheit aus? Im Ernst, was wir uns damit für Viren, Bakterien und Infektionen ins Land holen und womit wir uns anstecken, weiß im Moment doch keiner. Seit ich diese Wahrheiten in meinem Blog aufdecke und auf Facebook verbreite, ist die Fleischliga hinter mir her.«

Der Vogel ist ja total irre, dachte Hartmann. Er trank sein Alt auf einen Zug aus und wartete auf das nächste. In Altstadtkneipen musste man nicht bestellen. Man bekam so lange Nachschub, bis man einen Bierdeckel auf sein Glas legte.

»Auf Facebook melden diese Muschis immer meine Beiträge und behaupten, ich wäre ein Fake«, klagte Ralle. »Ich werde jedes Mal gesperrt und darf nichts mehr schreiben.«

»Dann versuch's halt mal mit weniger Stuss.«

»Von so einem Fleischling wie dir muss ich mich nicht beleidigen lassen«, maulte Ralle und stand auf.

»Jetzt reg dich mal nicht auf«, beruhigte ihn Hartmann und drückte ihn auf den Hocker zurück. »Ich meine das nicht böse. Aber du musst schon zugeben, wenn einem Fleischliga, CIA, Mossad und Rinderzuchtlobby zugleich auf den Fersen sein sollen, ist das schon ein außergewöhnlicher Fall von Paranoia.«

»Du hast mich gegoogelt«, stellte Ralle befriedigt fest und kippte sein Alt. »Ich sage dir, dieses Land ist im Endstadium. Die Diktatur regiert auf dem Rücken des Volkes. Wir sind die Opfer. Mit Brot und Spielen sorgen sie dafür, dass wir die Schnauze halten. Diese Massentierhaltung ist komplett regierungsgesteuert. Mit billigem Fleisch stellst du die Menschen ruhig. Ein schönes Fernsehprogramm dazu, dann kannst du mit denen machen, was du willst. Hast du dir schon mal überlegt, warum die Grillkohle so billig ist? Selbst an den Tankstellen, wo jeder Schokoriegel einsfuffzig kostet, kriegst du den Sack Grillkohle unter drei Euro. Wer draußen sitzt und Fleisch verbrennt, der kämpft nicht gegen das Establishment! Aber das haben diese Penner da draußen noch nicht begriffen. Man muss es ihnen einbläuen.«

»Das ist ja allerhand«, sagte Hartmann und versuchte, ernst zu bleiben. »Und ich dachte, Reptiloiden hätten die BRD GmbH übernommen und machten uns über Kondensstreifen gefügig.«

»Du glaubst auch jeden Scheiß, was?« Ralle schüttelte fassungslos den Kopf. »Das sind völlig abstruse Verschwörungstheorien, die jeder Grundlage entbehren. Wie auch das Gerücht, wir Veganer würden in der Kirche bei der Kommunion den Leib Christi ablehnen und stattdessen ein Stück Dornenkrone verlangen.«

Hartmann trank sein Alt aus und legte Ralle einen Arm um

die Schulter. Der wand sich unbehaglich, konnte sich aber aus dem Griff nicht lösen.

»Wo wir gerade bei Religion sind: Was haben eigentlich die Islamophobiker in euren Reihen zu suchen? Ist das eure Speerspitze gegen die Dönermafia?«

»Nein, die sind irgendwann dieses Jahr bei uns untergeschlüpft, weil sie keine Demo mehr genehmigt bekommen haben. Der Afghanen-raus-Typ ist so einer. Der ist von einer Montagsdemo übriggeblieben und hat Anschluss gesucht, weil er nicht wusste, wohin. Ich hab nichts dagegen. Solange die Schilder tragen, die zu unserer Bewegung passen, ist das für mich in Ordnung.«

Der Köbes stellte zwei neue Alt vor Hartmann und Ralle. Hartmanns Zunge wurde langsam schwer. Auch Ralle wirkte leicht angeschlagen.

»Und die helfen euch jetzt bei euren Aktionen gegen die Hundeszene?«, fragte Hartmann. Er musste so langsam mal einen Bogen zu Wolf schlagen, bevor er völlig besoffen war.

»Wie jetzt, Hundeszene?«, fragte Ralle. »Ich dachte, du willst wissen, wer in Oberkassel die Luxuskarossen verbrannt hat?«

»Ihr habt Hundepensionen und Tierheime demoliert und euch mit Hundetrainern angelegt«, beharrte Hartmann.

Ralle sah ihn misstrauisch an.

»Warum nicht?«, sagte er vorsichtig. »Das sind ganz legitime Maßnahmen zur Durchsetzung unserer Ziele. Hundeschulen bilden die Luxusköter der Reichen aus. Tierheime helfen nur vordergründig. In Wahrheit unterstützen sie den Heimtierwahnsinn. Und Hundepensionen sind Aufbewahrungsstätten, damit auch die sich ein Tier zulegen, die eigentlich gar keine Zeit für ein Tier haben. Gäbe es die alle nicht, gäbe es weniger Haustiere. Soll ich tatenlos zusehen, wie die dem System zuarbeiten? Es muss endlich Schluss sein mit der Tierhaltung in Deutschland.«

Der Barmann schob zwei frische Bier über den Tresen. Der DJ hatte sich mittlerweile zu einem Deep-Purple-Medley durchgerungen. Das Gitarrenriff von »Smoke on the Water« dröhnte durch den *Bären*. Irgendwann bemerkte Hartmann, wie Bruno unter dem Tisch V2-Ralle ans Bein pinkelte. Sein Hundeweibchen hob dabei ihren Hinterlauf wie ein Kerl.

»He!«, rief Ralle. »Dein Hund hat mich angepisst!«

»Reg dich ab!«, entgegnete Hartmann. »Das warst du selbst. Du hast mittlerweile zehn Alt auf deinem Deckel.«

»Pass bloß auf!«, fauchte Ralle.

»Kopf, Tisch!«, drohte Hartmann und hob warnend einen Finger. »Außerdem macht mein Hund so etwas nicht. Der war bei Wolf in der Hundeschule.«

Ralle sprang prompt darauf an.

»Bei der blöden Drecksau? Herzlichen Glückwunsch.«

»Mach mal halblang!«, sagte Hartmann. »Ich nehme an, auch Veganer beißen nicht gern ins Gras. Außerdem redet man über Tote nicht schlecht.«

»Über den schon«, sagte Ralle. »Wegen dem habe ich acht Monate gekriegt. Der kann froh sein, dass ich ihn nicht erwischt habe.«

»Weil er dann noch toter wäre, oder was?«, sagte Hartmann kopfschüttelnd. »Denkst du eigentlich auch mal nach, bevor du einen Spruch raushaust?«

»Als der mich damals mit den Benzinkanistern auf seinem Platz erwischt hat, hat er ein Video von mir gedreht. Das hat er später unter falschem Namen ins Netz geladen.«

Hartmann wischte über sein Smartphone und öffnete YouTube.

»Gibt's das noch im Netz?«

»Und wennschon. Dir würde ich das garantiert nicht vorspielen.«

»Ist es so peinlich?«

»Ich wollte es löschen lassen wegen Gewaltverherrlichung.
Aber bei YouTube hat man sich nicht drauf eingelassen.«

»Du kriegst also richtig auf die Fresse«, stellte Hartmann
zufrieden fest.

Ralle schwieg. Hartmann tippte bei YouTube *Auf die Fresse*
und *V2-Ralle* in die Suchmaske. Das Filmangebot war beeindruckend. Zwischen unzähligen Filmschnipseln nationalsozialisti-
scher Raketenpropaganda, verwackelten Aufnahmen von handfesten Keilereien im Straßenverkehr und diversen Musikvideos
entdeckte Hartmann ein Video des Users Superstecher. Wenn
das mal nicht zu unserem Wolf passt, dachte er. Offensichtlich
war Hartmann nicht der Einzige, der das Filmchen sehen wollte.
Der Zähler zeigte weit über dreihunderttausend Klicks.

»Ich glaub, ich hab's«, grinste Hartmann.

»Leck mich!«, brummte Ralle.

Zu den Klängen des Walkürenritts sah man eine stattliche
Faust, die frontal ein Nasenbein zertrümmerte. Ein heulender
Ralf-Victor Verhuven ließ die Benzinkanister fallen und hielt
sich den schmerzenden Rüssel. Blut rann zwischen seinen Fingern hindurch. Superstecher hatte diese Szenen mehrmals hin-
tereinandergeschnitten und kreativ bearbeitet. Der Hieb kam
in Zeitlupe, im Zeitraffer, in Normalgeschwindigkeit, mal in
Schwarzweiß, mal in Sepia, mal in bunten LSD-Farben – insgesamt bekam Ralle fünf Minuten lang immer wieder dieselbe
Faust auf die Nase. Wem sie gehörte, konnte man nicht erkennen. Hartmann war sicher, dass es Wolfs Faust war.

Unser martialischer Bürgerrechtler ist in Wirklichkeit ein
windelweiches Häufchen Elend, dachte Hartmann und steckte
sein Handy wieder in die Tasche. Der hätte sich nie näher als

fünfzig Meter an den großen Wolf herangetraut. Oder eben nur heimlich in der Nacht zum Benzinverspritzen oder Scheibeneinwerfen.

»Na, das nenne ich aber mal ein Mordmotiv«, sagte Hartmann. »Respekt!«

»Was?«, fuhr Ralle entsetzt auf. »Spinnst du jetzt oder wie?«

»Wenn die Bullen spitzkriegen, dass das Wolfs Faust auf dem Video ist, dann bist du dran«, sagte Hartmann.

»Ich habe dem aber nichts getan.« Ralle wurde panisch. »Ich schwöre, ich habe dem nichts getan. Gar nichts.«

Hartmann glaubte Ralle aufs Wort.

»Das kannst du deiner Oma erzählen«, sagte er.

»Hör doch auf mit dem Scheiß!« Ralle wischte sich den Rotz von der Nase. »Du hast doch Wolf gekannt. Du weißt doch, was das für ein Riese war. Den hätte ich nie und nimmer umhauen können. Das kannst du mir glauben.«

»Ratten wie du kommen immer von hinten«, sagte Hartmann. »Wo warst du denn an dem Freitag, als Wolf erschlagen wurde?«

»Auf unserer Demo, wo sonst?«

»Freitags seid ihr nie auf der Demo.«

»An dem Freitag aber schon.«

»Freitag vor zwei Wochen?«

»Ja.«

»Wolf wurde vor drei Wochen umgebracht.«

Ralle starrte finster in sein Glas und schwieg.

»Du merkst schon, wo es klemmt, oder? Du bist vorbestraft, unter anderem wegen Körperverletzung, hast kein Alibi, verzettelst dich pausenlos in deinen Aussagen. Du wärst ein gefundenes Fressen für die Bullen.«

»Die können mich mal!«, sagte Ralle. »Ihr könnt mich alle

mal. Ich war's nicht und fertig. Ihr solltet euch mal lieber um diesen Türken kümmern. Typen wie der haben immer ein Messer am Start.«

»Woher weißt du, dass Wolf mit einem Messer erstochen wurde?«, bluffte Hartmann. »Das wurde in der Presse geheim gehalten.«

»Ich ... das ... was weiß denn ich?«, zischte Ralle. Er war offenbar mit den Nerven am Ende. »Ich hatte keine Ahnung. Was ist denn jetzt mit den Informationen über die Brandanschläge, die du wolltest?«

»Vergiss es! Das hat sich erledigt.«

»Und mein Fünfziger?«

»Der auch«, knurrte Hartmann. »Mach dich vom Acker.«

Ralle stand auf und schlich zur Tür.

»He!«, rief ihm Hartmann schwerfällig hinterher. Wenn Ralle auch sonst nichts Vernünftiges auf die Reihe kriegte, saufen konnte er wie ein Pferd. Jetzt, wo Hartmann mit ihm fertig war, war er selbst sternhagelvoll. »Weißt du, was ich mich die ganze Zeit frage?«

»Was denn?« Widerwillig drehte Ralle sich um.

»Warum dieses braune Fähnlein Fieselschweif, das bei euch untergekrochen ist, ausgerechnet gegen Hunde demonstriert. Der Größte Führer Aller Zeiten stand doch auf Hunde. Wusstest du eigentlich, dass der Gröfaz nur ein Ei hatte und einen deformierten Mikropimmel?«

»Sie behaupten, der Führer hätte nur Katzen gehalten«, seufzte Ralle und rollte mit den Augen.

»Blondie war eine Katze?« Hartmann machte große Augen.

»Der Name irritiert«, sagte Ralle. »Eigentlich war sie nicht blond, sagen sie. Sie war orange. Es war eine orangerote Somalikatze.«

»Die kommen doch aus Afrika?«

»Genau. Rommel war ja drüben.«

»Rommel hat Hitler blonde Katzen mitgebracht?«, staunte Hartmann.

»Wenn ich ehrlich sein soll, bin ich damit auch ziemlich überfordert«, sagte Ralle und zuckte hilflos mit den Achseln. »Aber sobald ich nachfrage, heißt es: Wenn du dich mal ordentlich informieren und nicht nur Systempresse lesen würdest, würdest du sowas wissen.«

»Das tut doch weh.«

»Wem sagst du das, Mann!«

Hartmann zog einen Fünfziger aus der Tasche.

»Nimm!«, sagte er.

»Wieso jetzt auf einmal?«, fragte Ralle und steckte den Schein weg.

»Schmerzensgeld«, brummte Hartmann.

Die Tür schlug hinter Ralle zu. Durch die großen Scheiben sah Hartmann, wie Ralle den Kragen seiner Lederjacke hochschlug. Sekunden später hatte die Altstadtnacht das magere Männchen verschluckt.

»Somalikatzen«, stöhnte Hartmann und drehte sich zum Barkeeper. »Ich hätte jetzt gern mal einen Schnaps für meine Nerven. Und zwei Frikadellen für unter den Tisch.«

Lange nach Mitternacht rief Hartmann Marlene an. Er hatte sie seit jenem verkorksten Abend nicht mehr gesehen.

»Kannsu uns im *Bären* abholen?«

»Wer ist uns?«

»Mich un B-Bruno.«

»Ist sie wieder da?«

»Irgendwie schon.«

»Das ist schön, Hartmann. Wirklich.«

»Ich hab sie vermisst.«

»Das habe ich gehofft.«

»Du, Marlene?«

»Hm?«

»B-Bruno is doch 'n Mann. Die hebt das Bein beim Pinkeln.«

06
Kater und Kangals

Hartmann öffnete vorsichtig die Augen. Er verfluchte V2-Ralle, Altbier und die Sonnenstrahlen, die auf seinem Kopfkissen einschlugen wie Blendgranaten. Hartmann hatte keine Ahnung, wie er gestern nach Hause gekommen war. Der Film war kurz nach der Frikadellenbestellung gerissen. Wenn da mal keine Psychopharmaka in den Klopsen gewesen waren, die er sich mit Bruno geteilt hatte, um wieder zu Kräften zu kommen.

Hartmann stand auf und angelte nach seinen Kleidern. Er stolperte erst in die Unterhosen und dann in die Jeans. Danach wartete er geduldig, bis sich das Pochen in seinem Schädel wieder legte. In der Küche klapperte jemand mit einer Pfanne. Es roch nach warmen Brötchen. Hartmann folgte dem Duft. Langsam schlich er die Treppe hinunter und bemühte sich, Erschütterungen zu vermeiden.

Als er in die Küche trat, schossen Taxi und Bruno bellend auf ihn zu. Hartmanns Kopf explodierte. Dass Marlene dröhnend zwei Topfdeckel gegeneinanderschlug und »He, ihr Säcke! Ab auf eure Decke!« schrie, machte es nicht besser.

Stöhnend sank Hartmann auf den Küchenstuhl.

»Entschuldige bitte!«, sagte Marlene. »Aber es wird höchste Zeit, dass hier mal ein bisschen Linie in die Truppe kommt.«

»Das ist nett«, ächzte Hartmann. »Aber muss das gerade heute Morgen sein?«

»Kaffee?«, strahlte Marlene und stellte eine dampfende Tasse vor seine Nase. »Ich habe auch Aufbackbrötchen, Rührei mit Speck, Honig und Alka-Seltzer. Deine Marmelade habe ich weggeschmissen. Die hatte ein Schimmelpelzchen.«

»Schimmelpelzchen«, murmelte Hartmann kraftlos. »Was es für Wörter gibt.«

Der heiße Kaffee tat gut. Ganz langsam kehrte Ruhe im Oberstübchen ein.

»Wie bin ich hierhergekommen?«, wollte Hartmann wissen.

»Du hast mich angerufen.«

»Ich dich?«

»Ja, du mich.«

»Und dann hast du mich und Bruno heimgefahren?«

»Genau.«

»Obwohl du sauer auf mich bist?«

»Das hat sich zwischenzeitlich erledigt.« Marlene deutete auf Bruno, deren Sabber bei Anblick der Speckeierpfanne literweise auf die Fliesen tropfte. »Du scheinst ja zur Besinnung gekommen zu sein.«

»Und wer hat mich ...?«, druckste Hartmann herum.

»Ausgezogen? Ich.«

Hartmann starrte sie an.

»Was denn? Jetzt guck nicht so! Ich bin einundvierzig. Du bist wirklich nicht der erste Rüde, den ich zu Gesicht bekomme.«

Als Marlene lange nach Mitternacht in den *Weißen Bären* gekommen war, hatte sie Hartmann in einem desolaten Zustand vorgefunden. Er konnte zwar noch einigermaßen klar sprechen, hatte aber Mühe, sein Gleichgewicht zu halten und das Geld auf den Tisch zu legen, das er dem Köbes schuldig war. Nacheinander platzierte er Zehn-Euro-Scheine auf dem Tisch. Da in seiner sturzbetrunkenen Aufzählung nach dreißig nicht vierzig kam, sondern noch einmal dreißig, fiel das Trinkgeld sehr großzügig aus.

»Jetzt können w-wir«, teilte er Marlene nach Abschluss des komplizierten Zahlungsvorgangs huldvoll mit.

Marlene klemmte sich unter Hartmanns Achsel, stemmte den Zecher hoch und verließ mit ihm den *Bären*. Da sie keine Hand mehr für eine Hundeleine frei hatte, nahm sie Bruno draußen bei Fuß, in der stillen Hoffnung, dass nach Mitternacht kein Dackel mehr in der Altstadt unterwegs war.

»So nah waren wir uns n-noch nie«, stellte Hartmann sentimental fest.

»Stimmt«, sagte Marlene. »Das ist quasi unser erstes Mal.«

»Mir gefällt's.« Hartmann deutete zum Straßenrand. »Können wir mein Auto nehmen? Ich bräuchte es morgen.«

»Einverstanden. Dann müssen wir aber noch beim Defender vorbeifahren und Taxi rausholen.«

Sie bugsierte Hartmann und Bruno ins Auto und setzte sich hinters Steuer. Der Fahrersitz war auf den zwanzig Zentimeter längeren Hartmann eingestellt. Marlene kam nicht an die Pedale.

»Wie geht der Sitz nach vorne?«, fragte sie, während sie mit der Hand nach dem entsprechenden Hebel suchte.

»Das funktioniert bei diesem lu-luxöriosen Fahrzeug elektrisch«, sagte Hartmann stolz. »Links ist ein Knopf. Drück da mal d-drauf!«

»Es tut sich nichts.«

»Ist die Zündung an?«

»Mensch, Hartmann, der Motor läuft.«

»Vielleicht ist der Knopf kaputt?«, überlegte Hartmann. »Ich brauche ihn nie.«

»Wir steigen jetzt in ein englisches Auto um, das keine Knöpfe hat, sondern nur Hebel«, verkündete Marlene.

Sie zog einen maulenden Hartmann und eine verdutzte Bruno ein paar hundert Meter die Straße runter und steckte sie zu Taxi in ihren Defender. Im Auto roch es nach Hund. Angenehm, wie Hartmann fand. Sein angeschlagener Magen vertrug den Geruch jedenfalls ausgezeichnet.

»Wie war dein Abend?«, fragte Marlene, als sie wenig später mit offenen Fenstern durch das totenstille Pempelfort röhrten.

»Radikalstvegan«, sagte Hartmann, dem die frische Luft guttat. »Hat Spaß gemacht. Irgendwann gegen halb eins habe ich Ralle vorgerechnet, dass unter den kriminellen Fleischfressern die Kriminalitätsrate einhundert Prozent beträgt und der Fleischfresseranteil ebenfalls bei einhundert Prozent liegt. Das seien zweihundert Prozent, also doppelt so viel, wie Veganer in den Statistikämtern säßen. Von denen wiederum machten hundertfünfzig Prozent in der Mittagspause rüber zum Döner-Ali, dessen Stahlspieße zu neunzig Prozent aus dem konventionellen Bergbau stammten. Darüber hat sich Ralle fürchterlich aufgeregt und wollte sofort dagegen kämpfen.«

»Meine Güte«, staunte Marlene angesichts des Redeschwalls, der aus Hartmann ins Freie drang. »Männer, die im Suff labern, sind noch schlimmer als Frauen, die Florian Silbereisen Unterhosen auf die Bühne werfen.«

Sie hatte den plappernden Hartmann so behutsam nach Hause gefahren, dass ihm nicht schlecht geworden war. In seinem Haus am Stadtrand angekommen, hatte sie ihn ausgezogen, in stabiler Seitenlage ins Bett gelegt und sich selber mit Bruno und Taxi auf die Couch gekuschelt.

»Das war alles«, schloss Marlene ihren Rückblick.

»Einundvierzig?«, fragte Hartmann ungläubig. »Du bist einundvierzig? Ich hätte schwören können, du wärst noch keine fünfunddreißig.«

»Machst du mir gerade Komplimente?«

Mittlerweile hatte es die Sonne um die Hausecke geschafft und leuchtete in die Küche. Marlene goss Hartmann noch eine Tasse Kaffee ein und schaufelte Eier mit Speck auf zwei Teller.

»War ich zu dir ... wie soll ich sagen?«, fragte Hartmann zögernd zwischen zwei Bissen.

»Anständig?«

»Ja. War ich das?«

»Du warst ein Mönch, Hartmann.«

»Gut«, nickte Hartmann. »Aber irgendwie auch schade.«

»Finde ich auch«, sagte Marlene.

Sie suchte seinen Blick, fand ihn und hielt ihn fest.

Nach dem Frühstück setzte sich Hartmann in die Sonne. Er musste Ordnung in seinen Kopf bringen. Dafür war sein Garten ideal. Er liebte diese grüne Oase. Alles wuchs wild und ungepflegt durcheinander. Sonderlich viel Mühe gab Hartmann sich nicht damit. Ab und zu mal Rasen mähen, das war's. Die Hecken und die Rosen wucherten ungestutzt in den Himmel. Irgendwann würden sie sich krachend auf die Seite legen und den winzigen Boltzhorn unter sich begraben. Hartmann würde ein paar Mal mit der Schaufel auf das Grün und den winselnden Zahnarzt schlagen und zur Feier des Tages eine Flasche Schampus aufmachen. Ein schöner Traum.

Überhaupt konnte Hartmann stundenlang im Garten sitzen und träumen. Arbeit wurde seiner Ansicht nach völlig überbewertet. Er war noch nie ein Mensch gewesen, der sich über den Beruf definierte. Er konnte faulenzen, bis das Konto leer war. Allein schon deshalb war es wichtig, dass er Wolfs Geld auftrieb. Mit dem Anteil, den ihm Gerber versprochen hatte, käme er für den

Rest des Jahres locker über die Runden, ohne seine eiserne Reserve im Keller anbrechen zu müssen. Wenn er nur wüsste, zu welchem Safe oder Schließfach dieser verdammte Schlüssel gehörte!

Im Moment war sowieso der Wurm drin. Anstatt dem Geld eine Spur näher zu kommen, traf er einen Mordverdächtigen nach dem anderen, doch sobald er die Kandidaten unter die Lupe nahm, stellten sie sich als unschuldig heraus. Die einen hatten ein Alibi, die anderen wären niemals zu so einer Tat fähig gewesen. Bevor er gestern Mittag mit Bruno an den Rhein gefahren war, hatte er sogar noch den Gärtner aufgesucht, dem Wolf nach Lissys Auskunft gelegentlich Geld schuldig geblieben war. Ein sanfter Mensch, der Primeln hegte und keiner Blattlaus etwas zuleide tat. Er habe seinen Lohn zu guter Letzt ja doch immer von Wolf bekommen, hatte der Gärtner freundlich gesagt, während er im Gewächshaus Grünzeug umtopfte. Kein Grund, böse zu werden. Jeder könne mal in finanziellen Engpässen stecken. Dann sei man froh um jeden Gläubiger, der keinen Druck ausübe, Gott sei Wolfs Seele gnädig. Ein Heiliger, hatte Hartmann gedacht. Wahrscheinlich konnte dieser Gärtner übers Wasser laufen und Fischbrötchen vermehren, um die Obdachlosen in der Altstadt zu speisen.

»Worüber denkst du nach?«, fragte Marlene und setzte sich zu Hartmann.

»Von dem großen Rudel der Verdächtigen sind nicht mehr allzu viele übriggeblieben«, sagte Hartmann. »Die Trainerinnen sind raus, der Freund von Sonja ist raus, das Tierheim ist raus, Gundula ist raus. Wolfs Gärtner ist der fleischgewordene Mahatma Gandhi, V2-Ralle eine lächerliche Wurst. Und dass Tierärzte, denen die versprochene Provision nicht gezahlt wurde, für ein paar Euro fuffzig Leute erschlagen, kommt nicht einmal in miesen Hollywoodfilmen vor.«

»Wer bleibt übrig?«

»Ralle habe ich noch nicht ganz gestrichen. Dafür ist der mir viel zu irre. Ansonsten eigentlich nur noch unser unauffindbarer Würger und der Türke. Oder weiß der Geier, vielleicht eine bissige Lady aus Wolfs reicher Kundschaft. Aber wie die mich zu Gerbers verlorenem Schatz führen sollen, ist mir echt ein Rätsel.«

»Der Türke? Wer ist das?«

»Wenn ich das mal wüsste, Marlene. Ein Türke, der mit Wolf Streit hatte. Hoffentlich keine Fantasiefigur. Ralle war gestern Abend breit wie ein Eichhörnchen. Allerdings haben die beiden Trainerinnen gestern auch einen Türken erwähnt. Vielleicht ist es ja derselbe. Sieht ganz danach aus, als müsste ich noch mal Wolfs Büro durchforsten. Am besten stelle ich heute Nacht die ganze Bude auf den Kopf. Inklusive Keller. Irgendwo muss doch dieser dämliche Safe zu finden sein. Oder ein Vertrag über ein Bankschließfach.«

»Die Polizei hat Wolfs Haus bestimmt versiegelt«, sagte Marlene.

»Dann versiegle ich den Laden eben wieder neu«, grinste Hartmann. »Das habe ich das letzte Mal auch schon getan. Vor meinem Rauswurf bei der Kripo habe ich eine Rolle Siegelband mitgehen lassen. Das kann man immer brauchen.«

Sie sahen Taxi und Bruno zu, die ausgiebig balgten. Was auf dem Rasen angefangen hatte, endete nach einer Weile in den Rabatten. Die hohen Sträucher knickten unter den massigen Leibern des Rottweilers und der Beagleschäferhündin reihenweise ein.

»Die sollen mal ins Unkrautbeet kugeln und dort buddeln«, sagte Hartmann.

»Du bist ein fauler Sack«, antwortete Marlene. »Mit Bruno trainierst du auch nicht mehr.«

»Das hat mehrere Gründe«, sagte Hartmann und räkelte sich im Liegestuhl.

»Ich höre.«

»Wolf ist tot. Zu Gundula muss ich nicht mehr. Du bist in alles eingeweiht. Ich muss also keinem Menschen mehr was vorspielen. Außerdem hört Bruno einigermaßen auf ihren neuen Namen. Mehr wollte ich ja nicht. Und viertens ...«

»Fünftens.«

»Klugscheißer! Und fünftens habe ich mir vorgenommen, nicht mehr wie bisher Bruno als Vorwand zu nehmen, wenn ich dich sehen möchte. Stattdessen werde ich dich in Zukunft einfach anrufen und dir sagen, wie sehr ich mich freuen würde, wenn du bei uns sein könntest. Ich fühle mich wohl, wenn ich dich um mich herum habe. Mir geht es gut mit dir. Das ist mir so noch nie ...«

»Hartmann?«

»Hm.«

»Ich werde dich jetzt küssen.«

»Das wäre vielleicht nicht schlecht. Wenn ich einen Kater habe, schwatze ich nämlich mindestens genauso viel wie im Suff. Und ein bisschen Stille wäre jetzt ...«

Marlene beugte sich vor und presste sanft ihren vollen Mund auf seine Lippen. Sie hielt inne, um zu fühlen, wie weich sie waren. Dann klopfte sie vorsichtig mit der Zunge an.

»Aufmachen«, murmelte sie.

Hartmann hatte nichts dagegen. Kurz bevor er die Augen schloss, bemerkte er, dass Marlenes Hemdknöpfe wieder ein Eigenleben führten. Das sah sehr verlockend aus. Er behielt seine Hände bei sich. Einmal Mönch, immer Mönch.

Zehn kribbelnde Minuten später schlenderte Marlene mit den beiden Hunden über die Wiesen hinter Hartmanns Haus. Hartmann saß mit einem Glas Chardonnay am Gartentisch und schrieb E-Mails. Er hatte beschlossen, dem Kater mit Konter-alkohol zu begegnen und V2-Ralle ein bisschen in die Scheiße zu reiten. Der kleine renitente Dreckspatz verdiente einen Dämpfer. Außerdem war Hartmann KK noch einen Gefallen schuldig.

KK,

das betrifft unser Telefonat von gestern. Ich habe vergessen, dir zu sagen, dass der Kassenwart einen gewissen V2-Ralle erwähnt hat. Er meinte, der Typ hätte wegen Wolf im Knast gesessen. Was nicht ganz stimmen kann, weil ich bei Google nur eine Bewährungs-strafe finden konnte. Ihr müsstet über diesen Vogel ziemlich viel in euren Akten haben. Voller Name: Ralf-Victor Verhuven. Du triffst ihn jeden Montag am Burgplatz. Er ist der spindeldürre Büfükadü-Typ, der Bullshit ins Megafon spricht.

Ich habe dir einen Link zu einem Video beigefügt, das ein ge-wisser Superstecher hochgeladen hat. Die Hundeszene munkelt, hinter dem Namen stecke Bert Wolf, und was da 25 x hintereinan-der in Ralles Nase einschlägt wie ein Presslufthammer, sei Wolfs Faust. Vielleicht lohnt es sich ja, Ralle mal ordentlich in die Mangel zu nehmen.

Nein, ich ermittle nicht!

Hartmann

Die zweite Mail ging an die Moosleitnerin. Er konnte sie gut als Türöffner gebrauchen. Mit ihrer Empfehlung würde er ihren reichen Freundinnen vielleicht einfacher auf den Zahn fühlen können, als wenn er aus heiterem Himmel bei ihnen aufschlug. Jetzt, wo Bruno wieder da war, konnten sie ja mal eine gemein-same Hunderunde drehen.

Hallo Silvia,

ich hoffe, dir geht's gut. Hast du den Schock einigermaßen überstanden? Wollen wir uns mal mit den Hunden treffen und reden?

Gruß, Hartmann

Marlene war von ihrem Spaziergang zurück. Sie legte die Hände auf Hartmanns Schultern und sah neugierig auf den Monitor.

»Das ist allerhand«, sagte sie. »Eben noch hast du mich geküsst. Kaum bin ich weg, baggerst du an der Nächsten rum. Du bist ein Schuft.«

»So sind wir Detectives«, knurrte Hartmann. »Ganz verwegene Kerle.«

Die Reaktionen auf diese gewagte Aussage fielen unterschiedlich aus. Marlene kniff Hartmann schmerzhaft ins Ohr. Taxi gähnte. Bruno pinkelte auf die Terrasse.

Im Vergleich zu Hartmanns sanft surrender französischer Sänfte war Marlenes Defender ein Krawallinstrument allererster Güte. Seit Daktari damit die Umgebung von Wameru unsicher gemacht hatte, hatten die Konstrukteure nicht sonderlich viel an der Technik geändert. Vorne röhrte ein Metallblock, der die filigrane Bezeichnung Dieselaggregat nicht verdiente. Mit Hilfe einer langen Stange rührte man in einem knarzenden Getriebe herum. Innen stank es nach Kunststoffsitzen und pfannenheißem Riffelblech. Wer einmal mehr als fünfzig Kilometer auf der Längsbank im Fond verbracht hatte, wusste für alle Zeiten, was der Dichter mit *die Seele aus dem Leib kotzen* meint. Aber Hartmann wollte nicht meckern. Der Geländewagen war besser als S-Bahn und Fußmarsch.

Hartmann machte auf dem Weg zu *Alpha Wolf – Führung statt Mimimi* einen kurzen Abstecher in die Altstadt, um nachzusehen, ob sein Citroën noch alle Reifen und intakte Fensterscheiben besaß. Das war der Fall. Er würde ihn später abholen. Als er auf dem Burgplatz wendete, stellte er fest, dass die Büfükadüs ohne V2-Ralle im Kreis liefen. Ralles Megafon hielt heute ein verwirrter Verschwörungstheoretiker in den Händen. Er knödelte mit sonorer Stimme von Chemtrail-Bedrohungen, die durch die Bilderberger initiiert worden seien, und wies mit dramatischer Geste in den Himmel. Dort waren drei Kondensstreifen zu sehen. Seiner empörten Mimik nach gingen die Streifen vermutlich auf das Konto des Rothschild'schen Bankenimperiums.

Hartmann ließ die Truppe stehen und fuhr über den Rhein. Als er hinter der Rheinbrücke rechts abbog und den Weg nach Lörick einschlug, trudelte die Antwort von KK ein.

Hallo, Hartmann,

dein Radikalstveganer sitzt gerade bei uns und winselt nach einem Anwalt. Danke für den Tipp. Ich hab ja sonst nix zu tun. Dein Hund ist übrigens aus dem Schneider. Wolfs Ohr wurde zwar abgebissen. Aber von einem Fuchs.

Hau rein, KK

Hartmann hatte vor dem Losfahren in seiner Bullenkiste gekramt und alles rausgefischt, was er für diesen Abend brauchte. Die Rolle Siegelband lag auf dem Beifahrersitz. Ebenso die schwarze Sturmhaube. Seine alte P6 und die Handschellen hatte er in die Innentasche seiner Lederjacke geschoben. Er würde sich nicht noch einmal überrumpeln lassen. Die P6 von SIG Sauer hatte er sich direkt nach seinem Rausschmiss hinter dem Düsseldorfer Hauptbahnhof im Maghrebviertel besorgt. So eine hatte er schon im Dienst gehabt, an diesen Typ war er gewöhnt. Später hatte die Polizei in Nordrhein-Westfalen die P6 gegen die P99 von Walther ausgetauscht. Mit der war Hartmann nicht sonderlich gut zurechtgekommen. Die Lubischek-Zwillinge konnten ein Lied davon singen. Jedenfalls der überlebende.

Hartmann parkte den Wagen oben an der Straße. Er zog die Haube über den Kopf und steckte die Waffe in den Hosenbund. Im Schatten der Büsche schlich er zu Wolfs Anwesen hinunter. Wenn ihm heute Nacht einer blöd kam, würde er ihm ins Knie schießen, ihn an die Scheune ketten und von der nächsten Telefonzelle aus die 110 anrufen. Wo lag die überhaupt, fragte er sich, während er in bewährter Manier die Terrassentür aufhebelte. Gab es überhaupt noch Telefonzellen? Auch egal. Dann hing der da halt, bis ihn jemand fand. Man griff keinen Hartmann hinterrücks an.

Er knipste die Taschenlampe an und sah sich in Wolfs Büro um. Die Leute von KK hatten den Raum einigermaßen ordentlich hinterlassen. Das kam nicht oft vor. Meist sah es nach einer Hausdurchsuchung aus wie nach einem Granateinschlag. Er öffnete die Türen von Wolfs Schreibtisch und fand eine Hängeregistratur. Wunderbar, dachte er. Er liebte diese altmodischen Bürohengsttypen mit ihrem tiefen Respekt vor neumodischer Computertechnologie. So einer wie Wolf bewahrte seine Papiere noch in Leitzordnern und Hängemappen auf. Wäre Wolf ein Anhänger des papierlosen Büros gewesen, hätte Hartmann jetzt womöglich ein Passwort knacken müssen. Aller Wahrscheinlichkeit nach eines, das sich aus den Anfangsbuchstaben sämtlicher High-Society-Schnepfen zusammensetzte, die Wolf jemals bestiegen hatte. Ein vierundsechzigstelliges Konstrukt, das nicht mal die NSA entschlüsseln konnte.

Er fuhr mit seinen Fingern durch die Mappen und forschte nach türkischen Namen. Unter K fand er einen gewissen Karani, Orhan. Er legte die Mappe auf den Schreibtisch und suchte weiter. Von der Moosleitnerin gab es auch eine Akte. Neugierig schlug er sie auf. Ein paar Zettel mit Notizen, ein Bild ihres Hundes Hardy, eine Vertragskopie, mehr war nicht drin. Auf der Mappe standen der Vermerk *Schwer zu knacken* und die Zahl Zehn mit einem Haken. Merkwürdig. Hartmann hatte eine Idee. Er zog weitere Frauendossiers aus der Registratur. Bei einigen stand nichts auf der Mappe, bei anderen Zahlen zwischen sieben und zehn. Manche hatten einen Haken dahinter, manche nicht. Die Kundinnen ohne Haken waren in der Regel erst zwei bis drei Monate dabei. Hartmann grinste. Dieser Drecksack hatte den Frauen Bewertungen verpasst. Zehn war die Bestnote. Unter sieben hatte Wolf die Hose gar nicht erst geöffnet. Der Haken ließ darauf schließen, dass die betreffende Dame Bekanntschaft mit den Strohballen gemacht hatte. Bei der Moosleitnerin schien er auch gelandet zu sein. Offensichtlich war sie also doch nicht so standhaft geblieben, wie Hartmann sie in Erinnerung hatte.

Hartmann erinnerte sich an eine Szene, als Wolf mit Silvia auf dem Platz gestanden und eine Übung besprochen hatte. Hartmann hatte sich in einem der bequemen Loungesessel gefläzt und geduldig gewartet, bis er mit Bruno an der Reihe war.

»Na, Silvi?«, hatte Wolf zum Abschluss gedröhnt und seine Pranke auf die Hüfte der Moosleitnerin gelegt. »Wollen wir nicht mal ein Nachttraining zusammen machen? Nur ich und du und dein prachtvoller ... Arsch?«

Hartmann hatte eigentlich damit gerechnet, dass nach *prachtvoller* ein Hundename kommen würde. *Hardy* zum Beispiel. Aber nichts da! Wolf hatte tatsächlich *Arsch* gesagt. Doch die Moosleitnerin hatte nicht den Hauch von Empörung gezeigt und nicht einmal die Stimme gehoben. In dem lässigen Plauderton, mit dem die ehemalige Silvia Kopanski auf Ibiza zudringliche Barkunden in die Schranken verwiesen hatte, antwortete sie: »Bert, ich brauche dich nur für meinen Hund. Mit meiner Möse komme ich alleine klar. Außerdem nagelst du schon die Müllersche und die Kramer.«

»Das ist doch lange vorbei«, flirtete Wolf.

»Die Sackratten hast du garantiert immer noch.«

»Was?«

»Hat die Kramer neulich im Wellness-Club erzählt. Sie könne jetzt eine Weile nicht in die Sauna kommen, weil sie eine Filzlauskur mache. Das sehe nicht gesellschaftsfähig aus. Da werde nämlich das Landebähnchen gestutzt und gelbe Quecksilberoxidsalbe draufgeschmiert.«

»Ach du Scheiße«, war es Wolf entfahren.

»So wie es dich immer juckt, musst du davon auch ein paar abgekriegt haben.«

»Du verarschst mich doch.«

»Natürlich verarsche ich dich«, hatte die Moosleitnerin vergnügt aufgelacht. »Es ist mir doch egal, wen du in deiner Freizeit puderst, Lattenberti. Mich jedenfalls nicht. Das haben schon ganz andere versucht.«

Hartmann musste leise lachen, als ihm der Lattenberti wieder einfiel. Der Vollständigkeit halber suchte er noch nach *Müller, Monika* und *Kramer, Cindy*. Tatsächlich! Die eine hatte eine Acht, die andere eine Neun. Hinter beiden Zahlen prangte Wolfs Flachgelegt-Haken.

Außer Orhan Karani fand er nur noch Emine Karabulut in den Akten. Hartmann glaubte, dass Emine ein Frauenname war. Ganz sicher war er aber nicht. Im Dossier ging es um einen

Zwergpudel, der Angst vor Joggern hatte. Der kam nicht in Frage. Blieb nur Orhan.

Hartmann schlug das Dossier auf. Es war dick. Das lag an den Fotos. Zwei riesige beige Kangals mit schwarzen Schnauzen waren in allen möglichen Situationen zu sehen. Mit Karani, mit Wolf, mit fremden Personen, mit anderen Hunden. Kangal neben Eisenbahn. Kangal am Taxistand. Kangal im Imbiss. Kangal auf dem Fahrradweg. Es nahm gar kein Ende mehr.

Er legte die Fotos beiseite und widmete sich dem Papierkram. Zwischen einigen eng beschriebenen Seiten mit handschriftlichen Notizen fand er ein paar ordentlich getippte Blätter mit offiziellem *Alpha-Wolf*-Briefkopf. Das mussten die Gutachten sein, von denen Lissy und Sonja gesprochen hatten. Hartmann überflog Wolfs Stellungnahmen. Das Ordnungsamt war an Wolf herangetreten, weil Karani mit seinen beiden Riesen einen Wesenstest absolvieren musste. Die Hunde waren zwar nicht auffällig geworden, es hatten sich aber Nachbarn beschwert, denen die schiere Größe der Hunde Angst einjagte. Das Ordnungsamt wollte eine Stellungnahme von Wolf. Gleichzeitig hatte Karani offensichtlich Wolf gebeten, ihn auf den Test vorzubereiten. Wie auch immer, Wolf hatte Karani einen sauberen Strich durch die Rechnung gemacht. In seinem Gutachten hatte Wolf den Behörden die Einschläferung beider Hunde nahegelegt, da sie in seinen Augen durch ihre gesteigerte Aggressivität gegenüber Menschen und Tieren eine Gefahr darstellten. Außerdem hielt er Karani für psychisch nicht gefestigt genug, um die Hunde zuverlässig im Griff haben zu können. Das war eine ganz harte Nummer. Wenn dieser Karani – wie von Wolf angedeutet – nicht ganz richtig tickte, dann wäre es durchaus möglich, dass er Wolf eins über den Schädel gezogen hatte.

Die beiden Gutachten, in denen Wolf förmlich »zur Verwertung in Form der Tötung« riet, waren auf den Montag vor Wolfs

Tod datiert. Hartmann fand keinerlei Anhaltspunkte, dass Wolf die Gutachten auch tatsächlich an die Ordnungsbehörden geschickt hatte. Kein handschriftlicher Vermerk, keine Eingangsbestätigung, nichts. Unter Umständen waren die Schreiben noch gar nicht rausgegangen, und die Hunde lebten noch.

Hartmann notierte Orhan Karanis Adresse und steckte die Mappe wieder zurück. Dann ging er in den Keller und suchte nach Wolfs Safe. Er ließ keine Ecke aus, blickte hinter jedes Regal. Sogar die Waschmaschine und den Trockner schob er zur Seite, in der Hoffnung, dahinter eine Stahltür zu finden. Frustriert stieg er die Kellertreppe nach oben. Eine Stunde später hatte er auf dieselbe akribische Weise jeden der zweihundertfünfzig Quadratmeter von Wolfs Bungalow durchkämmt. Von einem Safe keine Spur.

Hartmann versiegelte die Terrassentür und schlich vom Grundstück.

Der Postbote legte seine Hand flach auf alle Klingeln des Mehrfamilienhauses in der Münsterstraße und drückte zu. »Poooost!«, rief er in die knackende Sprechanlage. Prompt ging der Summer. Hartmann schlüpfte hinter ihm durch die Tür. Zwei Stufen auf einmal spurtete er die Treppen hinauf in den dritten Stock. Drei Türen. An der mittleren stand *Karani*. Hartmann klingelte. Augenblicklich ging das Getöse los. Theoretisch musste es sich um raues Hundegebell handeln. Es klang aber eher wie ein Norwegischer Stachelbuckel aus einem Harry-Potter-Film. Wenigstens ließ der infernalische Lärm darauf schließen, dass Orhan Karanis Kangals noch nicht eingeschläfert worden waren.

Im Innern der Wohnung ertönte eine helle Männerstimme.

Türkische Kommandos, vermutete Hartmann. Offensichtlich wurden die Drachen in einen Raum gebracht, von dem aus sie Orhans Besucher nicht verbrennen konnten. Hartmann richtete sich auf die übliche türkische Männergröße von eins siebzig ein und fixierte die Wohnungstür in dieser Höhe.

Sie ging auf.

Hartmann starrte auf eine türbreite Männerbrust. Orhan Karani füllte den Rahmen komplett aus. Er war mindestens zwei Meter groß. Hartmann hob langsam den Blick von Orhans Brust zu Orhans Kopf. Er roch Zeder und Bergamotte. In seinem Kopf gingen sämtliche Alarmglocken an. Das war der Typ, der ihn bei Wolf ausgeknockt hatte!

Hartmann zog seine P6 aus der Jacke und rammte sie dem Mann in den Solarplexus. Der taumelte zurück an die Wand. Hartmann trat mit dem Fuß die Wohnungstür hinter sich zu.

»In die Küche«, befahl er.

»Ho, ho!«, machte Karani und hob beschwichtigend die Hände.

Meine Fresse, hat der Pranken, dachte Hartmann. Er musste aus deren Reichweite bleiben, andernfalls würde er diesen Besuch nicht heil überstehen.

»Meinetwegen auch hoho!«, sagte er und trieb den Mann durch den Flur vor sich her. Sie landeten in Orhans Küche. Hartmann sah sich schnell um.

»Setz dich vor die Heizung«, befahl er.

Hartmann warf ihm die Handschellen in den Schoß.

»Die eine ans Handgelenk, die andere an die Heizung!«

Orhan tat, was Hartmann sagte. Als Hartmann das doppelte Klicken hörte, wurde er ruhiger. Er setzte sich auf einen Küchenstuhl und legte die Waffe vor sich auf den Tisch.

»Du bist der, der mich bei Wolf umgehauen hat«, stellte er fest.

»Cool, Mann!«, sagte Orhan. »Bleib cool! Alles ist gut. Es tut mir wirklich leid. Das war ein Notfall. Sonst hätte ich das nicht gemacht.«

»Ich bin nie ein Notfall, du Arschgesicht!«

»Dann halt Notwehr. So etwas Ähnliches jedenfalls.«

»Wie hast du das eigentlich so schnell geschafft?«, wollte Hartmann wissen.

»Man muss nur dafür sorgen, dass kein Blut ins Gehirn kommt«, sagte Orhan lakonisch. »Am besten drückt man die Karotisarterie ab. Die liegt seitlich an deinem Hals. Ein Druck von fünf Kilo reicht schon aus.«

»Klingt praktisch«, sagte Hartmann. »Warum haben die uns das in der Polizeiausbildung damals nicht beigebracht?«

»Die Technik ist nicht ungefährlich. Immerhin kriegt dein Hirn keinen Sauerstoff mehr. Wenn man das zu lange macht, kannst du sterben. Dein Körper hat im Bereich der Halsschlagader Messorgane, die deinen Blutdruck regeln. Wenn ich dir den Saft abdrehe, gibt's einen Rückstau in der Vene. Die Messorgane registrieren einen zu hohen Blutdruck und senken ihn. Den Herzschlag senken sie gleich mit. Dein ganzer Körper wird unterversorgt. Nach drei Minuten ohne Sauerstoff im Kopf bist du nur noch Gemüse.«

»Dann danke ich mal verbindlichst für das rechtzeitige Loslassen«, sagte Hartmann sarkastisch.

»Das Gute an der Technik ist, dass es schnell geht und nicht wehtut«, sagte Orhan. »Du hast nichts gespürt, stimmt's? Nach zehn Sekunden warst du weg.«

»Du machst das beruflich, oder?«, fragte Hartmann.

»Ich habe seit zehn Jahren eine Karateschule für Kinder und Frauen.«

Hartmann sah ihn prüfend an.

»Du hättest mich gerade locker entwaffnen können, oder?«

»Viele andere schon«, grinste Orhan. »Dich nicht.«

»Wieso?«

»Die Nervösen kann man gut packen. Die fuchteln mit ihren Dingern herum und zittern. Die Stimme schnappt über. Da langt meist ein schneller Griff oder ein Hieb aufs Handgelenk. Bei den Ruhigen sieht's schon anders aus. Da mache ich nichts. Und du hast kein einziges Mal mit der Wimper gezuckt.«

Eine Zeitlang sprach keiner von ihnen. Hartmann musterte die Küche. Sie war klein und zweckmäßig. Zwei monumentale Hundenäpfe standen in der Spüle. In jeden Napf passte ein halbes Schwein. Von den Hunden war nichts zu hören. Hartmann hoffte, dass sie nicht in der Lage waren, Türklinken zu betätigen. Es war ja keinem gedient, wenn er hier zerfleischt wurde und Orhan daraufhin an der Heizung verschimmelte.

Auf der Fensterbank stand ein Bild. Es zeigte ein strahlendes Paar vor der Hagia Sophia in Istanbul. Die Farben waren in einer Art verblasst, die typisch für Fotografien aus den Siebzigerjahren war. Orhan bemerkte Hartmanns Blick.

»Meine Mama und mein Papa«, sagte der Riese.

Orhans anatolische Eltern waren unabhängig voneinander nach Köln-Niehl gekommen. Dort hatten sie Ford dabei geholfen, den Escort und den Consul zusammenzudengeln, hatten sich am wilden Streik von 1973 beteiligt, gegen die fristlose Entlassung von dreihundert Kollegen und zu hohe Bandgeschwindigkeiten gekämpft. Dabei waren sie sich nähergekommen. Neun Monate später kam der kleine Orhan zur Welt. Mit sechs hatte er der Mama Deutsch beigebracht. Mit sechzehn wurde er von der Hauptschule genommen, weil sein Vater der Ansicht war, Männer müssten arbeiten. Eine Ausbildung gab es für ihn nicht. Er musste sofort ans Band. Orhan hatte sich gewehrt. Nach nur sechs Monaten heuerte er in der Dönerbude an, die gegenüber dem Werkseingang schmorte, grillte und briet. In den Jahren danach hatte Orhan Mülltonnen abgeführt, in Landschaften gegärtnert, in christlichen Schlachthäusern gearbeitet, die mit *Halal* nichts am Hut hatten, und Pitbulls gezüchtet, als es noch erlaubt war. Irgendwann hatte er sich mit einer Karateschule selbstständig gemacht. Die lief seit Jahren außergewöhnlich gut. Seine Kinderkurse waren nichts anderes als Streetworking im Viertel. Die kleinen Kerle waren von der Straße und hatten Ziele. Orhans zweites Standbein waren die Frauenkurse, die immer brechend voll waren. Er lehrte weiblichen Straßenkampf nach klassischem Muster: nicht lange fackeln, sondern sofort dahin schlagen, wo es richtig wehtut. Er vertrat die Meinung, keine Frau müsse sich an die Brüste packen lassen. Nationalität, Rasse oder Religion spielten keine Rolle. Die der Brüste nicht und die der Grabscher auch nicht. Wer zudringlich wurde, war ein Arschloch und musste zurechtgewiesen werden. Notfalls mit Maßnahmen, die einen Krankenhausaufenthalt nach sich zogen. Orhan Karani mochte Frauen, die richtig zulangen konnten, Hunde, die ihre Umgebung mit Blicken regierten, und kräftige Eaux de Toilette, die nach Zeder und Bergamotte rochen.

»Und du bist also Polizist?«, fragte Orhan. Er fand, dass jetzt Hartmann an der Reihe war, etwas von sich preiszugeben.

»War ich mal«, sagte Hartmann. »Mittlerweile privatisiere ich.«

»Und warum privatisierst du gerade hier?«

»Wolf schuldet meinem Auftraggeber eine Menge Geld. Ich suche alle Leute auf, die mit Wolf mehr zu tun hatten, als nur ein paar Stunden auf seinem Hundeplatz herumzurennen. Vielleicht springt ja die ein oder andere wichtige Information dabei heraus. Gibt's hier Kaffee?«

»Da drüben sind Kapseln.« Orhan wies auf die Anrichte.

»Du auch?«, fragte Hartmann und steckte eine goldene Kapsel in die Maschine.

»Ja. Ich nehme eine violette.«

Der Mann war nicht aus der Ruhe zu bringen, dachte Hartmann. So einen will man nicht als Gegner haben. Die Geschichte mit der Notwehr nahm Hartmann ihm sogar ab. Im Grunde sollte er ihm dankbar sein, dass der Knockout so schmerzlos abgelaufen war. Jeder Amateur hätte ihm einen Prügel übergezogen. Dann hätte Hartmann unter Umständen genauso dagelegen wie Wolf.

»Warum warst du überhaupt auf Wolfs Platz?«, fragte Hartmann und schlürfte vorsichtig den heißen Kaffee.

»Ein Nachbar hat mich bei der Polizei angeschmiert«, erzählte Orhan. »Er hat behauptet, er wäre von Alkim angefallen worden. Das ist mein Rüde. Verletzungen konnte der Typ keine vorweisen, aber er hat behauptet, er sei traumatisiert und könne nicht mehr entspannt das Haus verlassen.«

»Mein Gott, wie groß ist das Vieh denn?«

»Der Rüde hat eine Schulterhöhe von achtzig Zentimetern. Canan, die Hündin, ist etwas kleiner. Die hat knapp siebzig. Ich weiß, dass das große Tiere sind. Ich suche ja auch nach einem Haus mit Garten in Meerbusch. Da wäre ich auch näher an meiner Karateschule. Jedenfalls hat mir die Polizei das Ordnungsamt auf den Hals gehetzt. Ich sollte einen Wesenstest machen. Allein das ist eigentlich gegen das Gesetz. Wesenstests für Kangals gibt es nur in Hamburg und Hessen. Trotzdem habe ich mich an Wolf gewandt und ihn gefragt, ob er uns auf den Wesenstest vorbereiten kann. Dafür hat er mir dreihundert Euro abgeknöpft. Für nichts! Wolf war so eine Flasche. Der hatte keine Ahnung! Alkim hat den mehr als einmal auflaufen lassen. Die Hündin auch. Herdenschutzhunde haben ihre eigenen Vorstellungen davon, wie sie mit Bedrohungen von außen umgehen. Als Wolf einmal vor Wut die Hand ausgerutscht ist, hat Alkim ihn in die Ecke seiner Scheune gedrückt und die Zähne gezeigt. Mehr ist nicht passiert. Aber danach war es ganz vorbei. Wolf hat sich kaum noch an ihn herangetraut und fast nur noch mit der Hündin gearbeitet.«

Orhan rieb sich die Handgelenke und verzog das Gesicht. Offenbar hatte er die Handschellen zu eng geschlossen.

»Aber weißt du, was die eigentliche Sauerei war?«, fuhr er fort. »Er hat mir verschwiegen, dass er der Gutachter ist, der später den Wesenstest durchführen wird. Im Test hat er die Hunde nur provoziert. Er wusste ja, wo er den Hebel ansetzen musste. Ein Trainer kann jeden Hund durch den Wesenstest rasseln lassen. Wolfs Gutachten ist verheerend ausgefallen. Er hat beide Hunde als gefährlich eingestuft und wollte sie einschläfern lassen. Ich habe noch versucht, mit ihm darüber zu reden. Aber es hat nichts genützt.«

Orhan zeigte mit der freien Hand auf die geschlossene Wohnzimmertür.

»Geh hin und schau dir meine Hunde an«, sagte er. »Das sind die reinsten Lämmer, wenn sie bei mir sind. Alkim bedeutet Regenbogen und Canan heißt Geliebte.«

»Das lassen wir besser sein«, sagte Hartmann. »Die klangen vorher ziemlich hungrig. Ich würde dir jetzt gern die Handschellen abnehmen. Wir haben ja keinen Stress mehr miteinander.«

»Nee, vergiss es!«, winkte Orhan ab. »Wenn ich dir freihändig am Tisch gegenübersitze, wirst du vielleicht doch nervös und stellst mit deiner Knarre irgendeinen Unfug an.«

»Werde ich nicht. Du bist in Ordnung.«

Hartmann verstaute seine P6 in der Jacke und reichte Orhan den Schlüssel für die Handschellen. Orhan hielt ihm die freie Hand hin.

»Versprich's mir!«, sagte er.

Hartmann ergriff die Hand und schüttelte sie.

»Versprochen!«, sagte er und grinste. »Keine Schüsse auf Türken und Hunde in dieser Küche.«

»Und in den angrenzenden Räumen auch nicht«, sagte Orhan.

»Nirgendwo.«

»Nimm deinen Kaffee mit!«, forderte Orhan ihn auf, als er sich von der Heizung losgemacht hatte. »Wir gehen ins Wohnzimmer. Dort ist es bequemer. Außerdem musst du die Hunde sehen. Dann verstehst du meine Sorge.«

Was im Wohnzimmer freundlich wedelnd auf Hartmann wartete, war der größte Haufen Hund, den Hartmann jemals gesehen hatte. Die Hündin schnupperte vorsichtig an Hartmanns Hosenbein. Sie roch Bruno. Als Hartmann im Sessel saß, senkte der Rüde seinen Kopf und checkte Hartmanns Ohr. Aus dem mächtigen Schädel schnaufte es kurz. Dann legte sich Alkim neben den Sessel.

»Du musst ihn hinter den Ohren kraulen«, sagte Orhan. »Das mag er.«

Hartmann tat sein Bestes. Der Kangal machte einen zufriedenen Eindruck. Orhan schien zu überlegen, wie er mit der Situation umgehen sollte. Dann fasste er einen Entschluss.

»Ich erzähl dir jetzt, wie es war«, sagte er. »Wenn du diese friedlichen Hunde so siehst, weißt du auch, warum ich mehr als einmal daran gedacht habe, Wolf die Fresse zu polieren.«

»Beim Denken ist es wohl nicht geblieben«, sagte Hartmann.

»Mir ist nur kurz die Hand ausgerutscht«, gestand Orhan. »Ich habe mich am Freitag mit Wolf getroffen, um noch mal mit ihm wegen des Gutachtens zu verhandeln. Er hat mir keine Chance gelassen. Der Einschläferungstermin wäre sicher, hat er gesagt. Das Gutachten ginge am Wochenende noch raus.«

»Ausgerutscht?«, fragte Hartmann. »Der Mann hatte Hämatome am ganzen Oberkörper und im Gesicht. Das Veilchen war ein echter Knaller.«

»Das tut mir ja auch leid«, sagte Orhan. »Wolf war kein zimperlicher Typ, weißt du. Ich habe ihm aber nur eine Ohrfeige gegeben. Kann sein, dass die ein bisschen höher gesessen hat. Jedenfalls ging er wie der Teufel auf mich los. Ich musste ihn mit einem Tritt stoppen. Danach war er mit Luftschnappen beschäftigt, und ich bin gegangen.«

»Schön. Und weiter?«

»Am Montagmorgen habe ich mitgekriegt, dass Wolf tot ist. Das war meine Chance. Ich bin nachts in sein Büro eingestiegen und habe zwei Gutachten für meine Hunde erstellt.«

»Was?« Hartmann verschluckte sich beinahe am Kaffee.

»Die sind extrem positiv ausgefallen«, grinste Orhan. »Ich habe einfach Textbausteine aus seinen anderen positiven Gutachten zusammenkopiert. Wolf hatte fertige Vorlagen mit seinem Briefkopf und seiner Unterschrift im Computer.«

»Hatte Wolfs Laptop denn kein Passwort?«, staunte Hartmann. »So was Kompliziertes mit vierundsechzig Stellen oder so?«

»Nein«, sage Orhan. »Da habe ich echt Schwein gehabt. Ich habe den nur aufgeklappt und war drin. Vor lauter Glück habe ich völlig vergessen, dass auf das Gutachten unbedingt Wolfs Firmenstempel muss. Deshalb bin ich in jener Nacht noch mal zurückgekommen. Dabei sind wir uns begegnet.«

»Wie bist du reingekommen?«

»Ich habe ein Fenster aufgestemmt. Die waren nicht gesichert. Warum auch? Wolf hatte zwei große Hunde. In sein Haus hätte kein Einbrecher freiwillig einen Fuß gesetzt. Ich sichere hier ja auch nichts. Sollen sie ruhig kommen.«

»Und die gefälschten Gutachten hast du an das Amt geschickt?«

»In derselben Woche noch.«

»Die kriegen also Post von einem Toten. Das fällt ja gar nicht auf.«

»Nein«, sagte Orhan. »Da hat sicherlich keiner Verdacht geschöpft. Den Brief hätte Wolf am Freitag noch selbst in den Briefkasten stecken können. Der wäre erst am Montag geleert worden, und danach schlampt vielleicht die Post ein bisschen. Das ist alles schon vorgekommen. Darüber wundert sich keiner mehr.«

Hartmanns Handy vibrierte. Die Moosleitnerin hatte eine Mail geschickt.

Alles gut. Danke der Nachfrage. Können uns gern treffen. Du musst nur aufpassen, dass Hardy nicht von Bruno vermöbelt wird. :)
Herzliche Grüße, Silvia

»Mir tut es sehr leid, dass wir in jener Nacht aneinandergeraten sind«, sagte Orhan. »Ich entschuldige mich. Ich war verzweifelt. Da fasst man keine klaren Gedanken mehr und reagiert nur noch instinktiv.«

»Ich glaub's dir ja«, sagte Hartmann. »Das Blöde ist nur: Mir bröseln so langsam alle Verdächtigen weg. Einer nach dem anderen. Wenn das so weitergeht, fange ich übermorgen wieder bei null an.«

»Wolf war ein Arschloch«, sagte Orhan. »Den mochten viele nicht. Als ich mal zu ihm rausgefahren bin, um ihn zur Rede zu stellen, war ein Streit im Gang. Wolf hat sich mächtig mit einem älteren Mann gezofft. Ich bin unverrichteter Dinge wieder nach Hause, weil ich gedacht habe, wenn Wolf so scheiße drauf ist, kann man nicht in Ruhe mit ihm reden. Es ging um viel Geld.«

»Um was denn sonst?«, sagte Hartmann. »Bei Wolf ging es immer um Geld.«

»Und was machen wir jetzt?«

»Nichts machen wir«, sagte Hartmann und stand auf. »Die Polizei sucht einen Typen, der anderen Leuten Stahl ins Auge rammt. Wer solche Pranken und so eine Technik hat wie du, der braucht weder unhandliche Holzprügel noch eiserne Erdanker, um einen wie Wolf umzulegen.«

Als Hartmann genervt im Stadtauswärtsstau steckte, rief Marlene an.

»Treffen wir uns bei Starbucks?«, rief sie fröhlich.

»Da gehe ich nicht hin«, sagte Hartmann.

»Wieso nicht?«

»Die verkaufen für vier Euro aromatisierte Milch im Wert von zwanzig Cent. So einen Betrug kann ich nicht würdigen, auch wenn die Marketingidee gut ist. Das ist sie bei Hedgefonds auch. Trotzdem will ich die Typen baumeln sehen.«

»Komm schon! Gib dir einen Ruck. Ich hatte gerade mit einem Werbermops ein Einzeltraining im Hafen und hab Kaffeedurst.«

»Nee, Hafen schon mal gar nicht. Die haben da alle so riesige Smartphones mit rosa Hüllen. Ich habe erst gedacht, die Leute halten sich ein Coolpack an die Wange, weil sie Ohrenschmerzen haben.«

»Du bist ein Einsiedler, Hartmann. Du musst unter die Leute. Sonst wirst du eines Tages mumifiziert in deinem Gelsenkirchener Barock gefunden.«

»Ich hab nur Düsseldorfer Ikea«, sagte Hartmann. »Treffen wir uns bei mir zu Hause? Ich würde mich freuen.«

»Bin schon unterwegs, Großmutter«, trällerte Marlene. »Ich bringe Kuchen und Wein mit.«

Bis zu seiner Kaffeemaschine kam Hartmann gar nicht. Boltzhorn und der fette orangefarbene Lastwagen der Kanal-TV-Firma standen mitten im Weg. Hartmann atmete tief durch, dann streckte er den Kopf aus dem Fenster.

»Mahlzeit!«, rief er. »Kann der Meister mal bitte sein Scheiße-TV wegstellen!«

»Gut, dass Sie da sind«, schnarrte Boltzhorn. »Wir haben gewartet.«

»Ich muss hier durch. Ich krieg Besuch.«

»Und erst recht gut, dass ich den Kanal habe befahren lassen«, fuhr Boltzhorn unbeirrt fort. »Er ist nicht marode, aber er schließt auch nicht richtig an.«

Boltzhorn wandte sich an den Fahrer.

»Erklär's ihm mal, Herr ... äh!«, befahl er. »Aber langsam. Der Nachbar ist ein bisschen begriffsstutzig.«

Napoleon bettelt um Ohrfeigen, dachte Hartmann.

»Mit Ihrem Kanal ist baulich alles in Ordnung«, brummte der Fahrer verlegen. Es war ihm sichtlich unangenehm, zwischen die nachbarschaftlichen Fronten zu geraten. Mit Boltzhorn hätte er es noch aufgenommen. Aber Hartmann war ihm zu groß und zu gereizt. »Das Problem ist nur, der Kanal schließt nicht am städtischen Mischwasserkanal an, wie sich das gehört, sondern am Hausausgang des Mehrfamilienhauses oben an der Straße. Das ist laut Abwasserverordnung ein Missstand, der behoben werden muss.«

»Das ist ja nun nichts Neues«, sage Hartmann. »Der Kanal wurde in den Siebzigern hintenrum verlegt. Das wurde damals so geplant und ist von der Stadt genehmigt worden. Ich habe sämtliche Unterlagen im Haus. Der Vorbesitzer hat mir die Dokumente überlassen.«

»Ist trotzdem ein Missstand«, beharrte der Fahrer. »Muss trotzdem behoben werden. Von Ihnen wahrscheinlich.«

»Wieso sollte ich einen Missstand beheben, der vierzig Jahre lang kein Missstand war?«

»Die Zeiten ändern sich«, seufzte der Fahrer. »Da ist die Landeshauptstadt gnadenlos. Sie bekommen bestimmt bald ein Schreiben vom Stadtentwässerungsbetrieb mit der Aufforderung zur Behebung.«

»Und was kostet mich das?« Hartmann schwante Übles.

Der Fahrer runzelte die Stirn. Er starrte eine Weile auf die hässlichen Klinker, mit denen Boltzhorn die Vorderfront seines Hauses bestückt hatte, als würde dort die Antwort auf alle Kostenfragen stehen.

»Feuerwehrzufahrt aufbaggern, Abkoppeln vom Hausanschluss, neuer Kanal unter der Straße durch zum städtischen?« Der Fahrer zuckte mit den Achseln. »Ich würde mal sagen, mit vierzig- bis fünfzigtausend sind Sie dabei.«

»Da kannst du aber mal einen drauf lassen, dass ich da nicht dabei bin«, sagte Hartmann und zeigte Boltzhorn einen gepflegten Mittelfinger.

»Nein, da lasse ich eben keinen drauf«, zeterte Boltzhorn mit hochrotem Kopf. »Sie kriegen eine Frist gesetzt, und für jeden einzelnen Tag, den Sie überziehen, verklage ich Sie auf Schadenersatz. Ich kriege nämlich keine Bauabnahme und kann nicht einziehen, wenn mein Haus keinen Abwasseranschluss hat. An einen Missstand darf ich mich nicht anschließen.«

Hinter ihnen röhrte die Hupe von Marlenes Defender.

»Boltzhorn, Sie sind ein Vollidiot«, sagte Hartmann. »Warum haben Sie nicht zuerst mit mir gesprochen? Ich habe Beziehungen zu den Ämtern. Sie hätten sich völlig unspektakulär an meinen Kanal hängen können. Stattdessen stoßen Sie die Stadt mit der Nase drauf, dass da was nicht stimmt. Denen bleibt nach

Ihrer bescheuerten Kanalfahrt nichts anderes übrig, als zu reagieren. Und ich habe die Arschkarte gezogen.«

»Worum geht's hier?«, wollte Marlene wissen, die sich mit Taxi im Schlepptau zu ihnen gesellte.

»Der Zahnzwerg will, dass ich fünfzig Riesen in den Kanal investiere, damit seine Kacke besser abfließt.«

»Das ist ja wohl ein Witz«, sagte Marlene.

»Ich lache schon seit zehn Minuten«, knirschte Hartmann.

»Man sieht's dir an.«

Es war eine unangenehme Situation. Hartmann spürte die ganze Zeit den Druck seiner P6 in der Jackentasche. Das war genau der Punkt, warum er Waffen so hasste. Wenn man sie hatte, wurde man leichtsinnig. Hätte Deutschland so liberale Waffengesetze wie die USA, gäbe es landauf, landab Mord und Totschlag. An jeder Ampel würden sich die Toten stapeln. Auf der Überholspur der Autobahn lägen qualmende Fahrzeuge mit erschossenen Verkehrserziehern, die mit hundert zu lange die linke Spur befahren hatten. Ab und an würden Zahnärzte abgeknallt werden. Da war sich Hartmann sicher. In seiner Hosentasche vibrierte das Telefon. Heute war wohl E-Mail-Tag.

Hartmann betrachtete mit gerunzelter Stirn das Display. Offensichtlich hatte der festgenommene Ralf-Victor Verhuven den guten Hartmann im Büfükadü-Netzwerk zum Abschuss freigegeben. Die ersten drei Glückwünsche von Ralles treuer Gefolgschaft waren bereits eingetrudelt.

Halt jetzt endlich Deine Fresse und lass uns in ruhe Du Hundekotfresser wen willst Du Schleimschlucker eigentlich beeindrucken Hast noch nicht gemerkt das wir siegen werden Du kannst gerne runterkommen von mir kriegst Du Vollpfosten in die Fresse Du Psychowrack!

wir kommen und machen dich platt und deine alte fickfotze auch
und hau dir den schädel ein

strip du SAU!!!

Die Mails kamen Hartmann gelegen. Ihm fiel im Moment
sowieso nichts ein, was er dem krakeelenden Boltzhorn hätte
entgegensetzen können. Der schwadronierte mit seiner Fistel-
stimme gerade über die Höhe der Schadenersatzsumme, die
seine Anwälte, ach was, sein Anwaltskonsortium, aus Hartmann herausquetschen würde. Wenn die mit ihm fertig wären,
dann könne Hartmann aber mal so was von im Karton über-
nachten. Mitten in das nervige Geschwätz hinein las Hartmann
einfach den Text seiner E-Mails.

»Herr Boltzhorn«, sagte er freundlich. »Halt jetzt endlich
deine Fresse und lass uns in Ruhe, du Hundekotfresser ...«

Marlenes Augen wurden immer größer. Sie konnte nur mit
Mühe an sich halten. Boltzhorns Gesicht färbte sich dunkelrot.
Hartmann las unbeirrt eine Mail nach der anderen. Marlene
brach vor Vergnügen beinahe zusammen.

»... strip du Sau!«, schloss Hartmann höflich.

Er steckte sein Handy in die Tasche und klatschte in die
Hände.

»So!«, sagte er jovial zu dem Fahrer. »Und jetzt mal beiseite
mit dem schweren Lastkraftwagen! Bei Hartmanns wird zeitig
gegessen.«

Marlene lachte immer noch, als sie in der Küche die Einkaufs-
tüten ausräumte.

»Hat der wirklich *Strip* geschrieben?«, fragte sie und stellte den Weißwein in den Kühlschrank.

»Das stand jedenfalls da«, sagte Hartmann, der neugierig das Kuchenpaket inspizierte. »Der hatte in *Stirb* wahrscheinlich einen Buchstabendreher. Den Rest hat dann die Autokorrektur erledigt. Himbeertörtchen und Schokotarte? Lecker.«

»Im Netz findest du mittlerweile kaum noch einen Kommentar ohne schwachsinnige Wörter«, sagte Marlene. »Das Nervige am Facebook-Posten ist das nachträgliche Korrigieren der Autokorrektur. Wenn du diesen Satz unsauber tippst, macht der Mac daraus: *Das Velbert-Neviges am Fachbuch Post ist das nachtragende Korrektur der Autopolitur.*«

»Ich blicke bei Facebook eh nicht mehr durch«, gab Hartmann zu. »Ich bin da mit Klarnamen unterwegs und habe eine Seite eingerichtet, um ein bisschen Reklame für meine Detektei zu machen. Seit ich V2-Ralle in die Zange genommen habe, pesten die Büfükadü-Dumpfbacken auf meiner Seite herum, als gäbe es kein Morgen mehr. Ich komme mit Löschen kaum noch nach.«

»Du kannst sie blockieren.«

»Und dann?«

»Melden sie sich unter einem Fake-Account an und machen weiter.«

»Sind das Erwachsene?«

»Das frage ich mich schon lange.« Marlene verdrehte die Augen. »Komm mal in eine Facebook-Hundegruppe. Dagegen sind deine Büfükadüs Pastorentöchter. In Facebookgruppe eins kann Elvira die Nicole und die Susa nicht leiden, weil die immer Leinen nach den Hunden werfen, anstatt sanfte Alternativen anzubieten. Deshalb findet Elvira grundsätzlich blöd, was die zwei schreiben. Sie blockiert die beiden und teilt allen mit, dass sie sie blockiert hat, um deren Quatsch nicht mehr lesen zu müssen. Weil sie aber trotzdem wissen will, was die schreiben, richtet sie unter falschem Namen ein weiteres Profil ein und liest heimlich mit.«

Hartmann glotzte Marlene verständnislos an.

»Es kommt noch besser«, fuhr Marlene fort. »Irgendwann fliegen die beiden gewalttätigen Trainerinnen aus der Gruppe. Sie gründen Facebookgruppe zwei, um dort ungestört weiterzudiskutieren. Elvira und ihre Anhängerinnen sehen das und kommentieren in Facebookgruppe eins, was sie in Facebookgruppe zwei gelesen haben, was wiederum Nicole und Susa in Facebookgruppe zwei aufgreifen, was wiederum Elvira in eins und wiederum Susa in zwei und so weiter. Direkt miteinander sprechen können sie wegen ihrer diversen Sperren und Blockaden nicht. Aber voneinander lassen wollen sie auch nicht.«

»Kinderkacke.«

»Das ist, als ob zwei gegeneinander Tennis spielen, und jeder steht auf einem anderen Platz.«

»Wenigstens verstehe ich jetzt, warum ich bei den Büfükadüs nur lesen, aber nichts schreiben kann. Die haben mich blockiert. Deshalb kann ich ihre Beleidigungen und Morddrohungen nicht kommentieren.«

»Wenn sie zu drastisch werden, kannst du sie anzeigen.«

»Das ist mir zu aufwändig«, sagte Hartmann. »Ich habe auf meiner eigenen Seite eine Einladung ausgesprochen. Sie könnten ruhig vorbeischauen, habe ich geschrieben, bei mir würde der Kaffee mit dem Baseballschläger umgerührt. Das wird schon die Runde machen. Ich nehme übrigens so ein Himbeertörtchen.«

Später saßen sie satt und zufrieden draußen und blinzelten in die warme Nachmittagssonne. Hartmann erzählte Marlene von Orhan, seinen Kangals und dem Veilchen, das er Wolf verpasst hatte.

»Hartmann, weißt du was?« Marlene beugte sich nach vorne und sah ihm in die Augen. »Mir ist deine Motivation nicht ganz klar. Es geht dir doch nicht mehr nur ums Geld, oder?«

Hartmann schüttelte den Kopf.

»Merkt man das?«, fragte er.

Marlene nickte.

»Wenn man dich kennt, schon«, sagte sie.

»Ich glaube, KK ahnt auch was.«

»Was treibt dich?«, fragte Marlene. »Du hast den Schlüssel zum Geld, aber keinen Safe. Den wirst du auch nie finden. Und um Wolfs Mörder kümmert sich die Kripo. Das hast du neulich selber gesagt. Ich an deiner Stelle hätte schon längst aufgegeben.«

»Dieser Fall ist seit meinem Rausschmiss der erste, der mich richtig packt«, gestand Hartmann. »Es ist wieder wie früher. Man stochert im Nebel. Auf einmal wird es hell. Du kannst erahnen, was wirklich passiert ist. Irgendwann siehst du es glasklar vor dir.«

»Wer Wolf umgebracht hat?«

»Ich weiß nicht, wie ich es erklären soll. Nimm eine der Rosen, die da drüben wachsen. Erst reißt du die äußeren Blütenblätter herunter: der Schatzmeister vom Tierheim, der Freund der Hundetrainerin, Gundula. Du rupfst weiter, um näher an den inneren Kern zu kommen: V2-Ralle, die Moosleitnerin, Orhan Karani. Plötzlich riechst du es. Du hast es in der Nase. Du bist ganz nah dran. Das waren früher immer die Phasen, wo die Jagd anfing, richtig Spaß zu machen. Seit heute habe ich das wieder. Fieber fast wie in alten Zeiten. Nur ohne Partner, der einen bremst. Ich spüre, dass ich der Lösung immer näher komme. Alle außenstehenden Blütenblätter brechen weg. Nur noch der Kelch bleibt. Die Schickeria-Frauen sind der Schlüssel. Glaub's mir, Marlene!«

»Und du bist wirklich ganz sicher, dass Orhan zu den Blättern gehört und nicht zum Kelch?«

»Ja, eigentlich schon. Der Mann ist grundehrlich. Mit seinem Geständnis, dass er zugeschlagen hat, hat er sich mir buchstäblich ausgeliefert. Warum hätte ein Mörder das tun sollen? Hätte ich in dem Gespräch ordentlich Druck machen können, wäre ich jetzt zwar hundertprozentig sicher. Aber das ging nicht. Neben Orhan saßen diese zwei riesigen Kangals und leckten sich verdächtig oft die Lefzen.«

Hartmann schauderte es immer noch bei der Vorstellung, was diese Schnauzen alles anrichten konnten.

»Nein, Orhan war's nicht«, sagte er entschieden. »Ich konzentriere mich jetzt auf die Frauen.«

Marlene setzte sich auf die Lehne von Hartmanns Stuhl.

»Dann wirst du dich wohl in die Höhle der Löwinnen wagen müssen.«

Sie streichelte sein Gesicht. Hartmann mochte ja einen guten Riecher für kriminelle Rosen haben. Aber wann der ideale Zeitpunkt war, um eine Frau zu entblättern, schien nicht zu seinen Kernkompetenzen zu gehören.

»Bei den Kangals hast du dich jedenfalls vorbildlich verhalten«, sagte sie und sprach immer leiser. »Bei Herdenschutzhunden darf man nicht aufbrausen. Ab einem gewissen Punkt handeln die eigenständig und lassen sich nicht mehr stoppen. Das kann ganz schlimm ausgehen.«

Sie flüsterte jetzt in sein Ohr.

»Überleg nur mal, wo sie dich überall hätten verletzen können.«

Marlenes Atem streifte seine Ohrmuschel. Hartmann bekam eine Gänsehaut auf beiden Armen. Von ihren geflüsterten Worten wurde ihm ganz flau im Bauch. Er schloss die Augen. Da spürte er auch schon ihre Lippen auf seinen. Ihre spitze Zunge klopfte wieder an. Wie heute Morgen nach dem Frühstück. Er ließ sie rein und saugte vorsichtig daran. Dieses Mal schmeckte sie nach Himbeeren.

Hartmann blickte auf Marlenes Brüste und sagte: »So viele Knöpfe sind bei dir aber noch nie von selbst aufgegangen.«

Marlene zog ihn vom Stuhl.

»Die sind auch jetzt nicht von selbst aufgegangen.«

Sie bugsierte ihn ins Schlafzimmer.

»Im Hellen?«, murmelte Hartmann. »Es ist erst sieben!«

Sie schubste ihn aufs Bett und knöpfte seine Jeans auf.

»Ich will sehen, was ich esse«, sagte sie.

Es war Hartmanns erstes Mal. Die Frauen, mit denen er bisher zusammen gewesen war, mochten beim Sex nichts im Mund haben, was da nicht hingehörte. Für Hartmann war das immer in Ordnung gewesen. Er hatte sich nie beklagt. Hätte ich das mal getan, dachte er, als sich Marlenes Lippen um ihn schlossen, das fühlte sich ja an wie im siebten Himmel. Sekunden später spürte er jenes altvertraute Ziehen tief in seinen Lenden. Mein Gott, wenn sie so weitermachte, würde ihr erster Sex zwei Minuten dauern, und sie hätte nichts davon.

»Langsam«, murmelte er und zog sanft ihren Kopf nach oben.

»Hmmm«, protestierte Marlene.

Er küsste sie. Die Himbeeren waren weg.

Sie kniete über ihm. Hartmann öffnete die restlichen Knöpfe ihres Hemdes. Ihre warmen Brüste kamen ihm entgegen. Er wusste gar nicht, wohin zuerst mit seinen Lippen. Bevor er sich entscheiden konnte, warf sich Marlene auf den Rücken und strampelte hastig ihre Hose von den Beinen. Kleine Hunde-

kekse flogen nach allen Seiten und prasselten auf den Fuß-
boden. Sie ließ die Socken an. Hartmann beugte sich über ihren
Bauch und küsste die zarte Haut. Samtig, stellte er fest und verlor vollends den Verstand.

Marlenes Atemzüge verwandelten sich in ein Stöhnen.

»Darf ich laut werden?«, keuchte sie.

»Nur zu«, sagte Hartmann. »Wir haben keine Nachbarn.«

»Nein, ich meine, ob du das magst.«

»Ich mag alles, wenn es von dir kommt.«

Sie schmeckt so gut, dachte er. Wie lange war es her, dass er
den Duft einer Frau in der Nase und ihren herben Geschmack
auf der Zunge gehabt hatte? Vier Jahre? Fünf? Was war ihm
alles entgangen. Fünf Jahre kein Herzklopfen, kein Bauchkrib-
beln. Unvorstellbar! Mit Marlene war alles so unkompliziert,
dachte er. Sie aßen zusammen, sie tranken zusammen, sie rede-
ten und lachten, und jetzt, als wäre es die normalste Sache der
Welt, lag sie mit gespreizten Beinen vor ihm und krallte ihre Finger in seine Schultern. Nicht auszudenken, wenn Marlene neulich nicht mehr wiedergekommen wäre. Als sie sich gestritten
hatten, weil er Bruno ins Tierheim zurückbringen wollte. An
dem Tag hätten sie sich auch fast geküsst. Verliebtheit ist so zer-
brechlich, dachte er. Zwischen Kuss und Streit liegt nicht viel.

Streit?

In Hartmanns Hinterkopf begann es zu arbeiten. Was hatte
Orhan zuletzt gesagt, als Hartmann schon gar nicht mehr richtig zugehört hatte? Auf Wolfs Platz sei ein Streit im Gange gewesen? Mit einem älteren Mann. Um viel Geld sei es gegangen.
Das konnte doch nur einer gewesen sein. Banker streiten normalerweise nicht auf Hundeplätzen um überfällige Kredite,
dachte Hartmann. Die lassen ihre Kundschaft antanzen. Der
einzige Nichtbanker, bei dem Wolf Geld geliehen hatte, war …?!

Hartmann fuhr senkrecht in die Höhe.

Nicht zu fassen, dachte er. Der hatte ihn doch tatsächlich schon im allerersten Gespräch angelogen. Dieses perfide, ausgebuffte Schlitzohr von einem Maurer! Spielt einem den zartbesaiteten Gläubiger vor, der sich nicht zu seinem Schuldner traut. In Wirklichkeit hatte er sehr wohl bei Wolf persönlich nachgehakt. Offensichtlich so derbe, dass es sogar einem mit allen Wassern gewaschenen Karatelehrer aufgefallen war.

Marlene schlug die Augen auf.

»Hallo?«, sagte sie.

»Du, ich muss mal was ... warte kurz ...«

Hartmann sprang auf und rannte splitternackt aus dem Zimmer.

»He! Du Arsch!«, rief Marlene ihm hinterher. »Du kannst mich hier doch nicht so liegen lassen?«

»Entschuldige!«, kam es aus der Küche. »Die Rose ... du verstehst.«

»Mann, Mann, Hartmann! Hier sind auch vier Blütenblätter, um die man sich mal kümmern könnte.«

07
Bissige Schickeria

Hartmanns Hände flogen über den Küchentisch. Unter dem Himbeertörtchenpapier fand er endlich das Telefon. Fahrig suchte er die richtige Nummer im Verzeichnis und drückte auf Verbindung. Dem würde er ordentlich den Marsch blasen. Hartmann kratzte sich am Hintern. Am anderen Ende tutete es. Beim dritten Mal wurde abgenommen.

»Hartmann hier!«, legte er los. »Hören Sie jetzt mal gut zu! Wenn ich eines nicht leiden kann, dann sind das Auftraggeber, die ihre Karten nicht vollständig auf den Tisch legen, sondern schon beim ersten Gespräch das Blaue vom Himmel herunterlügen. Was haben Sie sich eigentlich dabei gedacht, als . . .«

»Gerber Bau, was können wir für Sie tun? Leider sind unsere Telefone derzeit belegt. Bitte haben Sie noch etwas Geduld. Für Bauanfragen wählen Sie die Eins. Bestehende Projekte die Zwei. Bei Fragen zu Rechnungen . . .«

»Was für eine Scheiße . . .? Hallo?«

»Gerber, 'n Abend!«

»Mit wem spreche ich denn jetzt?« Hartmann hatte völlig den Faden verloren.

»Gerber am Apparat. Ich wollte gerade gehen und hatte das Telefon schon umgestellt. Wer ist dran?«

»Hartmann.«

»Ah, Herr Hartmann. Sie haben Neuigkeiten?«

Hartmann holte tief Luft. Nach dieser albernen Warteschleife war es ihm unmöglich, seine Wut wiederherzustellen. Die war verraucht. Auch recht, dachte er. Würde es also ein höfliches Telefonat werden.

»Nein, Herr Gerber, ich habe keine Neuigkeiten. Aber dafür einen ziemlich dicken Hals, weil Sie mir nicht die Wahrheit gesagt haben.«

»Inwiefern?«, kam es vorsichtig aus dem Hörer.

»Sie haben mir gesagt, Sie hätten bei Wolf nie Druck gemacht. Vorknöpfen sei nicht Ihr Ding. So haben Sie sich ausgedrückt, wenn ich mich recht entsinne. Gestern kriege ich nun raus, dass Sie bei Wolf auf dem Platz dermaßen Randale gemacht haben, dass man glauben könnte, Sie hätten dem Mann an besagtem Freitag höchstpersönlich den Schädel eingeschlagen. Und das auch noch vor Zeugen. Ich weiß das von einem türkischen Karatelehrer.«

»Ich ... äh ...«

»Von allen Verdächtigen, die ich bisher auf dem Schirm hatte, haben Sie auch noch das überzeugendste Motiv: der blanke Zorn, dass Wolf Sie über den Tisch gezogen hat.«

»Hartmann, hören Sie ...«

»Und die Krönung: Sie lassen mich seit Wochen hinter Ihrer Knete herjagen, die Ihnen gar nichts nützt, weil Sie für den Rest Ihres Lebens hinter Gittern landen werden, wenn das stimmt, was ich ...«

»Sie liegen völlig falsch, Mann!«, unterbrach ihn Gerber. »Ich gebe ja zu, dass ich angesichts der hunderttausend Euro, die Wolf mir seit Ewigkeiten schuldet, die Nerven verloren habe. Ich rede nur nicht gern drüber. Es war keine Sternstunde von Gerber, das können Sie mir glauben. Wolf hat mich auf seinem

Platz auflaufen lassen, als wäre ich ein Konfirmand im Pullunder. Der Mann war doppelt so breit wie ich. Ich stand da wie der letzte Depp. Keine Ahnung, wer da noch alles auf dem Platz herumlungerte. Einen Karatelehrer habe ich nicht gesehen. Aber verdammt noch mal, warum sollte ich ausgerechnet … Hartmann! Denken Sie nach! … Wenn ich eines kann, dann rechnen. Ich bin doch nicht so dämlich und bringe einen Kerl um, bevor er seine Schulden bei mir beglichen hat! Und hinterher auch nicht! Im Übrigen hat mich die Polizei deswegen schon gründlich in die Mangel genommen. Die wissen aber nicht, dass Sie für mich hinter dem Geld her sind.«

Guck mal an, dachte Hartmann, der fleißige KK verrät ja doch nicht alles.

»Außerdem habe ich ein Alibi. Ich war an dem Wochenende, an dem Wolf umgebracht wurde, auf einer Baumesse in London. Das wurde überprüft.«

»Wie sind die auf Sie gekommen?«, fragte Hartmann. »Der Türke hat nichts verraten. Bei dem war die Polizei noch nicht.«

»Während unserer Auseinandersetzung war noch eine Frau bei Wolf«, erzählte Gerber. Man hörte ihm die Erleichterung darüber an, dass Hartmann ihm Glauben schenkte. »Wahrscheinlich hat die mich angeschmiert. Die kannte mich zwar nicht, aber auf meinen Autos steht ja dick und fett *Gerber Bau*.«

»Irgendeine Ahnung, wer das war?«

»Nein. Vermutlich eine von seinen Hunde-Tussis. Die sehen doch alle gleich aus. Deshalb war ich ja so sicher, dass Wolf mich angelogen hat, Hartmann. Von wegen, die Hundeschule liefe schlecht. Das habe ich dem nicht abgenommen! Wie ich in unserem ersten Gespräch schon angedeutet habe: Bei dieser Klientel muss der Wolf sich eine goldene Nase verdient haben, dieser dämliche alte Geizkragen. Nehmen Sie nur mal den

232

dicken Schlitten von dieser Petze. Mercedes-AMG G 65. Sechs Liter, V12, 630 PS. Wissen Sie, was so ein Geländewagen kostet?«

»Nein«, sagte Hartmann. »Aber ich weiß, wem er gehört.«

»Über eine Viertelmillion. Ohne Extras.«

»Der Zahnklinikblondine.«

Bevor Gerber sich über Unternehmerfrauen im Allgemeinen und über seine Geschiedene im Besonderen aufregen konnte, versprach ihm Hartmann, am Ball zu bleiben und sich in den nächsten Tagen unter den vermögenden Wolf-Kundinnen ein bisschen umzuhören. Die wüssten unter Umständen mehr über Wolfs besondere Gewohnheiten. Gerber erinnerte Hartmann an die Frankreichreisen, die in Wolfs Terminkalender verzeichnet waren. Da fahre man zwangsläufig über Basel, Bern, Lausanne, Genf und könne wunderbar Geld außer Landes schaffen. Diesen Zahn zog ihm Hartmann sofort. Er sei schon bei diversen Banken gewesen und habe ihnen ein Foto des Safeschlüssels gezeigt, sagte er. Alle hätten ihm bestätigt, dass es sich nicht um den Schlüssel zu einem Schweizer Schließfach handeln könne. Die sähen ganz anders aus. Falls Gerber darauf bestehe, dass er, Hartmann, das in der Schweiz verifiziere, müsse er einen Reisekostenvorschuss rausrücken. Hartmann solle tun, was er tun müsse, sagte Gerber, bevor er auflegte. Geld spiele in dem Fall nicht die entscheidende Rolle.

Was soll ich in der Schweiz, dachte Hartmann. Der Schlüssel stammte woanders her. Die Frankreichreisen waren viel interessanter. Die hatte er in dem ganzen Durcheinander mit Ralle und Orhan total vergessen. Er blieb nachdenklich in der Küche stehen. Die Abendsonne schien durch die großen Fenster. Der Holzboden unter seinen nackten Füßen war noch warm.

Marlene kam in die Küche. Sie trug nur ihr Hemd. Es war für ihre Verhältnisse sehr ordentlich zugeknöpft. Sie goss sich Wasser ein.

»Was war das denn eben?«, fragte sie und trank durstig das Glas leer.

»Es tut mir leid«, sagte Hartmann. »Ich hatte nur plötzlich eine Idee, und wenn ich eine Spur habe, reißt mich das aus allem heraus. Ich habe keine Ahnung, was dann in mich fährt.«

»Ich auch nicht«, sagte Marlene trocken. »Aber ich glaube, ich habe gerade eine ungefähre Vorstellung davon bekommen.«

»Wir könnten da weitermachen, wo wir aufgehört haben.«

»Wo *wir* aufgehört haben?«

»Ich, meine ich.«

»Das geht leider nicht.« Marlene schüttelte den Kopf. »Ich komme nicht mehr auf Touren, wenn einer kurz vor dem Orgasmus abbricht.«

»Ich wusste gar nicht, dass du schon so weit warst.«

»Du weißt einiges nicht von mir, mein Schatz.« Marlene kniff ihn boshaft in den Hintern. »Für dein Alter bist du noch ganz gut in Schuss.«

»Ich habe damals den Ausweis für das Fitnessstudio des Polizeisportvereins behalten. Die wissen zwar über meinen Rausschmiss Bescheid, lassen mich aber trotzdem trainieren. Den fiesen Spruch mit dem Alter merke ich mir.«

Marlene küsste ihn.

»Du musst los, Hartmann«, sagte sie. »Rosen entblättern.«

»Vielleicht erwische ich noch eine von den Frauen.« Hartmann sprang in seine Kleider und grabschte Handy, Autoschlüssel und Geldbeutel vom Tisch. »Ich wollte zwar erst mit der Moosleitner sprechen, damit die mir die Kontakte macht. Aber sie hat frühestens morgen Nachmittag Zeit. Ich versuche es bei der Zahnklinikblondine. Cindy Kramer heißt die. Die kenne ich noch vom Kurs. Cindy. Was für ein Name. Aber ihre Eltern ahnten damals wahrscheinlich nicht, dass Töchti im nächsten Jahrhundert mal einen Millionär aufreißen wird und eigentlich mondäner getauft werden sollte. Cynthia wäre elegant gewesen. Meinst du, das ist schon zu spät?«

»Quatsch! Die *Tagesschau* ist gerade durch«, sagte Marlene und schubste ihn aus der Tür. »Da darf man noch klingeln bei den Leuten.«

Hartmann hielt inne und gab ihr einen Kuss.

»Danke für dein Verständnis«, sagte er.

»Schieb du mal ab zu deiner Cindy Kramer«, lächelte Marlene.

»Bleibst du solange hier?«

Sie schüttelte den Kopf.

»Ich fahre gleich zu mir rüber. Morgen habe ich den ganzen Tag über Termine. Da muss ich ausgeschlafen sein. Sehen wir uns am Abend?«

»Ja«, nickte Hartmann. »Dann holen wir alles nach.«

»Versprich nichts, was du nicht halten kannst.«

Leise summend schwangen die beiden Eisentore auf. Hartmann ließ seinen Citroën langsam über den Kies knirschen. Marmorkies für vierhundert Euro die Tonne, hatte Gerber gelästert. Jetzt bloß kein Kavaliersstart, dachte Hartmann und gab vorsichtig Gas. Der Park, durch den er kroch, schien mit der Nagelschere gepflegt zu werden. Als er um die letzte Kurve der langen, geschwungenen Zufahrt bog, fiel sein Blick auf einen Neunhundert-Quadratmeter-Palast.

Cindy Kramer stand in Shorts, T-Shirt und Flipflops auf der Treppe, eine Sektflöte in der Hand. Ihr Rhodesian Ridgeback trabte auf Hartmann zu. Er schnüffelte kurz und hob sein Bein. Hartmann zog im letzten Moment den Schuh weg. Der Rüde markierte ausgiebig Hartmanns sündhaft teure TRX-Reifen.

»He, Ihr Hund hat mir ans Bein gepisst!«

»Das ist ein Zuchtrüde.«

»Ja und? Sehe ich aus wie ein Deckweibchen?«

Die Kramer lachte laut und unanständig.

»Jetzt erkenne ich Sie!«, rief sie. »Zuerst konnte ich mit Ihrem Namen nichts anfangen. Sie waren doch auch auf Wolfs Platz? Genau, in der Gruppe von Silvia Moosleitner. Mensch, wie geht's denn Kuno?«

»Bruno«, sagte Hartmann. Er wedelte mit dem Ausweis des Polizeisportvereins so schnell vor ihrer Nase herum, dass sie nichts erkennen konnte. »Hartmann, Kripo Düsseldorf. Ich bin dienstlich hier. Auf Wolfs Platz haben Sie mich undercover kennengelernt, Frau Kramer.«

Eines von Hartmanns größten Talenten war die Gabe, ohne eine Miene zu verziehen, den allergrößten Bockmist zu erzählen. Er und KK hatten gemeinsam Verhöre geführt, bei denen sich KK dauernd auf die Knöchel beißen musste, um nicht vor Lachen laut herauszuplatzen.

»Ich war damals im verdeckten Einsatz«, fuhr Hartmann ernst fort. »Weil Wolf unter Verdacht stand, Beziehungen zum organisierten Verbrechen zu haben. Was sich durch seine Ermordung ja auch bestätigt zu haben scheint.«

»Das ist ja aufregend«, freute sich die Kramer. »Kommen Sie, wir gehen außen herum in den Garten. Es sind Freundinnen da.«

In der Hollywoodschaukel saßen die von Wolf bereits abgehakte Monika Müller und eine Hartmann unbekannte Botoxschönheit namens Zumbach, die ihre schlauchbootdicke Oberlippe kaum ins Champagnerglas brachte. Die beiden Damen schienen schon reichlich getankt zu haben. Übermotiviert schwenkte die Müller eine Flasche teuren Champagners und eine Pulle Lillet Rouge durch die Luft. Hartmann zuckte zusammen, doch es kam nicht zum Zusammenstoß. In letzter Sekunde brachte die Zecherin doch noch Ordnung in ihre rotierenden Gliedmaßen.

»Der ist ... sauer, dieser ... Klickowöff.« Konzentriert betonte die Müllersche jedes zweite Wort, um nicht beschwipst zu wirken, was sie erst recht beschwipst klingen ließ. »Machen Sie ... einen Schwupps ... von dem ... roten Zeugs ... rein. Sonst ... ist er ... nicht zu ... ertragen.«

»Danke«, lehnte Hartmann ab. »Ich bin im Dienst.«

»Das ist der Herr Hartmann von der Kripo«, stellte Cindy Kramer vor.

»War der ... nicht auch ... bei Wolf?«

In den folgenden zwei Stunden zwitscherten die angesäuselten Damen einen Lillet Royal nach dem anderen. Während Hartmann an einem Gläschen norwegischen Designermineralwassers der Marke Voss nippte, weihten sie ihn bereitwillig in die gepflegte Langeweile ihres Daseins ein. Hartmann wusste schon bald nicht mehr, aus welchem Mund welche Bemerkung kam. Es klang alles gleich. Wittlaer und Angermund seien ganz passable Wohngegenden, aber leider etwas vulgär. Hätte man das Chalet in Zermatt nicht, wüsste man nicht, wohin mit seinem Bedürfnis nach gehobener Gesellschaft. Die Villa sei groß, aber schwer sauber zu halten. Gutes Personal sei entgegen der landläufigen Meinung sehr leicht zu finden. Man müsse nur ordentliche Gehälter zahlen. Vor allem den Gärtnern. Die Ehemänner sehe man eher selten, aber das sei kein Beinbruch. Man habe sich arrangiert und lasse den schwer arbeitenden Herren gewisse Freiheiten. Appetit holen könnten sie sich gern auswärts, gegessen werde aber zu Hause. Die meisten Männer seien jetzt sowieso in dem Alter, wo sie nicht mehr so viril seien. Bei Zumbachs erledige sich das Problem mit dem Fremdgehen demnächst biologisch. Der Gatte sei ja schon weit über siebzig. Vorher gebe es aber noch einen Satz neuer Brüste. Das gefalle dem Alten. Die verführerische schwarze Witwe sei schon immer sein beliebtestes Fetischspiel gewesen. Aufsehenerregende Beerdigungen habe es in den letzten Jahren in Düsseldorf leider nicht gegeben. Ein paar interessante Todesfälle hingegen schon. Der Giftanschlag auf Melzers von der Privatbank. Und natürlich Wolfs unglückseliges Ableben. Das sei überaus bedauerlich. In seiner animalischen Art sei der Mann doch auch anziehend gewesen.

Jede Einzelne von euch dreien hat der Wolf durchgebumst, dachte Hartmann zwischendurch. Da könnt ihr mir noch so viel erzählen. Auf seinen staubigen Strohballen hat er euch hergenommen, und ihr habt mitgemacht, aus welchen bizarren Gründen auch immer.

Nach dem vierten Drink schossen sich die drei auf die – wie sie es nannten – Vollblutstuten aus Wolfs Kundschaft ein und zogen mächtig vom Leder. Im Gegensatz zu ihnen selbst seien die anderen nicht gerade Kinder von Traurigkeit gewesen. Man wolle gar nicht wissen, wer den Wolf alles angebaggert habe. Wenn man nur mal die Moosleitner-Gruppe nehme. Wer dem Mann da alles Avancen gemacht habe, unvorstellbar! Man selbst wisse ja um seinen gesellschaftlichen Status. Aber dass Frauen dermaßen die Contenance verlieren könnten, das habe man nicht für möglich gehalten. Andererseits habe der Wolf aber auch nichts anbrennen lassen. Die blonde Witwe habe Wolf quasi permanent am Hals gehangen. Die Frau Professor Moosleitner ebenfalls.

»Sie wissen schon, Herr Hartmann, die schicke Zicke mit dem uralten Cayenne. Modell vom Vorvorjahr, sagt mein Mann. War bestimmt runtergesetzt.«

»Hat die Moosleitner sich nicht mal mit der Witwe geprügelt?«

»Geprügelt? Wegen Wolf?«

»Wegen mir bestimmt nicht.«

»Wäre mir das Neueste.«

»Doch, das munkelt man. Ich war aber nicht dabei.«

»Ich auch ... nicht.«

Vor Hartmanns innerem Auge erschienen Wolfs nackter Hintern, eine schluchzende Stimme, die um Zuwendung flehte, eine Frau, die in die Strohballen geschubst wurde: die Witwe, die wohl kaum einen eifersüchtigen Ehemann hatte. Brauchte sie den überhaupt? Vielleicht hatte sie selbst zugelangt? Er würde die Frau gleich morgen früh aufsuchen.

Gegen elf in der Nacht klingelten Hartmann die Ohren. So sehr er es auch schätzte, wenn er auskunftsfreudige Zeugen nur kurz anstupsen musste, damit sie Romane erzählten – es war höllisch anstrengend. Höchste Zeit, das schrille Geplapper abzubrechen.

»Letzte Frage für heute«, sagte er.

»Wie schade.«

»Sie wollen doch nicht schon gehen?«

Hartmann hielt den schwankenden Damen Kramer, Müller und Zumbach ein Foto von Wolfs Schlüssel unter die Nase.

»Haben Sie so einen Schlüssel schon mal gesehen?«, fragte er.

»Kann ich das Foto mal haben?«

»Schweizer Schließfach?«

»Im Leben ... nicht.«

»Eher privater Tresor?«

»Da bin ich ... ganz ... sicher.«

»Ich auch.«

»Ich auch.«

»Jetzt vielleicht … doch ein … Lilletchen, Herr … Hartmann?«

»Hartmann, Kripo Düsseldorf.«

Die Nummer funktionierte auch am anderen Morgen in Kaiserswerth ganz ausgezeichnet. Nur dass statt der lustigen Witwe Tszukosinowicz ein verschlafener Mittzwanziger in der Tür stand und todmüde auf Hartmanns Polizeisportausweis stierte.

»Ist die Frau Mutter auch da?«, fragte Hartmann irritiert.

»Ja, meine Frau ist auch da«, antwortete der Typ monoton und winkte ihn gleichgültig herein.

Hoppla, dachte Hartmann, wo hat die Witwe denn diesen jungen Stecher her? Er ließ sich seine Überraschung nicht anmerken und folgte dem muskulösen, schlanken Mann, der erschöpft durch den Flur ins Wohnzimmer schlurfte. Er hat einen Torero-Arsch, dachte Hartmann und wunderte sich, wo diese Assoziation auf einmal herkam. Aber es stimmte. Der Typ sah aus wie ein spanischer Edelmann. Nur ohne Feuer und mit einem Minimum an Körperspannung. Man musste befürchten, dass er jeden Moment beim Laufen mittig zusammenklappte und sich als träge Masse aufs Parkett ergoss.

Sie landeten in einem Raum, der die Ausmaße der Esprit-Arena hatte. Der flügellahme Spanier warf sich auf die Couch, von der er eben gekommen war, und bot Hartmann mit kaum wahrnehmbarer, aber umso majestätischerer Handbewegung einen Sitzplatz an. Hartmann war bockig und blieb stehen. Es musste eine neue Rubrik bei *Elite-Partner* geben, dachte er. Katatonische Katalog-Katalanen. Die liegen nur rum und machen wenig Schmutz.

»Die Kosmetikerin ist im Moment noch anwesend«, leierte der Spanier. »Meine Lebensgefährtin kommt gleich.«

Auf ein Gespräch mit dieser Schlaftablette hatte Hartmann keine Lust. Um wenigstens irgendetwas Sinnvolles zu tun, nahm er die Bronzenachbildung einer spindeldürren Frauenstatue vom Kaminsims und wog sie in der Hand.

»*Femme debout* von Giacometti«, erklärte der Spanier. »Auch *Nu debout* genannt. Davon hat er 1953 nur zehn Exemplare gegossen. 2014 wurde eine der anderen neun für sechs Millionen in New York versteigert.«

Erschrocken stellte Hartmann die Statue wieder hin.

»Und? Was machen Sie so?«, fragte er dann doch.

»Ich bin Schriftsteller«, sagte der Spanier stolz.

»Kenne ich etwas von Ihnen?«

»Ich arbeite noch an meinem Erstling.«

»Oh«, machte Hartmann und zog die Mundwinkel nach unten. Er hoffte, dass es einigermaßen anerkennend aussah.

»Prosperos Periskop. Guter Titel, nicht?«

»Auf jeden Fall«, sagte Hartmann. »Worum geht's da?«

»Hauptsächlich um Sex und Gewalt«, seufzte das verkannte Genie.

»Klar.«

»So ähnlich wie Marquis de Sades *120 Tage von Sodom*. Nur in einer noch nie da gewesenen Sprache.«

An diesem Punkt klinkte sich Hartmann aus. Er stellte auf Wackeldackelmodus um – nicht zuhören, aber in regelmäßigen Abständen nicken – und sah aus dem Fenster in den monumentalen Garten.

»Es ist heutzutage nicht einfach, einen Roman zu publizieren«, quengelte es hinter seinem Rücken. »Gar nicht einfach. Falls Sie das auch versuchen möchten, ich rate ab. Die Verlage kommen nicht auf einen zu. Das ist sehr, sehr bedauerlich! Man muss die Romane einreichen. Wer bin ich denn, dass ich etwas einreiche? Ich habe meine Ideen in meinem Blog publik gemacht. *Persephones Logbuch* habe ich ihn genannt. Aber glauben Sie, das Feuilleton hätte sich gemeldet? Nichts. Die schlafen den Schlaf des Gerechten, während Leute wie ich die Literaturszene in eine neue Umlaufbahn schicken. Sie fragen sich sicher, woher ich all diese Kreativität nehme?«

Hartmann fragte sich alles, nur das nicht, nickte aber bedeutungsschwer.

»Ich erkämpfe es«, triumphierte der Autor. »Das ist schmerzhaft wie eine Geburt. Oder haben Sie gedacht, es sirren zartgliedrige Musen um den Schriftsteller herum, blasen ihm Worte ein und lesen ihm seine Wünsche von den Lippen ab? Vergessen Sie das. Was mich umgibt, sagt eher so Sachen wie: Der Müll muss raus. Oder: Warum ist die Dichtung im Wasserhahn noch nicht ausgetauscht? Personal haben wir nicht. Wir verachten den Schweiß armer Leute. Aber so ganz ohne ist es auch kein Leben. Vor allem nicht für einen so feinfühligen Geist wie mich. Meine Texte erzeugen Gänsehaut. Ich kann keine Mischbatterie aufschrauben. Diese Hunde nerven ebenfalls. Wenn ich ungestört nachdenken will und finde auf einem Liegeplatz, der eigentlich mir zusteht, zwei riechende Königspudel vor, dann ist die Inspiration wie weggeblasen. Wie weggebla…«

»Lässt du uns mal kurz alleine, Schatz?«, ertönte eine tiefe Stimme.

Hartmann drehte sich um. Eine große Frau schritt energisch in den Raum. Sie maß mindestens eins fünfundsiebzig, schätzte Hartmann. Ihre Haltung war kerzengerade, herausfordernd, stolz, ganz anders als an jenem unglückseligen Nachmittag, als Hartmann sie und Wolf ungewollt beobachtet hatte. Aus der Nähe sah sie genauso knackig aus wie in der dämmrigen

Scheune von Weitem. Sie strich ihrem halb so alten Spanier zärtlich übers Haar und schickte ihn weg. Dann hielt sie Hartmann eine frisch manikürte Hand hin. Der sah man an, dass sie schon fünfzig Jahre in Betrieb war. Alles andere an ihr hätte auch vierzig sein können.

Hartmann ergriff ihre Hand, drückte sie und erledigte in drei knappen Sätzen die Themenkomplexe Kripo Düsseldorf, mutmaßlich organisiertes Verbrechen und Undercover-Einsatz bei Wolf.

»Ich dachte mir damals schon, dass Sie etwas zu verbergen haben«, sagte sie. »So neugierig, wie Sie waren.«

»Tut mir leid, dass ich Sie das so direkt fragen muss«, sagte Hartmann. »Hatten Sie ein Verhältnis mit Wolf?«

»Ja, ein kurzes«, gab die Witwe freimütig zu. »Nach dem Tod meines Mannes war ich, wie soll ich sagen, etwas derangiert? Da lässt man sich aus bloßer Einsamkeit zu Verzweiflungstaten hinreißen. Wolf war so eine. Als ich José kennenlernte, habe ich die Affäre sofort beendet.«

Hartmann hatte die Bilder vom Strohballenturnen in Wolfs Scheune im Kopf.

»War das wirklich so einfach, wie es jetzt klingt?«, fragte er zweifelnd.

»Wie meinen Sie das?«

»Es gibt Zeugen, die aussagen, dass Sie auf Wolfs Anwesen mehr als einmal die Contenance verloren haben.«

»Liebe Güte, Herr Hartmann. Wolf war eine Leidenschaft von mir, ein kerniges Mannsbild mit großer Anziehungskraft. Da verliert eine Frau schon mal die Nerven und ist nicht mehr sie selbst. Ja, ich gebe zu, das ist kein schöner Gedanke. Aber manchmal kann man eben nicht aus seiner Haut. Sei's drum, das ist Vergangenheit. Leidenschaft ist überwindbar. Sie haben José gesehen? Kein Vergleich zu Wolf, oder? José ist jung, schön, aufmerksam, begabt. Ich genieße die Blicke, die wir auf uns ziehen. Eine ältere Frau mit jungem Mann ist in unserer angeblich so aufgeklärten Gesellschaft verpönt. Bei Sugardaddys zuckt keiner mit der Wimper. Bei Sugarmammys zischen alle: *Schlampe*. So eine Beziehung ist moralisch fragwürdig, finden sie. Was für ein armseliges Denken. Das war übrigens einer von Wolfs Charakterzügen, die mir immer gefallen haben. Er hat nie moralisiert. Genau genommen war er bar jeglicher moralischer Grundsätze.«

»Man könnte auch sagen, er war ein Drecksack«, sagte Hartmann.

»Ja, er ist mit seinem unmoralischen, aber geradlinigen Lebenswandel einigen auf die Füße getreten. Und er hat niemandem im Unklaren darüber gelassen, wie er denkt. Seine Frauen schon gar nicht.«

»Das hat ihn das Leben gekostet, vermute ich.«

»Ich habe ja auch darunter gelitten, Herr Hartmann. Aber deshalb gleich jemanden umbringen? Ich weiß nicht. Das ist doch billigstes Filmdrehbuch.«

»Sie sollen aber handgreiflich geworden sein«, sagte Hartmann und schlug mit todernster Miene eine Seite in seinem Notizbuch auf. Außer *Samoa, Äpfel, Leberwurst, Milch, Brot, Nüsse* stand da nichts. »Gegenüber Frau Professor Moosleitner, wenn ich mich recht entsinne.«

»Das behaupten einige, ich weiß.« Die Witwe lächelte. »Wir hatten nur einen lauten Streit. Vielleicht ist mir die Hand ausgerutscht, und ich habe sie etwas zerzaust, ich bin mir nicht mehr ganz sicher. Eifersucht ist nichts, was eine Frau ziert, Herr Hartmann. Sie macht so würdelos.«

Hartmann beobachtete die Frau genau. Da saß sie – gepflegt, gebildet, unendlich reich – und erzählte ihm die peinlichsten Angelegenheiten aus ihrem Liebesleben. In einem Plauderton, als wäre ihr in der *Konditorei Heinemann* versehentlich ein Stück Herrentorte mit Mandelweincreme von der silbernen Gabel gerutscht. Sie wurde nicht rot. Sie druckste nicht herum. Das Leben war, wie es war. Warum lügen? Wie so oft in diesem Fall hatte Hartmann das Gefühl, dass ihm alles entglitt. Verdächtige, wohin das Auge blickte. Aber keiner, bei dem sein Instinkt anschlug und sich ihm die Nackenhaare aufrichteten. Es war, als würde er versuchen, einen Pudding an die Wand zu nageln. Zum Kotzen!

»Ich will Ihnen von meinem Mann erzählen, Herr Hartmann«, sagte die Witwe. Sie stand an der Bar und goss sich einen Single Malt ein. Als sie ihn fragend anblickte, lehnte Hartmann ab. Zu seinem größten Bedauern. Es war ein Bruichladdich Black Art 1990. Die Flasche kostete zweihundertsechzig Euro. »Das wird mein größtes Geschäft, hat er an unserem letzten Abend vor zehn Jahren gesagt. Damit verdopple ich unsere sechshundert Millionen. Der Spinner wollte immer Milliardär werden. Ganz große Ziele hatte er mit seinen Immobilien. Und dann kommt ihm so ein kleiner Blutpfropf dazwischen. Wie groß sind diese Gerinnsel im Kopf? Ein Millimeter? Zwei? Keine Ahnung. Jedenfalls ist er quicklebendig in Frankfurt in den Flieger gestiegen, und in New York haben sie ihn tot rausgetragen. Es ist also bei sechshundert Millionen geblieben. Damit kann ich gut leben. Wer braucht schon eine Milliarde.«

»Viel zu viel«, gab sich Hartmann weltmännisch. »Kann ja keiner ausgeben.«

»Eben«, pflichtete die Witwe ihm bei. »Aber ich tue mein Bestes. Weil ich weiß, wie schnell alles zu Ende sein kann. Carpe diem, Herr Hartmann. Deshalb bin ich in dem riesigen Haus geblieben und genieße die Zeit mit meinem José und meinen Pudeln und werde ab und zu halt ein bisschen hysterisch, wenn ich nicht auf der Stelle das bekomme, was ich will. Weil ich dann immer denke, mir läuft die Zeit davon. Darunter musste Wolf etwas leiden. Die Moosleitner auch. Ich habe mich aber bei ihr entschuldigt. Außerdem konnte ich sie ja verstehen. Es gab damals sehr viele Anzeichen dafür, dass sie eine Affäre mit Wolf hatte und keine andere Frau neben sich duldete. Hätte jede von uns genauso gemacht. Wobei es, wie ich über drei Ecken gehört habe, einige gab, die der Moosleitner deswegen am liebsten den Hals umgedreht hätten. *Frau Professor Moosnuttner* haben sie sie hinter vorgehaltener Hand immer genannt. Es sollen auch anonyme Mails geschickt worden sein.«

Bevor die Witwe sämtliche Suppentöpfe aus der Wolf'schen Gerüchteküche über ihm auskippen konnte, unterbrach sie Hartmann.

»Lassen Sie mal, gnädige Frau«, winkte er ab. »Mein Fall heißt *Wolf* und nicht *Moosleitner*. Aber danke für Ihre Auskunft. Ich sehe Frau Professor Moosleitner heute noch und werde sie ebenfalls dazu befragen. Eine Frage, bevor ich gehe. Haben Sie schon mal so einen Schlüssel gesehen?«

Er klimperte mit Wolfs Schlüssel.

»Sicher doch«, sagte die Witwe.

»Sie haben gar nicht richtig hingesehen.«

»Muss ich auch nicht«, sagte sie. »Ich habe denselben.«

»Was?«

»Nicht ganz denselben«, erklärte sie geduldig. »Einen ähnlichen.«

»Ich verstehe nicht.«

»Der Schlüssel gehört zu einem Tresor der Firma Hartmann. Wir haben auch so einen im Keller. Sind das Verwandte von Ihnen?«

Na also, dachte Hartmann, als er fünf Minuten später im Auto saß und den Motor anließ. Es gab also einen Safe im

Wolf'schen Kosmos, und er, Hartmann, würde seinen Arsch verwetten, dass der voller Scheine war.

Er musste dieses Scheißding nur endlich finden.

In Stockum musste Hartmann lange suchen. Das Anwesen der Molligen, der laut Lissy das bisschen Übergewicht so gut stand, lag etwas zurückgesetzt in einer Sackgasse. Wenigstens bewegen wir uns wieder halbwegs am Rande der Normalität, dachte Hartmann, als er durch das rustikale Eisentor linste. Das Haus der Unternehmensberatergattin wies nicht mehr als dreihundert Quadratmeter auf; wenn es hoch kam, vielleicht dreihundertfünfzig. Für die Halbmilliardärswitwe und ihren quengelnden Spanier wäre es in diesem Schuppen wahrscheinlich unzumutbar eng gewesen.

»Mist«, entfuhr es Hartmann, als er die Autotür öffnete. Er parkte direkt über einem Gully. Seit er einmal zwei Stunden damit verbracht hatte, in einem schlammigen Abwasserschacht nach seinen Wertsachen zu stochern, vermied er Gullyparken, wo es nur ging. Hartmann jonglierte beidhändig mit Handy, Geldbeutel und Autoschlüssel, versuchte die Autotür abzuschließen und hoffte inständig, dass nichts herunterfiel.

Zehn Minuten später, als er losbrausen wollte, um sich am Rhein mit der Moosleitnerin zu treffen, absolvierte er den Balanceakt erneut und blieb auch da zu seiner Erleichterung im Besitz sämtlicher Accessoires. Die fette Kuh – von einem bisschen attraktiven Übergewicht konnte keine Rede sein – hatte ihm zwar den Kripokommissar abgenommen, ihn aber gar nicht erst ins Haus gelassen. Sie wisse nicht, wie sie das ihrem Mann erklären solle, hatte sie zickig mitgeteilt und Hartmann direkt unter der Tür abgefertigt.

Ja, natürlich habe Wolf ihr auch Avancen gemacht. Nein, sie habe selbstverständlich widerstanden; was Hartmann sich eigentlich einbilde, was sie für eine sei? In Gottes Namen ja, Wolf habe ganz passabel ausgesehen, aber für sie sei er einfach nur ein guter Trainer gewesen, der ihr über ihre Schwierigkeiten mit Phillip-Pascal hinweggeholfen hätte. Hartmann hörte ihrem verlogenen Geplapper geduldig zu. Er dachte an den Haken auf ihrem Dossier und an die Sieben, die davor gestanden hatte. Eine Sieben war diese Frau nach Wolfs Maßstäben schon lange nicht mehr. Sie hatte sich auf eine Zweikommafünf heruntergefuttert.

Überhaupt sei Hartmann bei ihr an der völlig verkehrten Adresse, hatte sie erbost hinzugefügt. Sie sei eine ehrenwerte Frau und habe sich nichts zuschulden kommen lassen. Da habe es ganz andere gegeben, die ein Auge auf Bert und sein Anhängsel geworfen hätten. Die Moosnuttner zum Beispiel, die Frau von diesem Schönheitschirurgen. Die habe ihn öfter als einmal ins Bett gekriegt, den Wolf, da sei sie ganz sicher. Natürlich habe sie keine Beweise. Aber eine erfahrene Frau spüre so etwas. Allein schon wie unschuldig die beiden getan hätten, wenn sie beieinandergestanden hatten. Da seien alle Alarmglocken bei ihr angegangen. Übertriebene Diskretion sei grundsätzlich verdächtig. Da helfe es auch nicht, dass die blöde Moosnuttner jedes Mal wie eine Heilige dahergekommen sei.

Als sie auf die Moosleitnerin zu sprechen gekommen war, war ein gehässiges Lächeln auf ihr Schwabbelgesicht getreten. Wenn Hartmann hätte wetten müssen, wer von den ihm bekannten Frauen anonyme Mails an die Moosleitners geschrieben hatte, hätte er auf die Dicke getippt und gewonnen.

Eine richtige miese, kleine Affäre sei das gewesen, hatte es zum Schluss aus der knallrot umrahmten Öffnung in ihrem Gesicht getönt. Über Monate habe sich das hingezogen. Nicht zu übersehen! So was von billig und indiskret. Von Anfang an habe diese Femme fatale ein Auge auf Wolf geworfen, seit dem Moment, als sie mit ihrem lächerlichen Hardy vom Schnesenbesen zur ersten Einzelstunde stolziert sei. Natürlich sei der Ehemann dahintergekommen. Und wie!

Der gehörnte Gatte habe geschäumt!

Vor Zeugen!!

Wie ein Tier!!!

Bruno war unendlich froh, an die frische Luft zu kommen. Sie hatte den halben Tag im Citroën verbracht, während Hartmann die oberen Zehntausend verhört hatte. Jetzt rannte sie in großen Kreisen über die Rheinwiesen unterhalb des Kaiser-Friedrich-Rings und versuchte, den galoppierenden Hardy in den Hintern zu zwicken. Der war schneller als sie. Schließlich landeten beide unten am Ufer. Hardy bremste rechtzeitig, Bruno stampfte wie eine Dampflok weiter. Sie rammte Hardy frontal mit ihrer breiten Brust. Gemeinsam kugelten sie in den Rhein.

»Passiert da was?«, fragte Silvia Moosleitner besorgt.

»Nein, gar nicht«, beruhigte sie Hartmann. »Bruno ertränkt nur kleine Terrier, die ihn nerven. Mit Hardy hat sie Spaß. Guck mal!«

Hardy kam aus dem Wasser, warf sich pitschnass auf die Wiese und wälzte sich ausgiebig in etwas, von dem Hartmann gar nicht genau wissen wollte, was es war. Die Moosleitnerin kräuselte angewidert die Nase.

»Hast du ein Handtuch im Auto?«, erkundigte sie sich.

»Vermutlich verwester Fisch«, antwortete Hartmann und freute sich diebisch, dass Bruno sich nicht dazulegte, sondern nur danebenstand und den rotierenden Hardy anfeuerte.

Silvia Moosleitner setzte sich in den Schatten eines der wenigen Bäume, die auf der Wiese Wurzeln geschlagen hatten. Sie hatte gründlich über alles nachgedacht, was Hartmann ihr zu Beginn des Spaziergangs erzählt hatte, und geduldig gewartet, bis sich ihre Wut gelegt hatte. Sie atmete fast schon wieder normal.

»Ich habe den Wolf auflaufen lassen«, sagte sie jetzt. »Das konnten sich diese intriganten Weiber nicht vorstellen. Die haben alle gedacht, ich hätte was mit ihm. Eine von denen hat mich sogar mal tätlich angegriffen.«

»Tszusischmusi?«

»Ja. Ich musste aufpassen, dass ich die Alte nicht verletze.«

»Du und Wolf, ihr wärt immer beieinandergestanden«, zitierte Hartmann aus den Erzählungen der Schickeriamiezen vom Vormittag. »Das sei auffällig gewesen.«

»Von wem hast du das denn? Von der Mopsfresse?«

»Wenn du damit die Mollige meinst, ja.«

»Die Alte von diesem Unternehmensberater. Die hat der gute Wolf gepoppt, bis sie ihm zu fett geworden ist. Seitdem hat sie eine Sauwut auf alle, die schlanker sind als sie. Also auch auf die Elefanten im Duisburger Zoo. Und was das Beieinanderstehen anbelangt: Wenn man Hundetraining hat, steht man nun mal beieinander. Das ist zwangsläufig so. Außerdem stand nicht ich immer bei Wolf, sondern Wolf immer bei mir. Das ist ein elementarer Unterschied. Mich hat er als Mann total kaltgelassen. Ich stehe nicht auf diese Testosteronhamster. Er hingegen war hinter mir her wie der Teufel hinter der armen Seele.«

»Das habe ich auch gehört«, sagte Hartmann. »Es sei aber beidseitig gewesen, wurde gesagt.«

»Dann haben die Hyänen dir was Falsches gesagt. Wolf ist bei mir nie gelandet. Ich war wahrscheinlich die Einzige in dem ganzen elitären Zirkel, die in den letzten fünf Jahren nichts mit Wolf hatte.«

»Deine Akte hatte aber genauso einen Flachgelegt-Haken wie die anderen.«

»Flachgelegt? Mich?«, schnaubte die Mosleitnerin. »Davon hat er wohl Tag und Nacht geträumt, unser Wolf.«

Sie schwiegen. Silvia Moosleitner schaute eine Weile den Containerschiffen zu, die rheinabwärts fuhren. Hartmann sah sie von der Seite an. In ihren Augenwinkeln entdeckte er kleine Fältchen. Das Alter holt alle ein, dachte er. Auch die Schönen. Ironischerweise ging es bei denen am schnellsten, die es am längsten hinauszögerten. Ab einem gewissen Punkt fiel alles in sich zusammen. Die gelifteten Beautys, die er heute kennengelernt hatte, würden in fünf Jahren von einem Tag auf den anderen aussehen wie Rosinen.

Silvia wandte sich ihm zu.

»Ich werde dir jetzt mal was erzählen, Hartmann«, erklärte sie mit fester Stimme. »Du bist einer der wenigen, die wissen, woher ich komme und was ich früher gemacht habe. Warum du mir die Gosse an der Nasenspitze angesehen hast, weiß ich nicht. Interessiert mich auch nicht. Offenbar besitzt du eine sehr gute Menschenkenntnis. Wahrscheinlich wirst du dir schon gedacht haben, dass ich auf Ibiza nicht nur hinter der Bar gestanden habe. Stimmt! Manchmal war ich auch für einen Escortservice tätig. Das klingt exklusiv, aber hinter den Kulissen ist Escort nichts anderes als Prostitution. Ich wusste genau, wenn ich da reingerate, rutsche ich ab. Ich habe es aber trotzdem gemacht. Ungefähr ein halbes Jahr lang. Dann ist mir im Job Hans begegnet. Das war meine Chance, um da ein für alle Mal rauszukommen. Ich war von Anfang an nicht in ihn verliebt. Aber das war auch nie der Punkt. Ich schätze ihn von ganzem Herzen. Er ist ein guter Mann. Er respektiert mich, er ist rücksichtsvoll. Ich würde ihn nie betrügen. Ob ich ihn jemals lieben werde, steht auf einem anderen Blatt. Im Moment überwiegen andere Gefühle. Er gibt mir Geborgenheit und ermöglicht es mir, sorglos zu sein. Das ist für mich viel mehr wert als Liebe. Verstehst du das, Hartmann?«

Hartmann nickte.

»Dann verstehst du auch, dass ich am Ziel bin, oder? Ich bewege mich auf einem gesellschaftlichen Level, den ich alleine nie erreicht hätte. Ich bin stolz auf mich. Ich habe es geschafft. Ich fühle mich wohl. Ich komme in Paris wunderbar klar und in Sankt Moritz auch. Ich liebe meine Versace-Ballerinas. Ich kann Champagner von Fusel unterscheiden, weiß, wie man Austern öffnet und wie viel PS der neue Maserati hat. Schickere Männer als Hans gibt es überall, Hartmann. Aber ich komme aus der Gosse und werde einen Teufel tun, nur wegen einem bisschen Vögeln wieder dort zu landen. Capisce?«

»Ja, ich hab's kapiert«, sagte Hartmann. »Und weißt du was, Frau Kopanski? Ich glaub's dir auch. Obwohl ich mit deiner Welt nix anfangen kann.«

»Wir Kopanskis waren schon immer ehrliche Leute«, sagte Silvia. »Wolf hat sich schwarzgeärgert, dass er bei mir auf Granit gebissen hat. Erst recht, als er rausgekriegt hat, was ich in meiner Vergangenheit gemacht habe. Er hat wohl gedacht, ich wäre leichte Beute. Da hat er sich getäuscht, der geile Bock.«

Sie hob beschwichtigend die Hände.

»Ja, ja, ich weiß. Über die Toten nichts Schlechtes. Trotzdem war Wolf das notgeilste Arschloch, das ich je getroffen habe. Es ist wirklich gut, dass Düsseldorfs Schlüpfer ein für alle Mal Ruhe vor seinen Drecksfingern haben.«

Sie stand auf und klopfte sich ein paar Erdkrümel von der Hose. Hardy dachte, das Klopfen kündige eine Leckerchenübergabe an, und lief zu ihr. Bruno nicht. Bruno stand eisern wie eine Statue auf der Wiese und starrte in die Ferne. Hartmann schaute in dieselbe Richtung. Dort ging ein Dackel spazieren. Brunos Rute peitschte die Luft. Marlene hatte gesagt, das sei ein sicheres Zeichen, dass es gleich losginge. Hartmann wollte gar nicht wissen, was genau da *gleich losgehe*. Er hechtete mit einem Riesensatz auf seine vibrierende Hündin, der der Speichel aus dem Maul troff, und bekam sie am Kragen zu fassen.

»Das ist schon praktisch, dass es bei ihr so lange dauert«, munterte die Moosleitnerin ihn auf. »Andere rennen sofort los und bringen den Dackel um.«

»Wir gehen besser weiter«, sagte Hartmann und hakte den Karabiner seiner Leine in Brunos Halsband.

»Ich muss sowieso nach Hause«, sagte Silvia. »Da ist noch einiges zu organisieren. Es ist gerade Chirurgenkongress in Düsseldorf. Wir geben morgen Abend einen Empfang für ein paar Kollegen von Hans. Die Frauen sind auch dabei. Und bevor du jetzt fragst: Ja, das ist genauso schlimm, wie es sich anhört.«

Sie gingen zu ihren Autos zurück. Hardy lief ordentlich bei Fuß. Wenigstens in dieser Hinsicht hatte sich Silvias Besuch bei Wolf gelohnt. Bruno hingegen drehte immer wieder frustriert ihren Bollerkopf in Richtung Dackelfrühstück, hängte sich ruckartig in die Leine und zerrte mit Macht an Hartmanns Arm. Je nach Haltung zog der Schmerz bis ins Schultergelenk.

»Was weißt du über Wolfs Frankreichreisen?«, erkundigte sich Hartmann in einem ruhigen Moment, in dem er nicht beinahe von den Füßen gerissen wurde.

Silvia Moosleitner zuckte mit den Schultern.

»Nicht viel. Ich bin ja nie mitgefahren.«

»Warum nicht?«

»Eine Woche mit Wolf unter einem Dach? Der hätte mir ja die Schlafzimmertür eingetreten. Nee, Hartmann! Ich muss mir wirklich nicht alles geben.«

»Aber die anderen waren dabei?«

»Die meisten, ja. Es waren geführte Hundetouren in der Provence. Die hat er wirklich gut organisiert. Traumhafte Wanderungen, wunderschöne Gegend, Luxusunterkunft. Er hat immer so getan, als würde er das exklusiv nur seinen besten Kunden anbieten. In Wirklichkeit konnte jeder mit. Es sind im Lauf der Zeit immer mehr geworden. Da er pro Tour nicht mehr als acht Leute und Hunde mitnahm, musste er irgendwann eine Anschlusswoche anbieten. Und dann noch eine und noch eine. Die letzten Jahre war er den ganzen Mai da unten, manchmal sogar noch die ersten beiden Juniwochen. In der Hundeschule hat er sich dann immer von Sonja und Lissy vertreten lassen. Bevor er sie gefeuert hat, meine ich.«

»Hast du mitbekommen, in welchen Teil der Provence er gefahren ist?«

»Sie sind immer in der *Villa Laurier Rose* oberhalb von Cassis abgestiegen. Nicht das beste Haus am Ort, hat die Witwe mal gesagt, aber was könne man für lumpige achttausend pro Woche schon erwarten.«

»Wie viel?!«

Silvia lachte schallend.

»Sie ist aber trotzdem immer mitgefahren, die scharfe Schnecke. In manchen Jahren sogar zwei oder drei Wochen hintereinander. Kennst du Cassis, Hartmann? Das liegt östlich von Marseille. Ein malerisches Städtchen. Wir haben mal auf einer Segeltour mit Hans' Jacht dort geankert. In einer der Buchten der Calanques. Das war unbeschreiblich schön.«

»Achttausend pro Woche? Für Spaziergänge?« Hartmanns Augen weiteten sich. Sein Kopf rechnete bereits.

»Für die meisten von den Weibern nicht mehr als ein Taschengeld«, sagte Silvia. »Nettes Detail am Rande: Man musste bei der Buchung nichts anzahlen und konnte auch in letzter Sekunde noch absagen. Wolf hat das immer als besondere Rücksichtnahme auf die schwierige Terminsituation der Damen verkauft. Wer gezwungenermaßen abspringen musste, hatte auch keine Kosten. Toll, oder? Aber jetzt kommt der Clou: Bezahlt wurde immer erst in Cassis. Und zwar in bar.«

Womit auch klar wäre, was und wie viel in diesem ominösen Hartmann-Tresor liegt, dachte Hartmann. Er würde dieses Ding um jeden Preis auftreiben. Selbst wenn Wolf es am Grund des Mittelmeeres einzementiert hatte.

Sie waren beim Moosleitner'schen Cayenne angekommen. Hardy sprang in den Kofferraum. Silvia zog wie üblich die Hundeschuhe aus und die Ballerinas an.

»Hast du noch Fragen?«, wollte sie wissen, während sie mit dem Zeigefinger den Schuh über die Ferse zog.

»Ja«, sagte Hartmann. »Eine noch. Warum verschweigst du mir eigentlich, dass dein Mann komplett ausgerastet ist?«

Silvia blieb regungslos sitzen. Sie sagte nichts.

»Es gibt Zeugen, die aussagen, dass er wie ein Kugelblitz auf dem Trainingsplatz eingeschlagen ist und Wolf handfest zur Rede gestellt hat«, fuhr Hartmann fort. »Über kurz oder lang wird die Polizei dahinterkommen. Das wird ein gefundenes Fressen für die, Silvia. Eifersucht ist das häufigste Motiv bei Gewalttaten in Deutschland. Vier von fünf Morden werden aus Eifersucht begangen. Die Aufklärungsrate liegt bei neunzig Prozent. Glaubst du, diese Chance lassen die sich entgehen? Die werden deinen Mann komplett auseinandernehmen. Und dich wahrscheinlich gleich mit.«

Silvia schluckte und wischte sich mit dem Handrücken eine Schweißperle von der Stirn. Dann stand sie auf und sah Hartmann eindringlich in die Augen. Leise senkte sich die Heckklappe des Porsche hinter ihr. Als sie ins Schloss klickte, atmete Silvia tief ein.

»In Wirklichkeit ist alles noch viel schlimmer«, sagte sie leise.

»Wieso?«

»Nicht auf der Straße, Hartmann. Setz dich in mein Auto.«

Sie glitt neben ihn auf den Fahrersitz, ließ den Motor an und schaltete die Klimaanlage ein. Ein kühler Luftstrom blies Hartmann ins Gesicht. Er ließ den Sitz nach hinten gleiten, damit Bruno zwischen seinen Beinen Platz hatte.

»Hans hat eine anonyme Mail erhalten. Darin stand, ich hätte was mit Wolf. Du kannst dir denken, aus welcher Ecke die kam.«

»Mopsfresse.«

»Ich nehme es an«, nickte Silvia. »Ich war an diesem Wochenende in unserem Chalet in der Schweiz, sonst hätte ich das alles gleich aufklären können. Hans hat die Sache in die Hand genommen, ohne mit mir Rücksprache zu halten. Er ist direkt auf den Platz gefahren und hat sich Wolf zur Brust genommen.«

»Wie muss ich mir das vorstellen?«, fragte Hartmann stirnrunzelnd. »Wolf war ein Brocken.«

»Hans' Chauffeur ist noch brockiger. Außerdem kann mein Mann sehr scharf und laut werden. Das schüchtert ein. Wolf hat Stein und Bein geschworen, dass zwischen ihm und mir nichts vorgefallen ist.«

»Hat dein Mann ihm das abgenommen?«

»Ihm nicht. Aber mir. Wir haben uns später sogar noch mal zu dritt getroffen, um die ganze Peinlichkeit aus der Welt zu schaffen. Hans hat sich bei Wolf für den Auftritt entschuldigt.«

»Habt ihr dafür Zeugen?«

»Nein.« Silvia kaute auf ihrer Unterlippe. »Haben wir natürlich nicht. Ich bin so naiv. Ich dachte noch, damit wäre die Sache erledigt, und Wolf würde mich endlich in Ruhe lassen.«

»Hat er aber nicht.«

»Woher denn! Ohne Hans und Chauffeur im Nacken, war der Drecksack schnell wieder der Alte. Ich habe das ja immer sportlich genommen. Meine Schandschnauze wird mit Typen wie Wolf fertig. Dachte ich jedenfalls.«

»Was ist passiert?«

»Kurze Zeit später hat Wolf eine ganze Woche lang Fährtensuchen angeboten. Ich habe mich für zwei Termine angemeldet.«

»Ich erinnere mich«, nickte Hartmann. »Einmal mit mir an dem Tag, als wir ihn gefunden haben.«

»Das war das zweite Mal«, sagte Silvia. »Das erste war am Freitag davor.«

»Der Freitag, an dem . . . ?«

»Ja. Genau der. Wolf hat mir gesagt, es hätten sich noch zehn andere angemeldet. Aber das war gelogen. Als ich ins Wäldchen kam, war nur er da. Er hatte das eingefädelt, um mit mir alleine zu sein.«

Hartmann hob die Augenbrauen.

»Er hatte ein blaues Auge«, erzählte Silvia weiter. »Irgendein Türke hatte es ihm verpasst, weil es wegen eines Hundes Streit gab. Ich habe nicht verstanden, worum es da genau ging. Jedenfalls hat mich Wolf an diesem Tag im Wald richtig derbe angegraben, Hartmann. Der konnte einfach kein Nein akzeptieren. Ein Nein war für ihn nur ein noch größerer Ansporn, um die Frau rumzukriegen. Ich hatte dafür echt keine Nerven. Schon gar nicht, als er seine Pratzen ausgefahren hat, um mir an die Titten zu gehen. Überall lagen diese dicken Aststücke herum. Plötzlich hatte ich diesen Prügel in der Hand und habe dem Arschloch damit eins über den Schädel gezogen. Wolf ist umgefallen wie ein Baum. Aber ich schwöre dir, Hartmann, der hat noch gelebt! Ehrlich!«

Silvia legte ihre Hand auf Hartmanns Arm und sah ihn offen an.

»Bert Wolf hat geatmet. Ich hab's genau gesehen! Seine Brust ging hoch und runter. Ein bisschen Blut am Kopf, mehr war da nicht. Als ich ging, lag er atmend im Wald. Bewusstlos, aber lebendig. Deshalb habe ich ja auch so panisch geschrien, als ich ihn später fand. Genau an der Stelle! Mit diesem Eisen im Auge! Ich ahnungslose Kuh dachte doch, der wäre am Freitag mit einem bisschen Kopfweh nach Hause gegangen.«

Sie starrte aus dem Fenster auf die Rheinwiesen. Als würde sie Wolf dort tot liegen sehen. Alle Farbe war aus ihrem Gesicht gewichen. Hartmann schüttelte ungläubig den Kopf. Das hatte ihm gerade noch gefehlt.

»Ich arbeite mit der Polizei zusammen, Silvia«, sagte er ruhig. »Kriminalkommissar Moritz ist ein ehemaliger Partner von mir. Damit bringst du mich in Teufels Küche.«

»Das tut mir . . .«

»Lass mich kurz nachdenken!«, unterbrach er sie.

Er hatte keine Wahl, dachte er. Er musste KK davon erzählen. Silvias Schlag mit dem Holz war eine ganz andere Nummer als das harmlose Veilchen von Orhan. Andererseits, was würde dagegensprechen, wenn er einfach schwieg? KK würde garantiert von selbst draufkommen. Vielleicht einen Tag später als Hartmann. Aber sein Weg würde auf jeden Fall zu den Moosleitners führen. Wenn KK dieselben Frauen befragte wie Hartmann – und das würde er mit Sicherheit tun –, dann hätte er Hans Moosleitner am Wickel. Zwangsläufig würden sie auch Silvia ins Präsidium bestellen, und sie würde den Angriff auf Wolf gestehen. Damit wäre das Ehepaar erledigt.

»Warum waren deine Fingerabdrücke nicht auf dem Holzprügel?«, fragte er.

»Ich habe Handschuhe getragen.«

»Im Juni?«

»Bei Fährtenübungen habe ich immer meine ledernen Golfhandschuhe an. Die Leinen rutschen leicht durch die Finger. Da
gibt's schnell mal Brandblasen.«

Hartmann nickte. Die nächste Frage war die wichtigste von
allen.

»Weiß dein Mann von alldem?«

»Nein.«

»Auch das noch.«

Das wurde immer schöner. Da saß die Moosleitnerin in aller
Seelenruhe zu Hause und verschwieg ihrem Mann, dass sie in
einen Mordfall verwickelt war, der seit Wochen Düsseldorfer
Stadtgespräch war und von *BILD* und *EXPRESS* genüsslich seziert
wurde. Hartmann überlegte fieberhaft. KK würde ihn ans Kreuz
nageln, wenn er jemals herausfände, dass Hartmann von der
Sache gewusst und der Polizei nichts gesagt hatte.

»Und was geschieht jetzt?«, fragte Silvia.

Was für eine Zwickmühle! Hartmann hasste es, Ent-
scheidungen treffen zu müssen, bei denen er – egal, wie sie aus-
gingen – den Schwarzen Peter hatte. Einerseits wäre er ein
gefühlloser Arsch, wenn er Silvia ans Messer lieferte, denn an
ihrer Stelle hätte er genau dasselbe getan, wäre ihm Wolf so
rücksichtslos an die Wäsche gegangen. Auf der anderen Seite
würde er auf sämtlichen ehernen Grundsätzen herumtrampeln,
die zwischen ihm und KK noch Bestand hatten, wenn er ihm
jetzt die Rolle der Moosleitners verschwieg. KK und er erzählten sich nicht alles. Kleinigkeiten schon gar nicht. Aber bei
den fallentscheidenden Punkten waren sie immer ehrlich zu-
einander gewesen. Erst recht, wenn Gesetze gebrochen wurden. Im Übrigen war KK nicht nur ein wirklich guter Kumpel,
sondern auch sein wichtigster Kontakt ins Präsidium. Ganz
egoistisch gesehen, durfte er sich diese Freundschaft nicht ver-

miesen, wollte er noch ein paar Jahre erfolgreich seinen Job machen.

»Ich muss der Polizei davon erzählen, Silvia«, sagte er. »Mir bleibt nichts anderes übrig. Das einzige Zugeständnis, das ich euch gegenüber machen kann: Ich werde nicht von selbst auf die Kriminalpolizei zugehen. Aber wenn KK Moritz das nächste Mal das Gespräch sucht, werde ich ihm reinen Wein einschenken müssen.«

Silvia nickte. Sie war blass.

»Ich weiß nicht, wann das sein wird«, fuhr Hartmann fort. »KK und ich sehen uns nicht täglich. Vielleicht gewinnt ihr dadurch ein oder zwei Tage Zeit. Sollte ich in der nächsten Zeit gar nicht mit ihm sprechen, wird euch das aber auch nichts nützen. Nachdem die Kripo alle Verdächtigen wieder laufen lassen musste, wird sie Wolfs Frauen abklappern. Das ist so sicher wie das Amen in der Kirche. Die werden frohlocken und dich mit Freuden ans Messer liefern. Die Dicke vor allem. Über kurz oder lang wird KK an eurer Tür klingeln.«

»Ich weiß«, seufzte sie.

»Sag deinem Mann, was passiert ist, Silvia. Und dann holt eure Anwälte ins Boot. Das wird jetzt wirklich eng.«

Boltzhorns Baustelle lag in der Abendsonne. Ein Bild des Friedens. Vermutlich saß der Zwerg gerade in einem Restaurant und schnauzte den Ober an, weil das Flying-Fish-Tatar an geeistem Tapiokaschäumchen nicht traditionell karibisch gewürzt war. Hartmann kurvte vorsichtig um einen Betonmischer, der mitten im Weg stand, zirkelte den Citroën durch fünf unorthodox platzierte Paletten mit Fassadenklinkern und kurvte in seinen Hof.

Das Erste, was er bemerkte, war KK Moritz, der rauchend am Zaun lehnte. Der Mann hatte zwei tiefe, senkrechte Falten über der Nasenwurzel. Die hatte er immer, wenn ihm etwas auf den Senkel ging. Widerspenstige Verdächtige, arrogante Vorgesetzte, bescheuerte Kollegen. Bescheuerte Ex-Kollegen? Hartmann stieg aus und machte sich auf einen Einlauf gefasst.

»Da ist er ja«, sagte KK. »Der Herr Hartmann von der Kripo Düsseldorf.«

»Wieso sagst du das so komisch?«

»Weil du ein dämlicher Vollidiot bist!« KK trat unbeherrscht die Kippe aus und tobte ohne Umschweife los. »Da fange ich ahnungsloser Trottel heute Morgen damit an, Wolfs Kundinnen abzutelefonieren – und was höre ich als Allererstes? Was ich denn eigentlich wolle, die Kripo sei doch schon da gewesen. Drehst du eigentlich völlig am Rad, Hartmann? Das fällt unter Amtsanmaßung. Du bist nicht mehr in unserem Verein. Und komm mir jetzt bloß nicht wieder mit so einem verlogenen Bockmist von wegen, du hättest nur einen neuen Hundetrainer gesucht und ehemalige Wolf-Kundinnen um Rat gefragt und dabei zufällig Auskünfte erhalten. Einen Scheissdreck hast du! Du bist hinter Wolfs Mörder her! Dafür und für die ganze Lügerei sollte ich dich einbuchten!«

»Willst du einen Kaffee oder ein Bier?«, fragte Hartmann.

»Ein Bier«, schrie KK. »Ich habe Feierabend!«

Sie setzten sich auf die Terrasse. Man hätte annehmen können, KKs Donnern hätte alle Vögel tot von den Zweigen kippen lassen. Offensichtlich waren sie aber Schlimmeres gewohnt. Sie zwitscherten, was die Schnäbel hergaben. Die Sonne tauchte Hartmanns Garten in ein warmes Abendlicht. Eine ideale Atmosphäre für Friedensverhandlungen, wie Hartmann fand.

»Es tut mir sehr leid«, sagte er aufrichtig.

»Dafür kann ich mir nichts kaufen«, brummte KK.

»Ich wollte dir schon die ganze Zeit die Wahrheit erzählen. Aber dann kam immer wieder der alte Trickser in mir durch. Du kennst mich ja.«

»Woher hast du überhaupt den Ausweis?«, wollte KK wissen.

»Polizeisportverein«, brummte Hartmann.

»Wie leicht sich die Leute verladen lassen.« KK schüttelte fassungslos den Kopf. »Wer es zum Millionär gebracht hat, ist eigentlich nicht doof.«

»Sollte man meinen«, sagte Hartmann.

»Auf jeden Fall wirst du mir beim zweiten Bier alles erzählen, was du rausgekriegt hast.« KK knallte die leere Flasche auf den Tisch und steckte sich eine neue Zigarette an. »Restlos alles! Sollte ich später herausfinden, dass du mich erneut angelogen oder mir wichtige Dinge verschwiegen hast, werde ich dich und deine eleganten Schickeriamiezen zur Gegenüberstellung abholen lassen, mein Lieber. Die werden im Präsidium mit den teuer lackierten Fingernägeln auf den angeblichen Herrn Hartmann von der Kripo zeigen und einträchtig aussagen, von ihm unter Vorspiegelung falscher Tatsachen verhört worden zu sein. Dann hab ich dich am Wickel.«

»Ich hab dir immer gesagt, was ich weiß«, sagte Hartmann kleinlaut. »Von den Unregelmäßigkeiten im Tierheim hast du nur durch mich erfahren. Der Tipp mit V2-Ralle war auch von mir.«

»Red dich nicht raus!«, sagte KK. »Du verrätst mir zwar gelegentlich etwas, aber eben nicht alles.«

»Du mir auch nicht.«

»Ich darf das. Du nicht. Ralf-Victor Verhuven hat mit dem Mord an Wolf übrigens nichts zu tun. Der hat an besagtem Freitag nicht den Wolf aus den Schuhen gehauen, sondern einen

Schweinemäster vom Niederrhein. Der Mann liegt seither im Koma. Zudem haben wir bei Verhuven im Keller ein ansehnliches Waffenarsenal entdeckt. Derzeit hockt er im Knast und wartet auf seinen Prozess.«

»In diesem ätzenden Fall bröckelt ein Verdächtiger nach dem anderen weg«, klagte Hartmann. »Was hast du vor?«

»Unverdrossen weitermachen.« KK klang zuversichtlich. »Momentan nehmen wir die golfspielenden Hundebesitzer aus Wolfs Kundenkartei unter die Lupe. Das Labor hat uns auf die Spur gebracht. Woher der Gummiabrieb am Erdanker stammt, wissen sie zwar noch nicht endgültig. Aber beim Holzprügel sind sie sicher. An dem haben sie Fasern von Cabretta-Leder gefunden. Daraus werden unter anderem Golfhandschuhe gefertigt. Das geht schon mal in die richtige Richtung.«

»Geht es nicht«, murmelte Hartmann.

»Was willst du damit sagen?«

»Ich weiß, wem die Handschuhe gehören, KK.«

KK hob erstaunt die Augenbrauen. Dann fischte er kommentarlos seinen Notizblock aus der Jackentasche und grunzte zufrieden. Ein Hartmann, der freiwillig auspackte? Offenbar zeigte seine Standpauke von gerade eben Wirkung.

»Ich höre«, sagte KK.

Hartmann erzählte ihm von der Moosleitner'schen Prügelattacke und dem Ausraster ihres Ehemannes. Er ließ kein Detail aus. Wo er schon mal dabei war, brachte er auch noch den Hunderttausend-Euro-Kredit für Wolf und Hartmanns eigentlichen Ermittlungsauftrag zur Sprache. Er verschwieg weder die unklare Herkunft von Gerbers Geld noch seinen Einbruch in Wolfs versiegelten Bungalow. Nicht einmal Orhan Karanis Schwierigkeiten mit Wolf und das Veilchen, das er dem Hundetrainer verpasst hatte, ließ Hartmann unter den Tisch fallen.

»Fette Beute!«, sagte KK anerkennend, als von Hartmann

nichts mehr kam. »Das saubere Chirurgenpärchen nehme ich als Erstes auseinander. Danach kommt der Türke dran.«

»Das dachte ich mir.«

»Glaubst du dieser Frau Moosleitner?«

»Eigentlich schon«, sagte Hartmann. »Sie ist ein aufrichtiger Mensch. Außerdem wären da noch die Spuren auf den beiden Tatwerkzeugen: Leder einerseits und Gummi andererseits. Das lässt darauf schließen, dass der Prügler und der Stecher zwei unterschiedliche Personen waren.«

»Oder eine ganz schlaue«, sagte KK. »Du weißt, was das bedeutet?«

»Die Tat wäre geplant gewesen«, nickte Hartmann. »Damit wäre es kein Totschlag im Affekt, sondern vorsätzlicher Mord.«

»So sieht's aus.«

Brunos empfindlicher Magen rebellierte. Sie kotzte KK eine streng riechende Portion verwesten Rheinfischs vor die Füße. Der hob seelenruhig seine Füße mit den gepflegten Schuhen hoch und wartete, bis der Hund mit Würgen fertig war.

»Mahlzeit«, sagte KK. »Geht doch nichts über eine gepflegte Fischmahlzeit. Wusstest du, dass die Causa Wolf mittlerweile sogar beim Finanzamt liegt? So wie es aussieht, hat Wolf exklusive Hundewanderungen in der Provence angeboten und bei diesen elitären Veranstaltungen schwarz in die eigene Tasche gewirtschaftet.«

»Ich habe herausgefunden, wo er mit seinen Gästen immer abgestiegen ist«, sagte Hartmann. »In einer Prunkvilla am Stadtrand von Cassis. Ich fahre da morgen selbst hin. Es ist meine einzige Chance, noch an Gerbers Kohle zu kommen und meine dreißig Prozent Erfolgshonorar einzustreichen.«

KK wurde hellhörig. Er selbst habe keine Chance, offiziell in Frankreich zu ermitteln, gestand er Hartmann. Dazu müsste er ein Amtshilfeersuchen lostreten, doch das sei viel zu kompliziert und würde sowieso nichts bringen. Wenn Hartmann da unten in der Provence KKs Ermittlungsjob sauber erledigen würde, also ohne bestehende Gesetze zu brechen oder verheerende Kollateralschäden anzurichten, wäre er bereit, alles zu vergessen, was Hartmann im Fall Wolf vergeigt hatte.

»Für dich in Frankreich rumschnüffeln«, sagte Hartmann zum Abschied. »Dafür ist der alte Antifa-Sack, der sich beim Backsteinwerfen einen Hexenschuss holt, also gut genug.«

»Du hast es erfasst.« KK drückte Hartmann die Hand. »Gib Bescheid, sobald du etwas weißt.«

»Mach ich!«, murmelte Hartmann.

KK ließ Hartmanns Hand nicht los.

»Schwöre, du Sack!«

»Ja doch, Mann. Ich schwöre.«

Kaum war KK vom Hof, stand Marlene in der Gartentür. Resolut knallte sie eine prall gefüllte Sporttasche auf den Boden und verkündete: »'n Abend, Mönch! Die Frau Bunt hat für ein paar Tage Klamotten gepackt und zieht hier erst wieder aus, wenn wir endlich im Bett waren. Und zwar ordentlich! Mit allem Zipp und Zapp!«

Taxi rannte an ihr vorbei ins Haus und soff Brunos Wassernapf leer. Bruno guckte ähnlich verwundert aus der Wäsche wie Hartmann.

»Unter Zipp kann ich mir was vorstellen«, sagte Hartmann vorsichtig. »Aber was zum Teufel ist Zapp?«

»Das wirst du herausfinden, wenn es so weit ist«, sagte Marlene und drückte ihm einen Kuss auf den Mund. »Ich muss mir jetzt erst mal ein Butterbrot schmieren. Ich komme um vor Hunger. Diese Werbefuzzis machen mich fertig. Die zahlen zwar, ohne mit der Wimper zu zucken, hundert Euro für eine Doppelstunde, aber am Hund sind sie eine einzige Katastrophe. Oder es liegt an mir, keine Ahnung. Wenn das so weitergeht, bin ich irgendwann reich und frustriert.«

»Du...?«

»Die könnten sich doch Meerschweinchen zulegen oder einen Waran. Warum müssen es ausgerechnet Viecher sein, mit denen man draußen die Umwelt belästigen kann? Der Mops von der Kreativdirektorin...«

»Du, hör mal...!«

»... hat heute einer Politesse ans Bein gepisst.« Marlene ließ sich nicht aufhalten. Sie biss ein großes Stück von ihrem Leberwurstbrot ab, stopfte ein halbes Essiggürkchen hinterher und schwatzte mit vollem Mund weiter. »Ans Bein, stell dir vor! Während die das Knöllchen für seinen Kackhaufen auf dem Gehweg ausgestellt hat. Ist das zu fassen? Und die schicke Kreativdirektorin so: Och, Clooney, nöö, nee, das kannst du doch nicht machen! Und die Politesse: Fuck, du Drecksköter! Hartmann, du glaubst es nicht, wenn du es nicht selbst gesehen hast. Ich hätte mich wegschmeißen können. Wobei, das war noch nicht mal das Beste. Im Medienhafen hinter dem Kino hat doch tatsächlich...«

»Marlene!«

»Was denn?«

»Wir können heute keinen Sex haben.«

Marlene stutzte kurz.

»Was Sie nicht sagen, Merkwürden. Woran liegt's diesmal?«

»Wir müssen in die Provence.«

Marlene wischte sich den Mund mit dem Handrücken ab. »In die Provence wollte ich schon immer mal.«

»Ich pack nur schnell meine Sachen«, sagte Hartmann.

»Vielleicht willst du mir währenddessen erklären, warum wir

so was Verrücktes tun?«, fragte Marlene und folgte dem davoneilenden Zölibatär ins Schlafzimmer. »Aber nur, wenn es keine Umstände macht. Ich sterbe gerne dumm.«

Hartmann erzählte Marlene von Wolfs Provencetouren, während er wahllos Klamotten in einen Koffer warf, bis der sich nicht mehr schließen ließ. Marlene setzte sich hilfsbereit auf den Deckel. Mit vereinten Kräften gelang es ihnen, die Kofferschlösser einrasten zu lassen.

»Die Frauen von Düsseldorfs Geldsäcken waren auf diesen Reisen Stammkundinnen«, schloss Hartmann seinen Bericht und wuchtete den Koffer vom Bett. »Wolf war immer ausgebucht. Achttausend hat die Woche gekostet. Die meisten von denen haben bar bezahlt.«

»Da kommt was zusammen.«

»Das Geld liegt noch da unten, Marlene«, strahlte Hartmann und rieb sich erwartungsfroh die Hände. »Warum sollte Wolf pro Woche zigtausend Euro Schwarzgeld nach Deutschland karren? Ich wette mit dir, in Cassis finden wir Gerbers Knete in einem Tresor der Marke Hartmann. Zusammen mit einem ganz dicken Stück vom Kuchen für dich und für mich. Ich hole noch schnell einen Sack Hundefutter aus dem Keller, dann können wir los.«

»Und pack ein ordentliches Halsband für Bruno ein!«, rief ihm Marlene hinterher. »Am besten das dezente braune, das man in ihrem Fell nicht sieht.«

»Ist mit ihrem Geschirr was nicht in Ordnung?«, fragte Hartmann.

»Ich lasse mich an der Côte d'Azur nicht mit einem Hund sehen, auf dessen Zaumzeug *Fesch samma* steht. Von dem Edelweiß, dem Hasen und den Herzchen ganz zu schweigen.«

»So schlimm?«

»Ein Albtraum. Als ich neulich mit den beiden auf der Knittkuhler Wiese war, wäre ich beinahe im Erdboden versunken. Das Ding sieht verheerend aus, Hartmann. Ich habe einen Ruf zu verlieren.«

Zehn Minuten später schoss ein mit Mann, Frau und Hunden vollbepackter Citroën CX 25 GTI Turbo 2 vom Hof und direkt auf die Boltzhorn'schen Klinkerpaletten zu. Hartmann kurbelte am Lenkrad, dirigierte den Wagen durch die Lücke und stieg plötzlich voll auf die Bremse. Im Scheinwerferkegel standen zwei schwarzgekleidete Männer mit Eisenstangen in der Hand.

»Das ist für Ralle!«, schrie der eine und bewegte sich auf den Citroën zu.

Hartmann stellte den Motor aus. Seufzend öffnete er die Tür. Diesen hirnlosen Deppen von Büfükadü war einfach nicht zu helfen. Entweder sie blamierten sich auf dem Burgplatz mit ihren Verschwörungstheorien oder sie verletzten sich bei waghalsigen Aktionen.

»Hör mal, du Fleischwurstsepp«, sagte Hartmann und stieg genervt aus. »Ich polier dir jetzt die Fresse, und wenn alles abgeschwollen ist, backst du einen Kuchen und gehst Ralle im Knast besuchen.«

Der zweite Mann setzte sich in Bewegung. Marlene öffnete die hintere Tür und schickte Taxi in die Nacht hinaus. Als der Büfükadü-Kämpfer den muskulösen Rottweiler auf sich zugaloppieren sah, warf er die Eisenstange weg und rannte um sein Leben. Taxi drehte ab und sprang dem anderen, der Hartmann drohend gegenüberstand, mit der vollen Wucht seiner fünfzig Kilo ins Kreuz. Der Typ verlor das Gleichgewicht und kippte hilflos nach vorn. Taxi stellte sich über ihn und verlor beachtliche Mengen an Sabber. Starr vor Entsetzen wimmerte der Mann etwas Unverständliches in den Straßenbelag.

»Taxi! *Spüli!*«

Das geifernde Rottweilermaul öffnete sich. Der Mann schrie

auf. Die rosa Zunge fuhr heraus und schleckte ihm über die Glatze. Wieder und wieder und wieder. Taxi war nicht mehr zu bremsen.

»Wieso macht Taxi das?«, rief Hartmann Marlene über die Schulter zu. Er ließ den Typen nicht aus den Augen. »Der hört gar nicht mehr auf. Poliert der Radikalstveganer seine Glatze etwa mit Speckstreifen?«

»*Spüli* ist unser Kommando, wenn Taxi den Grillrost sauber lecken soll«, erklärte Marlene freundlich, die neben Hartmann getreten war und neugierig Taxis Opfer musterte.

Hartmann zog den zitternden Mann am Kragen hoch, stellte ihn ordentlich auf die Füße und zimmerte ihm kommentarlos die geballte Faust mitten ins Gesicht. Er hörte, wie das Nasenbein brach. Der Typ torkelte heulend davon.

»Du liebe Zeit«, staunte Marlene. »Zimperlich bist du ja nicht gerade.«

»Wieso sollte ich?«, brummte Hartmann. Er holte den Verbandskasten aus dem Kofferraum und streifte die Einweghandschuhe über. »Knack, knick, Nase dick. Anders lernen die das nie.«

»Was hast du vor?«

»Ich schmeiße Boltzhorn jetzt die Fenster ein.«

»Waaas?!«

»Keine Sorge!«, beruhigte er Marlene. »Wenn Boltzhorn die Polizei ruft, kommt sowieso nur Rüdiger vom Einbruchsdezernat. Dem erzähle ich nach unserer Rückkehr, was ich als guter, misstrauischer Nachbar beobachtet habe. Nämlich zwei finstere Gestalten, die in schwarzen Kapuzenpullis mit Büfükadü-Logo um die Häuser schlichen. Der eine hatte so ein merkwürdig geschwollenes Gesicht.«

Er griff sich einen Klinker von der Palette und wog ihn in der Hand.

»Lass sicherheitshalber den Motor schon mal laufen, damit wir schnell vom Hof kommen«, sagte er. »Das wird jetzt laut.«

Marlene packte Taxi zu Bruno auf den Rücksitz und setzte sich ans Steuer.

»Von wegen Hexenschuss, KK!«, murmelte Hartmann.

Dann warf er Boltzhorns teure Panoramascheiben ein.

Eine nach der anderen.

08
Das miese Fischbrötchen von Cassis

Hartmann hatte in den letzten Tagen eine Menge imposanter Häuser gesehen. Aber die *Villa Laurier Rose*, die hoch über der Bucht von Cassis in der Morgensonne lag, übertraf alles. Gegen ihren morbiden, provenzalischen Charme wirkte die kühle Düsseldorfer Eleganz wie eine blasse Sektflöte inmitten ausladender, mit blutrotem Châteauneuf-du-Pape gefüllter Rotweinkelche.

»Du liebe Zeit!«, staunte Hartmann, als er und Marlene vor dem schmiedeeisernen Eingangstor standen und nach oben in den Garten spähten. »Was für eine gigantische Hütte!«

»Hier hat Wolf also jedes Jahr vier Wochen lang pfundweise Kohle in sein Portemonnaie geschaufelt«, stellte Marlene fest. »Wieso komme ich nicht auf solche lukrativen Ideen? Ich bin einfach zu blöd für diese Branche.«

»Oder nicht gierig genug«, antwortete Hartmann. »Wolf hat pro Woche acht Teilnehmer mitgenommen. Kostenpunkt laut Moosleitnerin: achttausend für Hund und Frauchen. Futter und Rosé gingen extra.«

»Das rechne ich in einer stillen Stunde mal aus.«

Offensichtlich war man am anderen Ende der Kamera einigermaßen zufrieden mit dem, was man sah. Das Eisentor öffnete sich summend. Hartmann und Marlene traten in den Garten.

Prächtige Rosenbüsche und kugelig geschnittener Lavendel wechselten sich mit Mittagsblumen, Hibiskus und Ginster ab. Palmen, Lorbeerbäume und Oleanderbüsche säumten den gepflegten Weg, der mit groben Feldsteinen gefasst war und sich in einer sanften Kurve den Hang hinaufschwang.

»Ich habe keine Ahnung, was hier alles wächst«, sagte Hartmann. »Aber es erinnert mich an den schlimmsten Albtraum meiner Jugend.«

»Deine Biolehrerin?«

»Nein, Blumen! Jedes Jahr fuhren meine Eltern in den Ferien an den Bodensee und schleiften mich und meinen Bruder zur Blumeninsel. Mit dem Schiff von Meersburg auf die Mainau – die Mutter aller Sonntagsausflüge! Du bist vier Jahre alt, gefangen in einem öden Blumenmeer, und kannst nicht weg, weil du noch keinen Führerschein hast.«

Der Kiesweg endete an einer offenen Remise, die Platz für zehn Autos bot. Bis auf einen kleinen Renault stand sie leer. Von der Remise führte eine breite Treppe zum Haus. Sie stapften die Stufen hinauf. Als sie oben anlangten, schüttelte Hartmann fassungslos den Kopf. Marlene lachte.

»Das Riesending, das du von unten erspäht hast, ist nur das Poolhaus«, stellte sie fest. »Das Haupthaus ist dann wahrscheinlich eine Kathedrale.«

Sie liefen mit raschen Schritten um den riesigen Pool und die edel beplankte Veranda. Die Liegen war sauber in einer Reihe ausgerichtet, jede mit Blick zum Meer. Die Veranda ging in einen überdachten Innenbereich über, der großzügig mit teuren Loungemöbeln ausgestattet war.

»Guck dir diesen offenen Dachstuhl an«, sagte Hartmann. »Auf einem Badehaus! Ich wäre froh, meine Hütte hätte so was Stabiles. Von dieser Veranda gar nicht zu reden.«

»Darf man eine zweihundert Quadratmeter große Veranda

überhaupt noch Veranda nennen, oder gibt's dafür einen anderen Ausdruck?«

»Fußballplatz.«

»Komm weiter!« Marlene nahm schwungvoll die letzte Treppe. »Wir haben's gleich.«

Wenig später standen sie vor der tatsächlichen *Villa Laurier Rose*. In ihrem Zentrum befand sich ein monumentaler, runder Turm mit Zinnen. Rechts und links zweigten acht Luxussuiten ab. Zweistöckig, vermutete Hartmann. Im Obergeschoss Balkons mit Meerblick, darunter wölbten sich geschwungene Arkaden über gemütlichen Terrassen. Das ganze Anwesen schien liebevoll gepflegt zu werden. Dennoch sah man der Villa an, dass sie in die Jahre gekommen war. Ihre Mauerecken waren von den salzigen Meerwinden rund geschliffen. Aus dem strahlenden Weiß des Putzes war ein mürbes Beige geworden. An einigen Stellen bröckelte der Stuck. Von den eisernen Liegen auf den Terrassen blätterte fast unmerklich die Farbe ab. Die Villa war bis in die letzte Ecke erfüllt vom Flair der Zwanzigerjahre des letzten Jahrhunderts. Hartmann hätte sich kein bisschen gewundert, wäre aus einer der Suiten leise Charleston-Musik gekommen, und erwartete jeden Moment, dass Scott und Zelda Fitzgerald in blau gestreiften Ganzkörperbadeanzügen in die Sonne traten und zigarettenrauchend zum Pool schritten.

Marlene drehte sich um und blinzelte auf das türkisfarbene Meer. Sie konnte kaum erkennen, wo es endete und der Himmel anfing. Von hier oben sahen die Segelschiffe winzig aus. Motorboote, die auf dem Weg zu den Buchten der Calanques-Felsen waren, zogen weiße Gischtstreifen hinter sich her. Unten schmiegten sich die Häuser von Cassis an den Berg. Im Hafen herrschte fröhliches Treiben.

»Es ist wunderschön hier«, sagte sie. »Am besten gefällt mir, dass das kein seelenloser Neureichenbunker ist. Die Mauern haben Patina. In ihnen ist gelebt worden. Alles wirkt ein bisschen ranzig, so angenehm aus der Mode gekommen. Wie der Geldadel. Der ist auch von gestern. Ich finde, das hat Charakter, Hartmann. Und für die Hunde ist es ideal. Hast du den Zweimeterzaun gesehen? Da springt so schnell keiner drüber.«

In der offenen zweiflügeligen Eingangstür des Turms erschien eine schlanke Gestalt in einem schlichten, eleganten Sommerkleid. Sie kam ihnen mit ausgestreckter Hand entgegen. Hartmann setzte sein amtliches Gesicht auf. Sein Gehirn schaltete auf Bullshit-Modus. Die Legende, die er sich zurechtgelegt hatte, war aber auch zu schön.

»*Bonjour!* Hartmann«, stellte er sich vor.

»Mein Name ist Morillon«, sagte die Frau in beinahe akzentfreiem Deutsch. »Ich bin die Hausdame der *Villa Laurier Rose.* Was kann ich für Sie tun, Monsieur Hartmann?«

»Sie sprechen ausgezeichnet Deutsch«, staunte Hartmann.

»Ich stamme aus dem Elsass, Herr Hartmann«, sagte sie. »Aber selbst wenn ich aus dem Périgord käme, hätte ich mir Ihre Sprache angeeignet. Englisch, Russisch und Spanisch beherrsche ich ebenfalls. Wir haben eine internationale Klientel in der Villa. Da wird das gern gesehen.«

»Das macht vieles leichter«, sagte Hartmann. »Meine Aufgabe ist etwas, wie soll ich sagen, delikat.«

Madame Morillon hob eine Augenbraue.

»Ich komme in der Angelegenheit Bert Wolf«, fuhr Hartmann fort. »Herr Wolf ist unter bedauerlichen Umständen ums Leben gekommen. Ich bin sein Nachlassverwalter.« Er wies auf Marlene. »Das ist meine Sekretärin.«

»Unter bedauerlichen Umständen?«, fragte Madame Morillon vorsichtig.

»Er wurde ermordet«, sagte Hartmann.

»Das ist ja entsetzlich!«, rief sie aus.

»Ich regle seine Angelegenheiten.«

»So ein charmanter, netter Mann«, sagte Madame Morillon tonlos. »Und einer unserer besten Kunden noch dazu. Monsieur Bastide wird schockiert sein.«

»Monsieur Bastide war noch mal wer?« Hartmann zückte seinen Notizblock.

»Der Verwalter unserer Villa. Geschäftliches besprechen Sie am besten mit ihm. Ich bin hier für die Betreuung der Gäste zuständig. Momentan bereiten wir das Haus gerade für die nächste Ankunft vor. Worum geht es denn genau?«

»Wir haben in Wolfs Unterlagen Notizen gefunden, die darauf schließen lassen, dass in Cassis seit dem letzten Aufenthalt aller Wahrscheinlichkeit nach Rechnungen offengeblieben sind. Das möchten wir gerne mit Ihnen klären, um die finanziellen Angelegenheiten des Verstorbenen einem Abschluss zuzuführen, der alle beteiligten Parteien zufriedenstellt.«

Marlene biss sich auf die Lippen und sah schnell wieder aufs Meer hinaus. Hartmanns amtlicher Quatsch war zu viel für ihr Zwerchfell. Wo holte dieser Mann den ganzen Mist bloß her? Und warum glaubten ihm die anderen? Der musste noch nicht mal einen Ausweis vorzeigen, geschweige denn eine Vollmacht von Wolf. Madame Morillon fraß bereits nach fünf Minuten aus seiner Hand.

»Geldangelegenheiten also«, trillerte diese gerade. »Das ist wirklich Monsieur Bastides Domäne. Ich gebe Ihnen seine Karte. Bitte folgen Sie mir.«

Sie lief mit schnellen Schritten durch die Halle, deren Wände aus hellem Sandstein gemauert waren. Marlene und Hartmann folgten ihr. Vor einem offenen Kamin lümmelten mehrere teure Designersessel und eine meterlange Couch aus weichem, hellem Leder. Dahinter öffnete sich ein begrünter Innenhof.

»Monsieur Wolf reiste immer mit sehr eleganter Begleitung«, plauderte Madame Morillon. »Es waren hauptsächlich Damen. Ab und zu waren auch Ehepaare darunter. Seltener einzelne Herren. Das waren jedes Mal sehr angenehme Gesellschaften. Für jemanden wie mich ist es eine besondere Freude, wenn meine Hausgäste mit Exklusivität umgehen können, wissen Sie. Unsere russischen Kundinnen und Kunden bestellen eine Flasche Wein für zweihundert Euro, weil sie denken, dass er deswegen gut sein muss. In Wahrheit ist es aber nur Essig, der einen sehr wohlklingenden, berühmten Namen trägt. Aber das merken diese Leute nicht. Monsieur Wolfs Freunde kannten sich in all diesen Dingen aus. Die wussten, was gut ist. Nicht alle natürlich, aber viele von ihnen. Manchen hätte man auch eine Rhabarberlimonade als Côte du Rhône Rosé vorsetzen können.«

Sie lachte glockenhell.

»Natürlich waren sie auch sehr ausgelassen«, fuhr sie fort. »Das gehört in der Villa einfach dazu. Da gingen Monsieur Wolfs Gäste nachts auch mal schwimmen mit mehr oder weniger Bekleidung. Aber es waren keine Ausschweifungen zu beobachten, das möchte ich betonen. Niemals Ausschweifungen! Da hatten wir hier schon ganz andere Fälle. Und dann die netten Hunde. Sehr gut erzogene Tiere, wirklich. Ihre Besitzer haben das Grundstück immer sauber hinterlassen, obwohl sie das gar nicht mussten. Die Deutschen und ihre Poop-Tütchen, ich kann Ihnen sagen. So, da sind wir schon.«

Auf der anderen Seite des Innenhofs befand sich ein Treppenhaus, in dem rechts und links breite Stufen nach oben zu den Suiten führten. An der Wand stand eine Anrichte mit Werbematerial. Madame Morillon reichte Marlene eine Broschüre der Villa und eine Visitenkarte, wortlos, ohne sie eines Blickes zu würdigen. Offensichtlich war das ihre bevorzugte Art, mit Angestellten umzugehen.

»Ganz reizend, haben Sie recht herzlichen Dank«, lächelte

Marlene zuckersüß und dachte: Fick dich, du arrogante Gewitterziege! Und wenn du damit fertig bist, darfst du dreimal raten, wer von uns beiden die Unternehmerin ist und wer nur das Dienstmädchen.

»Ich sage Monsieur Bastide Bescheid, dass Sie ihn morgen aufsuchen werden, Herr Hartmann«, flötete die Morillon. »Ich werde ihn vorab auch über das traurige Vorkommnis informieren, wenn Sie erlauben.«

»Tun Sie das«, sagte Hartmann und ließ den Blick durch die Villa schweifen. »Eine Frage hätte ich noch. Was kostet so etwas?«

»Kaufen oder mieten?«, fragte die Hausdame keck.

»Mieten natürlich.«

»Derzeit liegt die *Villa Laurier Rose* bei viertausendfünfhundert Euro ...«

»Pro Woche?«, staunte Hartmann. »Halleluja!«

»Pro Nacht«, fuhr Madame Morillon ungerührt fort. »In der Nebensaison. Inklusive Catering aus der Sterneküche. Das ist aber nicht mehr lange so günstig. Wir werden die Villa am Ende dieser Saison renovieren. Sie hat ein bisschen Moos angesetzt, wie Sie bestimmt bemerkt haben. Nach der Sanierung können wir bis zu achttausendsiebenhundert erzielen. Wenn Sie die Villa für einen längeren Zeitraum mieten möchten, kommt Ihnen die Verwaltung bestimmt entgegen, Herr Hartmann. Das hat sie bei Monsieur Wolf auch getan.«

Sie seufzte zum Abschied.

»Der arme, arme Mann. Wir leben in schlimmen Zeiten.«

»Viertausendfünfhundert Euro pro Nacht«, röhrte Hartmann. Er tippte sich fassungslos an die Stirn. »Heiliges Kanonenrohr!«

»Kein Mensch sagt heute mehr *Heiliges Kanonenrohr*«, sagte Marlene und warf sich rücklings auf das breite Bett. Sie wippte auf und ab. Das Ergebnis war zufriedenstellend. Nicht zu hart und nicht zu weich.

»Doch«, sagte Hartmann. »KK.«

Er sah sich im Zimmer um.

»Viel billiger scheint das hier aber auch nicht zu sein«, sagte er.

»Vierhundertvierzig«, rief Marlene, während sie die Liegen auf der Terrasse inspizierte. »In Anbetracht der Tatsache, dass Gerber zahlt, habe ich gestern Nacht natürlich keine Billigabsteige gebucht. Außerdem musste ich mich schnell entscheiden. Es war das letzte Zimmer, wie du dich vielleicht noch erinnerst.«

Und ob sich Hartmann erinnerte. Irgendwo hinter Köln-Mülheim hatte Marlene vorsichtig angefragt, wo man denn anderntags zu nächtigen gedenke. Er hatte keine Ahnung gehabt. Das sei mal wieder typisch Hartmann, hatte Marlene geseufzt, hyperaktiv durchstarten bei rudimentärer Projektplanung. Dann hatte sie zum Smartphone gegriffen und nach exklusiven Hotels in Cassis gestöbert, in denen Hunde erlaubt und Kinder verboten waren, denn Krakeel am Pool war ihr zuwider.

Les Roches Blanches in der Avenue des Calanques entpuppte sich als ein luxuriöses Refugium für Verliebte, das kuschelige Zimmer mit einem fantastischen Blick auf die Felsen der Calanques bot. Romantisches Meeresrauschen und internationale Beischlafgeräusche waren im Preis inbegriffen. Hätte Marlene das vorher gewusst, hätte sie hier erst recht ein Zimmer gebucht. Eine Etage über ihnen wurde bereits bei offener Balkontür geächzt. Es war gerade mal halb vier.

»Wenn ich dich hier nicht rumkriege, dann weiß ich auch

nicht«, sagte Marlene, als sie sich mit einem Glas Miraval Côtes de Provence auf dem Balkon räkelte und zu den felsigen Calanques hinübersah, deren Furchen sich vierhundert Meter aus dem Wasser erhoben.

»Wir haben denselben Ausblick wie die Leute in der Villa«, begeisterte sich Hartmann, der Marlenes letzte Bemerkung nicht mitgekriegt hatte. Er vergaß mit ihr anzustoßen, trank sein Glas auf einen Zug leer und seufzte behaglich. »Nur halt von weiter unten.«

»Du bist ein echter Romantiker, was?«

»Findest du? Eigentlich ist Romantik nicht so ...«

»Das war Ironie, du Pfosten.«

»Dafür bin ich jetzt zu müde.«

»Ich auch«, gähnte Marlene. »Wann muss ich abendessen?«

»Tisch um halb neun.«

»Perfekt.«

Sie seufzte wohlig und schloss die Augen. Elfhundert Kilometer Fahrt durch die Nacht. Heute Morgen nur ein schneller Kaffee und ein hastiges Croissant. Anschließend Sturm auf die hügelige *Villa Laurier Rose* mit einstündigem Theaterspiel als Nachlassverwaltersekretärin. Auf dem Rückweg mit den Hunden eine Runde Gassi in der prallen Sonne. Bei der Gelegenheit hatte Bruno beinahe einen Obststand abgeräumt, nachdem sie in den Auslagen den Obsthändlerdackel erblickt hatte. Taxi ließ Bruno machen und hielt dafür den Fischhändler in Schach, damit der seinem Marktkollegen nicht zu Hilfe eilen konnte. Hartmann wollte sich mit dem Hinweis, sie sei ja schließlich der Profi von ihnen beiden, aus dem Scharmützel heraushalten, und so fischte Marlene in einem Aufwasch Bruno aus dem Obst heraus, pfiff Taxi zurück und machte Hartmann zur Schnecke. Das hatte zwar nicht länger als fünfzehn Sekunden gedauert, war aber trotzdem zu viel für eine alte Frau in den Vierzigern gewesen. Da durfte man nach einem Gläschen Rosé in der Nachmittagssonne schon mal ins Provencekoma fallen.

Marlene blinzelte erschöpft in die Runde.

Taxi schlief. Bruno schlief. Hartmann schlief.

»Ach du Scheiße!«, fluchte Hartmann in sein *L'Amuse-Bouche* und hielt Marlene das Smartphone unter die Nase. Mit der anderen Hand schubste er ein Rote-Bete-Röschen beiseite und schob sich das minimalistische Tartelette mit dem fingernagelgroßen Stückchen Wolfsbarsch in den Mund. Sie saßen auf der Hotelterrasse und ließen es sich gutgehen. Im Gegensatz zu den Moosleitners. Die schienen gerade ein mächtiges Problem zu haben.

BLUTIGER VERDACHT!
SCHÖNHEITSCHIRURG ZERFETZT
HUNDETRAINER DAS GESICHT!

»*BILD* und *EXPRESS* geben mal wieder alles«, kommentierte Marlene trocken.

»KK hat tatsächlich die Moosleitners eingebuchtet«, sagte Hartmann kauend. »So ein Hund. Das hätte ich dem nicht zugetraut. Bei den oberen Zehntausend war er sonst immer verhaltener.«

»Das *Who is who* der internationalen Schönheitschirurgie staunte beim Privatempfang in Düsseldorf nicht schlecht«, las Marlene. »Erwarteten die Koryphäen doch von Moosleitner (62) einen bahnbrechenden Vortrag zum Trendthema *Minimalinvasive Brustvergrößerung über den axillären Zugang*. Stattdessen verließ der renommierte Professor Doktor seinen eigenen Empfang in Handschellen. Bei Immobilienbesitz in Sankt Moritz und auf den Bahamas bestehe akute Fluchtgefahr nach Paragraf hundertelf Absatz zwei der Strafprozessordnung, erläuterte Kriminalkommissar Moritz, der den Einsatz leitete, die unpopuläre Maßnahme.«

»Fluchtgefahr ist hundertzwölf«, bemerkte Hartmann trocken und trank einen Schluck Wein. »Offensichtlich hat KK sein juristisches Wochenendseminar immer noch nicht genehmigt bekommen. Hat er Silvia auch abführen lassen?«

»Davon steht hier nichts«, sagte Marlene. Sie gab ihm sein Handy zurück.

»Ich frag mal nach«, sagte Hartmann und tippte mit flinken Rote-Bete-Fingern eine Nachricht.

Bin in Frankreich. Kommst du klar? Brauchst du Hilfe? Soll ich mal bei der Kripo nachhaken? Gruß Hartmann

»Wenn sie antwortet, ist sie noch auf freiem Fuß«, sagte er.

Sie schauten eine Weile auf das Display, in dem sich nichts rührte. Dann sahen sie der Sonne beim Untergehen zu. Es war ein farbenprächtiges Spektakel. Die Felsen der Calanques schimmerten golden. Hartmann stellte wieder einmal fest, dass er viel zu wenig in den Süden reiste. Hier unten war das Licht bunter und lebendiger. Selbst die Gewitter waren lauter und nasser. In Düsseldorf sehnte man sich den ganzen heißen Tag lang nach einer Erfrischung, die aber nie kam. Stattdessen sah man den Wolken beim Grauwerden zu, es donnerte und blitzte zwei Mal, ein paar Tropfen nieselten vom Himmel, doch die wenigsten von ihnen erreichten den Asphalt. Nach fünf Minuten war alles vorbei und die Stadt stickiger als vorher.

Die Kellner des *Les Roches Blanches* schienen aus dem Nichts zu kommen. Als Hartmann wieder auf den Tisch blickte, waren die leeren Teller abgeräumt, die Kerzen angezündet und die Gläser gefüllt. Die Hunde räkelten sich unter dem Tisch. Hartmann hatte darauf verzichtet, Bruno anzuleinen, und sämtliche diesbezüglichen Bedenken Marlenes lässig in den Wind geschlagen. Zum einen, weil er ihr unbedingt demonstrieren wollte, was für eine ausgezeichnete Bindung Bruno mittlerweile zu ihm, Hartmann, dem angeblich so führungsschwachen Sack Mürbegebäck, hatte. Zum anderen, weil er als Hauptgang Fischplatte für zwei bestellt hatte. Da würde Bruno sowieso keinen Millimeter von ihm abrücken.

»Ich habe mal Wolfs Einnahmen überschlagen«, sagte Marlene, während sie einer Garnele den Kopf abdrehte und sie genießerisch in den Mund schob. »Acht mal achttausend macht vierundsechzigtausend mal vier Wochen macht etwas über eine viertel Million Euro. In einem Monat! Theoretisch. Mir stellte sich nur die Frage, ob das überhaupt realistisch ist. Woher will Wolf zweiunddreißig Schickeriaschnecken nehmen, die jeden Mai diese Reise buchen? So abgehoben war seine Kundenliste auch nicht.«

»Es waren nicht alles Kundinnen«, sagte Hartmann. »Die Moosleitnerin hat erzählt, die Reisen seien für jedermann buchbar gewesen. In der High Society hat sich das herumgesprochen. Da waren auch Freundinnen der Frauen dabei. Oder Leute, die noch nie bei Wolf im Kurs waren. Was den Düsseldorfer Reichtum angeht, hatte der Wolf ein ganz ordentliches Einzugsgebiet.«

»Stimmt«, sagte Marlene. »Wenn man noch die linksrheinische Seite dazunimmt. Meerbusch zum Beispiel.«

»Aus Köln-Hahnwald kamen auch einige. Außerdem haben manche gleich zwei Wochen gebucht. Oder drei, wie die wilde Witwe Tszukosinowicz.«

»Die Verwalterin hat angedeutet, bei dreißig Übernachtungen am Stück gehe der Tarif bis auf dreitausend pro Nacht runter.« Marlene rechnete weiter. »Das macht neunzigtausend. Damit bleiben unterm Strich für Wolf über hundertsechzigtausend Euro übrig. Richtig gerechnet? Mai für Mai! Das ist allerhand.«

»Ja, in dieser Größenordnung wird der Gewinn wohl liegen«, stimmte Hartmann zu. »In den Jahren, in denen er den halben Juni noch dazugenommen hat, kamen noch mal achtzig drauf.«

»Aber wo hat er das Geld versteckt? In der Villa kann es kaum sein.«

»Hoffentlich nicht auf einer französischen Bank. Oder in der Schweiz. Das wäre echt mies.«

»Hätte Gerber auf so ein Konto Zugriff?«

»Wenn es ein normaler Kredit gewesen wäre, schon. Aber er hat Schwarzgeld ohne Vertrag verliehen. Wie sollte er da jemals einen Schuldtitel kriegen? Ich hätte nie gedacht, dass Bauunternehmer so leichtgläubig sein können. Ich hielt die immer für Geschäftsleute, die mit allen Wassern gewaschen sind.«

»Der Verwalter ist unsere letzte Chance, oder?«

»Ja«, sagte Hartmann. »Ich bin mit meinem Latein ziemlich am Ende. Die Moosleitners werden als Mörder eingebuchtet. Das Geld vergammelt in irgendeinem südeuropäischen Erdloch. Gerber guckt in die Röhre und wir auch. Es tut mir leid, Marlene, dass dein erster Fall so dermaßen in die Hose geht.«

Er hob sein Weinglas und lächelte sie an.

»Es ist mir trotzdem ein ausgesprochenes Vergnügen. Ich weiß gar nicht, wann ich das letzte Mal bei Ermittlungen so viel Spaß hatte.«

Marlene beugte sich über den Tisch und küsste ihn.

»Gemeinsam jagen ist spannend«, sagte sie und stellte fest,

dass zweieinhalb Gläser Château Sainte Roseline in der abendlichen Hitze einfach zu viel waren. Vor allem am Ende eines so anstrengenden Tages. »Es kribbelt manchmal sogar. Könnten wir uns nicht öfter mal zusammentun? Du müsstest mir nur das Schießen beibringen. Da draußen sind viele gefährliche Burschen.«

»Da draußen«, wiederholte Hartmann und grinste.

»Stimmt doch.«

»Neunzig Prozent deiner Jagden bestünden darin, unansehnliche Ehemänner beim Poppen zu fotografieren. Da kribbelt nix.«

»Kommt drauf an, wer beim Überwachen neben mir sitzt.«

Hartmanns Handy brummte.

Danke, ich bin vorläufig wieder zu Hause. Mein Mann noch nicht. Unsere Anwälte arbeiten dran. An der Geschichte in den Zeitungen stimmt nichts. Wenn ich den erwische, der uns die BILD und den EXPRESS auf den Hals gehetzt hat, zahlt der bis an sein Lebensende. Das schwöre ich dir. Wir sprechen nach deiner Rückkehr. Grüße, Silvia

Hartmann zog die Augenbrauen hoch. Der Moosleitnerin war mit Sicherheit klar, dass er früher als beabsichtigt KK informiert hatte. Gott sei Dank hatte die Frau keine Ahnung, welche intimen Beziehungen KK zur örtlichen Regenbogenpresse unterhielt. Sonst würde sie wahrscheinlich den nächsten Holzprügel schwingen.

Die Fischplatte erwies sich als fangfrisch, wagenradgroß und unbezwingbar. Marlene und Hartmann taten ihr Bestes. Trotzdem verschwand das ein oder andere raffiniert gewürzte Filetstückchen von *loup de mer, daurade* und *saumon* unter dem

Tisch. Das schummrige Kerzenlicht war ideal, um überzählige Meeresbewohner diskret in Taxis und Brunos gierigen Rachen zu versenken. Dem aufmerksamen Ober, der für ihr Wohlergehen zuständig war, entging alles.

»An dieses Leben könnte ich mich wirklich gewöhnen«, seufzte Marlene zufrieden, während sie etwas Zitrone über die knusprige, auf der Haut gebratene Dorade träufelte. »Meer, Mond, Kerzen, Schlaraffenland. Das macht mich glücklicher, als ich sagen kann. Haben Sie öfter Einsätze im Ausland, Sam Spade? Ich komme mit.«

»So gut wie nie, Miss Marple«, sagte Hartmann und schüttelte bedauernd den Kopf. »In Barcelona hatte ich mal einen Fall. Das war's aber auch schon.«

»Was gab's da zu tun?«, erkundigte sich Marlene.

»Ich war einem Fahrraddieb auf den Fersen.«

»Das klingt brutal gefährlich«, sagte Marlene, ohne eine Miene zu verziehen. »Es gab Maschinengewehrsalven, und du musstest in Deckung gehen.«

»Raketenwerfer!«, antwortete Hartmann mit vollem Mund. »Ich zeige dir nachher meine Narben.«

»Nicht dein Ernst!«

»Doch«, sagte Hartmann und nickte bedeutungsschwer. »Letztes Jahr im August. Du musst doch davon in den Zeitungen gelesen haben?«

»Nein. Keine Zeile.«

»Echt nicht?«

»Wenn ich dir's doch sage.«

»Hmm«, grübelte Hartmann. »Könnte es vielleicht daran liegen, dass nichts drinstand, weil nichts passiert ist?«

»Du Arsch!« Marlene warf Gräten nach Hartmann.

»Hör auf!«, lachte Hartmann und hob abwehrend die Hände. »Ich kann doch auch nichts dafür. Es war halt nix Dramatisches dabei. Einem Fahrradhändler im Ruhrgebiet wurden regelmäßig seine teuren E-Bikes geklaut. Die waren wie vom Erdboden verschluckt. In einem Sommer fand einer seiner Angestellten die Dinger dann zufällig auf Mallorca. In einem Fahrradverleih! Daraufhin hat er mich gebucht. Wir haben in seinen Rädern GPS-Peilsender versteckt und auf den nächsten Einbruch gewartet. Dann sind wir den Langfingern bis Barcelona nachgefahren. Von dort wurden die Räder auf die Balearen verschifft. Zusammen mit der Polizei haben wir die Brüder eingebuchtet. Alles völlig unspektakulär. Aber die Zeit dort war klasse. Diese Stadt ist eine Wucht.«

»Hab ich auch schon gehört.«

»In Barcelona werden zweihundertdreißig Sprachen gesprochen. Das hat uns ein Taxifahrer gesagt, als er uns zur Sagrada Família fuhr. Er hatte eine eigene Spur, auf der er alle weghupen durfte. Überall waren Bars und Restaurants. An jedem freien Fleck. Um neun Uhr abends brannte kaum ein Licht in den Häusern und Wohnungen. Die Menschen waren draußen. *Tapas, vino, cerveza*, reden und schweigen, lachen und streiten. Nach Feierabend geht man nicht direkt nach Hause, sondern immer erst in die Bar. Und genau genommen geht man morgens auch von der Wohnung nicht stracks zur Arbeit, sondern wieder in die Bar. Die serviert dann statt Cava halt *cafe solo* und *cafe con leche*, ein Hörnchen oder *pan* mit Iberico. Der Schinken darf gern auch hundertzehn Euro pro Kilo kosten. Wir leben alle nur einmal. Nörgeln ist verschenkte Lebenszeit. Ärgern macht hässlich. Ich liebe diese Haltung! Eines Nachmittags standen wir an einem zum Stehtisch umfunktionierten Fass einer unansehnlichen Kneipe am Mercat de la Boqueria. Der Wirt schob mit einem einzigen Wisch seines nackten Unterarms den Bierschmand von der Tischplatte. Der war selbst sein bester Kunde, der Kompagnon sein zweitbester. Die waren beide breit wie die Eichhörnchen. Trotzdem haben sie es geschafft, geeiste Cava-Gläser tropf- und unfallfrei bis einen Millimeter unter den Rand zu füllen. Direkt hinter uns waren die Marktstände der Boqueria-Metzger. Drei verkauften nur Schinken, drei weitere alle Sorten Fleisch von Wachteln bis Wagyu-Beef. Etwas abseits lag die innere Abteilung: Köpfe, Kutteln und Klöten. Seither weiß ich, dass Hammelhoden so komische Maserungen haben. Als hätte die Metzgersfrau ein Henna-Tattoo aufgebracht.«

»Alle haben die«, sagte Marlene. »Nicht nur Hammel. Das Muster ist das Rankengeflecht der Hodenvene, das für die Kühlung der Hoden sorgt. Bei denen ist es wie mit dem Cava. Die dürfen nicht zu warm werden.«

»Woher weißt du so etwas?«

»Kastration war Teil meiner Ausbildung.«

»Ich hätte jetzt gerne einen Armagnac.«

»Und ich ein Dessert.«

Bei Mandeltarte mit Rhabarber und Joghurtsorbet stellte Marlene fest, dass Bruno verschwunden war. Offensichtlich war es mit Hartmanns Bindung doch nicht sonderlich weit her. Von der magnetisierenden Wirkung der gemischten Fischplatte war auch nichts zu spüren. Vielleicht galt die ja nur für intakte Fische und nicht für Grätenberge. Taxi jedenfalls lümmelte langgestreckt unter dem Tisch und genoss den neu gewonnenen Freiraum. Er hatte Bruno nicht daran gehindert, als sie durch das Grünzeug schlüpfte, das die Terrasse von der felsigen Küste trennte. Wieso hätte er das auch tun sollen? Bruno war nicht läufig, also völlig uninteressant.

»Das ist jetzt äußerst ungünstig, Hartmann«, sagte Marlene. »Wir brauchen Taxi, damit wir Brunos Spur finden. Einerseits. Andererseits will ich nicht mit einem Rottweiler durch die Stadt rennen und mordsmäßig auffallen. Ein Rottweiler ist ein Hund der Kategorie zwei. Den dürfte ich eigentlich gar nicht nach Frankreich mitnehmen. Von der Farbe her kann ich Taxi zwar als Beauceron-Mischling verkaufen. Aber bei dem Schädel? Ich weiß nicht. Egal. Los, unterschreib mal die Rechnung! Wir müssen deinen Hund suchen.«

Fünf Minuten später standen sie auf dem Hotelparkplatz und sahen sich um. Dass die Hündin nur durch die Hecken entwischt sein konnte, war klar. Die Frage war, durch welche. Hartmann zeigte auf zwei Buschreihen, die im rechten Winkel den Parkplatz eingrenzten.

»Wenn sie da lang ist, ist sie jetzt in der Stadt«, sagte er ungerührt. »Wenn sie die rechte Hecke gewählt hat, ist sie ins Meer gefallen.«

»Ins Meer? Wie redest du denn von deiner Hündin? Die ist doch nicht blöd!«, rief Marlene empört und kniff Hartmann derbe ins Ohr. »Manchmal bist du so ein Idiot, dass es für zwei reicht. Such, Taxi!«

Taxi nahm die Witterung auf und entschied sich für die Stadtseite. Sie folgten ihm und landeten auf der Avenue des Calanques. Nach vierhundert Metern erreichten sie die Plage du Bestouan. Abgesehen von drei gleichmäßig im Sand verteilten Liebespärchen war der Strand menschenleer.

»Hier war sie, wetten?«, sagt Marlene und deutete auf den demolierten Mülleimer einer Strandbude. Jemand mit Heißhunger hatte ihn komplett auseinandergenommen. Fettige Pommesschalen, schmierige Burgerboxen und bunte Eispapierchen waren über die gesamte Terrasse verstreut.

»So was mag die doch gar nicht«, zweifelte Hartmann.

»Und ob die das mag«, sagte Marlene. »Bei ihr ist Beagle drin. Die mögen alles.«

Ein paar Hundert Meter weiter führte Taxi sie am *Hotel le Golfe* vorbei zum Hafen hinunter. Beim Restaurant *El Sol* fanden sie den zweiten geplünderten Mülleimer. Mit schnellen Schritten liefen sie den Quai des Baux entlang. An dessen Ende bogen sie auf den Quai Saint-Pierre, der zur Hafenspitze führte, die weit ins Meer hineinragte. Von Bruno war weit und breit nichts zu sehen.

»Machst du dir denn keine Sorgen?«, wollte Marlene wissen, als sie am Leuchtturm eine kurze Verschnaufpause machten.

»Nein, eigentlich nicht«, gab Hartmann zu. »Ich habe den Eindruck, dass sie ohne mich ganz gut zurechtkommt.«

»Das schon. Aber man macht sich doch Gedanken, wenn der Hund weg ist?«

»Die verschwindet zu Hause auch öfter. Dann krabbelt sie irgendwo durch den Zaun und geht bei Boltzhorn kacken. Das finde ich gut. Meist macht sie anschließend einen Spaziergang über die Wiesen und durch den Wald.«

Er bemerkte Marlenes irritierten Blick.

»Mensch, Marlene! Ich weiß doch auch nicht, wie das ist, wenn einem ein Hund gehört. Ich habe sie ja noch nicht lange. Aber das ist doch kein Kind. Wieso muss man sich da sorgen? Bruno ist bisher prima durchs Leben gekommen. Wenn sie jetzt in Cassis leben und Mülleimer auseinandernehmen möchte, wäre ich der Letzte, der ihr das verbieten würde.«

»Junge, Junge«, staunte Marlene. »Mit dir möchte man aber auch keine Beziehung haben, wenn dir so was wurscht ist.«

»In deinem Fall wäre das natürlich etwas ganz anderes. Wenn du lieber im Müll wühlen, statt mit mir zurückfahren wolltest, würde ich schon auf dich einwirken.«

»Dann bin ich beruhigt.«

»Überleg nur mal, was die hier in die Mülleimer stecken«, grinste Hartmann. »Alles so fischig. Das ist doch kein Leben für eine Frau wie dich.«

»Du nimmst mich nicht ernst«, stellte Marlene fest und

hakte sich bei ihm unter. »Es kann sein, dass ich dich morgen im Meer ertränke.«

An der Plage de la Grande Mer, genauer gesagt am Strandmülleimer der Plage de la Grande Mer, entdeckten sie schließlich die Ausreißerin. Völlig unbeeindruckt von Hartmanns *Bruno-Bruno-hier*-Rufen trabte sie in die engen Gassen der Altstadt. Hartmann und Marlene hasteten hinter ihr her und versuchten, auf der Avenue Victor Hugo nicht überfahren zu werden.

»Hast du das gesehen?«, fragte Hartmann entrüstet. »Die hört nicht für fünf Pfennig! Sie hat überhaupt nicht auf mich reagiert. Und das, obwohl ich zwei renommierte Hundeschulen besucht habe: *Alpha Wolf – Führung statt Mimimi* und *Marlenes Bunte Hunde Runde*. Ich kann sogar ankern nach der Methode *Samtpfötchen Gundula Krause*. Kannst du mir mal sagen, was da schiefgelaufen ist?«

»Hundetrainer taugen alle nix«, lachte Marlene. »Komm, gib mal Gas! Da vorne bei dem Restaurant sehe ich was.«

Sie erwischten Bruno am Lieferanteneingang des Restaurants *Bonaparte*, wo sie selig in alten Fischkisten stöberte. Marlene schnappte sie geistesgegenwärtig am Halsband und wedelte ungeduldig mit der Hand. Hartmann war klar, was das bedeutete. Leine her, schnell! Die hing nur leider über seinem Stuhl im Restaurant des *Les Roches Blanches*. Er musste sich beim Koch eine Schnur leihen.

»Da darf jetzt kein Dackel kommen«, lachte Marlene, als sie kurze Zeit später die Rue Lamartine entlangmarschierten. Bruno trabte brav an der Schnur neben ihnen her. »Wenn es dir den Faden durch die Finger reißt, brauchen wir drei Wochen lang Brandsalbe.«

»Ich bin müde«, antwortete Hartmann und gähnte. »Ich bin seit achtundvierzig Stunden auf den Beinen. Ich habe eine quecksilberschwere gemischte Fischplatte für zwei Personen und einen Halbmarathon hinter mir. Es ist Mitternacht und immer noch so heiß wie bei mir zu Hause mittags um zwölf.«

»Wir sind gleich im Hotel.«

»Bist du sicher?«

»Nein.«

Seit sie einem Gendarmen ausgewichen waren, der Taxi nicht allzu genau unter die Lupe nehmen sollte, wusste Marlene nicht mehr so genau, wo sie sich befanden. Normalerweise konnte sie sich immer auf ihren Orientierungssinn verlassen. Aber in Cassis sahen alle Gassen gleich aus. Als es steil den Berg hinaufging, wurde auch Hartmann misstrauisch. Die Franzosen seien zwar unverbesserliche Individualisten, die alles grundsätzlich anders machten als die restlichen Europäer, sagte er, aber selbst bei denen befinde sich ein Meer immer unten und nie oben. Sie drehten um und verliefen sich erneut im Gewirr der Altstadt.

Als Marlene im Hotelzimmer endlich wohlig seufzend ihre Schuhe abstreifte, war es halb zwei.

»Ich gehe duschen«, sagte sie und verschwand im Bad.

Aus der Suite über ihnen war wieder Stöhnen zu hören. Oder immer noch? Hartmann fragte sich, ob das liebestrunkene Pärchen zwischendurch auch mal eine warme Mahlzeit zu sich genommen hatte. Die beiden schienen eine unglaubliche Kondition zu haben, und so etwas war ohne Kalorienzufuhr eigentlich überhaupt nicht möglich. Hartmann spürte, dass er sich trotz aller Müdigkeit in dieser Nacht – oder dem, was davon noch übrig war – liebend gerne mit Marlene dem brünstigen Chor anschließen würde. Bisher war ihm und Marlene noch jedes Mal etwas dazwischengekommen. Daran war er zwar nicht ganz unschuldig. Trotzdem gingen diese Unterbrechungen nicht spurlos an seinem Körper vorbei. Mittlerweile wurde ihm schon schwindelig, wenn er nur Marlenes zierliche nackte Füße sah.

Entschlossen zog Hartmann sich aus.

»Das ist deine erste gute Idee heute«, sagte Marlene, als er zu ihr unter die Dusche kam. Sie zog ihn unter die Brause, schlang die Arme um seinen Hals und küsste ihn. Er schmiegte sich so eng an sie, dass sich das Wasser zwischen ihrer und seiner Brust staute.

»Ich wollte nur behilflich sein«, murmelte er. »Ich dachte, du bist vielleicht zu erschöpft zum Einseifen.«

»Du bist ein wahrer Gentleman.«

»Ich fange mit deinem Rücken an.«

»Hm.«

»Da kommst du ja so schlecht hin.«

»Hmm.«

»Ist das gut so?«

»Ja. Sehr gut. Aber das ist nicht mein Rücken.«

»Ich weiß.«

»Das ist auch nicht mehr deine Hand.«

»Hm, hm.«

Als sie Hartmann zwischen ihren Schenkeln spürte, wurden ihre Knie weich. Sie nahm ihn in beide Hände und massierte ihn sanft. Endlich! Gleich hätte sie ihn da, wo sie ihn von Anfang an hatte haben wollen.

»Können wir heute zu Ende bringen, was wir schon fünf Mal angefangen haben?«, flüsterte er in ihr Ohr.

»Ich kann mir nichts Schöneres vorstellen.«

»Abgemacht!«, sagte Hartmann und sah ihr in die Augen. »Dann drehe ich jetzt das Wasser ab und nehme dich mit in mein Bett.«

»Nass, wie ich bin?«

»Ich leck dich trocken wie eine Katze.«

Mit einem Knall flog die Tür auf. Bruno stakste mit steifen Hinterbeinen ins Badezimmer. Ihr Hinterleib pumpte und rollte konvulsivisch.

»*Wuuup! Wuhuuup! Woaarggghhh!*«, machte sie und kotzte eine Masse auf den Badezimmerteppich, die neben zwei quietschbunten Eislöffelchen auch vier Garnelen und ein vergammeltes Fischbrötchen enthielt. Hartmann zog die Nase kraus. Er betrachtete erst Brunos Mageninhalt und sah dann an seinem Bauch hinunter. Eine Erektion war wirklich eine fragile Angelegenheit.

»Dein Ständer ist weg«, stellte Marlene zeitgleich fest.

Sie beobachtete Bruno. Das Bewegungsmuster kam ihr bekannt vor.

»Das war erst der Anfang«, sagte sie. »Da muss noch mehr raus. Und zwar vorne und hinten. Ich würde mal ganz schnell mit ihr in den Garten gehen.«

Über die gemeinsame Dusche kamen sie in dieser Nacht nicht hinaus. Hartmann rannte mit Bruno alle halbe Stunde an die frische Luft. Anschließend spülte er mit Eimern voller Meerwasser die Hinterlassenschaften weg. Wenn er sich danach die Hände wusch und zurück ins Bett wollte, wo Marlene mit offenen Armen auf ihn wartete, dauerte es keine fünf Minuten, bis Bruno erneut fiepte.

Gegen vier Uhr morgens – Hartmann und Bruno belästigten wieder die Forsythien – blies Marlene die Kerze auf dem Nachttisch aus und seufzte ergeben: »Wenn du jungfräulich sterben willst, gehe ins Kloster oder heirate einen Hartmann.«

Monsieur Bastide, der geschäftstüchtige gute Geist der *Villa Laurier Rose*, empfing den sehr verehrten Herrn Nachlassverwalter Hartmann und seine bezaubernde Sekretärin – »*Enchanté!*« – mit einer aufrichtigen Miene des Bedauerns, einem warmen Druck beider Hände und einem melodramatisch klingenden

Wortschwall. Hartmann, der auf Französisch nur Brot bestellen konnte – außer *Ünbagettsilwuplä* also keine weiteren Wörter dieser melodiösen Sprache beherrschte –, war unendlich froh, dass Madame Morillon, die Hausdame, ein paar Minuten zuvor unangemeldet in Bastides Büro aufgetaucht war.

»Monsieur Bastide ist untröstlich«, übersetzte sie. »Er hofft, dass die Angehörigen den furchtbaren Verlust mit Fassung tragen. Der unglückliche Herr Wolf war einer unserer besten und treuesten Kunden, auch wenn er nicht immer einfach war. Aber über die Toten möchte Monsieur Bastide nicht schlecht reden. Das gehöre sich nicht. Er möchte wissen, ob Sie beide mit ihm im Gedenken an Monsieur Wolf anstoßen möchten. Er hätte einen ausgezeichneten Rosé aus der nahegelegenen Domaine du Bagnol kühl gestellt.«

Um halb zwölf vormittags, dachte Hartmann. Das kann ja heiter werden.

Es schien nicht Monsieur Bastides erster Kelch zu Ehren des so gewaltsam Dahingeschiedenen zu sein. Er schwenkte die Flasche etwas zu schwungvoll und füllte vier großvolumige Landweingläser bis an den Rand. Marlene fragte sich, wie sie damit tropffrei anstoßen sollte.

»À *votre santé*«, gurgelte Monsieur Bastide, ohne sich um die anderen zu kümmern, und kippte sich begeistert den Rosé hinter die Binde.

»Sie müssen Ihren Aufenthalt unbedingt für einen Ausflug in die Calanques nutzen«, fuhr er fort und schenkte sich erneut ein.

»Sehen Sie hier!« Er zeigte auf eine Karte an der Wand. »Wir befinden uns in der Avenue de Provence. Wenn Sie bis zum Ende durchfahren und hier abbiegen, kommen Sie auf die Route des Crêtes. Die führt direkt in die Calanques. Der Ausblick von dort oben ist atemberaubend. Der Himmel, das Meer, die Farben. Man sieht bis ans Ende der Welt.«

Madame Morillon brachte ihn mit einem strengen Blick wieder auf Kurs.

»Aber nun«, lenkte er ein. »Das ist die Natur. Sie soll uns nicht von den Geschäften abhalten. Was kann ich für Sie tun? Madame Morillon hat angedeutet, es gehe um Nachlassangelegenheiten?«

»Richtig«, sagte Hartmann.

»Und offene Rechnungen?«

Monsieur Bastide machte ein spitzes Mündchen.

»Sofern welche vorhanden sind«, bestätigte Hartmann.

»Sind sie, sind sie.« Monsieur Bastide rieb sich die Hände. Als er bemerkte, dass diese Geste etwas pietätlos wirkte, versuchte er den Eindruck zu erwecken, als wäre sie nur der Auftakt zu einem andächtigen Händefalten gewesen. Erwartungsvoll sah er Hartmann über die Fingerspitzen an.

»Bert Wolf hatte leider keine Angehörigen«, sagte Hartmann und fabulierte in der Folge einen Schwachsinn zusammen, der selbst Jurastudenten im ersten Semester die Tränen in die Augen getrieben hätte. »In so einem Fall greifen in Deutschland die Nachlassgerichte ein. Sie bestellen einen Verwalter, der sich um die korrekte Abwicklung kümmert. Sie wissen schon, Behördengänge werden erledigt, Immobilien liquidiert, offene Rechnungen beglichen. Dazu gehört auch, dass etwaige Gläubiger aufgerufen sind, ihre Ansprüche einzureichen. Wer sich nicht von selbst meldet, wird angeschrieben oder aufgesucht. Der deutsche Staat nimmt es da sehr genau, Monsieur Bastide. Ich vermute, Frankreich agiert ähnlich konsequent in solchen Trauerfällen. Es ist ja zum Wohl der Bürger. Herrn Wolfs Unterlagen war zu entnehmen, dass Sie noch Außenstände hatten?«

Als ob Wolf darüber Buch geführt hätte, lachte Marlene still in sich hinein. Der hätte höchstens *Die Froschfresser können sich ihre Knete in die Haare schmieren* gemurmelt und wäre zum Tagesgeschäft übergegangen. Gestern beim Abendessen hatte sie von Hartmann wissen wollen, was er denn eigentlich mit dieser Legende bezwecke, denn hätte Wolf tatsächlich Schulden bei Monsieur Bastide gehabt, hätte Hartmann sie eh nicht bezahlen können. Doch darum gehe es ihm nicht, hatte Hartmann erklärt. Für ihn sei das Märchen vom großzügigen Nachlassverwalter ein idealer Türöffner, um bei Madame Morillon und Monsieur Bastide Misstrauen gar nicht erst entstehen zu lassen. Stünde ihnen kein Geld von Wolf zu, könne er, Hartmann, eine warmherzige Plauderei über den korrekten, zuverlässigen Unternehmer Wolf anfangen, der immer ein gern gesehener Gast in der provenzalischen Villa gewesen sei. Wäre Wolf den Franzosen noch etwas schuldig, könne man sich gemeinsam über den windigen Lumpen aufregen, der seine Geschäftspartner gnadenlos über den Tisch gezogen und nur den eigenen Vorteil im Auge gehabt habe. In beiden Fällen würde Hartmann mehr über Bert Wolfs Zweitleben in Frankreich erfahren, als wenn er sich einfach als Privatdetektiv zu erkennen gab.

Monsieur Bastide zeigte sich hocherfreut über den in Aussicht stehenden Geldsegen. Leider sei es mittlerweile bereits Hochsommer, und er warte immer noch auf ein Drittel der Maimiete, erzählte er. Das seien immerhin dreißigtausend Euro, also keine unbedeutende Summe. Ursprünglich habe er mit Wolf die Vereinbarung getroffen, dass dieser ein Drittel bei Buchung, ein Drittel bei Aufenthalt und das letzte Drittel bei Erhalt der Abschlussrechnung zu bezahlen habe. Wolf habe sich aber nie daran gehalten, sondern meist die ersten beiden Raten bei der Abreise beglichen. Allerdings immer in bar, was, wie Monsieur Bastide freimütig einräumte, ihm als Verwalter eine gewisse Kreativität bei der steuerlichen Behandlung der Angelegenheit ermöglichte. Deshalb habe er sich bei Wolf auch nicht allzusehr darüber beschwert.

Das letzte Drittel aber habe Wolf immer zu spät bezahlt und häufig wegen angeblicher Mängel in der Unterbringung kleinere Summen abgezogen. Es sei jedes Jahr dasselbe gewesen, sehr unerfreulich insgesamt. Aber er, Monsieur Bastide, wolle sich nicht beklagen. Das Haus sei halt in die Jahre gekommen. Da müsse man damit rechnen, dass der ein oder andere Gast vielleicht nicht ganz so zufrieden sei. Außerdem gehöre der Mai zur Nebensaison, und einen wie den Wolf, der so eine teure Villa gleich für einen ganzen Monat miete, müsse man sich warmhalten. Da sehe man von einem allzu resoluten Mahnwesen ab. Obwohl er, Bastide, das nicht mehr lange vor den Besitzern hätte verantworten können.

Frau Morillon übersetzte Hartmann jedes Wort. Von Wolfs saumseligen Zahlungen hatte sie bis dahin nichts gewusst. Sie wirkte ein wenig erschüttert, dass sie sich in Wolf so getäuscht hatte.

»Hätte man mich darüber in Kenntnis gesetzt, wäre meine Beurteilung gestern nicht so überschwänglich ausgefallen«, gestand sie. »So ein charmanter Mann. Aber wie sagt man? Man kann den Leuten nur vor den Kopf gucken. Was sich darin abspielt, bleibt verborgen.«

Marlene dachte an die wenigen Begegnungen, die sie beruflich mit Wolf gehabt hatte. Ein Bulldozer, der alles unterpflügte, was ihm nicht in den Kram passte. Ungehobelt, übergriffig, dreist. Von Charme keine Spur. Aber der musste wohl vorhanden gewesen sein. Als deutscher Stiernacken brachte man elegante Französinnen wie Madame Morillon garantiert nicht zum Schwärmen, indem man Sauerkraut und Eisbein nach ihnen warf. Vielleicht war ja aus Wolf ein ganz anderer Mensch geworden, sobald er mit seinem Tross hier unten am Meer war. Er wäre nicht der Erste. Errol Flynn und Keith Richards hatten in ihrer Zeit in Villefranche-sur-Mer angeblich auch weniger gesoffen und geschnupft als sonst. Das hatte Marlene neulich in einer Regenbogenpostille beim Friseur gelesen.

»In Geldangelegenheiten ist ... war ... Monsieur Wolf jeden-falls kein einfacher Mensch«, fasste der Verwalter zusammen, während er sich das letzte Tröpfchen Rosé selbst gönnte. »Eigent-lich ein Lump, wenn Sie mir den Ausdruck gestatten. Sogar unser Installateur, Monsieur Barel, kriegt noch Geld von ihm.«

»Der Klempner?«, fragte Hartmann.

»Zweitausend Euro, wenn ich mich recht entsinne. Er war neulich bei mir und wirkte ziemlich aufgebracht. Bei der letzten Reparatur sei er mit einer beträchtlichen Summe in Vorleistung gegangen. Wenn ich Monsieur Barel richtig verstanden habe, handelte es sich um teure Ersatzteile für die Gasheizung. Mon-sieur Wolf hatte versprochen, sie noch am Tag der Reparatur in bar zu begleichen. Das hat er ganz offensichtlich nicht getan.«

Hartmann runzelte die Stirn

»Seit wann müssen Mieter einer Ferienvilla den Klempner bezahlen?«, fragte er. »Das ist doch Sache des Besitzers.«

»Die Rechnungen waren nicht für die Villa, sondern für Wolfs eigenes Haus.«

»Er hatte ...?«

»Wussten Sie das nicht?«

Hartmann ließ die Taschenlampe im Auto. Der Mond schien hell genug. Er lief mit schnellen Schritten über die Avenue de Verdun. Die Straße, die in ein begehrtes Wohnviertel im oberen Teil von Cassis führte, war menschenleer. Hartmann schwang sich auf die Mauer, die im Schatten hoher Bäume lag. In den umliegenden Häusern brannte kein Licht. Er winkte Marlene. Sie kletterte zu ihm.

»Bist du sicher, dass das das richtige Haus ist?«, flüsterte sie.

»Ich denke schon«, sagte Hartmann. »Es sei denn, Bastide hat sich in der Hausnummer geirrt. Dann stehen wir gleich ziemlich blöde da. Ich weiß nicht mal, ob man in Frankreich Waffen zu Hause haben darf.«

Von Wolfs kleinem, aber feinem Provencedomizil sahen sie nicht allzu viel. Es lag versteckt hinter Büschen und Bäumen. Sie sprangen von der Mauer in den Garten und liefen zum Haus hinüber. Der weiche Rasen war voller Piniennadeln. Im ungepflegten Pool schwammen ebenfalls welche. Hartmann verzichtete auf den brachialen Einsatz seines Schraubenziehers. Er steckte eine Kreditkarte in den breiten Spalt zwischen dem Türrahmen und der verzogenen alten Haustür. Das half nichts – sie war abgeschlossen. Hartmann zog einen Satz Dietriche aus der Tasche, führte zwei ins Türschloss ein und suchte konzentriert nach den Stiften im Schlosskern. Kurze Zeit später hörte Marlene ein Klicken. Hartmann drückte vorsichtig die Tür auf und spähte ins Innere. Im Haus war kein Laut zu hören. Hastig quetschten sie sich durch die Öffnung. Hartmann stolperte über ein schlauchbootgroßes Hundekörbchen und ging zu Boden. Leise fluchend rieb er sich das Knie.

»Sieht aus, als wären wir hier richtig«, sagte Marlene und sah sich um. Ihre Augen hatten sich an die Dunkelheit gewöhnt.

»Zumindest hat der Besitzer einen großen Hund.«

»Es ist Wolfs Haus.«

»Sicher?«

»Auf dem Tischchen beim Telefon liegen lauter *Alpha-Wolf*-Broschüren«, sagte Marlene. »Er hat sogar eine französische Version davon drucken lassen. *Leadership au lieu de Mimimi.* Unser kleiner Gröhfaz wollte wohl von Deutschland aus die gesamte Welt erobern.«

»Unser wer?«

»Größter Hundeführer aller Zeiten.«

»*Fööhrrrrong stott Mömömö*«, schnarrte Hartmann und drückte Marlene ein Paar Latexhandschuhe in die Hand. »Wir krempeln jetzt zu zweit den ganzen Laden um, Marlene. Der Tresor muss hier irgendwo sein. Oder zumindest Hinweise darauf. Du darfst aber nichts verändern. Wenn wir weg sind, soll nichts auf einen Einbruch hindeuten. Auch wenn die Provence sehr schön ist, will ich hier nicht eingebuchtet werden.«

Wolfs Büro lag am Ende des Flurs. Marlene nahm sich den Schreibtisch vor. Hinter der rechten Tür verbarg sich eine Hängeregistratur, wie sie Hartmann auch in Düsseldorfs Büro vorgefunden hatte. Marlene zog die braunen Mappen heraus und inspizierte deren Inhalt.

»Leer«, seufzte sie.

Hartmann stand auf und klopfte sich den Staub von den Hosen. »Hier ist auch nichts.«

»Keller?«

»Wenn's unbedingt sein muss. Bestimmt saudreckig da unten.«

»Von nichts kommt nichts.«

»Womöglich sind da Ratten, Hartmann. Wir hätten Taxi und Bruno mitnehmen und als Erste runterschicken sollen.«

»Die sind aber nun mal im Hotel.«

»Nach dem fetten *escalope provençale* vom Zimmerservice würden sie wahrscheinlich sowieso keine Pfote mehr rühren.«

In Wolfs staubigem Untergeschoss entdeckten sie vorzügliche Weine, sorgsam gelagert und so geschickt platziert, dass Hartmann beinahe die in der Mauer eingelassene Nische übersehen hätte. Doch Marlene fiel auf, dass einige Flaschen blanker waren als die anderen; Wolf musste sie öfter angefasst haben. Vorsichtig zogen sie die teuren Weinflaschen heraus und stellten sie beiseite. Endlich kam Hartmann mit seinem langen Arm in die Nische. Er tastete in dem Mauerloch herum, bis seine Hand eine stählerne Geldkassette berührte.

»Bingo!«, sagte er.

Er hebelte mit einer kurzen, kräftigen Aufwärtsbewegung des Schraubenziehers den Deckel auf, ohne einen Kratzer auf dem Metall zu hinterlassen.

»Das machst du nicht zum ersten Mal«, stellte Marlene fest.

»Ich habe etwas Übung in diesen Dingen«, gab Hartmann zu.

»Unfassbar! Ich bin in einen Verbrecher verliebt.«

»Noch kannst du aussteigen.«

»Sehe ich aus, als wäre ich blöd?«

Außer einer schwarzen Kladde und einem Schlüssel befand sich nichts in der Kassette. Im schwachen Schein der Kellerlampe blätterte Marlene durch die Seiten. Wolf hatte akribisch die Einnahmen und Ausgaben seiner Provencetouren verzeichnet. Von Jahr zu Jahr hatte sich die Spanne zwischen Einnahmen und Ausgaben merklich vergrößert. Das lag zum einen am stetigen Anstieg des Reisepreises, denn irgendwann schien es auch Wolf aufgegangen zu sein, dass es für seine steinreiche Klientel überhaupt keine Rolle spielte, ob die Damen zweitausend Euro mehr oder weniger pro Woche bezahlen mussten. Es stammte ja eh alles aus der Portokasse. Zum anderen war es Wolf gelungen, mit der Verwaltung der *Villa Laurier Rose* Saison für Saison einen günstigeren Preis auszuhandeln. Zuletzt hatte sein Treuerabatt dreißig Prozent betragen.

»Wolf hat hier über die Jahre mächtig Geld verdient«, sagte sie schließlich. »Und alles schön sauber an der Steuer vorbei. So geschickt, wie er die Kladde versteckt hat, verwette ich Taxis knackigen Arsch, dass diese Einnahmen-Ausgaben-Rechnung niemals bei einem Steuerberater oder einem Finanzamt gelandet ist. Kannst du eigentlich mit dem Schlüssel etwas anfangen?«

»Es ist exakt der gleiche Doppelbartschlüssel, den ich auch in der Tasche habe«, sagte Hartmann. »Es ist also tatsächlich ein Tresor im Haus. Entweder in der Küche oder im Schlafzimmer. Alle anderen Räume haben wir durch.«

»Dann mal los«, sagte Marlene.

Sie klemmte sich eine Flasche Bordeaux unter den Arm und ging nach oben.

Der Tresor war in Wolfs Schlafzimmer. Hartmann fand ihn eingemauert hinter dem Kleiderschrank. Der tonnenschwere Schrank aus massivem Tropenholz ließ sich zwar keinen Millimeter bewegen. Dafür konnte man hinter der Kleiderstange, die voller Bügel mit T-Shirts und Hosen hing, einen Teil der Rückwand zur Seite schieben. Der Schlüssel passte anstandslos ins Schloss des Safes. Hartmann wuchtete die stählerne Tür auf und leuchtete mit der Nachttischlampe ins Innere. Marlene stellte fassungslos ihr Weinglas beiseite. So viel gestapeltes Papiergeld auf einem Haufen hatte sie noch nie gesehen. Hartmann atmete tief ein. Sein Instinkt hatte ihn nicht getrogen. Endlich!

»Das gehört alles dir«, sagte Marlene nach einer Weile.

»Wieso?«, fragte Hartmann verblüfft.

»Auf dem Tresor steht *Hartmann*«, grinste sie. Sie griff nach einem der Geldbündel und warf es aufs Bett. »Räum mal die Decken weg. Ich brauche Platz, um die Knete zu zählen.«

Marlene setzte sich im Schneidersitz aufs Bett und sortierte im Mondlicht die Geldbündel. Es waren viele Fünfhunderter dabei. Das machte es leichter. Trotzdem verzählte sie sich und musste zwei Mal von vorn beginnen. Hartmann lehnte währenddessen am Fenster und sah in die Nacht hinaus. Tief unter ihnen lag die Bucht von Cassis. Das Meer schimmerte im Mondlicht.

Sie hatten am Nachmittag Monsieur Bastides Ratschlag befolgt und waren in die Calanques gefahren, um sich die Zeit bis zum Einbruch der Dunkelheit zu vertreiben. Stundenlang hatten sie mit den Hunden unter schattigen Bäumen gelegen und auf das Meer geblickt. Die meiste Zeit hatten sie geschwiegen und ihren Gedanken nachgehangen. Hartmann hatte das Schweigen sehr genossen, Marlene auch. Alles war gut so, wie es war. Irgendwann hatte Marlene gesagt, Monsieur Bastide habe recht gehabt: Es mache wirklich den Eindruck, als wäre die Welt eine Scheibe und dort hinten am Horizont zu Ende. Am liebsten würde sie ganz schnell dort hinlaufen und vom Rand springen. Wenn es tatsächlich dazu käme, hatte sie hinzugefügt und ihm einen Kuss auf die Wange gedrückt, wolle sie einen Mann an ihrer Seite haben, der sie in diesem Moment entweder festhielt oder mitflog. Ihr sei beides recht. Das war der Moment gewesen, wo er gespürt hatte, dass er mehr als nur ein bisschen verliebt in sie war.

Marlene strich sich die Haare aus der Stirn.

»Es sind etwas über dreihundertfünfzigtausend Euro«, sagte sie leise. »Wieso zahlt jemand, der so viel Geld besitzt, seine Schulden nicht zurück?«

»Manche kriegen den Hals nicht voll.«

Hartmann wog nachdenklich ein Päckchen Fünfhunderter in der Hand.

»Es scheint meine Bestimmung zu sein, dicke Geldbündel zu finden«, sagte er und dachte an den Safe des Staatssekretärs, der ihn damals den Job gekostet hatte.

»Man kann es im Leben schlimmer antreffen«, sagte Marlene. »Wem gehört das Geld eigentlich, wenn keine Erben da sind?«

»Der Bundesrepublik«, sagte Hartmann und setzte sich zu ihr aufs Bett. »Genau genommen Nordrhein-Westfalen, weil Wolf da zuletzt gewohnt hat. Aber erst müssen alle ausgezahlt werden, die einen Anspruch auf das Geld haben. Lass mich mal grob überschlagen! Ungefähr dreißig kriegen Bastide und der Klempner. Hundertzehn gehen an Gerber. Die restlichen zweihundertzehntausend stehen als Aufwandsentschädigung einem gewissen Detektivpärchen zu, das sich wochenlang teilweise unter Einsatz seines Lebens den Arsch aufgerissen hat und die Summe redlich unter sich aufteilen wird. Hundertfünf für mich, hundertfünf für dich. Schade! Da bleibt für den Staat leider nichts übrig.«

»Du kriegst doch schon dreißig Prozent von Gerbers Anteil.«

»Stimmt«, sagte Hartmann und schlug sich vor die Stirn. »Das hatte ich total vergessen. Die teilen wir natürlich auch.«

»Meinst du nicht, das genügt? Wir können hier doch keine viertel Million Euro mitgehen lassen.«

»Doch, das können wir. Außer uns weiß nur Wolf von dem Geld.«

»Backst du mir Kuchen, wenn ich ins Gefängnis muss?«

»Auf jeden Fall.«

»Mit einer Feile drin?«

»Sicher. Und der Teig wird aus Vollkorn-Semtex sein.«

»Und du wartest hinter der Mauer?«

»Mit laufendem Motor«, sagte Hartmann und küsste sie.

Marlene schaute ihm in die Augen. Sie atmete schneller. Hartmanns Blick fiel auf ihre vollen Brüste, die sich unter ihrem bunten Sommerkleid hoben und senkten. Er streckte die Hand aus und berührte ihren nackten Oberschenkel. Vorsichtig streichelte er die Innenseite. Sie hielt seine Hand fest.

»Es kann nichts dazwischenkommen«, sagte sie.

»Nein«, bestätigte Hartmann.

»Ein kotzender Hund ist auch nicht im Haus.«

»Nein.«

»Du hast den Fall gelöst.«

»Ja.«

»Bist du ganz sicher?«

»Ich schwöre.«

»Also keine Rose mehr, deren dämliche Blütenblätter deine Denkprozesse in Anspruch nehmen?«

»Nein.«

Marlene fegte mit schnellen Handbewegungen die Geldscheine vom Bett und zog sich das Kleid über den Kopf. Hartmann riss sich das Hemd vom Leib. Marlene knöpfte seine Hose auf.

»Kein Vorspiel«, sagte sie hastig und zog ihn über sich. »Ich will keinen Abbruch riskieren. Du kommst auf der Stelle zu mir.«

Hartmann drang in sie ein und wurde binnen zwanzig Sekunden von einem Orgasmus geschüttelt, der seinen Körper wie ein Blitz durchfuhr. Als hätte sich die Abstinenz der letzten Jahre auf diesen einen Moment konzentriert. Ihm verging Hören und Sehen. Als es vorbei war, umklammerte Marlene ihn mit Armen und Beinen und ließ ihn nicht mehr los.

»So«, schnurrte sie zufrieden und schloss die Augen. »Jetzt können wir uns richtig Zeit lassen. Als Nächstes bin ich dran! Und dann wieder du.«

Vormittags um zehn war es in Cassis bereits heiß wie in der Sauna. Selbst die salzige Meeresbrise, die sanft durch die Gassen wehte, änderte daran nichts. Sie parkten Hartmanns Citroën in der Avenue de Provence im Schatten eines Baumes. Zuvor hatte Hartmann in einem verlassenen Kreisverkehr mit fünfzig Sachen mehrere Runden gegen die Fahrtrichtung gedreht, um die Fenster zu öffnen. Marlene hatte vorgeschlagen, die komischen Fenster besser nur halb herunterzufahren, damit sich der Dackelkiller später nicht durchzwängen konnte. Diesen Wunsch konnte die Citroëntechnik ihr leider nicht erfüllen. Hartmann versuchte zwar, bei halboffenen Fenstern den Rechtsdrift abzubrechen und aus dem Kreisverkehr auszuscheren, aber die Scheiben surrten unbeeindruckt nach unten. Irgendwann gab er es auf.

Marlene hatte das gesamte Gepäck hinter die Vordersitze gestopft und die Hundedecken darübergebreitet. Ganz zuunterst lag der Sack mit dem Hundefutter. Bruno und Taxi hatten in Cassis gefressen wie die Scheunendrescher, und der Sack war halbleer. Zwischen den übriggebliebenen Strauß-Kartoffel-Pellets hatten fünf Kilo Papiergeld bequem Platz gefunden.

»Das Auto brauchst du gar nicht abzuschließen«, sagte Marlene. »Ein Rotti, der auf seinem Futtersack sitzt, versteht keinen Spaß.«

»So giftig sieht dein Gute-Laune-Hund gar nicht aus«, brummte Hartmann, während er Taxis freundliches Gesicht musterte. Mit seinen hochgezogenen Lefzen sah der Rottweiler aus, als würde er ständig grinsen.

»Mach dir keine Sorgen«, lachte Marlene. »Wenn's ums Fressen geht, kennt er weder Freund noch Feind. Der geht wie ein Torpedo durchs Fenster.«

Sie klingelten ein letztes Mal bei Monsieur Bastide. Der kleine Verwalter rieb sich begeistert die Hände, als sie ihm dreißigtausend Euro auf den Tisch legten. Madame Morillon bot ihnen *café serré* an. Hartmann hatte zwar schon vier Tässchen von diesem hochkonzentrierten Espresso zum Frühstück getrunken, aber nach dieser durchliebten Nacht konnte er gut und gerne noch eine fünfte und sechste gebrauchen. Ein knorriger Franzose in rustikaler Klempnermontur war der Dritte im Bunde. Er strahlte über das ganze Gesicht, als Monsieur Bastide ihm ein paar Geldscheine in die Hand drückte.

»Wir haben Monsieur Barel ebenfalls hinzugebeten«, erklärte Madame Morillon. »Damit er sein Geld heute auch erhält. Er hat lange genug auf die Bezahlung seiner Rechnung gewartet.«

Während der Klempner mit angefeuchtetem Daumen die Scheine zählte, berichtete er leutselig von dem letzten Reparaturauftrag, dessen Bezahlung Wolf ihm schuldig geblieben war. Im Mai sei das gewesen. Da habe er den alten Heizkessel gegen einen gebrauchten neuen ausgetauscht. Als er im Keller mit dem Schraubenschlüssel unter der defekten Gasheizung gelegen habe, habe oben im Garten plötzlich eine Frau gekreischt wie eine Irrsinnige.

»Die Worte habe ich nicht verstanden«, sagte Monsieur Barel. »Ich spreche kein Deutsch. Aber der Ton war eindeutig. Wenn eine Mademoiselle so schreit, ist sie aller Wahrscheinlichkeit nach betrogen worden. Da bleibt man als Mann besser in Deckung. In dem Marseiller Viertel, wo ich ursprünglich herkomme, wäre in so einem Fall mit Porzellan geworfen worden. Oder die Frauen hätten mit Revolvern geschossen. Oder noch Schlimmeres.«

Zufrieden verstaute der Klempner das Geld in der Brusttasche seines zerschlissenen Blaumanns und zog den Reißverschluss zu. Was schlimmer als Revolverschüsse war, ließ er offen.

»Könnte es auch ein Mann mit heller Stimme gewesen sein?«, fragte Hartmann. Der wütende Orhan und seine lefzenleckenden Kangals kamen ihm in den Sinn.

»Möglich ist alles.« Monsieur wog bedächtig den Kopf hin und her. »Aber ich halte das für sehr unwahrscheinlich. Männer sind nicht so hysterisch.«

»Ein enttäuschter homosexueller Liebhaber vielleicht?«, versuchte Madame Morillon behilflich zu sein.

Hartmann schüttelte den Kopf. Vor seinem inneren Auge erschienen zahllose unter Wolf zappelnde Frauen auf Strohballen. Wenn einer bis in die letzte Faser seines Körpers ein Hetero gewesen war, dann Bert Wolf.

»Ein Hund war auch dabei«, erinnerte sich der Klempner. »Ein riesengroßer! Als das Schreien gar nicht aufgehört hat, wollte ich wissen, was los ist, und habe durchs Kellerfenster geschaut. Das ist sehr schmal. Ich habe nur Schuhe und Hosenbeine gesehen. Und den Hund eben. In der prallen Sonne hat dieser Teufel gestanden und in meine Richtung geknurrt. Der Geifer ist ihm aus dem Maul gelaufen. Deshalb habe ich mich auch nicht nach draußen getraut.«

»Ein heller Hund?« Hartmann beschrieb Orhans weißen Kangal.

»Ja genau, hell. Also, die Augen waren hell. Hellblau. Und ganz kalt. Sehr ungewöhnlich für einen Hund, wie ich fand. Der Rest von dem Hund war schwarz und riesig.«

Marlene sah Hartmann mit großen Augen an.

»Velvet?«

09
Silikontittenschabracken

Hartmann starrte in die eisblauen Augen der Dogge und wich angewidert dem Sabber aus, den sie ihm heiser bellend ins Gesicht schleuderte. Was hatte Marlene neulich gesagt – rudimentäre Vorbereitung sei eine Spezialität von ihm? Sie hatte so was von recht. Er hatte keine Sekunde lang überlegt, was er unternehmen würde, sollte Gundula die Nerven verlieren und Velvet auf ihn hetzen. Noch war ein Gartenzaun zwischen ihm und der Hündin. Eigentlich müsste er sie auf der Stelle umlegen. Das ging aber nicht. Seine P6 lag brav zu Hause in der Küchenschublade fürs grobe Besteck. Zwischen Schneebesen, Dosenöffner und Pfannenwender.

Der Citroën stand nachlässig geparkt unter einem Baum. Der Turbomotor tickte leise, noch heiß von der Raserei über die Alpen. Sie waren die ganze Nacht durchgefahren. Am späten Vormittag waren sie in Düsseldorf angekommen. Er hatte Marlene und die Hunde zu Hause abgesetzt und sich sofort auf den Weg zu Gundulas Haus gemacht. Jetzt stand er am Gartentor der *Hundeschule Samtpfötchen* und ließ sich von einem ponygroßen Untoten anblaffen, dessen Augen wild im Schädel rollten. Bei jedem Laut sah Hartmann das Weiße. Es war blutunterlaufen.

»Ich bin gespannt, wann deine Psychopathin dich zurück-pfeift«, sagte er.

Als Velvet Hartmanns Stimme vernahm, regte sie sich noch mehr auf.

»Vielleicht trifft dich ja der Schlag«, hoffte er.

Velvets Wut wurde immer größer. Die Laute kamen so schnell hintereinander, dass sie zu einem einzigen Jaulen verschmolzen. Die Dogge rammte mit ihrer breiten Brust den Jägerzaun. Der wackelte bedenklich.

»Du lieber Himmel!«, tönte Gundulas Stimme aus dem Küchenfenster. »Jetzt reg dich nicht so auf, Velvet-Schatz! Hallo, Sie?! Sie müssen einen Schritt vom Tor zurücktreten, dann wird sie ruhiger. Ich komme gleich zu Ihnen.«

Hartmann machte einen großen Schritt rückwärts. Velvet verstummte. Er wartete, bis sich die Dogge auf den Kiesweg setzte. Dann sprang er mit einem Satz zum Gartentor. Velvet explodierte wie ein Chinaböller. Hartmann trat wieder zurück. Velvet gab Ruhe. Hartmann lief nach vorn. Velvet krachte gegen den Zaun. Gundula trat aus dem Haus und unterbrach das Spielchen.

»Entschuldigen Sie, ich war am Telefon«, sagte sie von Weitem. Hartmann bot sich das gleiche Bild wie bei ihrem letzten Treffen: Futterbrocken aus der tarngefleckten Cargohose direkt in Velvets Riesenschnauze – Weltfrieden.

»Ach, Sie sind's, Chuck Norris!«, lachte Gundula und wischte sich die Hände an der Hose ab. »Ich habe Sie gar nicht wiedererkannt. Kommen Sie rein.«

Er folgte ihr auf die Terrasse. Velvet trabte hinter ihnen her. Sie leckte sich ausgiebig die Lefzen. Hartmann hoffte, dass es an dem Hundekuchen lag und nicht an seiner Wade.

»Haben Sie sich doch entschlossen, zu mir ins Training zu kommen?«, sagte Gundula. »Das ist schön. Es wird Ihnen helfen. Geht's Bruno gut? Kann ich Ihnen was anbieten?«

Hartmann war auf der Hut. Er musste damit rechnen, dass Gundula ahnte, weswegen er aus heiterem Himmel hier auftauchte. Womöglich mischte sie ihm etwas ins Getränk. Bloß nichts Offenes bestellen, dachte er.

»Kaffee?«, fragte sie.

»Lieber was Kaltes«, sagte er.

»Wasser hätte ich da. Und Cola. Allerdings nur in Dosen.«

»Wunderbar«, sagte Hartmann. »Dosencola ist ganz prima bei der Hitze.«

Gundula ließ ihn mit Velvet alleine und verschwand in der Küche.

»Was sind das für Tropfen?«, fragte Hartmann misstrauisch, als Gundula wiederkam und ihm die Dose samt Glas vor die Nase stellte. Bestimmt gab es durchsichtige Gifte, die man mittels einer Spritze an Dosenmundstücken platzieren konnte.

»Keine Ahnung«, sagte Gundula und wischte sich eine Schweißperle von der Stirn. »Kondenswasser? Im Sommer stelle ich meinen Kühlschrank immer auf vier Grad. Möchten Sie noch Eis?«

»Danke. Ist kalt genug.«

Hartmann musterte ihr Gesicht. Das Leben schien diese Frau weitgehend in Ruhe gelassen zu haben. Die wenigen Falten, die sich von ihren strahlenden Augen nach außen zogen, zeugten weder von übermäßigem Kummer noch von wilden Ausschweifungen. Alles ganz normal eben. Vielleicht ein etwas zu harter Zug um den Mund. Der verschwand allerdings sofort, sobald sie lachte. Die blonden Haare trug sie kurz. Die gesunde Bräune, die alle haben, die viel draußen arbeiten, stand ihr sehr gut. Alles in allem eine attraktive Erscheinung, hinter der sich hoffentlich nicht der Teufel verbarg, den Hartmann vermutete. Er würde ihr einfach eine Breitseite verpassen und schauen, was danach in diesem Gesicht los war.

»Chuck Norris kann übrigens Feuer entfachen, indem er zwei Eiswürfel aneinanderreibt«, sagte er leichthin.

»Den kannte ich noch nicht«, lachte sie. »Ich habe neulich auch einen schönen gelesen: Das Auto von Chuck Norris braucht kein Benzin, es fährt aus Respekt. Ich liebe so einen grandiosen Scheiß.«

»Ich auch«, sagte Hartmann und lachte mit. »Ich kann's nur nicht leiden, wenn man mich verarscht.«

Gundula hob fragend die Augenbrauen. Hartmann schnippte seine Visitenkarten auf den Tisch. Gundula legte den Kopf schief, um die kleinen Buchstaben zu entziffern.

»Privatdetektiv?«, fragte sie erstaunt.

»Wolf ist für Sie ein bisschen mehr gewesen als nur ein Arschlochkollege«, fuhr er fort. »Einem Arschlochkollegen folgt man nicht in die Provence. Den lässt man links liegen, den Arschlochkollegen. Und schon gar nicht macht man ihm in Frankreich eine derartig laute Szene, dass dem Klempner, der im Keller an der Heizung werkelt, vor Schreck die Rohrzange aus der Hand fällt. Sieht ganz so aus, als hätten wir da einen ungebetenen Zeugen gehabt, Frau Lalala.«

Gundula ließ sich nichts anmerken. Sie lehnte sich zurück und schlug die Beine übereinander. Sie wurde ein bisschen blass um die Nasenflügel. Eine Nuance nur, aber Hartmann fiel es auf. Nach so vielen Verhören wusste er genau, welche Gesichtspartien er im Auge behalten musste.

»Ja, ich hatte Streit mit Bert Wolf. Na und?«, sagte Gundula ruhig. »Mit diesem Mann hatten viele Streit. Entweder man ging mit ihm ins Bett oder man stritt sich mit ihm. Irgendeinen Grauwert dazwischen gab es nicht.«

»Das mag sein«, sagte Hartmann. »Ich hatte in den letzten Wochen ausschließlich Gespräche mit Leuten, die sich mit Wolf gestritten hatten.«

»Na bitte, dann ist es halt einer von denen gewesen.«

»Aber von denen hat jeder von Anfang an zugegeben, dass er eine Mordswut auf ihn hatte. Sie waren die Einzige, die so getan hat, als wäre es nur ein harmloses Geplänkel unter Kollegen.« Er blätterte im Notizbuch. »Genau haben Sie gesagt: *Wir haben uns nicht gegrüßt, wenn wir uns zufällig gesehen haben ... Was Nachbarn halt so machen, wenn sie sich nicht leiden können. Aus irgendeinem Grund hat er mir gegenüber keine Feindseligkeit mehr gezeigt, und ich habe es gut sein lassen.* Wollen Sie wissen, was ich denke? Ich denke, genau das haben Sie nicht.«

»Interessiert es jemanden, was Sie denken?«

»Die Kripo wahrscheinlich.«

»Das glaube ich nicht«, lächelte sie. »Die hat sich neulich lange mit mir unterhalten und sich nie wieder bei mir gemeldet. Offensichtlich ist mit Wolfs Nachbarin Gundula Krause alles in Ordnung.«

Sie runzelte die Stirn und wurde ernst.

»Überlegen Sie doch mal, Hartmann. Warum sollte ausgerechnet ich den Kollegen Wolf umbringen?«

»Habe ich das behauptet?«

»Sie deuten es an.« Gundula trank einen Schluck von ihrem Kaffee und machte einen völlig entspannten Eindruck. »Die ganze Zeit schon.«

»Vielleicht weil er ein Unmensch war, der Ihnen wehgetan hat?«

»Ich bitte Sie! Das ist doch nicht meine Art. Von mir hören Sie kaum ein lautes Wort. Zu Hunden nicht, zu Freunden nicht, zu Wolf nicht. Aggression ist noch nie eine Lösung gewesen. Konflikte kann man auch in Ruhe austragen. Da müssen sich beide Seiten halt ein bisschen zusammennehmen, das ist alles. Wissen Sie, Wolf war ein attraktiver Mann, und ich bin alleinstehend und gewiss nicht aus Eis. Damals, als er in die Nachbarschaft gezogen ist, habe ich ihn durchaus als sehr anziehend empfunden. Ich kannte ihn ja auch nicht näher. Natürlich hat es ein bisschen zwischen uns gefunkt. Eine kleine Verliebtheit, eine Torheit, nichts weiter. Wir haben das aber schnell beendet. In gegenseitigem Einvernehmen, wie es so schön heißt. Die Initiative ging von mir aus, das können Sie mir ruhig abnehmen. Wolf und ich waren gewiss nicht auf derselben Wellenlänge, dennoch ...«

»Diesen Schwachsinn glauben Sie doch selbst nicht«, unterbrach Hartmann sie rüde. Dieser Frau waren mit Sicherheit alle Männer im Leben abgehauen, weil sie den therapeutischen Tonfall nicht mehr ertragen konnten. »Irgendwann kommt Wut auf. Selbst der friedlichste Mensch brüllt ab und zu mal *Scheiße!* Und Sie haben so laut gebrüllt, dass einem provenzalischen Installateur in Cassis immer noch die Ohren klingeln.«

»Ach, kommen Sie! Der Mann übertreibt.«

»Sie waren also in Cassis?«

»Ich hatte in der Nähe zu tun und habe bei Bert vorbeigeschaut, ja. Aber ich brülle nicht. Nicht jeder ist so unbeherrscht wie Sie und Ihresgleichen.«

»Aber die meisten.«

»Warum sollte ich denn – wie haben Sie es genannt? – *Scheiße* brüllen?«

»Weil Wolf Sie vom ersten Augenblick an mit anderen Frauen betrogen hat«, schoss Hartmann ins Blaue. »Weil er Sie beim Veterinäramt angeschmiert hat. Weil er aus purer Boshaftigkeit Ihr Geschäft ruinieren wollte. Weil er Sie behandelt hat wie den letzten Dreck. Weil er Sie immer noch mit einem Fingerschnipsen ins Bett gekriegt hat. Weil er Sie rauswerfen konnte, wie und wann es ihm passte. Weil er ein dreckiger Sadist war. Weil er mit Frauen gespielt hat. Weil er ausprobieren wollte, wie weit er bei Ihnen gehen konnte und was Sie sich alles von ihm gefallen ließen. Weil Sie ihn immer noch geliebt haben.«

Gundula setzte ihren Kaffeebecher so vehement ab, dass der lauwarme Inhalt auf den Gartentisch schwappte.

»Ich kann noch eine Weile so weitermachen, wenn es unbedingt sein muss«, sagte Hartmann ruhig. »Bis Sie endlich explodieren. Lassen Sie es mal zu. So gelassen und abgebrüht, wie Sie sich geben, sind Sie doch gar nicht. Das verlangt auch kein Mensch von Ihnen. Wolf war eine menschenverachtende Drecksau, das wissen wir beide. Früher oder später wäre einem seiner Widersacher der Kragen geplatzt. Mann oder Frau, egal. Einer hätte ihm das Licht ausgeknipst. Da ich nicht mehr bei der Polizei bin, kann ich es offen zugeben: Der Mörder von Wolf hat mein vollstes Verständnis. Man sollte zwar anderen Leuten keine Erdanker ins Auge rammen, das ist gegen das Gesetz, aber wenn's mal passiert ... also, ich kann's verstehen. Gründe dafür hat Wolf im Zehnerpack geliefert.«

Gundula sah Hartmann in die Augen. Sie atmete kaum. Ihre Nasenflügel zitterten unmerklich. Sie saß kerzengerade am Tisch. Hartmann sah förmlich den Ruck, der durch ihr Innerstes ging.

»In jener Woche habe nicht ich unsere Treffen gestrichen, sondern Bert«, sagte sie mit fester Stimme. »Es ging bei unseren Verabredungen auch nicht um diese lächerliche Geschichte mit dem Kreisveterinär. Da habe ich Sie angelogen. Ich wollte Wolf deswegen nicht zur Rede stellen. Dieser alberne Schachzug von ihm war mir völlig egal. Ich habe alle Prüfungen. Wäre das von offizieller Seite aus weiterverfolgt worden, hätte sich Bert blamiert, nicht ich. Nein, ich hatte einfach nur für uns beide gekocht und wollte ihn an diesem Montagabend bei mir haben.«

»Wieso das?« Hartmann hatte Mühe, sein Erstaunen zu verbergen. Gundula schaffte es immer wieder, ihn zu überraschen.

»Pack schlägt sich, Pack verträgt sich. Und ja, Sie haben Recht, Herr Hartmann. Er hat mich nach all den Jahren immer noch mit einem Fingerschnipsen ins Bett gekriegt. Aber nicht nur er mich. Ich ihn auch. Es hat gebrannt zwischen uns. Von Anfang an. Manchmal schwach, dann wieder lichterloh, zwischendurch herrschte immer mal wieder Funkstille. Kennen Sie so was denn nicht? Die Geliebte, von der man einfach nicht loskommt?«

Hartmann schüttelte den Kopf.

»Das dachte ich mir schon«, murmelte Gundula. »Sonderlich leidenschaftlich oder romantisch haben Sie auf mich noch nie gewirkt. Jedenfalls hat Bert mich am Montag sitzen lassen und auf den Mittwoch vertröstet. Am Mittwoch hat er dann wieder einen fadenscheinigen Grund vorgeschoben. Ich habe so getan, als ob es mir nichts ausmachte und ich sowieso anderweitige Termine hätte.«

»Ich erinnere mich«, nickte Hartmann. »Der berühmte Familiennotfall mit dem bissigen Hund.«

»Das ist eben meine Art, mit den Dingen umzugehen.« Sie nahm den Kaffeebecher vom Tisch und leckte mit schneller Zunge über die Außenseite, um die Tropfen zu beseitigen. »Gundula nimmt's leicht. Gundula nimmt nichts krumm. Alles easy mit Gundula. Wenn Frauen wie ich mit Männern wie Wolf zu tun haben, müssen sie sich wappnen. Sonst tut es zu sehr weh.«

»Das klingt ja ganz wunderbar«, sagte Hartmann und glaubte ihr kein Wort. »So beherrscht, wie Sie gerade tun, können Sie gar nicht gewesen sein. Der Mann hat Sie jahrelang nach Strich und Faden hintergangen.«

»Na und? Ich ihn doch auch«, lachte Gundula. »Warum auch nicht? Wir waren nicht verheiratet. Kommen Sie, Herr Hartmann! Was haben Sie denn für ein antiquiertes Frauenbild? Wir Frauen sind doch nicht blöd und lassen uns willenlos herumschubsen. Wer sich mit den Wölfen dieser Welt einlässt, weiß doch, was ihn erwartet, und sieht sich vor. Der Mann hat halt gern die Fäden gezogen. Kann man ihm das übelnehmen?«

»Kommt ganz darauf an, wie oft er die Nummer gebracht hat.«

»Es war nicht das erste Mal, das können Sie mir glauben.«

»Da haben Sie rotgesehen und ihn sich am Freitagnachmittag vorgeknöpft«, stellte Hartmann nüchtern fest.

Gundula schwieg. Sie biss sich auf die Unterlippe und sah durch ihn hindurch, als wäre er aus Glas. Hartmann spürte, dass er ganz nah dran war. Er zerdrückte die leere Coladose in seiner Faust und warf sie auf den Tisch.

»Weißt du was, Gundula?« Er beugte sich nach vorn und suchte ihren Blick. »Ich habe mir echt den Kopf zerbrochen, wie du es in einer halben Stunde vom Osterholz in Wuppertal auf die andere Rheinseite nach Lörick geschafft hast. Mittlerweile weiß ich es.«

Gundula hob den Kopf. Sie war wieder ganz bei ihm.

»Da bin ich aber mal gespannt.« Sie stützte den Kopf in die Hand und blinzelte ihn lächelnd an. »Wie schafft man das denn?«

Der Geistesblitz war Marlene auf der Rückfahrt von Cassis gekommen. Sie hatten in einem halbwegs bezahlbaren Restaurant am Quai du Mont-Blanc in Genf gesessen. Marlene hatte gedankenverloren ihren Milchkaffee umgerührt und auf den See geblickt. Die Sonne ging unter und tauchte die Alpengipfel auf der anderen Seeseite in goldenes Licht. Hartmann würdigte die spektakuläre Aussicht keines Blickes. Er hatte Hunger wie ein Bär. Gierig schaufelte er sahniges Züri Gschnätzlets und ein opulentes Röschti-Pfännchen in sich hinein. Zwischendurch pickte er ein paar Blätter aus dem Beilagensalat und nahm einen Schluck von seinem alkoholfreien Bier.

»Vielleicht hat Gundula gar nicht bis drei Uhr mit dem Förster gesprochen, sondern ist schon früher weg«, sagte Marlene nachdenklich.

»Sie hat nie gesagt, dass sie bis drei im Osterholz war.« Hartmann kaute behaglich. »Diese Information hat KK direkt vom Förster bekommen.«

»Eben. Vielleicht stimmen seine Angaben nicht.«

»Wieso sollte er die Kripo anlügen?«

»Weil seine Uhr kaputt war.«

»Wie kommst du darauf?«

Marlene deutete auf die Uhr, die an der Wand des Restaurants hing.

»Wir sitzen jetzt schon eine Stunde hier, und der Zeiger hat sich keinen Millimeter bewegt.«

»Und das ausgerechnet in Genf«, murmelte Hartmann und kramte sein Telefon aus der Hosentasche. »In der Wiege der Schweizer Uhrmacherkunst! In was für Zeiten leben wir eigentlich? Hoffentlich ist KK noch im Büro.«

KK war hundemüde, aber anwesend. Als Hartmann ihm Marlenes Vermutung mitteilte, dass vielleicht mit den Uhrzeiten des Försters etwas nicht stimmte, wurde er hellwach.

»Ich hoffe, du hast recht, Hartmann«, sagte er. »Ich habe mittlerweile die Ergebnisse der Gummispuren auf dem Erdanker vorliegen. Das war ein Gartenhandschuh, der nur über diesen Edelversand vertrieben wird. Du weißt schon, dieses sauteure Zeug aus deutschem Anbau. Genauer gesagt handelt es sich um einen braungrünen Rosenzüchterhandschuh. So was gibt's wirklich. Wir haben die Adressen der Besteller kommen lassen und den ganzen Tag jeden aussortiert, der nicht zu Wolfs

Umfeld gehörte. Übrig blieben vier Damen aus der Düsseldorfer Schickeria, und rate mal, wer noch?«

»Gundula Krause.«

»So sieht's aus«, sagte KK. »Ich klappere morgen alle fünf ab und lasse mir ihre Handschuhe geben. Aber jetzt habe ich Feierabend. Ich bin schon seit fünf Uhr auf den Beinen.«

»Hast du die Nummer des Försters? Ich versuche gleich mal, ihn an die Strippe zu kriegen, wenn wir wieder auf der Autobahn sind.«

KK kramte in den Akten. Es dauerte eine Weile, bis er gefunden hatte, was er suchte. Er diktierte Hartmann die Zahlen.

»... drei, acht, fünf«, wiederholte Hartmann. »Danke dir.«

»Keine Ursache«, sagte KK. »Wo ich dich gerade an der Strippe habe. Rüdiger vom Einbruch war neulich bei euch draußen. Weißt du was Näheres wegen des Vandalismus-Vorfalls in deiner Nachbarschaft?«

»Was für ein Vandalismus?«, fragte Hartmann unschuldig zurück. »Ich war die letzten Tage in Frankreich.«

»Bei einem gewissen Boltzhorn haben sie vier Panoramascheiben eingeworfen.«

»Was du nicht sagst«, gluckste Hartmann. »Keine Ahnung, wer das war. Sag Rüdiger, er soll sich mal bei Boltzhorns Handwerkern umschauen. Auf dieser Baustelle gibt es kein Gewerk, bei dem dieser geizige Schnauzenschlosser nicht wegen angeblicher Mängel dreißig Prozent abgezogen hat.«

»Mach ich«, grinste KK. »Ich könnte zwar wetten, dass du was mit dem Scherbenhaufen zu tun hast, aber nun ... Rüdiger ist der Fachmann.«

»Genau«, brummte Hartmann. »Und du bist nur die Gummiwurst vom Morddezernat.«

»Kommt gut nach Hause«, lachte KK. »Fahr vorsichtig!«

Der Förster hatte ganz offensichtlich nicht viel Lust, nach

Sonnenuntergang ans Telefon zu gehen. Hartmann musste es zwanzig Mal klingeln lassen, bevor sich eine mürrische Stimme meldete. Nachdem »Kriminalhauptkommissar« Hartmann sein Anliegen mit Nachdruck formuliert und den Waidmann durchs Telefon rüde angeraunzt hatte, wurde der Förster geschmeidiger.

Er könne sich aus dem Stegreif natürlich nicht an jeden Termin erinnern, führte er dienstbeflissen aus, aber ja, es stimme, mit seiner Uhr sei im Mai etwas nicht in Ordnung gewesen. Eine gebrochene Feder oder so etwas Ähnliches. Jedenfalls sei sie zwischendurch immer mal wieder stehengeblieben. Es sei ihm äußerst peinlich gewesen, als zuverlässiger Beamter im gehobenen Forstdienst mit einer kaputten Uhr unterwegs gewesen zu sein. Deshalb habe er die Polizei damals im Gespräch nicht darauf hingewiesen. Wieso hätte er das auch tun sollen? Er habe gedacht, ob er nun um zwei oder um drei Uhr ein paar Hundehalter zur Rechenschaft ziehe, die nicht auf ihre jagdversessenen Tölen aufpassen konnten, würde wohl keine große Rolle spielen. Hoffentlich bereite das der Polizei keine Unannehmlichkeiten. Das wäre ihm gar nicht recht.

An diesem Punkt hatte Hartmann das Gespräch abgebrochen, ohne sich zu verabschieden. »Wir haben sie!«, hatte er zu Marlene gesagt und dem Ober gewunken. »Zahlen!«

»So war das also«, sagte Gundula und lächelte. Dieses Mal verschwanden die harten Linien um ihren Mund nicht. »Ich habe mich immer gewundert, wie die Polizei auf drei Uhr kommt. Oder wieso der Förster gesagt hat, wir seien bis drei im Gespräch gewesen.«

»Wie spät war es in Wirklichkeit?«

»Ich bin da um halb zwei weg.«

»Und dann?« Hartmann beobachtete sie scharf.

»Nichts und dann.«

»Dann hast du im Wald Wolf abgepasst und ihn umgebracht.«

»War das eine Frage?«

»Eher eine Feststellung«, sagte Hartmann.

»Beweise?«

»Ich weiß, dass du es warst, Gundula. Praktischerweise hatte jemand anders ausgezeichnete Vorarbeit geleistet. Ist das nicht ein wunderbarer Zufall? Bert Wolf liegt bewusstlos hinter den Holzstämmen. Weit und breit ist kein Mensch zu sehen. Du musst dem Arschloch nur noch den Rest geben.«

In Gundulas fein geschnittenem Gesicht bewegte sich kein Muskel. Ihr Gesicht sah aus wie eine Maske. Eine Schweißperle löste sich aus ihrem Haar und lief die Schläfe entlang nach unten. Sie saß in der prallen Sonne. Hartmann gab ihr die Zeit, die sie brauchte. Es war totenstill auf der Terrasse. Selbst die Vögel schwiegen in der Mittagshitze.

»Ja«, sagte sie schließlich seelenruhig. »Ich war's! Warum auch nicht? Irgendwer musste dem geilen Bock doch mal klarmachen, dass man mit Frauen nicht umspringt, als wären sie der letzte Dreck!«

Hartmann zuckte nicht mit der Wimper.

»Warum nicht schon früher?«, fragte er.

»Weil er sich früher wenigstens noch Mühe beim Lügen gegeben hat.«

»Mittlerweile nicht mehr?«

»Er hätte noch im Büro zu tun, hat er gesagt und einfach aufgelegt.« Sie lachte bitter. »Büroarbeit? Geht's noch fantasieloser, Hartmann? Bin ich ihm keinen einzigen kreativen Gedanken mehr wert? Nachdem er mich versetzt hatte, bin ich am Mittwochabend noch zu ihm rübergelaufen. Über die Wiesen ist es nicht weit von meinem Haus zu seinem. Kannst du dir vorstellen, wie trostlos es in meiner Küche aussah? Die Kerzen waren runtergebrannt. Das Soufflé lag knochentrocken im Ofen. Das Fleisch war fettig und kalt. Der Rosé eine einzige lauwarme Brühe. Und er ...«

An diesem Punkt verlor Gundula die Beherrschung. Das erste Mal seit Jahren, vermutete Hartmann. Sie sprühte ihren Speichel über sein Gesicht, während sie ihn anschrie: »UND ER FICKT AUF DEM SCHREIBTISCH DIESE RANZIGE WITWE! AUSGE-RECHNET DIE! DIESE VOR GELD STINKENDE, CHANELVERSIFFTE SILIKONTITTENSCHABRACKE!«

Wie erstarrt hatte Gundula in der Dunkelheit am Fenster ge-klebt und zugesehen, wie Wolf es dieser vertrockneten Witwe besorgte. Es war wie bei einem schlimmen Verkehrsunfall: Sie konnte den Blick nicht abwenden. Wie sich die Alte unter Wolf wand. Es war widerwärtig! Was Wolf bloß an der fand? Die Zellulitis an ihren Oberschenkeln sah man selbst im schwa-chen Schein der Schreibtischlampe noch auf zehn Meter Ent-fernung. Ihr Bauch hatte Falten, obwohl sie gar nicht fett war. Dieses knochige Brustbein. Rechts und links davon standen ihre unechten Brüste ab. Wolf knetete das Plastik und bewegte sich immer schneller in ihr. Er keucht genauso, wie er bei mir gekeucht hat, dachte Gundula und biss sich auf die Lippen. Jeder Atemzug, jeder Ton war ihr vertraut. Sie hatte immer gewusst, dass er noch andere Frauen neben ihr hatte. Aber insgeheim hatte sie gehofft, dass er bei denen anders keuchen würde. Fal-scher. Verlogener. Dass es den echten, leidenschaftlichen, un-verstellten, liebenden Wolf nur in ihrem Bett gäbe.

Das war alles so entwürdigend. Wie er sein Ding rauszog, als er fertig war. Wie er sich am Kleid der Witwe abwischte, das weiß und teuer war. Merkte die Frau denn gar nicht, wie sehr dieses Schwein sie benutzte? Wie dement konnte man sein? Andererseits hatte sie selbst ja auch nichts gemerkt. Gemerkt schon, aber nicht wahrhaben wollen. Bei mir ist er anders, hatte Gundula immer gedacht. Ich werde ihn zähmen. Ich bin die Einzige, die diesen Mann wirklich versteht und glücklich machen kann. Wahrscheinlich dachte die Witwe genauso. Und alle anderen auch. Wie blöd konnten Frauen sein?

Gundula zog sich tief in die Dunkelheit der Büsche zurück, als Wolf und die Witwe aus dem Haus kamen und in ihre Autos stiegen. Die Alte kicherte wie ein Backfisch und fragte Wolf, ob er am Freitag Zeit habe. Da sei ihr jugendlicher Liebhaber auf Reisen, gurrte sie, die Gelegenheit sei günstig.

»Nicht schon wieder«, fuhr Wolf sie barsch an. Wie immer, wenn er bekommen hatte, was er wollte, verlor er jegliches Interesse an der Frau. Zumindest so lange, bis sich seine Geilheit wieder meldete. »Außerdem kann ich am Freitag nicht. Da bin ich den ganzen Morgen auf dem Platz beschäftigt. Und nachmittags habe ich einen Fährtentermin mit Silvia im Wäldchen unten.«

»Ausgerechnet mit der.«

»Das geht dich einen Scheiß an!«, knurrte Wolf. »Ich bin niemandem Rechenschaft schuldig. Ich kann treiben, was ich will.«

Beide fuhren vom Hof. Zurück blieb eine Staubwolke im Mondlicht. Und Gundula, die verlassen in den Büschen kauerte und schluchzte wie ein kleines Mädchen, das eines Morgens aufwacht und den Goldhamster tot im Käfig liegen sieht.

Nie wieder würde sie so feige sein wie am Mittwochabend. Nie wieder würde sie sich verkriechen. Dieses Mal würde sie Wolf stellen. In flagranti, wenn es sein musste. Sie würde ihn von der

Moosleitner runterziehen und ihm eine knallen. Fährte als Einzeltermin. Was für ein Unsinn! Er hatte sich auf eine schnelle Nummer mit ihr verabredet.

Gundula stampfte den ausgetretenen Pfad zum Wäldchen hinunter. Die Autos von Wolf und der Moosleitner konnte sie nirgends entdecken. Vermutlich hatten die beiden bei Wolf geparkt und waren zu Fuß gegangen.

»Als hätte die Witwe nicht gereicht, um mir den Rest zu geben«, zischte sie leise, während sie in den Waldweg einbog, der zu den Holzstapeln führte. »Jetzt erwische ich ihn auch noch mit dieser spindeldürren Moosleitner, dieser Chirurgennutte, und das nächste Mal wird es eine andere dieser gonorrhöverseuchten Weiber sein, die er nebenher noch poppt, diese spilligen Botoxfressen mit ihren Dreckskötern und Guccigeschirren, und bei allen tut er so, als könnte er nur bei ihnen so sein, wie er wirklich ist.«

Gundula blieb abrupt stehen. Ein lautes Stöhnen war zu hören. Es kam von den Holzstapeln. Dahinter waren die beiden also zugange. Mit leisen Schritten lief sie hinüber. Sie versuchte durch die Lücken der Holzstämme zu spähen, konnte aber nichts erkennen. Das Stöhnen erklang erneut. Sie schlich um den Holzstapel und fuhr erschrocken zusammen.

Bert Wolf lag im Laub. Sein ganzer Kopf war blutig. Vielleicht war er gestürzt und ohnmächtig geworden, dachte Gundula. Offensichtlich wachte er gerade aus seiner Bewusstlosigkeit auf. Das sah ja schlimm aus. Er musste sich heftig den Kopf gestoßen haben. Von der Moosleitner war weit und breit nichts zu sehen. Vielleicht hatte er sich ja doch nicht mit ihr getroffen, und das alles war nur ein großes Missverständnis. Ein Unfall. Genau, das war es wohl gewesen. Ein Unfall! Ein blaues Auge hatte er auch. Der Arme! Ein Glück, dass sie da war. Sie würde ihm helfen. Alles würde gut werden.

Gundula beugte sich zu Wolf hinunter.

»Schsch!«, flüsterte sie. »Ich bin ja da.«

Wolf schlug die Augen auf und blinzelte sie verwirrt an.

»Herrgott, die Markerfotze«, stöhnte er. »Du hast mir gerade noch gefehlt.«

Gundula fuhr zurück. Beinahe wäre sie über seinen Rucksack mit den Fährtenutensilien gestolpert.

»Warum sagst du sowas?« Ihre Stimme zitterte.

»Jetzt fang bloß nicht an zu flennen!«, fauchte er. »Na los, hilf mir schon hoch! Oder taugst du dafür auch nicht? Und wenn du auch nur einem ein Sterbenswörtchen von dem Vorfall erzählst, stopfe ich dir das Maul.«

Er tastete vorsichtig in seinem Haar und zuckte zusammen. Irritiert betrachtete er seine blutigen Fingerspitzen, ließ den Kopf ins Laub zurücksinken.

»Was glotzt du so blöd?«, grinste er. »Männer bluten halt manchmal. Hilf mir jetzt! Wir können auch mal wieder vögeln, wenn's mir besser geht.«

Gundula starrte angewidert auf das Blut, das in seinem Grinsen klebte. Mein Gott, dachte sie, wie konnte ich diese verschlagene Fresse jemals küssen! Zitternd vergrub sie ihre Hände in den Hosentaschen und wich zurück.

»He! Du kannst mich doch nicht so liegen lassen.«

Ihre Hände stießen auf die Handschuhe, die sie immer bei sich trug. Neben ihr der offene Rucksack mit Wolfs Ausrüstung. Der Erdanker, der so einladend herausragte. Wie in Trance sah sie zu, wie ihre Hand in den Handschuh schlüpfte und nach dem Stahl griff. Und dann plötzlich diese Wut!

Diese übermächtige Wut.

»Am liebsten hätte ich diesem Dreckschwein das Eisen zwischen die Beine gerammt. Aber auf einmal war es in seinem Kopf!«

Hartmann legte beschwichtigend seine Hand auf Gundulas Arm. Gundula atmete tief ein und aus. Dann wischte sie seine Hand beiseite.

»Es geht schon wieder«, sagte sie ruhig. »Dieser Hieb mit dem Erdanker war wie eine Befreiung, weißt du. Endlich habe ich mich getraut, diese lächerliche Fassade einzureißen. Gundula, die immer Haltung zeigt. Gundula, die sich immer zusammenreißt. Gundula, die sich immer nur um die anderen kümmert. Sanft zu Hund und Mensch, egal, wie sie dich behandeln. Und wenn alle bekommen haben, was sie wollen, dann gucken wir mal, ob für die Gundula noch etwas übrig ist. Meist ist nichts mehr übrig. Dann hat sie halt Pech gehabt.«

Sie griff nach ihrer Kaffeetasse. Als sie feststellte, dass sie leer war, trank sie Hartmanns Cola aus.

»Kennst du das Gefühl, immer zu kurz zu kommen?«, fuhr sie fort. »Ich lasse an der Supermarktkasse immer die Leute vor, die nur drei Teile auf dem Arm haben. Mich hat noch nie einer vorgelassen, wenn ich drei Teile hatte. Ich traue mich ja nicht mal zu fragen, weil ich denke, dass das unverschämt ist. Immer in Gedanken bei den anderen zu sein ist so anstrengend. Wie Wolf mich da im Wald mit seinen blutunterlaufenen Augen anstarrte und ›Hilf mir hoch, du Fotze!‹ brüllte, habe ich einfach nur gedacht: Jetzt kümmere ich mich mal um mich selbst. Der Erdanker ist mir direkt in die Hand gelegt worden, Hartmann.«

»In den Handschuh.«

»Genau«, lächelte sie. »Keine Ahnung, wer das war. Gott vielleicht. Oder der Teufel. Handschuhe habe ich immer dabei. Wegen der Biothane-Schleppleinen. Damit die Finger nicht heiß werden.«

Sie knöpfte die Oberschenkeltasche ihrer Cargohose auf, fischte die Handschuhe heraus und warf sie auf den Tisch.

»Ich kaufe mir da nichts Spezielles. Für mich tun es ganz normale Gärtnerhandschuhe. Diese grünen mit den Gummi-noppen. Die sind zu Hunderttausenden im Umlauf.«

»Die Polizei weiß von den Handschuhen«, sagte Hartmann.

»Ich bestelle sie immer im Versand.«

»Das weiß die Polizei auch.«

»Dann soll sie mal kommen, deine Polizei.« Gundula zuckte gleichgültig mit den Schultern. »Ich habe das nur dir er-zählt. Habe ich überhaupt was erzählt? Du musst dich verhört haben.«

»Wolfs Handy wurde nie gefunden.«

»Hab ich in den Rhein geschmissen.«

»Weil deine Telefonnummer in seinen Kontakten war?«

»Ja«, sagte sie. »Das war aber eine total überflüssige Aktion. Was hätte mir schon passieren können? Wolf hat die Nummern von Dutzenden von Trainern. Ich doch auch. Wir kennen uns alle. Aber ich war an jenem Nachmittag nicht mehr ganz so frisch im Kopf wie sonst. Möchtest du noch eine Cola?«

Hartmann nickte.

Was für eine merkwürdige Frau, dachte er, als Gundula in der Küche war. Er hörte, wie sie am Kühlschrank hantierte. Glä-ser klirrten. Er wurde nicht schlau aus ihr. Dieser ständige Wechsel zwischen guter Laune und Verzweiflung, Ausgegli-chenheit und Wut, Leise und Laut, Kalt und Warm. Das hatte schon fast pathologische Züge. Nachdem der Kessel jahrelang sanft und gewaltfrei vor sich hingebrodelt hatte, explodierte er an einem wunderschönen Sommertag in einem idyllischen Wäldchen. Der Deckel schoss mit einem gewaltigen Knall senk-recht ins All, und Wolf kriegte alles ab. Hartmann hatte keine Ahnung, mit wem er es bei dieser Täterin zu tun hatte. Er wusste nur, dass es den Richtigen erwischt hatte. Bert Wolf hatte die Prügel, die er bezogen hatte, verdient. Alle! Auch die letzten.

Hartmann suchte in seinen Hosentaschen nach dem Telefon. Er musste KK Bescheid sagen. Er wollte nicht, aber er musste. Eine Mörderin konnte er beim besten Willen nicht decken, und nichts anderes war Gundula. Eine Mörderin. Hätte sie einfach den Erdanker geschnappt und zugestoßen, wäre es Totschlag im Affekt gewesen. Der kurze Moment, in dem sie vorsätzlich und überlegt ihre Fährtenhandschuhe übergestreift hatte, hatte aus dem Totschlag einen Mord werden lassen. Ein gefundenes Fressen für die Staatsanwälte. Sie würden Gundula in der Luft zerreißen. Die karrieregeilsten von ihnen prügelten sich schon seit Wochen um diesen prestigeträchtigen High-Society-Mord.

Hartmann wählte die ersten Ziffern von KKs Büronummer. Dann brach er ab. Wieso konnte er nicht einfach gehen und den Rest KKs Instinkten überlassen? Entweder der Mann machte seinen Job gut und fand die Wahrheit heraus oder eben nicht. Hartmann ließ das Telefon sinken und rieb sich nachdenklich das Kinn. Wenn Marlene hier gewesen wäre, hätte er sie fragen können. Ihr moralischer Kompass funktionierte um einiges besser als seiner.

Aus der Küche war kein Laut zu hören.

Auch keine schlechte Lösung, dachte Hartmann. Vielleicht ist Gundula ja abgehauen. Dann könnte er ihr ein bisschen Vorsprung geben, bevor er KK anrief. Der Rest war Schicksal.

Hartmann spürte ein Kribbeln im Magen. Er ahnte, dass hinter ihm etwas Böses durch die Luft schwang. Aber er sah den Baseballschläger nicht kommen.

Langsam kam Hartmann wieder zu sich. Er ließ die Augen geschlossen und versuchte sich zu orientieren. Sein Kopf schrie vor Schmerz. Wo war er? Wie spät war es? War er noch in Gundulas Haus? Es roch danach. Sicher war er nicht. Er konnte seine Hände kaum bewegen. Sie waren hinter seinem Rücken festgebunden. Vermutlich Kabelbinder, dachte er. Der Kunststoff schnitt schmerzhaft in seine Handgelenke. Er spürte hartes Metall in seinem Rücken. Die abgerundeten Rippen einer Heizung. Er tastete mit den Fingern ins Leere und berührte Plastik. Sie hatte seine gefesselten Hände einfach mit ein paar weiteren Kabelbindern an der Heizung befestigt. Er hatte keine Chance. Die Binder saßen zu stramm.

Hartmann öffnete vorsichtig die Augen. Fliesenboden. Es war dämmrig. War das ihre Küche? Er musste Stunden in seiner Bewusstlosigkeit verbracht haben. Draußen war die Nacht hereingebrochen. Wo war Gundula? Was hatte sie mit ihm vor? Er hatte sich wie ein Anfänger überrumpeln lassen.

Ein Schluchzen drang an sein Ohr.

Hartmann sah auf und blinzelte in den Raum. Gundula saß auf dem Boden. Direkt ihm gegenüber. Ihr Gesicht war tränennass.

»Ich hab's nicht fertiggebracht«, sagte sie und schluckte. »Ich kann dir nichts antun. Du hast mir doch auch nichts getan.«

Das hat mir gerade noch gefehlt, dachte Hartmann. Von einer Psychopathin an die Heizung gefesselt zu werden und dabei zusehen zu müssen, wie ihr emotionaler Zustand von einem Extrem ins andere trieb. Diese Frau war komplett irre. Die entschuldigte sich wahrscheinlich gleich vollumfänglich bei ihm, bevor sie ihm mit einer Axt den Schädel spaltete. Oder sich selbst umbrachte und ihn an der Heizung verrotten ließ. Beides erschien Hartmann möglich. Seine Gedanken rasten. Er hatte keine Ahnung, wie er sich aus dieser Klemme befreien sollte. Das war eine Situation, auf die einen keine Polizeiausbildung der Welt vorbereitete.

Ihre Blicke trafen sich.

»Ich kann nicht mehr«, sagte sie.

Er antwortete nicht. Sie sieht so verloren aus, dachte er.

»Hilf mir!«, flüsterte sie.

»Was soll ich tun?«, fragte er.

Jedes einzelne Wort dröhnte in seinem malträtierten Schädel, als würde es mit einem Vorschlaghammer in den Satz geschlagen.

»Ich weiß es nicht.«

Sie sank in sich zusammen.

Lange Zeit sprach keiner von ihnen ein Wort.

»Du solltest mich losbinden«, sagte Hartmann irgendwann.

»Meinst du?«

»Ja.«

Gundula holte ein Küchenmesser aus der Schublade.

»Bitte nicht bewegen«, sagte sie und strich ihm über die Haare.

Hartmann hielt den Atem an. Ganz behutsam schnitt sie die Kabelbinder durch. Hartmann stand auf. Er rieb sich die schmerzenden Handgelenke. Gundula legte das Messer auf den Küchentisch und sah ihn an.

»Es tut mir so leid«, sagte sie hilflos. »Alles. Ich wollte das nicht.«

Er nahm sie einfach in den Arm und ließ sie weinen.

»Chuck Norris' Tränen können Krebs heilen«, sagte Hartmann.

»Aber er heult ja nie«, ergänzte Gundula und musste lächeln.

Gespenstisches Blaulicht zuckte im Hof.

»Wie kommen die hierher?«, fragte Hartmann.

»Ich habe sie angerufen«, sagte Gundula. »Es ist Zeit, die Wahrheit zu sagen.«

Die Stimme von KK erklang verzerrt aus einem Megafon. Fäuste hämmerten an die Haustür. Interessant, das Ganze von der anderen Seite aus zu erleben, dachte Hartmann. Mit Sicherheit stand der Kollege mit dem Spreizer schon hinter der Tür. Wenn keiner öffnete, würden sie die Haustür in Sekunden aufbrechen. Im Nebenzimmer tobte Velvet wie ein Berserker. Zum Glück hatte Gundula sie weggeschlossen. KKs Männer würden die Dogge auf der Stelle erschießen, wenn sie ihnen entgegensprang.

Hartmann packte Gundula an beiden Schultern und sah sie eindringlich an.

»Sag ihnen, dass du mit Velvet im Wald warst«, flüsterte er. »Und dass du die Handschuhe schon angehabt hast. Du hast die Handschuhe schon angehabt! Hast du das verstanden?!«

»Ja«, nickte sie.

Die Haustür wurde mit Gewalt aufgedrückt. Sie schlug krachend gegen die Wand. Gleich würden sie in der Küche sein.

»Nimmst du Velvet zu dir?«

»Ich?«

»Bitte! Ich habe sonst niemanden.«

»Mach ich«, nickte Hartmann.

»Versprich's mir!«

»Ich versprech's.«

»Brauchst du einen Arzt?«, fragte KK, als alles vorbei war.

»Danke, es geht«, brummte Hartmann und rieb sich den Schädel.

»Hättest du eine Knarre dabeigehabt, wäre das nicht passiert.«

»Wer geht schon mit einer Knarre zu einer gewaltfreien Hundeerzieherin, du Molch!«

10
Tollwut

Hartmann und Satan – die bis vor Kurzem noch Velvet geheißen hatte und ihrem gewaltfreien Frauchen partout nicht in die Untersuchungshaft folgen wollte – lümmelten im Garten. Sie teilten sich gerade ein paar Mettbrötchen, als das Telefon klingelte.

»Warum gehst du nicht ran?«, rief Marlene aus der Küche.

»Ich gehe beim ersten Mal grundsätzlich nicht ran«, rief Hartmann zurück.

»Könnte ein Kunde sein.« Marlene erschien mit einem kleinen Bier in der Terrassentür. In der anderen Hand hielt sie eine angebissene Knackwurst. Bruno und Taxi klebten an ihr, als wäre sie magnetisch.

»Dann ruft er noch mal an«, sagte Hartmann.

Er schob Satan ein halbes Mettbrötchen in den feuchten Schlund.

»Das ist eine tolle Hündin«, strahlte er. »Wie sie vorgestern diese beiden Büfükadüs an die Remisenwand genagelt hat, war filmreif. Die kommen garantiert nicht mehr hierher, um Ralle zu rächen. Falls doch, werde ich Rüdiger vom Einbruch anrufen und ihm sagen, die Panoramascheibeneinwerfer sind wieder da.«

Er prostete Satan zu und trank einen Schluck von seinem Alt.

»Und das Allerschönste ist: Dieser beknackte Boltzhorn traut sich nicht mehr, in meinen Garten hineinzumotzen. Der musste neulich am Zaun Auge in Auge mit Satan kommunizieren und hat sich fast in die Hosen geschifft vor Angst. Wenn sie jetzt noch einmal am Tag so einen matterhorngroßen Haufen auf seine Baustelle setzt, bin ich hochzufrieden.«

»Hast du Gundula gesagt, dass es ihrem Hund gutgeht?«, fragte Marlene und setzte sich zu Hartmann an den Tisch.

»Das mache ich beim nächsten Besuch.«

»Was glaubst du, wie es ausgeht?«

»Keine Ahnung.« Hartmann zuckte mit den Achseln. »Auf Tötung im Affekt stehen ein bis zehn Jahre. Bei Mord gibt's lebenslänglich. Es hängt alles davon ab, ob sie glaubhaft machen kann, wie aggressiv Wolf ihr begegnet ist und dass sie beim Treffen im Wald die Handschuhe schon angehabt hat. Wenn sie einen guten Anwalt hat, kriegt der das vielleicht sogar auf Notwehr gedreht.«

Das Telefon klingelte erneut. Hört sich nach einem neuen Auftrag an, dachte Hartmann und ignorierte es. Ihm spukten ganz andere Dinge im Kopf herum.

»Ich war nicht besonders gut bei dieser Ermittlung, Marlene«, sagte er. »Gundula hat mich bei der ersten Begegnung eiskalt angelogen, aber ich habe nichts bemerkt. Normalerweise habe ich ein Radar für so etwas. Bei Gundula habe ich mich getäuscht. Bei der Moosleitnerin auch. Die meisten Frauen in Wolfs Umfeld konnte ich nicht richtig einschätzen. Die Witwe hat mir erzählt, dass sie die Beziehung zu Wolf beendet hatte, und ich hab's geglaubt. Dabei hat sie sich noch bis zum letzten Moment von ihm bumsen lassen. Das ist mir früher nie passiert. Nur bei Orhan lag ich richtig. Unterm Strich ist das eine ganz erbärmliche Quote, Marlene. Offensichtlich sind ein paar wichtige Sensoren bei mir flöten gegangen. Vielleicht ist es auch einfach an der Zeit, den Job an den Nagel zu hängen.«

»Jeder macht mal Fehler«, sagte Marlene.

»Aber nicht so viele hintereinander.«

»Das siehst du vielleicht so«, sagte Marlene. »Ich nicht. Und KK auch nicht. Dem warst du immer eine Nasenlänge voraus. Und der hat ganz andere Mittel als du. Im Übrigen: Was willst du stattdessen tun? Dogwalker werden? Bei Boltzhorn auf dem Bau schuften?«

»Sie inspirieren mich, Frau Bunt.«

»Sei nicht blöd, Hartmann«, sagte Marlene streng. »Nach dieser Wolf-Geschichte hast du bei der Düsseldorfer Schickeria einen ganz breiten Fuß in der Tür. Mit Sicherheit hat sich schon überall herumgesprochen, wie leise und diskret du vorgegangen bist. So ein Typ wie du, der brauchbare Ergebnisse erzielt und dabei verlässlich den Mund hält, ist für die Gold wert. Ich wette, eine der eleganten Gazellen hat bald einen Job für dich. Oder ihr Mann. Bei den Reichen ist ja immer irgendwas.«

Sie stand auf und küsste ihn vorsichtig auf die Stirn. Hartmann zuckte zusammen. Es würde noch einige Zeit dauern, bis sein Schädel die Bekanntschaft mit Gundulas Baseballschläger endgültig verarbeitet hatte.

»Ich hole mir noch ein Bier«, sagte Marlene. »Willst du auch eins?«

»Danke. Ich hab noch.«

Das Handy klingelte ein drittes Mal. Hartmann griff danach. Bruno nutzte seine Unaufmerksamkeit und angelte mit ihrer Sabberschnauze Hartmanns Brötchen vom Teller. Hartmann wollte ihr eine scheuern und erwischte versehentlich Taxi. Der rempelte Satan an. Die schleuderte vor Schreck ihren pechschwarzen Doggenhintern in den Gartentisch. Auf einmal war die laue spätsommerliche Abendluft voller Mettbrötchen und Sandwichgurken.

Hartmanns Altbier sickerte in den Rasen.

»ARSCHLOCH!«, fluchte Hartmann.

»Atlan, angenehm«, sagte eine unbeeindruckte Stimme. Sie klang, als wäre sie es gewohnt, Anweisungen zu erteilen. »Gregor Atlan, Bankier. Können Sie morgen Vormittag gegen elf bei mir sein?«

»Worum geht's?«

Marlene hielt auf dem Weg zur Küche inne und drehte sich um. Hartmann stellte das Gespräch laut, damit sie mithören konnte.

»Sie müssen auf meinen Sohn Alex aufpassen«, sagte der Bankier.

»Wir sind hier nicht bei der Babysitter GmbH«, brummte Hartmann.

»Mein Sohn ist fünfundzwanzig.«

»Ach herrje!«, sagte Hartmann. »Was hat er angestellt?«

»Eine Frau ist hinter ihm her.«

»So ein Glückspilz.«

»Eher nicht.«

»Warum?«

»Sie wird ihn umbringen.«

Hartmann blickte zu Marlene hinüber. Ihre Augen flackerten. Sie pflückte eine Rose vom Stock und begann, ein Blütenblatt nach dem anderen abzuzupfen und in seine Richtung zu schnippen.

Hartmann legte die Füße auf den Tisch.

»Dann schießen Sie mal los, Herr Atlan!«, sagte er. »Mit tollwütigen Frauen kenne ich mich aus.«